U0451035

Haizibang Esui

孩子帮·鹅随 著

Keen on You

女
校

KEEN ON YOU

121.538583˚ 31.403395

湖南文艺出版社 博集天卷
·长沙·

JIN YIKEN

121.538583, 31.403395
KEEN ON YOU

JIN YIKEN

北番高中
BEIFAN GAOZHONG

北番高中
BEIFAN GAOZHONG

姓名　龙七
班级　高三六班
学校　北番高中

Long Qi

值日生
龙

■ 姓名　　靳译肯
■ 班级　　高三一班
■ 学校　　北番高中

Jin Yiken

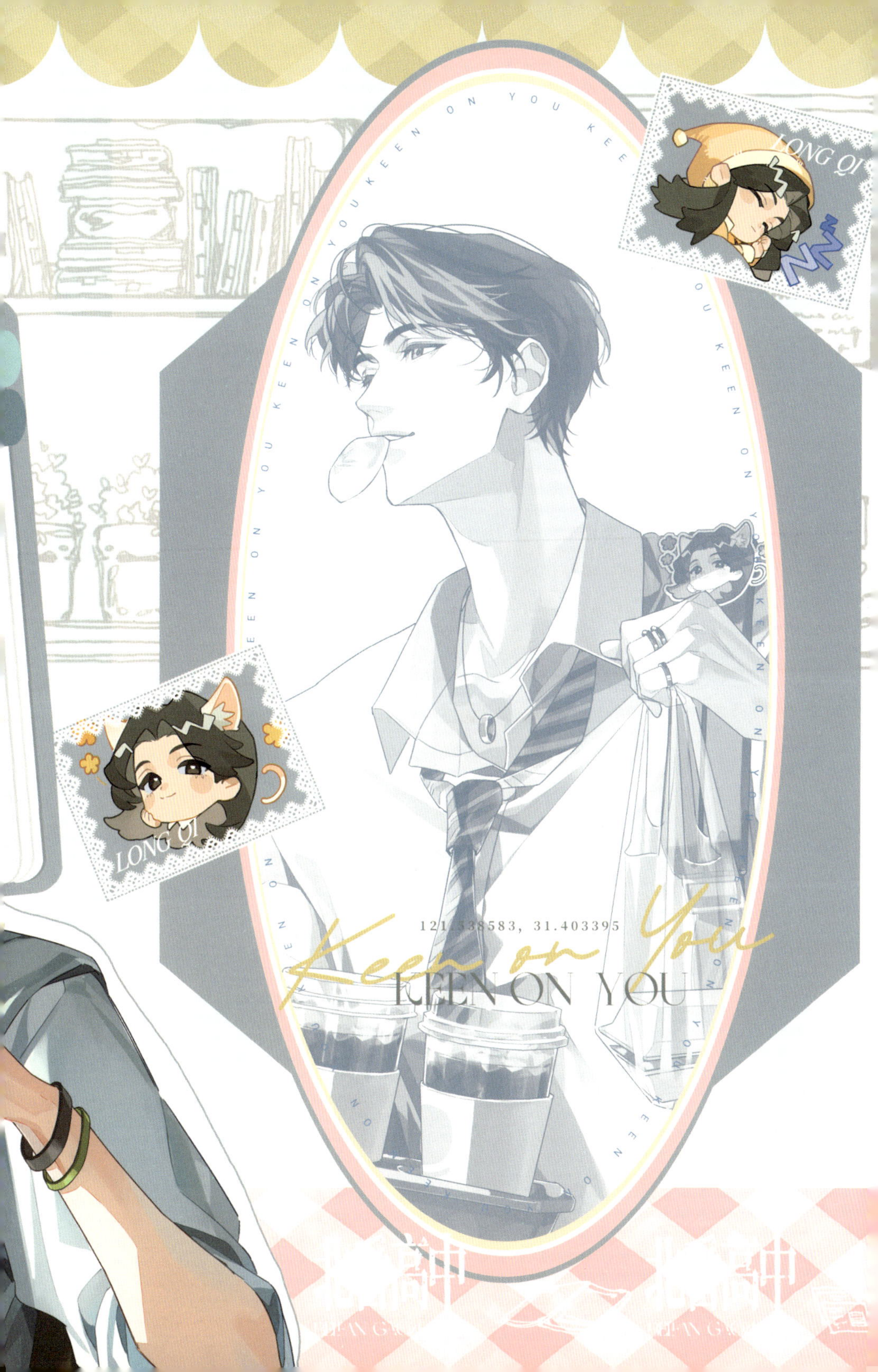
LONG QI
LONG QI
Keen on You
KEEN ON YOU

121.538583, 31.403395

Keen on You

KEEN ON YOU

目录 contents

第一章　001
北番龙七

第二章　017
好友请求

第三章　033
保温瓶

第四章　048
我想你了

第五章　066
局外人

第六章　082
没有如果

第七章　100
高大罂粟花综合征

第八章　115
两个世界

第九章　130
期中考试

第十章　144
替她做证

第十一章 162
新年快乐

第十二章 181
MV 首播日

第十三章 198
仅他可见

第十四章 214
等你回来

第十五章 229
清空主页

第十六章 248
桃木手绳

第十七章 260
百字墙

第十八章 274
学术交流

第十九章 294
女朋友

第二十章 311
他要她走

番外 320
盛暑拾日

Part 1 ··◆·· 第一章

北番龙七

学校要在周五大范围清查学生仪表的消息下来后，三分之二的学生在校园论坛投票，选出下周一肯定会被校园广播点名批评的人就是龙七。

是说学生该有学生的样，衬衫纽扣要系好，领带、领结不准松垮垮的，裙子别想高过膝盖且首饰也不准戴，可偏偏龙七一样都不占。

她的右眉眉梢刻意修断一截，肤白，脸漂亮，上高一以来就从班级"酷"到年级，从年级"美"到学校，又从学校出名到网络上，原本要成为受热捧的模特，却因为性格孤僻如一朵大王花而被打压。不红，倒也有人专门盯着，在网络上抹黑她，各种丑闻传到校园论坛后就变了性质，反响也就不温不火的了。

龙七性格孤僻是出了名的。因为脸蛋极其漂亮，她为人高冷、脾气臭，自然也是出名的。这次清查仪表的严格指标明晃晃就是冲着她来的。

她知道。

周五放学铃响起前的十分二十秒，云层里滚了一道雷，工作室的催促信息又来了两条。她在教室后排的座位上坐着，手肘压着一张纸，圆珠笔尾端抵着桌面，弹了一下，笔芯缩进笔杆。

四周的学生各个埋着头念着题，密集的算题声循环作响，独她抬着头，静静盯着黑板上头的挂钟。

纸面的一角被风吹起，她用笔端摁住，继续在纸面上点动，笔芯有节奏地弹进弹出。直到放学铃准时打响，她应声收起笔，连着桌面上的书本一块儿塞进包内，咻地抽起纸，径直往教室前门走，把纸"啪"的一声摁在桌上。

女班长吓了一跳，抬头。

女班长戴着一副眼镜，桌上的题册堆成山高，背后的椅背抵着前门，身前的课桌挨着门框，以一己之力把出入口堵得严严实实。女班长没说话，先打量一眼龙七肩后斜背的包，再抬头看挂钟，最后才看向桌面上的纸，口气挺不好的:"这签名一看就是仿的。"

"你认识我妈?"

"我不认识啊。"

"那你说是仿的?"

教室里一众脑袋抬起。

"显而易见好吧?学校延长自习课,就不可能有家长签不同意。"

"我妈不同意。"

女班长看她。

她也看着女班长。

"那你也不能走,这周的仪表检查还在挨班挨个儿做呢,你缺席也要扣分,个人分不要紧,班级分被扣你负责啊?"

"你意思我不走,人家检查组就不会扣我的分了?"

教室前排一组人扑哧笑出声来,两人都看过去,那组人怵龙七,立刻转头假装聊别的。龙七看回女班长,女班长抬了抬眼镜,盯着她一身"修"过尺码的校服、及腰的长发和一副摆在面儿上的"老娘不好惹"的站姿。

"你赶紧走吧。"

工作室又发来了第三条催促短信。

龙七在长廊上走着,女班长从前门伸出脖子,撇嘴盯着她的背影,她一眼没搭理,手指在键盘上快速敲动,边走边回复信息。

云里又滚了一声雷,她停了一步,皱眉看天。经过的教室里的学生也透过窗户往外看,看完天,视线就落在她身上,细碎的议论声从窗口飘到走廊,她置若罔闻,继续走,同时摁了"发送"键。

随后"咔嚓"一声锁屏,她将手机放进校服衣袋,三步并作两步走下楼梯。

与此同时有一队伍从走廊经过,四五个人的阵仗,在龙七转入拐角的时候,领头的梳高马尾的女生摁了摁圆珠笔的笔端,同样的"咔嚓"一声响,落笔纸上。

"龙七扣八分。"

龙七一停,回头看。

白艾庭带着人,头也不回地往西廊的第一间教室走去。

龙七当下步子就往回转,快速上楼。

白艾庭带队走进5班的同时,龙七也从前门进入,白艾庭半句话还没说出来，先被她堵在跟前："扣分项报一下。"

全5班四十多人窸窸窣窣的讨论瞬间消声，取而代之的是此起彼伏的屏幕解锁声，有几个好事的把手机高高举起，白艾庭身后的女生熟悉这阵仗，驾轻就熟地喊了一句："自习也算上课时间啊，开机就要没收！"

白艾庭的视线落到她右肩的背包带子上："自习马上开始，你提早放学啦？"

"我家里人没签同意书，这会儿该放学就放学。我叫你报一下扣分项，白艾庭。"

"现在啊？"

"现在。"

"好。"白艾庭把记分板上的纸张翻页，"唰"的一声响，"散发不符合学生发型，扣两分；手腕不准佩戴首饰，扣两分；裙摆不准高过膝盖，扣两分；领带不符合校服佩戴标准，扣两分；总计八分。"

"你们对谁都这套标准？"

白艾庭点头。

"那上周你们整班的女生披头散发，没见你扣分，全年级手腕上戴得层层叠叠比我还夸张的，也没见你到处抓。你们是挑着时间扣分的，还是挑人？"

"仪表检查每周一次，这个时间段以外要是有不遵守着装规范的学生，你要是看见了可以报告给办公室。"

龙七抬起手，腕上的桃木手绳顺着手腕往下滑，挨住衬衫袖口。

"我手腕上戴的是本命年红绳，系的也是男款校服里的领带，学校规定穿校服，但没规定女生只能打领结，我从头到脚除了鞋子都是校方发的，这四分你说说，为什么扣？"

"你要一分一分地掰扯？"

"谁让你们对我比较严苛？但凡我跟别人是同样的待遇，该扣的每一分我都服。"

"龙七，你扪心自问，是我们对你严，还是你自己不愿意守规矩？"

"我也要你扪心自问，在仪表检查这件事上你是不是针对我？"

对话暂停一秒，两人盯着彼此，然后，白艾庭点头。

"就算对你严格，用心是什么你不清楚？不是让你临时抱佛脚或者就地狡辩的，是要你天天都记着，"她说完，提取出一个宾语，重复一遍，"你。"

这会儿，5班里头，一屋子的学生再没一个低着头做作业的。

从讲台到后门,大家全部仰着头,盯着两人来回看,尤其在白艾庭这么一句强烈"开战"意味的话掷地有声地落下后,全数人阒然无声,就剩天花板上风扇嘎吱嘎吱的转动声和压低的呼吸声。

龙七看着她。

五秒后,龙七点头。

"那希望你对关系户也这么严格。"

随即龙七转身出教室,径直朝东廊尽头走,边走边从兜中掏手机,调成相机模式。一路上经过的班级学生都从窗口、门口探出头来,白艾庭那个仪表检查组也紧跟着走到廊上,瞪眼望着龙七。

龙七走到1班教室前门,右手推门,左手举手机。

1班黑板前,两名男生正挨着讲桌,他俩个儿都高。

卓清站得直挺,举着粉笔在黑板上解题,黑板上有大片解题过程。靳译肯的手肘搁在讲桌边沿,人靠着,也挺专注地看着黑板。两人同时被前门的动静吸引,侧头看,龙七在那一刹那拍了照。

转身往回走的时候,1班前后门很快有人跟出来,一名男生不客气地吼着质问她干吗来的。她充耳不闻地走到白艾庭的检查组跟前,举起手机:"没戴领带,扣。"

这会儿以她为圆心,周围的一群男生同时发出"哇呜"的低呼声,兴奋、"八卦"、看热闹不嫌事大,所有的高亢情绪点都融合在这一声声此起彼伏的"哇呜"里,里三层外三层,一边助兴般拍打着窗台,一边伸着脖子望向1班,视线在两端来回蹿动。

1班前门,卓清先匆忙走了出来。

他皱着眉,忧心忡忡,有同班的学生跟出来看热闹,问他情况,他摇头。两三秒后,靳译肯才跟着慢慢走出来。

远处低云里又滚了一声雷。

卓清感觉热,松了松领带,而靳译肯停在他身侧,隔着半条长廊的距离,遥遥看着龙七。

他单穿一件薄薄的校服衬衫,领口空空荡荡。

"扣啊。"龙七说,向白艾庭又走近一步。

"他没戴领带是因为借给……"

龙七抬了抬眉,一副"看你怎么就地狡辩"的表情,白艾庭没再往下说。

"你们要把这关系户的分扣了,那我也随便你们扣,公平。怕就怕我跟他是两套标准。"

"凭什么你就觉得有两套标准?"

"凭他年级前十,凭我年级倒数,凭你白艾庭向来看人下菜碟。"

"哇!"又是一轮语气感叹声,比刚才更响亮、猖狂,直到龙七瞥向其中主要造势的几人,那几人讪讪闭嘴,跟着里外三层也才安静下来。

轰。

一声雷响。

酝酿了一整天的雨终于倾泻而下,阳台台面被雨水打得深深浅浅一片,吹进走廊的风带着零星雨丝,夹着一股尘土味儿。

自习铃急响。

白艾庭点头:"扣。"

"……"

"会扣的。"

"……"

"公平了吗?"

周遭男生没再发出第三次呼声,龙七也没再答白艾庭的话。

龙七收起手机,跟前一堆学生盯着她,絮絮叨叨小声说话。她回过头,卓清望着她,老远就能看见他皱成一团的眉心,而他身侧,靳译肯不在了。

三点五十分,校论坛上有关她和白艾庭的那场掰扯已经引出了十几条帖子。

这会儿,她身上的校服换成了这期要拍的造型,正坐在摄影棚的化妆区上妆。帖子里十条是骂她的,五条是同情白艾庭的,三条是讨论她和白艾庭何时再开战的预测帖。她慢慢滑着,记下一个个ID,然后玩着"这种ID该对应班里哪个胆小鬼"的游戏。

"最近发质有点差咯。"身后的妆发师手脚麻利地用梳子倒梳着她的头发,拿下衔在嘴边的发夹时顺口一说。

与此同时,屏幕一闪,微信来消息了。

她切换到聊天框,嘴上回:"高三复习,熬夜了。"

"听摄影老师说,你拍完这次内页,就不再接模特的活了?"

"嗯。"

"要专心考大学了?"

"嗯。"

"那你给姐留个联系方式?等你考完,我这儿有些造型想找你做。"

——我去艾庭那边帮你查过,你的仪表分再扣就要清零了,下次要是没带领结的话找我,我帮你借。

聊天框上方名字:卓清。

"好啊。"她回妆发师,手指在屏幕上操作——屏蔽信息。

"消息很多嘛。"

"不熟的。"她把页面重新切到校论坛。

"你要给我备注好哟,别到时候来找我,你来一句——姐你哪位。"

她笑了笑,长发在妆发师的手下盘成髻。

刷新页面,手机"叮"的一声响,一条帖子因多次回帖被顶到首页。

——龙七这算不算碰瓷靳译肯?

指腹在标题上停了一会儿。

她没点进去。

因为已经从若干字眼中看到疯狂输出的嘲笑,她觉得没意思,退出了整个论坛页面。

"好咯。"妆发师往她头上喷定型喷雾。

"谢谢。"

五点二十五分,拍摄结束。

走到地铁口的时候正是放学与下班高峰,长长的通道里都是人,她戴着耳机边走边听音乐。

班级群响了几下,发的全是双休日的复习作业,她在月台边的柱子上靠着,对照着复习列表回忆包里的习题册,挺好,一本不落全在教室桌肚里躺着。

边上有认出她的女生。

三四个,穿着附近校区高中的运动服,手里攥着手机,手机页面赫然是她的社交账号主页。女生们边打量她边快速滑着那些转遍网络的写真照,都没敢上来问,只聚在旁侧小声议论。

龙信义发了条信息来,让她回家经过面馆的时候带份葱油拌面加炸猪排,猪排得是刚出锅金黄金黄的那种,酱料得加点胡椒额外分装。她已读不回,靠着柱子玩手机游戏,屏幕里的小人在台阶上跳,重复单一的音效在手掌心发出声。

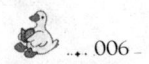

列车来的时候，校服裙摆跟着轨道口的风轻轻扬起，她将手机放进衣袋，一大拨人拥出来，她上了列车。

车厢对座是与她同学校的几名女生，除最右边的女生安静看书外，其他几人三三两两聊着天。龙七跟这一排女生对上视线，她们忽地停止聊天，表情讳莫如深。她瞥见最右边的空位，刚准备过去，挨着空位的一名女生恰好抬头，两人同时看到对方。

龙七的脚步因此停顿，那排女生看着突然停下的她。

列车门在她身后关上，列车缓缓启动，车厢摇晃。有那么一秒钟犹豫后，她转头看其他座位，最终坐到这排女生对面的空位置上。

龙七正对面，膝上摆着书的女生是董西。

北番高中最出名的女生有三个——她、白艾庭、董西。

要说她和白艾庭是天平上的两个极端，一个风评差到阴沟里，一个被全校捧成"北番之光"，那么董西就是天平的中间点。董西当年也是年级前三考进来的，在老师那儿的受宠度与白艾庭不相上下，但她本人话少，事也少，从不关心学校投票与排名，个人的校园网账号常年设置权限，好友保持在个位数并满足现状，感兴趣的仿佛只有读书和美术，校园网话题上唯一一条跟她有关的帖子是她的画作赏析。

才女一个。

车厢内气氛变得有一些微妙，董西继续低头看书，旁边的一排女生却无法做到神色自然，脸上皆有种"怎么这么倒霉碰上这个人"的忌讳感。

全程，董西都不再投来第二眼或参与身边女生的聊天，她的周身气场和这个车厢完全相隔，手指翻页，肩头垂下的发尾随纸页细微拂动。

列车到站，龙七下车，女生们跟她一同下，只是她在前，她们远远在后，中间隔着其他乘客与赶路者。

龙七刚把耳机戴上，突然听见身后"扑通"一声碰撞以及女生的尖叫声。她回头，看见一名高瘦男子抢了她们的包往这方向猛跑，一名女生摔倒在地，看不清是谁，而男子凶神恶煞的表情吓退了通道两旁的路人，惊慌失措的叫声与疾步如飞的声音由远及近传过来。

她迅速伸出右脚。

男子跑得太猛太急以致"刹车"不及，"噗"的一声绊到她右脚踝上，龙七在他摔成"狗吃屎"状时退后两步，等他想起身时又用脚踩住他抓包的右手，他嗷嗷叫着，在后头追赶的地铁警卫及时赶来把他制伏。

她将包捡起来。

一片混乱中，她匀加速地走回去。

摔地上的女生始终被人群挡着看不到脸，龙七边走边盯着那儿，等到一些人让开才终于看清那女生的面貌，女生脸生，董西正蹲在身旁为她压惊。

匀加速的步伐变为匀减速，紧抓着包的手也不着痕迹地松开来，她走到几人面前，董西与女生抬头看她。

龙七递包。

那女生愣了半晌才将包抱住，一群女生面面相觑，只有董西轻声提醒："说谢谢。"

"谢谢……"

龙七将双手放在衣袋里，有些使力，衣肩被弄得往下垂，她转身走了。被吓傻的女生依旧在后头被周边人安慰着。

龙七在楼下超市买了一份低脂面包和一袋备用的卫生巾，即将结账时想到个事，便给龙梓仪拨了个电话，来电声在那端响，她往嘴里递一块口香糖，嚼着，撑着脸，盯着前台的糖果柜子。

那端接起，她叫一声："妈。"然后说，"同意书已经递了。"

"……"

"下回签名别签那么端正，我班里的同学都以为是我仿的。"

"……"

"你给舅妈转这个月的房租了吗？她上回问了。"

"……"

"好，你开会吧，没什么了。"

"……"

挂掉电话，她从柜台多拿出一袋巧克力豆，继续嚼动口香糖，吹出一个糖泡。

单手拎着购物袋与外卖上楼，到六楼，用另一只手摸出钥匙来开门，刚打开就听见里间卧室传来的打游戏声，她将袋子放在客厅桌上杂乱的碗筷堆中，从袋子里拿出巧克力豆，一边拆一边站到客厅角落的体重秤上。

指针指到50时，拆包装袋的动作慢下来，随后她毫不犹豫地将整袋巧克力豆丢进旁边的垃圾桶内。她返回桌前拿出一片低脂面包咬着，其余的封好放冰箱内。

她接着到卫生间，打开热水器准备洗澡，顺便滑开手机查看上个月的例假日期。外面打游戏的声音渐渐小了,水声大了,她拉下皮筋用手指顺头发。

可是这时手机"噗"的一声从掌心掉到盥洗台里,她迅速抓起来甩掉水,嘴里低念一声"喊",扯一条毛巾擦手机。准备放毛巾时她往架子顶部看了一眼,这随意一瞥,使得动作稍稍停顿,她发现了一个东西。

那是一个指甲盖大小的黑色玩意儿,被藏在一堆毛巾的底部,她把它拉出来,看见了一个红外线摄像头。

不足三秒,卫生间的门砰地被拉开!一声巨响震入狭隘的客厅,龙七脚底生风地走向里间卧室,用手掌用力砸门!里屋传出椅子转动的慌乱声响。

他不开门,她就进厨房从碗碟堆里找出备用钥匙,三两下就解锁将门用力推开。电脑桌前的龙信义慌不择路地转过椅子,他的手紧紧抓着鼠标,屏幕上是闪切回来的游戏画面。

"干吗?!"他大吼。

她一步不停地走过去,夺过鼠标退出游戏页面,他大声骂骂咧咧,而卫生间的实时偷摄画面立刻从游戏页面后面跳出来。她猛地将鼠标线扯断摔到地上,龙信义一下子从椅子上蹦起来:"砸东西算什么事!"

龙七充耳不闻地将他的电脑主机从桌子下抱出来,龙信义快骂出以"C"开头的粗话来,紧接着就被她打开柜门抽棒球棒的动作惊呆,一棒子下去,主机的碎裂声响犹如车祸现场,他仿佛被五雷轰顶,整张脸僵化,嘴型停滞在骂"C"之前的龇牙状态。

客厅传来迅速开门的响声,刚下班的舅妈听到声响火急火燎冲进来:"干什么!你们在干什么!拆家啊!"

"妈……"龙信义这个大高个儿惨白着脸说道,"她把我电脑主机砸了。"

舅妈也一惊,瞪着一地狼藉。龙七已经到自己房间拿包拿衣服,她经过龙信义房间时丢一句"活该",套上外套摔门而去,刚走出三秒,想起个事,又反身回屋。

龙信义吓一跳,以为她还要上手,刚踏出卧室的半个身子又缩回去,舅妈喊:"说说怎么回事!"

"她砸我电脑!就这么回事!"龙信义粗着嗓子在里屋吼,"她今天还在学校跟人吵架呢!"

"他偷拍我。"

她把兜里的摄像头"啪"的一声拍桌面上,提起杂乱碗筷中的外卖。

"那是我的面不?"龙信义看见,立刻嚷道,"干吗!拿面干吗?!"

龙七出屋,用力关门。

半小时后，人坐在冷气充足的便利店内。

九月末，六点半，天色还没暗，玻璃墙上映着影子。

手机"叮"的一声响，学校公众号定时更新推文，发来校内学生在联校物理竞赛中得奖的捷报。

桌上摆着一罐拉开拉环的气泡水，她靠着椅背，食指一抬，把推文信息快速滑走，指腹在键盘上噼里啪啦地摁，继续跟龙信义隔空吵大架。

舅妈的电话来了三个，一个电话在通话中骂龙信义，一个电话劝她回家，一个电话打听她有没有向龙梓仪告状。

第四个电话开始她不再接了。

便利店对面是别墅区，马路特宽，车特少，门禁特严，进出的人员半小时凑不满三个。她把吸管插进饮料罐，在跟龙信义对战的过程中抽空看一眼对面，刚好看见从一辆出租车上下来一名男生。

男生个儿高，穿北番的校服，关上车门，边走边低头看手机，正要往别墅区里头进。他才走两步，停顿，视线从手机屏幕收回，转头往便利店方向看过来。

龙七看着他。

一边看，一边无声地咬着吸管，气泡水顺着喉口往下，嗓子凉。

他朝这儿走。

"叮"的一声。

她低头看，龙信义又发了条信息过来。

——我家规矩，九点门禁，提醒你啊，爱回不回，我可不给你留门。

她打字。

——滚蛋。

便利店的感应门一开一合，人径直走到柜台："两杯冰美式。"

"好嘞，两杯冰美式。"

柜台处机器运作，热的咖啡灌入冰杯，冰块噼啪地响，咖啡香隐约飘过来。龙七的气泡水吸到了底，发出空管声，这会儿她才打开公众号推文，看着三张领奖合影，照片里站C位的那人和柜台处等待的背影重叠。

"靳译肯。"

他回头。

她高举了一下易拉罐。

他踱到边上冰柜处，抽出一罐气泡水，结账。

他买完单后拎着饮料到她边上，拉开座椅，坐下的同时把她单边的耳机扯了。她斜了一下额，继续视若无睹地刷手机，拿第二罐气泡水，"噗"的一声拉开拉环："恭喜你。"

"客气了。"

与此同时，一叠卷子和习题册从他手里摆上台面，她侧头，手指拨了几下："你进我教室的时候还有人吗？"

"没。"

"门没锁？"

"礼仪队有钥匙。"

他话落，龙七看他一眼。

他朝桌上的外卖袋子撇了撇头："这什么？"

"吃晚饭没？"

"小区门都没进，你说呢？"

"喏，给你买的。"

"真给我买的？"

他问归问，上手便开始解袋子，开了盖拆了筷子，当发现夹起的不是以"根"为单位的面条，而是"坨"时，他慢悠悠放筷，"啧"了一声。

"你表哥又招你了？"

真会透过表象看实质。

"这变态在卫生间装摄像头，辩呢，说是拍他养在卫生间里的鱼。"

"然后你怎么做的？"

"把他主机砸了。"

靳译肯点了下头，对她的反应措施表示意料之中："你不考虑搬回去？"

"我妈那儿要能留我，就不会从初中开始把我寄放在龙信义家了，"顿三秒，她看靳译肯，"我打算租个房自己住。"

"钱够吗？"

聊到此处，她又顿了顿。

然后她收拾东西提包起身："行了，这事你不用掺和，谢谢您帮我拿作业，我跟社里的编辑姐姐约了吃饭，先走了。"

"您"字上，她加重读音。

但是人刚走两步，就听便利店的感应门一开一合，一名穿着北番校服的女生进店，她当下就条件反射，转步子朝食品柜后头躲。靳译肯看见了，仍旧悠哉地坐在原处吃面。对，那面他还真吃得下。

那女生从宠物货柜处拿了两盒罐头，经过餐椅处，看见了靳译肯，随口招呼："晚上好。"
"出来喂猫？"
"嗯。"
两人的对话日常又自然，而龙七从声音与背影认出来，那女孩是董西。
竟然是董西。

董西结完账就走了。
出了店，迎着夜风，她披着一身柔和的路灯暖光，朝马路对面走去。
龙七坐回餐椅，靳译肯的面已经吃了一半，腮帮子缓慢地动着。
"董西也住这儿？"
"嗯。"
"你怎么从来不说？"
他看她一眼，继续挑一筷子面。
"董西是我邻居这事，就跟教英语的白老师跟你住同一小区一样，你闲来没事会跟我提白老师跟你同小区吗？"
"白老师跟我同小区？你怎么知道？我怎么不知道？"
话题偏了，但靳译肯熟悉她这糟糕的重点抓取能力，撂下四个字："我碰到过。"
然后他盖上盖子，把一次性筷子和汤匙塞进塑料袋，扎口子，说："吃完了。"
起身时他拿着手机操作了一下，龙七的微信跟着收到一条转账信息。他一边把塑料袋扔进垃圾桶，一边说："下次帮我加个蛋，我妈要是知道我晚上就吃这么点得疯了，就当是我预支的伙食费，七。"

她看着转账里头四位的数字，上了公交车后按下了"转回"键。
而后，她慢条斯理地上滑聊天记录，两人最新一条消息是她让他拿自个儿落在教室的作业，他回了个"好"，再往上是他几天前发的一条信息，问她：我领带是不是在你那儿？
她三天没回复。

靳译肯和她就是这么个关系。
她是一个月里头每隔五天就得进办公室听一趟训，每一趟训都值得被挂在校论坛里讨论三天三夜的问题生。他是那五趟里两趟都能赶上巧，替学校得了奖争了脸，大广播通报，公众号表彰，名字都镶金边的资优生。他人长得挺帅，浑身透着早熟男生的聪明劲儿，是老师心头的宠儿，也是白艾庭摆在台面上崇拜了两年的人。

两人在校内从不搭话，考试排名一个在头一个在尾，班级一个在西一个在东，人前碰上面的次数也不超过十次，但在校外，龙七的每一顿晚饭几乎都是跟他吃的。

白艾庭不知道。

没人知道。

他还去龙七家客厅待过，龙信义同样不知道。

准确来说去的是龙信义家的客厅。

他落下过不少东西，外套忘过，耳机丢过，门禁卡也掉过，但龙信义这人特别迟钝，到现在都没起疑过一次。

校服领带也是那时候落下的。

…………

撤出聊天框，龙七给刚看中的一套公寓的中介打电话，问对方能否这会儿就带着去看房。得到肯定答复后，龙七又想了想，给下午留了联系方式的妆发师姐姐发信息，问她的工作室双休日需不需要模特拍妆面，自己可以去。

她压根就没和什么编辑姐姐约饭。

随后的整个双休日她就在忙碌的试妆模特工作中度过。在这期间，她还雷厉风行地把房给看了，最后选中学校三条街外一老旧小区的50平小公寓，环境一般，但便宜，可短租。她算了算卡内"余粮"，觉得能撑一段日子，便定了。

这事她没跟她妈说，但跟舅妈说了一嘴。舅妈知道龙信义干的那档子事性质恶劣，拿出解决方案之前也没底气叫她回来住，更没底气把状告到她妈那儿，她租房在外住的事也就默许了，还给她转了一笔生活费，让她在外头住几天新鲜新鲜。她寻思舅妈是想打个温情牌，看她什么时候熬不住了什么时候回去，到那时事也能悄无声息地翻篇儿。

她不，所以她把生活费"转回"了。

她虽然寄居在龙信义家，但从来不是吃人嘴软拿人手短那一茬的。龙信义的学费是龙梓仪出的，龙七每月的生活费也按时按点转到舅妈账上。龙七就跟在龙信义家租了个房间一样，日子过得有底气有脾气。龙信义对她这种生活羡慕极了,他觉着只要她开口,龙梓仪仿佛什么都能满足她,就比如不愿意上自习这件事。

但龙七认为,"尽量满足",有时候跟"放任不管"搭点边。

一个双休日过去,周一早晨,校园广播点名批评不守校规的学生,主任的播音腔大嗓门儿在教学楼每一处墙壁之间回荡。

龙七在睡觉。

班主任在小组间踱步巡视,广播内厉声提到"龙七"二字时,他刻意用指骨节敲响她的桌面,她才睁开困倦的眼,手掌还撑着下巴,撑得脸上都留了印子。

昨儿跟着妆发师姐姐做了一个品牌活动,她当模特,在商场里笔挺着腰坐了四小时让人上妆。为了显得精神,她还喝了两大杯咖啡,导致一整晚没睡着。

班主任走后,后座有男生叽叽咕咕聊着天,隐约提到她的名字。她往后瞥,是一个胖子和两个矮瘦男生,胖子男表情颇为得意,但是另一人发现她后立刻推搡旁边的人,三个人收声敛色。

广播结束,班里人纷纷准备去考场参加每月一次的模拟考,一时间桌椅碰撞声和理书声埋没男生们的对话。龙七收回视线。隔壁排的女生互相谈论:"你去哪个考场?"

"我就在隔壁班。"

"我是1班考场。"

"好紧张啊,这次月考成绩决定下半学期的分班啊,好怕考不好被分去差班……"

手机来了信息,她收拾完东西,在去考场的路上看,是龙信义发来的。

——考完后来一下2号教学楼后面,妹妹。

"神经病。"她低念,把手机放回口袋。

第一场考试是数学,时长两小时,开考一小时后就可以交卷了。考场安静,学生们奋笔疾书,龙七做半小时,睡半小时,然后像往常那样掐着点第一个交卷出考场。刚走到楼梯口,手机又在口袋里振动。

还是龙信义发来的,她走楼梯的步子缓下来。龙信义发了一张她在卫生间脱上衣的背影照过来,像素模糊,像是视频截图。

"……"

以毫不耽搁的速度到达2号教学楼后面,龙信义也考完试了,正站在走廊风口里吃刚从小卖部买回来的关东煮。龙七一脚踹上他后背，他整个人从走廊跟跟跄跄到教学楼外的花园小路上，关东煮的汤洒了一手，烫得他龇牙准备骂粗。

"你是不是男人？"她走下阶梯，龙信义作势往后退。

"别，妹，别激动，妹子，这不还有商量的余地嘛。"

"视频还剩多少？"

"哎，你交卷够快的啊。"

"剩多少？！"

见她嗓门儿大，龙信义才努着嘴往四周瞅了几眼，从裤兜里摸出手机："只有三段了，全在这儿，每段十分钟左右。"

"你想干什么？"

"你要我就卖给你，绝不留备份，真的，主机都给你砸了。"

"给钱的事休想，不想我报警就拿过来，现在！"

龙信义一副滑稽生意人的样子"啧啧"道："你前两天不是跑了很多活动吗？起码进账两三万吧？视频特便宜，真的，每段一千，一共三千，一次性结清再没备份，我保证。"

龙七从衣袋里拿出手机按下第一个数字"1"，龙信义几步冲上来改口："那行！这样！我单卖个视频密码给你，两千就行了！"

第二个"1"也按下，她质问："视频密码？"

"我昨天发了个帖说我这儿有你的视频，别说你还挺抢手的，当晚就有人……"

"龙信义，你畜生！"

没听他说完她就发飙了，龙信义疾步往后退，吼回去："谁叫你砸我电脑，我妈又不给我买，我总得凑钱自己买吧！"

"你卖给几个人了？！"

"一个，就一个！"他伸出食指仿佛发誓，"而且我真没坑你，那视频里头只有你的生活照，没多的！谁买谁冤大头啊！"

"卖给谁了？"

"这不能说。"

"谁？！"喊声很大，直接把龙信义给震慌了，他跑上来象征性地安抚她，满嘴跑火车，立刻就把买主给供出来了。

"就你们班那胖子，特有闲钱，二话不说一口价就拍下来了，"但即使供出买家他也不忘做她生意，"实话告诉你，款已经进我账了，我这立马就要发他密码了,你真不考虑从我这儿买?妹,我也是被逼无奈,我也不想靠你赚钱啊……"

龙七一把推开他转身上教学楼,龙信义不可思议地站在风口里朝她喊:"你真不买?你真不买啊?!那我发他了啊,我真发密码了啊!"

Part 2 ··✦·· 第二章
好友请求

　　教学楼这会儿还笼罩在考试气氛里，提早出考场的学生寥寥无几，龙七一路扫过三个班级，最终在走廊尽头的1班考场内见到那胖子。他坐在最后角落的位置，仗着座位与监考老师之间的视线死角放肆地吃零食，龙七看过去时他刚好把头往桌底下埋，小心翼翼地在手机上打数字。

　　龙信义那变态真的把密码发过去了！

　　教室前门因她手掌的力道撞到墙面上！龙七目不斜视地走进教室，整个考场因她的闯入而炸开，前排的学生紧跟着她回头，监考老师愣在讲桌前。当时第一个反应过来的恐怕也只有同在那个考场的靳译肯，他百无聊赖地盯着她，随后所有声响都被龙七一脚踹那胖子的课桌声给震垮！考场内的学生几乎全体站起来，同一考场的白艾庭也看过来。胖子更狼狈，零食洒一地，考卷飞半空，桌肚中藏的奶茶直接甩到了隔壁桌上！

　　"龙七！"监考老师厉声喊她，她充耳不闻地从一地狼藉中拿手机，靳译肯终于也站起来，双手插兜看着她的方向，白艾庭离闹事现场近，揣起考卷往后退到他身边，考场处于热锅沸腾的状态。

　　胖子瘫在座椅上。龙七开始删视频，监考的女老师抓她手腕，她挣开后继续删，删完后才泄愤地把手机扔回胖子身上！胖子面红耳赤。这时女老师抓住她双手，另一名男老师大喊："同学们坐回去！做好的交卷！没完成的不要站起来，坐好！都坐好！"

　　跟着全体学生站起来的还有卓清，他闻声交卷，随后隔着人群看龙七，视线仿佛钉在她身上。

　　这件事不多会儿就闹得满校皆知。

　　考试期间闹事，性质严重，学校给予龙七停课三天的处分，她直接说了龙信义兜售她视频的事，然后舅妈来了，胖子的父母也来了。

　　鸡飞狗跳的打闹声从校务楼传到相隔百米的教学楼，阴雨蒙蒙，浊云昏黄，考完试的学生聚在楼道，嚼着笑张望。

龙七从主任办公室出来后，见到第一个等着她的人——卓清。

他和他的班导站在隔壁办公室门口，微微蹙着的眉心直到看见她才舒展开来。班导在与他讲事情，他听一句就朝她看来一眼，龙七照常速离开。

下楼梯的时候卓清跟过来了。一直都这样，每次她被喊进办公室的时候他就会借故出现在隔壁办公室偷听对她的处分，这次他问："要不要送你回去？"

卓清关注她两年了。

卓清人优秀，绝顶的好脾气，有着长辈一看就喜欢的男孩长相。学校主持大型活动最爱用白艾庭，而跟外校学术竞技最爱用的就是他和靳译肯。两人排名不相上下，是常年联赛金牌搭档，说是北番招牌也不为过，但好人总会被坏的东西迷得神魂颠倒，就像白艾庭关注靳译肯而卓清关注龙七，偏偏卓清和靳译肯还是兄弟。

靳译肯就坏在这个地方。

卓清关注了龙七两年，靳译肯就看戏看了两年，不管卓清和龙七在校内被传得如何有鼻子有眼，他依然可以在校外跟她照吃照喝，没打算对任何人有任何交代。但他在跟女孩打交道这事上确实比卓清有招儿，卓清到现在还用着"要不要"的句式，而他开口就是"我送你回去"。

——"要不要吃点东西？"

"来我这儿吃晚饭。"

——"要不要帮你拿？"

"放着我拿。"

——"要不要试着跟我做朋友？"

"咱俩都别祸害别人。"

上面是卓清，下面是靳译肯。

但无知者无畏，卓清依然从高一入学军训开始关注她到现在，关注得轰轰烈烈，关注得绵延不绝，关注到老师数次招她进办公室进行警示教育。

——你可别影响卓清。

她次次翻白眼。

龙信义还在后头挨舅妈和主任的霹雳双吼，卓清一路陪着她走出校务楼，边上刚下训的一群田径队男生吹哨，哨声又吸引对面教学楼的学生，靳译肯在三楼看着她，他的边上有蒋禀和白艾庭，白艾庭看她的眼神像普度众生的观世音看着三生三世都无法被感化的孽障。

靳译肯则收了视线,一边进教室一边把手机搁在耳边。卓清口袋里的手机在同一时刻响了,他被靳译肯找了个借口叫走,白艾庭也在卓清离开后才收走视线,仿佛终于安心于身边好友没被圈子外的妖女缠上。

是这样的,好学生的圈子永远成群结队闪闪发光,问题学生总是一个一个地单打独斗。

一声闷雷响,额头上砸来两道斜雨,她的肩上被披了一件外套,侧头,舅妈帮她紧了紧衣领。

"信义……我带回去反思三天。"

"……"

"整个家,我也检查一遍,以后你睡舅妈房间,舅妈睡你的。"

"……"

龙七看着舅妈,舅妈的手腕过度使力,一边麻溜收拾,一边细微地抖。

"先别告诉你妈,别报……"没把那个字说出来。

龙七看着舅妈,舅妈的动作慢下来,也看着她。

"那我租房的事,"她平静地答,"也别告诉她。"

被学校停课的这三天,龙七铆着劲儿在妆发师姐姐那边"刷脸"。

把租房的费用"回血"一部分后,专门挑着家里没人的一天把日常用品给搬了。一个人来回三四趟,忙到最后一天傍晚才得空买了块小蛋糕,翻箱倒柜找出个打火机,点一支蜡烛,庆祝自己人生中提前到来的独居生活。

那会儿,橘黄的余晖从阳台投到客厅简易的茶几脚边上,她坐在阴影里,看着燃动的烛芯,用手机拍了张照片上传朋友圈。

随后她撑着脸,看着蜡烛烧到根部,蜡油渗进奶油,才拿起手机看信息列表:一片寂静。

龙七刷新朋友圈的时候看见龙梓仪两分钟前新发的状态,她分享了一段视频,视频里是她两个双胞胎儿子坐在音乐教室里跟老师学击鼓。

她退出视频,回自己的朋友圈,删了那条发布的时候就设置了仅龙梓仪一人可见的状态,然后靠着沙发发呆,觉得这日子过得挺没味儿的。

没过五分钟,手机屏幕"叮"的一声亮起,跳出一条消息,靳译肯给她发了个地址,后头跟了六个字。

——出来吃小龙虾。

她记恨他那天把卓清支走的行为,打字:不去,味儿大。

他又回了六个字。

——你先看看余额。

妆发师那边的薪资要过一周才能打来。

她的脑内清算了一遍卡内接近两位数的余额,又看了看茶几上被蜡油"糟蹋"过的小蛋糕,摁着屏幕回语音:"等着。"

说让等,但她磨蹭了半小时才出门,路上又花了二十分钟,到店的时候已经接近七点,靳译肯的菜都上了,人也在露天餐区坐半天了。他一看就是下了自习直接来的,身上穿着校服,这会儿挨着椅背跷着二郎腿,正悠哉地往桌面的卷子上写题。

店门口还支着烧烤摊,烟熏味儿随风大片大片地散。龙七穿过拥挤的桌椅与食客,到座位边上的时候懒洋洋地把手机滑桌上。他闻声抬头,又低下脑袋继续写:"行,进步了,比我预计的早了十分钟。"

"尖子班的到底不一样,赶着饭点还做题,要我说你卖力还是说你扫兴。"

她边说边给双手套上塑料手套,皱着眉挪开蒜蓉味儿的那一盘,挑了几个清蒸的放碗里。靳译肯的注意力还在卷子上,腾出左手驾轻就熟地往碟子里调三勺酱油一勺芥末,搁她面前。她刚好剥完一只虾,顺势蘸着,往嘴里递,细慢嚼着,开始问罪:"那天干吗把卓清支走?"

"你不是不喜欢他?"

"那你不是从来不干涉,白艾庭叫你打的电话?"

"没。"

"那你说说。"

"小事有什么好说的。"

"你们当时看我的眼神让我不舒服了。"

她的手头自如地剥着小龙虾,头也不抬,但声音比刚才响了一些。他朝她看一眼:"卓清找你的场合不对。"

"……"

"后头老师、主任看着,全年级大半好事的也在阳台上盯着,他再跟着你多说两句话,不是他被你吼,就是你被叫回办公室重听一遍校训。主任把卓清当宝一样宠,含嘴里都怕化了,能看他受你影响?"

"主任的逻辑我理解,说我吼他我不理解,你算命算出来的?"

"你的臭脾气就那样。"

往靳译肯那边飞了一个虾壳，朝着脸去的，他侧了额，但虾壳仍旧划过他的脸。他"啧"了一声，抽张纸擦了擦，没发作，继续做题。

"你是打算把饭局变成作业局？"

"老师刚出的限时题，再十分钟做完发过去就好了。"

他话音没落多久，估摸着抬眼看见了她的脸色，改口："五分钟。"

她解开手机屏幕，定下五分钟的闹铃。

"那房你租了？"

他这人一心多用牛得很，稿纸上算着题，口头又开始扯新话题。她点头。

"平时怎么吃？"

"外卖。"

"你舅妈就给你这自由了？"

"她打算让龙信义带便当给我，我才被火上浇油气了第二把，没要。"

他算到关键步骤，对话稍微暂停一会儿。龙七自顾自地吃虾，等他总算落笔写完发群里后，听他接回话题："把你新地址发我一个，我给你订。"

话音落下没几秒，刚定的闹钟响起，五分钟到了。她喝一口茶水，靳译肯则收笔收卷子，看了眼时间，挪椅子起身："我要走了。"

她看着他，没作声。他主动补充："家里来客人了，我妈催我回去。"

"你一个虾都没吃呢。"她说归说，对他的去留丝毫不在意，着重问后一句，"买单没？"

"买了，就是陪你吃的，今天我妈掌厨，我得腾着肚子。走了，记得发我地址。"

她一撇额，意思走好。

靳译肯口中所说的客人一般都特指一个人。

他走后一小时，白艾庭的账号状态就如约而至，更新了三张照片：一张是配着精致瓷盘的丰盛饭菜，摆满一桌，桌边坐着长辈，只拍了手没拍人；一张是庭院里头一条正兴奋摆尾的阿拉斯加，体格健壮，毛发亮丽，对着镜头咧着狗嘴，那是靳译肯的狗；第三张是靳译肯本人的单人照。

他站在餐桌旁，低头拉可乐罐拉环，桌上的冰饮分两堆，一堆是开了环的，一堆是还没开的，白艾庭因此配文：单手开环常规选手。

配一个捂嘴偷笑的表情。

他连衣服都换了，卫衣，领口露着一截白T领，挺帅，挺阳光，挺败类。

底下留言不出五分钟就排成一条长龙，要么是女生点赞夸奖美食和狗，要么是男生列队调侃靳译肯。近百条评论里，白艾庭就回了一条，那条留言因此被顶到第一：靳译肯的脸怎么了？

——被邻居家猫抓伤了。

龙七那会儿已经吃得差不多了，用勺子挖着免费送的餐后冰激凌，点开屏幕中第三张照片，放大。

他侧脸确实有一道浅红的印子。

不是很明显，乍看是挺像猫抓的。她一边打量，一边将冰激凌慢悠悠地递嘴里，不到三秒就想起来龙去脉，看向桌对面他一小时前刚坐过的地方，那个从她手里掷到他脸上，顺着椅背掉到地上的坚厚虾壳，这会儿还躺在椅脚边。

冰激凌在嘴里化得没了味儿，龙七在下线前发表了一条最新状态，一个字：喵。

三天时间就这么过了。

周一早自修铃声响，她在这阵铃声中慢慢走上楼梯，俩课代表正赶着下楼去交作业。她们聊："你们班座位排好了吗？"

"排了个大概吧，有个座位一直没定下来，老换人。"

"为什么啊？我们班座位表一贴就搞定了。"

"我们班有那谁呀，换谁跟她同桌都不乐意，后来落给个最好说话的。"

"哦——"一声意味深长的应和，"今天那谁复课了，对吧？"

三人在楼梯转角碰上。

对话戛然而止，两人吓得叫了一声。

教室已进入早自修的安静氛围，班导不在，龙七照往常一般进班级，只是这次没听见班长的例行喊名。她入座后随意往那位置看一眼，没看见班长，却看见另一个人。

傲慢的态度在刹那间轻微收敛，是未曾预料的画面与不能掌控的情况碰撞在一起的奇妙瞬间反应，心尖儿上有"啪叽"一声脆响，身子骨迟缓运动。

班级里有窸窸窣窣的细响，同桌在抬头望她，她的注意力却一秒、两秒、三秒，全放在那个位置上。

女班长的座位有人取而代之，那个人是董西。

也是此刻龙七才发现班里的位置确实调换过了，新同桌是原本别班的男生，他在看过龙七一眼后就本分地低下脑袋，龙七用脚顶他的椅脚，他彷徨地望着她。

"分过班了？"

"嗯……分过班了……"

"按照成绩？"

"嗯……"

她坐下，沉思良久，再问："那董西为什么会在这个班？"

同桌表情有些惊诧，似乎觉得她应该知道才对，嗫嚅着回答："还不是你那次……弄湿了她的试卷……导致她一门成绩作废。"

听人说完，龙七才迅速回忆起七天前闯考场踹胖子课桌那一秒时的大环境。当时胖子在角落，她在胖子桌前，监考老师在讲台，白艾庭在教室中央，靳译肯在白艾庭前座，卓清在窗口，而董西……

董西在胖子的隔壁。

龙七踹桌子的时候，确实有考场学生全体起立的错觉，但是有一个人没起立也没参与进来，那个人就是近在咫尺的董西。胖子桌肚里的奶茶甩向了她的考卷，她的笔袋和计算器被波及摔到地上，她当时俯下了身捡东西。

哦。

这就是董西从尖子班空降到普通班的原因，5班的班长名次上升转进优良班，而她从一线滑至三线狠狠跌进普通班，这就是主因。

龙七再看去，董西正安静地写着笔记，她脸侧的长发绾在耳后，笔端轻轻地移动着，无怨无躁，俗世不扰。

放学后回到公寓里，发现妆发师姐姐给她推送了一个人的名片，说是个经纪人，对她感兴趣。

她进门放钥匙，通过了验证。

对方是个爽快的人，上来自报一遍家门，自称老坪，紧跟着进正题，说龙七有潜力，想约见面细聊，可能的话会为她准备一份艺人经纪合约，问她是否感兴趣。

她到卫浴间开热水器，几乎没考虑，回他：不感兴趣，高三，我高考。

对方劝了几句，看她的回复都很短，就大概明白了，表明完合作意向，说了几句会持续关注她的官方话，聊天就结束了。

水热了。

她关了手机去洗澡，洗完澡后到床上打开笔记本电脑，一边吃苹果一边点开校园网。

校园网总是浮躁的，总有她的名字和相关相册，总有白艾庭的最新状态提示。她轻轻将光标移到搜索栏，一个字一个字打：董西北番高中。

缓冲几秒后，被搜索的账号跳出来，资料显示为北番高中在读，账号名便是简单的"董西"二字，没有乱七八糟的符号也没有烦琐的前缀后尾，头像是一种木兰科植物的艺术画。她将光标移到那头像上，头像变色等待点击。

啪嗒，点击进入。

网页悄无声息地跳出提示框：你还不是她的好友，对方只公开了一部分信息。

那时候的嘴轻轻抿起来，她将苹果放在一边，双手放到键盘上。

不打字，手指尖只是嗒嗒嗒地轻点着键盘，踌躇了一刻钟才终于点击"加为好友"一栏，网页弹出"验证信息"栏，她拿起有些氧化了的苹果咬一口，手指摸着键盘，一个字母一个字母地打。

long……qi

——我是龙七。

刚打完，她删除，重新打。

tong……ban……

——你的同班同学。

打完后再次按删除键全部删除，她又咬了一口已经氧化得厉害的苹果，最后打：

dui……

b……u……

qi……

——对不起。

打完，点击发送消息。

同时考虑到另一件事，她迅速退回自己主页，检查了一遍，将一些攻击感较强的状态和照片设为私人可见。

网页右下角响起叮咚一声系统提示音，龙七忙碌的动作放慢，眼睛盯着那儿，鼠标移过去点开。

龙信义的留言跳出来：你跟靳译肯认识？

咬着的下唇轻轻松开，点击右上角叉号关闭窗口，她重新刷一遍页面，没有任何新消息。

隔五分钟刷一遍，隔十分钟刷一遍，隔半小时刷一遍，看了看时间是九点三刻。一般的作业量要做到十一点，好学生的话十点能完成，但是好学生爱花时间复习和预习功课,那么平时大概十一点半才睡觉。龙七到十一点半左右再次打开网页刷新,仍旧没有任何消息。

她用手撑着下巴,手指尖在桌上嗒嗒嗒地敲。

其间,她又收到龙信义的一条线上留言:回我呗,认识不认识?

她依旧不搭理,龙信义紧接着发第三条:妹我错了,我真错了,对不起啊,你回我一声吧!

她打字:他揍你了?

龙信义回:没。

再发:他泡你女神了?

回:没。

两样都没,龙七正觉无趣打算把他拉入黑名单时,龙信义发来消息:他送了我套电脑,我去,配置无敌了。

龙七当下就摔了鼠标从浴室拿手机回来,一个电话拨到靳译肯那边,对方一接她就火气极大地吼:"你有病啊!"

靳译肯那边特别安静,像是在自家书房温习功课的状态,他一听她的骂声就笑了。龙七接着喊:"你闲得慌还是钱多得慌!还是这回你打算泡龙信义,换口味了啊!靳译肯,要不我明天到广播那儿吼一声帮你告白得了,你看这法子怎么样?!变态!神经!"

不管她再怎么骂他都只是笑,使劲儿笑。等她骂完了他才说一声:"七啊,你太不给自己留后路了,我给你铺路呢。"

她一只手点击龙信义的账号拉入黑名单,另一只手上是要挂电话的架势。靳译肯问:"你吃过了?"

"挂了!"

挂电话后火气未消,她在他回拨之前关机,再用力把手机扔到床对面的沙发上。

发泄后龙七重新把注意力放回到页面上,但心火实在涌得厉害,她按鼠标的声音很响很响。

是这样的。

他就是这样,一直以来就是这么一个阵营模糊的人,前一刻能替她端茶倒水体贴有趣,下一刻也能搬着凳子赶上任何与她有关的好戏,甚至有时还嫌戏码不够热闹,自个儿也非得掺和一脚留下姓名。所以说没法聊,真没法聊。她又用力按了一把鼠标,连续刷新十几遍页面。

仍旧没有新消息。

半小时后,她扔开枕头,重新下床走到沙发旁拿手机,给靳译肯回拨了一个电话。他刚接,她就说:"闭嘴。"

"嗯?"

"问什么答什么,董西之前跟你是同班,对不对?"

"董西,"他的话音里还有没收住的笑意,停顿两三秒,"是。"

她的浮躁慢慢收起来,问:"她平时用不用校园网账号?"

"没注意她。"

"她有哪些特别好友?"

"没注意。"

"那她跟白艾庭的关系怎么样?"

"没有关系。"

龙七顿了一会儿,慢慢说:"你不对劲儿啊,她又是你邻居又是你同班同学,你俩在小区见面还互相打个招呼,怎么我一问起来你倒是三不知。"

他对她话里的意思全了解,回:"她爸的画很贵,我妈竞价入手过一幅。她家醉蟹做得挺好吃的,但一年只能吃一次。"

一、董西出身艺术世家。

二、董西家在小区内的邻里关系良好,但社交活动并不频繁。

三、董西跟靳译肯家的关系止步于互相欣赏。

龙七听出这几点意思来。

"听说她爸妈跟校长聊过董西降班的事,"靳译肯又开始放料,龙七竖起耳朵听,但紧接着他那边传出几声敲门响,他顿了一下,懒洋洋说,"我喝汤去了。"

挂了。

没劲。

龙七一言不发地回到床上,重新看页面。

没有新消息。

她撑着下巴,查了查她主页里唯一能看的最新状态更新时间,是数十天前。

一个晚上,秒针就在反复刷新网页的过程中嘀嗒行走,什么时候睡着的不知道,作业有没有做完也不知道。窗帘没拉,早晨的阳光照到她发上,直到那时她才有一晚时光已流逝的觉悟。

她起来时,手肘碰到笔记本电脑旁的鼠标,休眠的屏幕亮了,网页跳出一条最新提醒。

——董西接受了你的好友请求。

晨光微弱,鸟鸣低浅,她在刚醒来的第一秒看着屏幕上的这行字,抚摸前额的右手停止动作,压出睡痕的长发慢慢恢复原状落于肩头,眼睛里装着整块屏幕的光,抿着的嘴唇轻微松开。

网站右下侧还有替用户自动发来的系统消息:我们已经是好友了,现在开始对话吧。

"董西接受了你的好友请求。"

"我们已经是好友了,现在开始对话吧。"

这两行字让她看了五分钟之久,接着她才后知后觉地将注意力放到董西的主页上。

她的好友不多,真的是传说中的个位数,自己的加入刚好凑成10。

龙七发现时,刷网页过程中时刻咬着的手指从齿间离开,耳边有鼓声,心一动。

收拾了一下就去了学校,进教室时刚好早铃响,龙七在门口停了一下,坐前排的董西因为短时间的光线被挡而看过来,她手上的笔还在写字,眼睛淡漠有神,看过来,看见是龙七,收回去,状态如初,不留一丝情绪痕迹。仿佛龙七只是普通的同班生,不因为她的风评而差别对待她,也没有因为通过了好友验证而刻意迎合她,董西跟昨天的态度一模一样。

上课的时候,龙七用手机刷这个女生的账号主页。

她的头像的确是一幅艺术画,是她自己的闲暇爱好之作,相册中放着同系列的另外几幅;她的状态一周才更一次,大都是看完一本文学著作后的摘抄与启发;她的私人照片不放在网络上,有的也只是家中一些小角落的特写,时而是原生木的书架,时而是新入的绿色盆栽,时而是不小心沾了颜料的画框,时而是柔软的地毯和地毯上眯睡的小奶猫。

她的生活状态跟龙七想象中的一模一样。

指腹缓慢地触着屏幕,龙七一边看相片,一边在图片缓冲期往董西的方向打量,她听课很认真,一侧的长发总是缩在耳朵后面,看讲台或低头写东西的模样很娴静,自带一种无形的柔软感,柔软又清淡。

讲台上,老师的讲课声一阵阵地传过来,手机也突然在掌心振了一下,靳译肯发了条好友验证过来,附带一句话,问她晚上吃不吃富熙北路上的汤包。

富熙北路上的汤包很有名，从小到大她最爱吃的就是那边的蟹粉汤包，尤其是早上饥肠辘辘的时候，去那店里拿着号码排上七八分钟，一开笼，热气腾腾，吃的时候往醋碟里拌上姜丝，蘸一点，一口下去全是鲜汤。

但重点不是这个。

重点是她昨天被龙信义喜滋滋捡漏那事烧得心火旺盛，跟靳译肯打完电话就把他的号给删了。这会儿他算是发现了，但就跟没事人一样发了验证顺带问她晚上吃什么。

十分坦荡，万分嚣张。

她翻了个白眼。

刚巧同桌低头从桌肚拿东西，视线往她手机屏幕瞟了一下，她也正巧看到，同桌迅速收回视线，她则懒洋洋地看着他，看得他耳朵红了，气短地回："我什么都没看。"

粉笔头敲击黑板，数学老师的高分贝授课声停了两秒，视线朝这儿"杀"过来。

同桌的脸又"唰"一下白了。

班里原本也在开小差的受急速降温的氛围影响，跟着正襟危坐。这么一下后，老师才继续讲题。

手机又在手心轻轻振了一下。

靳译肯的第二条验证信息：还是吃海鲜？

心里的脏话差点就骂出口了，教室前门突然响起三记利索的叩门声，龙七的指腹抖了一下，手机从掌心脱手，滑到过道中央的地板上，屏幕偏偏还停留在董西的主页，她心内低念一声："我去！"

而全班循声望向前门的时候，靳译肯已经走入6班教室，他拿着教学用的三角尺，经过第一排过道，边走边往地上的手机远远瞟一眼，往龙七那儿也瞥一眼，一下就看出这是怎么个状况，仍旧若无其事地把尺子放上讲桌："老师，我们老师让还回来。"

"好，正好，放桌上吧。"

数学老师暂停讲题，手掌在半空中一压，朝着靳译肯点了点头。

班里头多数学生这会儿的视线也都钉在他身上。他个儿高，跨班级还尺子这种事通常挨不到他，老师大多顺口指派坐第一排的学生，但偏偏他就来了，来之前还卡着点给她发验证信息，玩心极其重，相当找死。

龙七弯腰捡手机，起身时对上他朝这儿瞥的第二眼，他插着兜走，跟看她笑话一样，挺得意，出教室的时候还笑了笑。

放学铃响。

学校做消毒，自习取消，班干部让学生临走前把课本都收到桌肚内。龙七收得最快，收完就背包走人，在一众埋头整理的学生中穿行，从后门出。

她刚走出去，发现董西正在前门口。

她面前围了三个1班的女生，都是之前就跟她关系好的熟脸，一个拉着她的手，一个正兴致高昂地说着话，她也跟着对方的话题淡淡应和，谁接话题，她的目光就转到谁身上，听得专注认真有礼貌。

那会儿黄昏的光斜照到走廊上，龙七的左手掌心托着手机，右手捏着机身，伴着急响的放学铃，边走，边一下下地转着。

起了一阵凉风，掠过龙七的颈部，穿过女孩们的欢声笑语，卷起三四米外董西的长发，正说着话的一名女生停下来，吸了口空气，说："好香啊。"

董西的视线自然地从友人的脸上游移到龙七身上，而龙七在两人视线交碰的前一秒挪开目光，低头笔直地走，两人在阵阵凉风与夕阳的余晖里交错而过。董西应该是转头目送了她几步，龙七转进楼梯的时候，听到董西的那些友人小声问了一句："她凶不凶？"

她没听答案，加快速度下楼。

十分钟后来到了学校操场露天看台上，慢悠悠走在上下座椅的过道间，边走边看向球场上正在踢球的男生团体。

靳译肯在里头。

卓清也在。

他难得不打球，带着卓清和自个儿篮球队里的几个兄弟，跑去跟校足球队踢"养生局"。玩得挺高兴的，花样也多，膝盖一抬顶起球，再直踢射门，一看球进了，他就高兴，一边在绿茵场上倒着走，一边朝足球队一领头男生抬了抬额，做手势，意思是今天这场的饮料对方请定了。

白艾庭已经站在球场边的跑道上。

她脚边放着两塑料袋的饮料，身边的施苒喊了靳译肯同队里一个男生的名字，靳译肯才跟着往跑道这边看。

龙七的手肘搭上栏杆，肩上的包顺着手臂往下滑，挂链碰着栏杆，发出叮叮咚咚的响声。

男生们围到跑道边，瓜分了塑料袋里头的饮料。靳译肯接了白艾庭手里的那一瓶，顺手递给后头的卓清，风吹动他的领口和袖口，吹着他额头的汗。他从塑料袋内提出一瓶，拧开瓶盖，仰头喝。龙七远远地看着，白艾庭也目不转睛地看着，随后，龙七低头，解开屏幕锁。

她从通讯录里翻出靳译肯那条还没通过的好友验证，回了一条信息。

——把水拿给我喝。

发出去不过两秒，靳译肯从兜里掏手机，解锁，低头看。

看了一秒，他缓缓抬头扫向四周，很快就看到了看台上的她。

他的第一反应还不算太认真，卓清正在他边上笑着说话，篮球队和足球队的男生们互相打趣推搡，不知道他是沉浸在赢球的爽感里，还是被龙七发来的"玩笑话"逗的。他看着她，自若地笑了笑，然后明目张胆地摇了摇头。

龙七轻轻撑起下巴，也朝靳译肯笑了笑。

而她笑了，他好像才明白这不是句"玩笑话"。刚巧卓清揽住他的肩膀，他又喝了一口水，直勾勾看着龙七，一副"我倒要看看你想干吗"的表情。

龙七的头发随着风轻轻地飞扬。

紧接着，卓清看见了她。

虽然没做肢体反应，但是神情明显有变化，卓清以为她在看自己，挺紧张的。白艾庭这才跟着回过头，这样一来，她边上的那些友人，一个两个三个，视线都跟着如潮水般过来。

龙七低头，发出第二条消息。

——那就别联系了。

卓清仿佛终于确定她看的是自己，举手挥了挥，与此同时，靳译肯低头看手机。

龙七没回应卓清的招呼，将手机关机，直起身离开栏杆。

靳译肯很快把手机抵到耳边，应该是听到了关机的提示声，他眯着眼看过去，那会儿龙七正走下看台，两人在风中遥遥对视一眼。

操场边上的露天看台一共有两座，两座看台中间有一条宽敞的过道，学生不太从那儿过，两分钟后，靳译肯在那儿拦住龙七。

她已经快走出过道了，被他匆匆叫住，她看他，他走得挺快，一把就拉住她胳膊，用不重不轻的力道拉回过道中间，穿堂风挺厉害，吹得她领带飞舞。他抬了抬下巴，要她先说话，她将了捋头发，意思是说什么。

靳译肯这会儿对这种极为默契的无台词交流烦了，但脸上没有多么大的表情变化，问："真的？"

"反正这段时间都是暗地里来的，你说过我要是哪天不愿意了直接提，要我说，就是现在。"

"是不是昨天你哥的事？"

"不关龙信义的事，我跟你说正事。"

他打量她三秒，问："你怎么这么高兴？"

"嗯？"

"不联系归不联系，"他用手指划了一下她的下巴，"你的眼睛都是亮的，这事让你兴奋成这样？"

她别开脑袋："这事就这样了，我走……"

没走几步龙七就被靳译肯抓住手肘拉回来，力道一下子从散漫状态进入"开什么玩笑"的发泄状态，看他这时候的表情才算对劲儿，眉宇和眼神是阴沉的，藏着一股"你玩我呢"的公子脾气。

龙七抬手挣脱开，笑道："不会吧靳译肯，你不会要跟我纠缠不休吧?!"

"你先来个理由我听听。"

"你不愿意给我水。"她答得很快，"我不爽。"

"蒙谁？"他也答得很快。

"我想和别人做朋友了。"

"谁？"

"卓清。"

再次要走时又被他抓回来，龙七脾气也来了，用力挣开，盯着他的眼睛："搞什么？你现在是在发难？靳译肯，你比我想象中的不干脆啊。"

"你起码编出个靠谱的理由。"

"好。龙信义的事把我气坏了，加上你不愿意给我水。"

"谁信。"

他的语气从疑问变为陈述。

"你干吗？"她的火气也开始冒。

他没答。

对峙了一会儿，她从他眼睛里看出点别的元素来，皱着的眉心缓缓松开："你不会是舍不得吧？"

学校整点钟声响起，夕阳西垂，暮色微显，穿堂风吹着靳译肯的领口与龙七的头发，一个"不会……吧"的句式单方面把所有未来的可能性扼杀。他面无表情地回："你就说你又关注谁了。"

"我怎么可能告诉你。"

龙七走一步就被他挡一步，她叹着气笑："你是不是忘记我们是怎么玩到一块儿的了？"

"白艾庭跟我有过节，卓清跟你有过节，我们都是他们仰慕的人，在这么一个大前提下才碰到一起的，"龙七边说，边迎着靳译肯看她的这道视线，"而且，不是经常一起吃饭聊天就是朋友关系了。靳译肯,我俩说明白点就是玩伴,就是我觉得全北番就你有点意思,你也觉得就我你还带得动。打个响指咱俩就玩到一块儿了,同样的打个响指咱俩也能散,行吗?"

"咱俩只吃饭聊天是吗?"他回。

靳译肯的声音比刚才还低了,一米八六的个头儿压着她的气势,她与他互相凝视四五秒,回:"我不想这么过下去了。"

"你要是想喝水我现在就去拿。"他再接。

"我不想喝。"

她说完就走,靳译肯在原地看着她的背影:"所以你以前说的那些话都是逗我玩?"

"我是有欣赏你的地方!"她迅速转身回他,"但是靳译肯,如果我真的那么欣赏你,我会想要跟你一起做优等生。我不爱看你人前人后不一样的脸面,就像你和我玩是因为我的脸我的皮,这副脸皮换个别人你就和别人玩去了。我和你最多也不过是兔死狐悲的关系,同类你懂吗?各取所需你懂吗?现在我要走正道儿!"

龙七喘一口气,再补一刀:"现在我跟你说清楚了吗?"

那时候她往后退着,已经快离开看台区,一步停留在过道的阴凉处,一步已经踏在了夕阳斜照处。她身后数十米的过道,正有放学的学生经过,她就这么站着,以一种算准了他不会跟上来的神色看着他。

他也看着她,真的没有跟上来,只是站在阴凉处,盯着她,打量着她,似乎在复盘她对他的每一句"数落",细嚼她的每一个肢体动作与微妙的表情变化,随后慢慢放了一句话:

"你别让我知道那个人是谁。"

Part 3 第三章

保温瓶

梁子结上了。

天气连续阴了五日,到第六天才酣畅淋漓地下了一场雨。

放晴后的体育课,班级解散各自活动,大部分女生都聚到操场树荫下,独龙七一人重新上了看台,挨着护栏,一边摆弄着酸奶,一边百无聊赖地看着操场,看树荫底下的女生堆,再看女生堆里的董西。

田径队在跑道上集训,哨声带着节奏。足球队在练传球,踢撞声响彻草坪。她摆弄着吸管,侧头看,看到刚好走上来的卓清。

1班与6班同上的体育课一周一次,每次卓清都会趁着这节课找她聊会儿天。她收回视线,吸管"噗"的一声戳破酸奶盖。

"今天周一,有仪表检查。"

卓清走到距她五步的地方停下,手肘搭上护栏,与她并排站。

她没应,他接着递出一个领结:"帮你借的。"

"你别是从白艾庭那边借的。"

卓清一怔。

"真是她。"她从他的反应里看出来,侧头朝学校露天的排球场地看一眼,白艾庭正高举排球,招呼队里的女孩集合。

"你要是还想入队,我可以再找她说说。"

"别给我找事了,"她说着,往反方向走,"老师往我这儿看了。"

"老师不是那个意思,我都解释明白了,是我单方面的。"

大概是看她没应,卓清又问一句:"你去年突然开始不理我,是因为老师找你谈话吗?"

她停下,但刚侧头,一枚足球就忽然猛烈地砸过来,三四个男生的呼叫声一同响起,龙七手里刚拆到一半的酸奶脱手,手被砸得生疼,校服也被弄脏了。她皱眉看球的来处,靳译肯在远处一边慢慢倒走着一边看她,手上正做手势让人去捡球。

"浑球。"她低声念。

"他最近做事心不在焉的，状态问题，你别生气，他不是针对你。"

手头的清理停了下来，她吸了一口气："卓清。

"你但凡有一次在别人拿我开涮的时候，第一反应不是去替别人找原因，而是正常安慰我一声，我这一年都不至于跟你聊不上一句话。"

卓清愣住。

而她扔了擦手的纸巾，转头下看台，边走边瞪向操场，靳译肯在微风里倒走，同样边走边侧头，两人视线交汇一秒，又同时冷漠地别开。

梁子不但结上了，还打了个死扣。

出操场的时候经过树荫，女生正围在一起轻声讨论事情，有讨论她的，也有讨论卓清的，但隐约还听见毫不相关的"生理痛"三个字。她停下，回头看，讨论"生理痛"的一堆女生正围着另一个人说话。

龙七往前再走几步，才从这视角看到女生群中的董西，她正右手捂着腹部，在周围人的细语声中轻轻摇头，脸色比平时更白一些。

龙七边看边朝那边走，那一堆人正好在商量是否送董西去医务室。

"我来送。"

她开口的时候，风恰好停住，头顶沙沙作响的树叶声也停止了，女生们从热烈的讨论中抽出神，全看向她，她也刚好站到这群女生面前，场面陷入一种突如其来又无法言说的安静对峙，唯有董西浑然不觉地看着地面。董西单手扶着护栏支撑身体，似乎真的痛，痛得连那句话都没听到，自然也没看她。

"我也要去医务室，"龙七敷衍地举起擦破皮的右手腕给她们看，"顺路。"

但是很快有人回："不用了，我们俩送她去就好了，不麻烦你了。"

话音里透着对她的顾忌，以及对董西的保护。随后两名女生打一对眼，扶着董西从龙七身前经过。

"早不送。"她低念一声，将手放回衣袋，走在三人的后面。

医务室在学校靠北的一栋校务楼底楼，进去的时候，里面只有一名姓陆的男校医。董西先被扶着坐到床沿，两名女生正要说情况，迟一步进来的龙七问："蒋校医呢？"

蒋校医是医务室的一位女校医。

被她这么一问，两名女生才发觉与男性校医交流这方面事情的不便，陆医生说："蒋医生最近请产假，替补的女医生下个月才能到，怎么了？"

他边说边打量董西，大概是看出了点情况，不等回答，说："实在疼得厉害可以吃止疼药，留在这里休息一会儿，再不行我联络你父母接你回家休息，怎么样，董西？"

她点头。

两名女生扶她躺到床上，给她盖上被子。陆医生接着看龙七："你呢，龙七？"

"给我一个创可贴就行了。"

"手擦破了？"

他握起她的手，低头打量的时候，龙七也看着他。

随后他给了她创可贴，两名女生则回去上课。他给董西倒热水的时候，龙七在药柜前转悠，他的话里依旧含着笑意："还不走？"

她不回话，从药柜玻璃的反光中看他的背。

他将四周床帘拉上，安抚董西睡下，出来后将床帘拉紧："怎么了？"

她依旧不答，低头拆创可贴，将带黏性的那一面贴到手腕破皮处，再用力一撕，破皮处创面变大，这过程中她只轻轻倒吸了一口气，随后转身说："好像感染了。"

陆医生看过来。

龙七端一把椅子坐下，将手递给他涂药水。董西这时候已经睡着了。龙七以单手撑着额头，看他低头涂药的模样。

他嘴角带笑："体育课你还不去？"

"体育课在哪儿上还不是一样的。"

他点头。

医务室内氛围安静，只有转椅发出的吱嘎声和药水瓶底与桌面相碰的声音，董西的睡息很小声，几乎听不见动静。龙七说："陆医生。"

"嗯？"

"刚才你喂她喝水的时候，可以叫我帮忙。"

他头也不抬："你的手伤了，怎么帮我？"

"小伤，你刚开始不也看了嘛。"

他涂好药水，在她的手腕处吹了吹，说："你很希望帮我吗，龙七？"

"当一个房间里只有一位男校医和两名女学生的时候，我当然乐意去帮忙扶起生理痛的同学，而不是让意识薄弱的她靠在男校医的肩膀上。"

龙七说这话时，语气慢，注意力如常放在自己的手腕上，对方的手上动作顿了顿，抬眼看她。

"陆医生，我们这所学校的男女生比例是1:2，女生多出一倍，你知道这会产生什么结果吗？"

"嗯？"他这么反应。

"心思敏感细腻的女生多了一倍。所以结果就是，我们学校关于女性安全话题的讨论，通常比其他学校多出一倍。就比如，校医务室里高高帅帅的男医生其实特别喜欢跟女学生产生肌肤接触。"

话音落下的时候，他的手心突然与她的手臂肌肤拉开微小的距离，不再紧紧贴着。龙七感觉到了他手心冒出的细微汗热，抬眼看他，他正将涂药的棉签扔进垃圾桶。

董西睡着，没醒。

他以开玩笑的口吻说："看来她们对我的误会有点大。"

她也以开玩笑的口吻回："是呀，她们还说我背后纹了一条龙。"

他抬起头来看她，龙七的伤口已处理完毕，她转了转手腕，慢慢靠着椅背坐着，丝毫不怯地与他对视。

不久，他又笑了一笑，形似皮笑肉不笑："龙七你喜欢开玩笑，这个习惯不好。"

"我觉得身体有点虚。"

龙七回得很快，眼睛一秒不离地看着他的脸，手指则慢慢敲击着椅子扶手。

他首先从这种视线里退下阵来，起身说："我去给董西的父母打个电话，龙七你可以留在这儿，但是下节课铃响后你必须回去上课，否则我回来看到你还在的话，就得通知你的班主任了。"

"好。"

他走了。

他走之后，龙七拉开床帘一角，将椅子轻声搬到床沿坐下来。

床帘是白色的，光打在董西的侧脸上产生一种透明感，她衬衣的第一颗纽扣松了，在睡眠的浅息中安静地开着，龙七给她系上。

力道很轻，动作很小，董西没醒。

之后龙七就一直在这儿待着，董西睡觉，龙七看着她睡，将近大半节课后，下课铃响，医务室外传来人声。

隐约辨识出多于两人的脚步声，其中有那个陆医生的说话声，龙七在他们进来之前走到药柜的后面。

来者是董西的父母。

人走后，龙七才从医务室出来。

已是中午，阳光照着那行远的一家人，她眯着眼看，看得入神，以至于没发现靠在医务室隔壁墙口的人。她看了多久，他就看了她多久。随后他将手里的足球扔到地上，随着"嘭"的一声响，足球由地面反弹到龙七裙摆边，她倏地朝他看。

"羡慕她啊？"靳译肯的双眼盯着她，单手插在运动裤口袋中，手肘的方向对着董西，慢慢说，"有什么好羡慕的，她有的我也可以给你。"

龙七收回视线，把脚边弹动的足球轻轻踢开，上课铃声遥遥响起，医务室楼前一片空旷，只有她和他两人，她将双手放进外衣口袋。

"刚才卓清找我，问起去年的事。"

他刻意不说话，她继续说："记得你把我从龙信义家小区门口接走的那天傍晚吗？靳译肯，我就是那天给卓清发的信息。"

"你当着我面发的。"他补充。

"那么你还记不记得我发完信息后对你说了什么？"

他微微斜额。

"我说，我虽然道德不到哪里去，但至少不会做一个左右逢源的人，但凡我心里有了别的想法，绝对不会含糊不清，而我既然跟你有了接触，就必须跟卓清断了联系，你就好好看着学着吧，人渣。"

原话。

靳译肯只是笑，好像挺享受从她嘴里听到教训他的词句。她这时扯回话题，说："我不是羡慕董西，靳译肯。"

阳光斜照，洒在靳译肯和她的身上，上课铃声响第二遍，她在这阵尖锐的铃声中看向他，继续说："我是想和她做朋友。

"就像你以前想和我做朋友。"

——"我不是羡慕她，我是想和她做朋友。"

——"就像你以前想和我做朋友。"

周三早上，空气稀薄，早自习寂静的气氛沉闷得让人喘不上气，龙七倚着课桌转圆珠笔。而教室外，靳译肯走在朝她的教室来的长廊中。

他单手插着校服裤兜，步伐悠哉而缓慢，一边穿行在来往学生中，一边晃着手里的保温瓶，身影依次穿过一线尖子班区域、二线优良班区域，再踱入三线普通班区域，长廊内的学生都看着他。

他走入龙七的教室时，半数的同班生抬头，随后气氛进入一片始料未及的安静，几十双眼睛看着他走向董西的座位，而龙七注意到他的一刹那，他正好停在第一排董西的桌前，把手里的保温瓶放在她的课桌上。

董西正看着笔记，因这动静受打扰，抬头看他时，他俯身将双手撑在她的课桌两侧，视线与她直直相对，男性气息也压迫式地降到她头顶，全班鸦雀无声。

他开口的时候，眼睛独独看着她一人，告诉她："我听说喝这个管用，拿来送你。"

龙七盯着那边，心口轻微起伏，将圆珠笔的尾端顶在桌面上。

董西不说话，她坐在最前排，没有任何人看得到她与靳译肯面对面时的表情，但所有人都看到了靳译肯的眼神。

所有人都听到了他说的话以及语气里毫不掩饰的某种暗示，没有谁知道他和董西之间有什么关系，但他现在的行为就像是潜伏许久后突然放的大招，从眼神到口气都表现出了……昭然若揭的关心之意。

他在的时候，班内阒寂无声，仿佛只剩他和董西两人的细微呼吸声。

他走的时候，几乎全班学生都盯着他的身影。

紧接着，压不住的议论与感叹从最后排开始蔓延，一排一排如海浪般涌向董西。靳译肯出教室的那一秒朝龙七的位置看，龙七盯着他，看到他那张脸从前门消失的一刹那，眼神里的"爷要跟你玩一把"的战意。

跟昨天向他坦白后，他的毫无反应形成强烈反差。

顶着桌面的圆珠笔一下子从手里弹开，弹到同桌的校服上，同桌想说话，她低沉地说："闭嘴！"

龙七随后看向前排的董西，她的手中握着没在写字的笔，也正看着靳译肯的背影，但是她的面部几乎没有任何多余的表情。她看着靳译肯，有一点点状况外，一点点感到莫名的微皱眉，但她整个人依旧安静如初，尤其在周围浮躁情绪的包围下特别明显。

靳译肯给董西送来的，是对生理痛有缓解作用的枣花椒汤。

而他对董西的关心也似乎从这一天开始正大光明摆上台面。午休时，有女生把热的海岩奶绿送到她桌上，说是靳译肯给她的。下午时，有男生送来提拉米苏与樱桃萨芭雍,说是靳译肯给她的。放学时又有人送来温的蜂蜜柚子茶,说是靳译肯给她的。

这些都是董西在校园网账号里曾经提过的东西,他没有她的账号,但他显然已经打通了她的好友圈,得知她账号中所提到的一切。

隔天早上,董西还没来,她的课桌上就已经摆好了蓝莓起司蛋糕和港式双皮奶,附加一个新的保温瓶,保温瓶里是同样有缓解生理痛效果的姜艾薏苡仁粥。

第三天早上是生姜羊肉汤和益母草煮鸡蛋,旁边放着一本曾被她提过却还未入手的限量版画集。

隔一个双休日后的周一早上是山楂桂枝红糖汤和日式抹茶松糕,那一天还陆续有学生送来黑胶唱片、手绘本、难约的艺术展门票等所有被她的账号历史点赞过的东西。每一次来送的人都不一样,有时甚至是董西在尖子班时的好友,而送的对象也不止她一人,但凡跟她关系稍微好点的女生都得到了"特殊关照"。

董西桌上的保温瓶一天比一天多,她从不碰,但是靳译肯没有一丝懈怠,他每天都换着花样来,而且他有手段,他除了第一天亲自来送东西,接下来连着几天都不再出现。他将浓烈的关心揉在送她的这些礼物里,本人却照样过着悠哉的生活,仿佛刻意给出了距离与空间,这样的方法最挠心。

从第二周开始,再有人把新的保温瓶放到董西的桌上时,她的脸微微红了,这种表现随着保温瓶的增多越来越明显。

有心人发现后,这种表现成了董西渐渐被靳译肯感动的"证据",被夸大后传进校园。

龙七在第二周的周五终于忍无可忍。午休的时候,她在学校体育馆找到正打篮球的靳译肯,两人在隐蔽的看台间隔见面。他还没打过瘾,满身运动气息,一边盯着球场一边喝水,龙七说的话他没听进去,直到她把他手里的矿泉水瓶夺走,将水一把泼他身上。

他当即下意识地侧过脸,水弄湿了他篮球衣的领口和他的手臂,等回过神来后他才把注意力放回她身上,笑,看她的眼神都是亮的,好像发现了一块新陆地,或是自己成功开发了属于她身上的暴力因子,简直等不及要看她下一个反应。

"你有病！"龙七骂。

他说："有病的不是我，七，是你，我治你呢。"

"她很烦你。"

他拿过她手里的矿泉水瓶，挨近了告诉龙七："她脸都红了。"

"她脸红不是因为你，而是你送来的东西无时无刻不在提醒她的生理期，你让她感到尴尬了。"

他用食指顶住她肩膀："这就不一定了。"

龙七将他的手拍掉："你怎么这么无赖？"

他不但点头，还接着刺激龙七："董西是我邻居，她对我的印象比你好，我对她的了解也比你深，你猜她能挨过几天？"

球场上传来喊他的声音，是卓清，靳译肯和她同时往球场看，卓清在找他，没有注意到这里。龙七紧接着看靳译肯，两人视线对上一秒，随后她作势朝球场赶，靳译肯立刻一手撑到她身后的墙面上将她拦住。

"你也会怕啊靳译肯，"她转回身嘲笑他，"别拦我啊，让我告诉卓清他的好兄弟都背着他干了些什么事啊。"

他的表情跟刚才一样轻松，回她："你真告诉他之后我们俩的损失谁更大一点？董西怎么想你？"

她一时无言以对，他说："七，你很聪明，很聪明很聪明，但是你太容易冲动。"

紧接着讲出来的话，都是靳译肯以额头抵着她，近乎低语着告诉她的。他说："去年五月份，你跟杂志社老板起口角，故意刮花他的车，谁搞定的？"

"……"

"七月份，你用酒瓶把一个'小开'的手割伤，这事谁压下去的？"

"……"

"今年年初，你替圈里的模特打抱不平，砸碎一个摄影师一屋子的收藏品，那模特转头跟人和解了，又是谁留下来替你赔的？"

"……"

龙七一声不吭，眼睛里充满浓重的倔劲儿和斗志。

"还有之前你砸了你哥电脑的事，你知不知道你哥在网上私联你的粉丝？要不是我送主机堵他的嘴，他就准备把你的视频卖给粉丝换钱了。我的眼睛只要在你身上少放一秒，你就可能被别人生吞活剥了。现在你说你要走正道儿，我这一身被你牵扯的脏水怎么算？"

她的气压在心口，就如同靳译肯前两周的气都压着，现在他终于释放出来了，而她的手在裙边握成拳，听着他挨近她的耳边继续说："我和董西熟悉之后，你就会搞清楚你当初在做什么，你现在推走的，就是你以后会为之肝肠寸断的。"

"而且，"他继续说，"董西也会。"

"董西不会。"

"她会。"

"你这种人在她眼里算什么？"

"你呢？"

一句反呛彻底把她的话堵住，卓清的喊声再一次从球场传来，他留下龙七准备走人，她的胸口细微起伏，仿佛在用全身的力气压着血液里的暴躁。

正如靳译肯所说，他和董西的事很快就在周一早上产生了新变化。

那会儿班级还处于早自习开始前的吵闹，隔壁组两个坐前后排的女生在聊八卦，龙七坐着磨指甲，她的同桌在补作业——替她补作业。

董西的桌上放着一个大的纸袋子，她将所有空的、清洗过的保温瓶一个一个放进袋子，把画册也放了进去。她把一些来自靳译肯的礼物都放进去，动作轻又安静，所以初始除了被龙七看着了，并没引起周围人过多的注意。直到她将最后一个保温瓶放进去时整理纸袋，发出叮叮当当的响声，周围的学生才陆续朝她看过来，关注度从小组蔓延到大组，再从大组蔓延到整个教室，就像以她为中心的骨牌突然被推倒引发的多米诺骨牌效应。

她的一举一动都在全班几十双眼睛的注视下进行。

所有东西都整理完毕后，她提着纸袋子从座位上站起来，一个人走出前门。

当时班里没人跟着她出去，但有男生下意识地趴在窗口往长廊上看，讨论声也渐渐溢出来。龙七则把耳朵里的耳机拿下来，第二个出教室。董西目不斜视地走在前面，龙七就走在十步之远的后面，保持距离跟着她。

她正朝尖子班的区域走。

这个时间点恰是学生不多老师也不管的无纪律时刻，所以董西经过时，每个窗口几乎都有人探出脑袋来，看着她走进走廊最东面，最好的那个班级。

靳译肯正坐在座位上拆同桌的手机。

他这坏习惯不知从哪儿染上的，改不了，董西走到他桌前时，他还浑然不觉地转着两指间的微型螺丝刀。直到班内渐渐安静，董西将纸袋子放在他的桌子上,挡住他桌前的一片光,他才抬头。

龙七从教室的后窗口看着他们。

两人都穿着校服,靳译肯的衬衫袖口折到手肘的位置,董西的衬衫外套着一件月白色针织衫,长发披肩,如水一般柔软。两人一坐一立、一刚一柔的反差让整个班级的氛围变得极度微妙与紧张,龙七将双手放进衣袋,静静地看着。

董西说:"我来还给你。"

语气很平常,很浅淡,眼睛只看着靳译肯,就像上周靳译肯的眼睛独独看着她。

她接着说:"我们虽然做了几年的同学,但彼此之间除了同住一个小区,几乎没有其他共同交集与话题,谢谢你这几天的照顾。如果你是认真的,那我的原则是毕业前不会有这方面的打算。如果你是一时兴起,那请你想想清楚,不要拿我们还算友好的邻里关系开玩笑。"

龙七觉得董西说得非常好。

不卑不亢,理智温柔,看上去完全没有被靳译肯这么几天的攻势冲昏头。龙七看着董西的眼睛里都带着光,她觉得靳译肯完了,被比下去了,没招了。班内男生也发出一阵低低的"呜"声,觉着靳译肯这是一脚踢上铁板了。

只有靳译肯本人不紧不慢地把手里的螺丝刀放到桌面上,与董西一高一低地对视。董西依然平静呼吸着,但随着这种安静对视的时长叠加,随着周身的喧嚣逐渐下压,她胸口起伏的节奏好像开始产生变化。龙七的呼吸也不由得加快,往前一步,盯着。

正在这时候,急铃响。

突然而至,震得众人肩膀都一抖。靳译肯拉开椅子起身,董西眼前的光线被挡,手也突然被他牵起来。他拉着她向后门走:"我送你回教室。"

教室外的龙七眯眼。

靳译肯带着董西从后门走出去的一刹那,白艾庭那个排球队也刚结束集训上楼,双方在急铃中擦肩而过,白艾庭即刻回头看他们,后头四五个女生跟着回头,几人再扭头时又跟龙七擦肩,龙七没往边上看一眼。

董西被靳译肯拉着走得多快,她就跟得多紧,长发随着步速在风中扬着。靳译肯把董西送入教室时甚至把手轻轻搭在她的后肩,极力护着。龙七进教室时碰上他出来,两人在狭窄的前门面对面经过,他特意侧过身子让她先行,龙七盯着他的眼睛,极其强烈的火花迸发在两人近距离擦肩的时候。靳译肯的眼里有得意,而她眼里,有杀意。

董西就是从这一刻起成为众矢之的的。

高中生有多无聊,他们立刻将这事拱为当天最热的谈资,两人的对话被一波一波地传,曲解成各式各样的含义发在校论坛里,才半天时间就有了各自站队的趋势。午休时还有人在食堂高谈阔论,据说董西听到了,董西没说话,她就安安静静吃完整顿饭,直到端着食盘离座时才被一整桌聒噪的学生察觉,各自面面相觑噤了音。

龙七受不了了。

放学后赶到体育馆,伴随着一句"你是不是心理扭曲",她在看台一找到靳译肯就猛地将包扔他身上。他正用手机刷论坛的帖子,双腿搁在护栏上,龙七砸来的包直接打在他肚子上,他反应机敏地接住,先看怀里的包,再抬头看她,一秒内搞清状况后又变回懒散的二世祖模样,用眼神提醒她注意看台底下的球场,卓清正在下面跟人打球。

龙七收回视线后,他的手已经伸到她那包里,拿出她中午吃剩的半袋子低脂吐司:"你现在还吃这?"

"放回去!"

他笑着从自己边上的外卖袋子中提出一杯热巧克力奶,递给她:"我猜着你这会儿就该来找我了。"

龙七抓着热饮用力放一边,巧克力奶溅出,靳译肯甩了甩手上被溅到的巧克力奶汁,说:"心疼她?"

"你到底要干吗?"

"心疼她的话我教你个方法,你把我们俩的合照发到论坛上去,保证舆论压力一秒转到你身上,舍己救人,效果一级棒。"

龙七正准备踹他,他事先收脚,跷起二郎腿。

"人渣。"

"我这人渣马上就要成功了。"

"做梦,她已经当着那么多人的面明确拒绝你了。"

"这你就不懂了,"他挺从容,"董西那话不是拒绝,你再好好回想一遍,董西比你会说话。"

她一顿。

他继续说:"你要是听不懂,也别指望能和她做朋友了。"

——"我的原则是毕业前不会有这方面的打算。"

——"如果你是一时兴起,那请你想想清楚。"

——"不要拿我们还算友好的邻里关系开玩笑。"

"…………"

董西否定了毕业前,但给出了毕业后模棱两可的答案。

董西要靳译肯考虑清楚到底是认真的还是一时兴起。她如果真的拒绝一个人,就不会让对方在这方面想清楚。

"……"

董西是不排斥靳译肯的。

完蛋了。

龙七快速离开,靳译肯从座位上站起来,将手放进裤兜里。

"七。"

她不耐烦地回头。

"想解决这事很简单,你心里清楚我要什么,我不用非去惹董西。"

她笑:"她连正眼都不会看你。"

"她的正眼也不会放到你身上。"他努嘴,"你有没有想过,有一天你可能得靠我的介绍才能跟她熟悉。"

"我没那么矜持,"龙七倒着走,一字一句告诉他,"你能做的我也敢做,现在不做是因为我知道时机还没到,我不会跟你一样,去吓她。"

"单纯你关心她这件事就已经够吓人的了。"

她不再逗留与他说话,转身下看台,经过球场的时候被卓清看见,卓清喊她一声,她理也不理,只把一口没喝的热巧克力奶"嗵"的一声掷进垃圾桶。靳译肯的手肘搭在看台上,远远安静地看着她。

当天晚上,龙七在校园网账号上连发九张工作花絮照。

都是一些夸张的妆造,从妆发师姐姐发给她的废片里选的,发布五分钟后刷新校论坛,最新的几个帖子果然开始搬运她的最新动态,匿名ID的发言一如既往地尖酸刻薄,把她从头到脚点评了一番。一顿晚饭后,几个跟董西相关的帖子已经落到最底部,满屏标题挂着自个儿的名字,她感到一股久违的亲切感,睡了一宿好觉。

但是实际生活中,董西周身的压力并没有因此减少。

体育课时不知是不是她心不在焉,摔了一跤。龙七知道得晚,她那节课被留在办公室听思想教育,班导劝她高三期间别再拍杂志或做活动,校风会受到

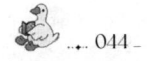

影响。她听过且过，嘴上应了。

偏偏那时候白艾庭进办公室交作业，班导一下把话题引到她那边："看看1班的班长。"

龙七气定神闲地看过去。

白艾庭向自班班导交完作业，临走时对上龙七的视线，但她很快移开，看向龙七身旁的老师，颔首问了声好。龙七坐着，目光一直放在她身上，直到她走出办公室为止。

班导说她可以走了。

正逢下课铃响，龙七出办公室时，白艾庭在她跟前五六步的距离。长廊里有各班的学生稀稀落落走出来，两人之间隔着喧嚣与距离，龙七走得稍快一点，白艾庭就更快一点。

说起这一点来挺奇怪的，白艾庭向来看低她，但无形之中好像也怕她，甚至怕的成分居多。

人前看着气势如虹，一到独处时就对她隐隐生出一股怯意。比如有一次在洗手间的盥洗台前碰上，龙七慢条斯理地捋头发，白艾庭则匆忙洗手，连镜子都不看一眼就走人了。即使在别处碰上面，两人的眼神接触也不会超过三秒。

白艾庭跟董西的关系也很微妙。细数她周边的友人，哪个不是学校里成绩冒尖儿的，偏偏跟董西这才女同班两年竟然毫无交往，从靳译肯口中都撬不出一点故事。俩人的关系看着是真不熟，这放在白艾庭这种"社交达人"身上不合理，但放在董西这种好友少于两位数，向来对抱团活动不感兴趣的人身上又很合理。神奇，神奇又微妙。

但是五秒后，白艾庭立刻做了件打破龙七"刻板印象"的事。

体育课归来的学生陆陆续续进长廊，其中，董西扶着楼梯走上来，她的左腿膝盖部位有一块红红的破皮伤口，由一个女生陪着走在队伍的最后面，走得很慢。

龙七想过去，白艾庭比她还快，几步走到董西和那个女生身边，跟那个女生说了一声后由自己来扶董西的手臂。龙七停在原地看着两人。

她对董西说了些话。

董西听着，没拒绝，依然走得慢，用另一只手扶着墙，被送回了教室。

龙七进教室时，白艾庭刚走，董西已坐在位子上。

正是下课时段，班级里吵闹得很，董西一个人理着桌上的书，膝盖处的伤口还红肿着，而她周遭的女生正讨论着："白艾庭这人还是挺好的……"

龙七一言不发地回座位，从自己包里找出创可贴，正要过去时突然因前门进来的一道身影顿住。靳译肯提着个小型的医药箱进来，他目不斜视地走到董西的位置前，将箱子搁在她桌上。董西还未反应过来，他蹲下身说了一句："膝盖给我看看。"

那一个小组稍稍安静下来，董西被迫将腿从课桌底部转出来，靳译肯的手放到她左膝盖受伤处的位置，随后从医药箱里拿出药水替她处理，动作虽慢，但细致。全班都自动减少了说话声，董西双手分别握住椅背和课桌边沿，一声不吭地看着他。

他处理完伤口后起身收箱子，不做多余的动作，只是说："放学后在教室里等我，我送你回去。"

靳译肯说完就提着箱子走了，压根没给她答复的时间，全程也不超过五分钟。董西周遭的女生挑高眉毛看对方，传递出一种挤眉弄眼的信息，只有龙七单独站在过道中，还被同桌默默不语地打量着。

"看什么。"良久，她坐回座位，旁边的同桌转移视线往窗外看。

那天放学，龙七比任何人走得都早，只因不想亲眼看到董西做出留还是走的决定。她心里清楚某些事情要"快了"，但后来没想到董西也提前离校了，接走她的不是靳译肯，而是白艾庭。

白艾庭劝动董西的理由尚不清楚，但明显给她下了把刀子。当天晚上有女生将一张"无意"拍到的照片传上校园网，标题欲说还休：商场偶遇的一幕……

照片中，三名银饰店销售员围在柜台处，柜台上放着一根没包装的项链，董西环臂倚在柜台旁，还有一名保安站在她的旁边用对讲机讲话。

她脸上的表情很淡很淡，看得出来并不开心，环臂动作带着种自我保护的意识，身旁没有白艾庭。

这张照片当天晚上就在校园网上转发过百，上传照片的女生面对众多询问模棱两可地回答：我也不知道是怎么回事，这根项链貌似是从董西的口袋里拿出来的……那什么……好像是说她忘记付钱了。

好了，一个诋毁就这么完成了。

即使项链的事在后来有查明情况，但显然看热闹的人更喜欢另一种结论。董西在之后的周四、周五两天都被置于暴风眼中心，压在她身上的词又多了一个"偷窃癖"。不管多淡泊名利的人都有被逼疯的一天，董西就在周五的第二节课后垮了。

龙七在教学楼后面的花圃里找到她时，她在哭。

那种哭泣是无声的，藏着一股即使到了最窘迫的地步也要一个人安静度过去的倔强自尊。她的眼泪一颗一颗地掉在手背上，又从手背滑至膝盖，校服领口和马尾辫一块儿被风吹着。

靳译肯就在这个时候来到董西面前。

他双手放在裤兜中，低头看着她哭的样子，似乎没看到龙七，或者说根本没打算往她这边看。他将手从裤兜中抽出来，蹲下身。

董西慢慢看向他。

董西眼睛那一圈是红的，手背和膝盖也几乎是湿的，连伤口处那块纱布都快被浸湿了。靳译肯看着她，伸出右手擦拭她脸颊旁的眼泪。

董西稍微别开头避了避，眼泪又掉下一颗。

掉在靳译肯的手背上。

他向她说话。

靳译肯这个人要是演起戏来，那就是连台词都会提前精雕细琢打磨好，所以龙七即使听不到，也猜得出他说了多深情的话。董西在听的时候，嘴唇稍微抿了抿。

他又为她擦眼泪。

紧接着，他站起身，将董西也扶起来。

再接着，他将董西的双肩拉向自己，而董西的额头全埋在他肩口。

是依赖，是被成功安慰后的情感宣泄，是她正式接受和认可了他这个人，所以才做出这样的配合。

龙七懂。

一个女生最脆弱的时候就是最容易被攻陷的时候，由靳译肯间接造成的伤害三番两次袭向董西，再由靳译肯直接帮她化解。靳译肯表面看起来人畜无害，实则心机比海还深，不谙世事的董西就这样被深谙世事的靳译肯攻陷。他这时候才向龙七的方向看过来。

对，他一边轻轻拍抚着董西的后肩，一边，盯着她。

Part 4 ··✦·· 第四章

我想你了

靳译肯那天晚上做的另一件事，就是替董西"翻案"。

当初发照片的女生删了相册又在校园网上公开道歉，将原本夸大的事情始末重新陈述了一遍，表明是误会一场。舆论风波经过两天时间早就有所平息，学生们刚开始的脑热已稍稍被理智扳正，现被女生一提，不少人都站出来表示相信董西。原本就站在董西那边的好友也渐渐发出声音来，一个一个为她说话。

也是那天晚上，董西的账号多了一个好友，就是靳译肯。

女孩子要是向男生打开自我世界的第一扇门，那离掏心掏肺也就不远了。靳译肯是这方面的老手，自身条件远胜于大多数人，又替她暗着做了些事情，这种情况下让董西死心塌地是有可能的事。

一切都在眼前发生，但无能为力的感觉几乎快将龙七溺毙。

那个双休日龙七浑浑噩噩地度过，卓清发了条信息，问她下周六要不要参加一个热闹的班级聚会，她没回；而龙信义开始频繁打电话，问她什么时候回来吃顿饭，她说："别打主意了，我光听到你的声音都烦。"

"别这样，妹，我特想你，你要是不想我也想想我妈啊。她真的念着你呢，天天都怨自己那天脾气暴。"

"我知道舅妈的脾气，我不怪她，但是你龙信义也别往舅妈那边扯，谁造的事谁负全责，别拿到个主机就以为我服软了，我态度硬着呢，真想让我回去你来我这儿跪三天三夜。"

"你别提那主机了！"龙信义口气突然急躁。

"怎么？"

"没怎么。"

听龙信义的口气还怪不情愿的，可她兴趣来了，吃着切了片的苹果："你展开说说。"

"他当时不是给了我一个主机嘛。"

"嗯。"

"那是直接让我去修理店拿的。"

"嗯。"

"我拿完，人家店主转头就说没这事！"

"嗯？"

"那天他本来就是口头跟我说的，也没聊天记录，他全给否认了，东西确实是他放在修理店的，但跟我压根没有赠予关系！他给我下套，他说我要再做买卖，他随时能合法弄我！"

"……"

够阴的，靳译肯，一听就是他能干出来的事。

"我回家寻思了好几天，真的，我说你俩是不是有什么关系啊？"

她没答，干脆利落地挂了电话。

周一早上进教室的时候，董西已经在了。

龙七进门时她正在整理书籍，桌上放着一个保温瓶，龙七单从保温瓶就看出些许名堂了。那时候龙七内心切实有股荒芜感流淌，而长久伫立在门口的模样吸引董西看过来，两个人的视线在晨光中安静地对上。

龙七不避开，就这么看着她。

或许是被最近压在身上的流言蜚语影响，董西这一次比龙七先收了视线。她继续低头理书，手指轻轻将书的页角抚平，而桌角的保温瓶着实刺眼，像是某人对领地归属权的低调宣扬，不变的只有她依旧寡言少语的模样。

龙七回座位坐着，再往那边看去时，董西刚好拧开保温瓶的盖子，喝了一口温茶。

接下来连着两天，靳译肯都没把董西与他的关系挑明，他似乎不急，悠哉得很，而董西身上也看不出一丁点的浮躁，唯一的变化大概只有桌上多了总是温度适中的饮料。

但是每到放学时刻，她会留在教室里做作业，如果龙七跟着留，她就会早走。

而他的本事还不只如此。

周四的自习课上刷董西的主页，刷到一条靳译肯在她相册的留言，所评论的是很久之前董西上传的一张卧室一角的照片，而他留的言是：这不就是我上回来的房间？

龙七的大脑"轰"的一声沉沉炸开来。

龙七当即就从座位上站起来，椅脚摩擦地板的声音使班内的嘈杂减弱，四周一圈的视线打到她身上，同桌看向她，前排的董西也转头朝她的方向看过来。

龙七的胸口起伏着，她朝董西的方向看，因为被如此注视，董西的表情从刚开始的淡然慢慢转变成眉心的一丝疑惑，董西周边的同学也顺着龙七的视线看她，但是龙七没有多停留，她从位子上拿了包和外衣往教室前门走。

她去了体育馆。

每周四的这个时候靳译肯的球队有集训，他作为队长都会提前到那儿。龙七一进场子就看见他，他正单手投球，突然传来的脚步声引他回头看过来。她则毫不停顿地走到篮球推车那儿，将包和外衣扔进去，抄起里面放着的一根棒球棒。

"喂。"他说。

她提着球棒大步向他走来。

篮球从他手里脱落到地上，龙七每向他走一步他就倒着往后退一步。两人越来越逼近，后来靳译肯往篮球架子后面闪了一下，架子替他挡住龙七抡来的一棒子，紧接着的一棒子又被他斜了肩膀险险地避开。

"喂！"

"你干什么了？"龙七跟着他，用球棒指他。

他表情是反应过来了。

她又一棒子抡过去，他往后一倾身子避开，将右手插进运动裤口袋，游刃有余地倒着走。

"她房间很香。"

龙七停住脚步，瞪他，猛地把球棒向他掷！

"闭嘴！"

龙七从推车中抄球准备砸他，他走上来快速从身后拦她，她的手臂一下子被箍住，人也被他从推车那儿抱离，他道："心如死灰了吧？我那天也是这种感受！"

龙七挣脱："靳译肯，你有本事就堂堂正正的！别用连我都看不起的手段！"

"你呢？你连话都不敢跟她说。"

"轮不到你管！"

龙七往后退时踩到地上的篮球，一下子往后摔，摔坐到篮球架后面的体操垫上。靳译肯幸灾乐祸地笑，向她伸手时被她拍开，而正当他俯身准备抓她的手臂时，体育馆门口传来一声轻喊："靳译肯。"

他回头看。

龙七这边被一座高大的跳马器械挡着,刚被他扶起一半身子,又被他倏地放手,使她重新摔回软垫上。而他一边看向门口,一边很自然地将器械挪过来,结结实实挡住她的身体。

听声音,是董西。

靳译肯和她在"避人耳目"这点上的默契还是有的,董西发现得早的话对两人都不利,她噤声往里坐,而靳译肯则走向董西。

两人碰面,挨着的距离很近,靳译肯的身子挡住了董西往这里看的视线,她和他讲话。

初始,她的声音很轻,几乎听不到,靳译肯挨到她跟前回话,讲的内容龙七也听不到,直到后来董西的声音微微响:"可是怕别人会误会。"

龙七听着。

董西说:"我觉得已经有人误会了。"

"谁?"

董西并不说是谁,只问:"能不能先删了?"

虽然董西一字一句都在问这个,但是语气很柔很淡,龙七听得出来,那种口气是做好了妥协准备的,就是即使自己这么要求,但只要靳译肯说个"不",她就随他去了,随他玩,只要他高兴就好了的妥协口吻。

靳译肯连"不"都没说,慢条斯理地摇了摇头。

董西也没说话,轻轻点头。

随后一时无声。

憋了半分钟都听不见声音后,龙七往外瞥一眼,看到靳译肯低声在董西耳边说话。

像是安慰。

他一边说,一边用手轻轻拍着她的肩。

董西的头低着,被他安慰稍久后才点头,轻声说:"那我回去上课了。"

他点头。

董西走后,龙七扶着鞍马出来,靳译肯向她走来,她摆手:"别过来,不想跟你说话。"

随后龙七扶着腰慢慢走到推车那儿拿包和外衣,他问:"这周六什么日子你记不记得?"

"记得。"

"你记得？"

她说："去年的那一天你把我骗到外省的事情死都记得。"

他笑了笑："这周六你要是找我，我就和董西好聚好散。"

"凡事别得意太早，靳译肯，"她头也不回，一瘸一拐地走，"有这闲工夫不如替董西防着点白艾庭，董西太乖了。"

说到白艾庭，龙七回教室后就见到白艾庭了。

班里刚刚结束自习，龙七捂着腰进教室，正巧听见白艾庭询问董西的一句："好不好？"

好不好什么？什么好不好？

白艾庭的双手撑在董西的桌前，很亲切，但是董西显然尝过被她下刀子的苦头，刻意不说话，手中捏着水笔，唇眉淡漠。

"好不好啦？"白艾庭再次问。

班里的同学都在收拾各自的东西，说话声不大，人人耳朵都竖着。

董西依旧不回答，于是白艾庭重述："真的没关系，这个周六你就来，班里的人到时候也会去，主要邀请你也是因为你原来跟我们一个班。"

"……"

"而且你家跟靳译肯家在同个小区，过来一趟应该很方便，就看在靳译肯周六生日的分上，来吧。"

天。

龙七听在耳里，无言以对地摇头，白艾庭的"伪善"超乎她的想象，上回在商场里给董西下套还不够，这次估摸着又想借靳译肯的生日宴做局。反正白艾庭不可能真心实意来邀请董西，按她这个人的段数来说不可能，死都不可能。

白艾庭还打算说话时，龙七转向她们那一边："朗竹公馆是不是？"

董西和白艾庭都看过来，白艾庭挺平静，反问："怎么？"

"周六我也去，到时候见咯。"

"你也去？"

"不信问卓清。"

白艾庭不再说话，而这时候董西身上的防备状态好像稍微松懈了些。龙七回到座位后，听见董西回了一句："到时候我会来的。"

可是龙七的参与显然不在白艾庭的计划里，所以即使动了董西，白艾庭临走时的表情还是不轻松。她看着龙七，龙七撑着脸颊与她对视。

不到三秒，白艾庭就移开了视线。

靳译肯所住的小区,龙七认识。不但认识,还在那儿玩过一阵。

但是周五晚上回去后,她打开校园网账号的对话框,首次向董西发了一条信息:朗竹公馆怎么走?

董西的头像在九点之后才亮,随后对话框顶部出现"正在输入"的字样。龙七对着屏幕撑起下巴,食指三不五时地敲着脸颊。

没过半分钟,董西回复:你住在哪里?

她回:湖甯小区,甯峡路550号。

三分钟后,董西发来一张从甯峡路到朗竹公馆的详细路线图,龙七紧接着打字:你几点去?

董西并没有很快回复,对话框顶部也没有输入字样,龙七猜测或许是董西暂时离开了电脑,直到十分钟后对话框才收到消息。

——你几点来?

董西没回几点去,而问她几点来。

这一次没有秒回,龙七倒了杯水,看着这四个字思量,脑子里过了一遍靳译肯对她说过的那一句"董西比你会说话",思量好后打出一行字。

"我十点到,对那儿不熟,一起去?"

半分钟后,董西回复:嗯,那我等你。

"那我等你"这四个字看在眼里,也在耳边开成一朵花,脆生生的。

结果一整个晚上龙七都像躺在云端上一般无法入睡,直到周六上午到了公馆门口,见到董西本人。

约的是十点,九点三刻却已见她等在门口的青石壁前,龙七让出租车开到斜对面的一个花圃地带,下车时董西的视线刚好扫过来,她快速赶到一块假山石后面背靠着。

只是刚这么做心里就觉得孬,龙七倒抽一口气,握拳的右手踌躇不定地击打左手掌心,她转头往门口瞄一眼,迅速收回来。

再吸一口气。

吸完后再看一眼。

再靠回假山石上。

又吸气。

"喂。"

循环往复的准备工作终于被身侧蹿出的声音打断,龙七回身看,碰上男生懒洋洋的视线。男生身穿家居服，左手提着早餐袋，右手拿着半块素食三明治，一边瞅她，一边慢慢做着嘴部咀嚼运动。

司柏林。

这个司柏林是靳译肯的邻居，穿一条"贼匪裤裆"长大的损兄弟，龙七往朗竹公馆来的那几次就见过他来靳家的冰箱刨吃的。他人也长得帅，很显眼的那种帅，脑子特别灵光，亏了这点才跟靳译肯混这么多年没被带坏，甚至他还时常看不起靳译肯那种招摇的坏，靳译肯唤他"奸商"。

反正两人互相使坏，互相都在对方那儿吃过不少亏。靳译肯今天生日，他却穿着一套家居服杵在这儿吃早餐，摆明又是刚跟靳译肯绝交过。龙七回他："干什么？"

"你在干什么？"

"你就当没看见我，继续吃你的早餐走进去。"

他的眼睛往公馆门口慢悠悠瞥一眼："看她？"

他说着，咬了一口三明治，继续咀嚼。

"她很难接近。"

司柏林一说出这话，龙七立刻朝他看，他这时往旁边踱两步，一脸"这就被我猜到了"和"小爷简直太聪明了"以及"不要紧，我理解你们"甚至还有"靳译肯完蛋了"的细微表情变化，龙七伸手指向他："司柏林，你要是掺和这事，咱俩绝交。"

"我都不知道我跟你交过。"

他边说边恢复懒洋洋的表情，看来对这事也没多大兴趣。龙七赶在他之前走出假山石堆，他继续吃着三明治慢慢地踱，一副快懒死的样子。

远处的董西看到了她。

龙七到她面前后，脚步慢下来。董西的手放在身后，眼睛看着她的长发在风中微微地扬。

"嘿。"

"嘿。"董西轻轻回。

龙七问："他们开始了吗？"

"应该开始了。"

对话很干，生搬硬套得很。龙七表面笑，嘴里咬自己的舌头，反而是董西顺其自然地说："我们进去吧。"

朗竹公馆很大，别墅之间间距宽阔，自带种满绿林的独立庭院，算是市内数一的豪宅区。以前靳译肯带她出行的时候从不避人,他说在这儿住的人比这儿的保安还少,而保安从不多嘴。

那时候他爸妈出国度假,家里只有他和他弟弟。

"他家在几号?"龙七问。

"68号。"

"……"

两人继续走路,又走了一会儿后,董西说:"我和他的事,你知道吧?"

龙七看她,不到一秒就听出摊牌的意思,继续看着前方走路,不自主地将双手放进衣袋中:"嗯。"

董西的手始终放在身后,龙七应了之后,她也依旧低着头,任风吹开前额的刘海。

"你怎么看这件事?"

"没什么看法。"

刚说完,龙七又补充:"各人有各人的选择。"

董西点头。

随后,肘部轻轻受力,龙七后知后觉地侧头,看到董西将手握在她的手肘处,不是女生之间要好的钩肘,不是那种感觉,而是一种说不清的信任感。董西的左手依旧背在身后,而右手轻轻地握在龙七肘部,五指几乎没有力量,很软,龙七走一步,她跟着走一步。

这种感觉让人脚步变慢,仿佛越慢越好。

可是气氛在接近靳译肯家时被打断,别墅里隐隐传出吵闹与音乐声,靳译肯刚好出庭院,他在龙七看到他之前就看到了两人,口气不好地唤一声:"董西。"

手肘处的软糯感瞬间消失,董西将双手都放回身后。

"过来。"他说。

那种语气当真冒着点火星子。他说完就进屋,等都不等她。董西慢了几秒,却仍然走向他。

龙七当时忍着没说话。

靳译肯的爸妈不在家,一进别墅就是一股很吵的乐响,她没见到董西,门厅处几个尖子班的女生正聊天,看见她,立刻转头朝客厅走。

客厅和后院的游泳池聚着许多人,二楼相对人少,可是二楼有卓清,她没上去,在一楼找了一圈仍旧没找到人,倒是口渴了,便熟门熟路地到厨房冰箱里拿了罐冰镇啤酒。

"龙姐姐,你来啦。"

才刚喝着就听到身后这么个声音,她差点对着洗手台喷出来,回头,看见靳译肯的弟弟靳少鬲。他比上个暑假见时高出半个头的样子,在初一生里算拔高的了。

龙七被呛得咳嗽,他抽了张纸巾给她。

这孩子原本不是这样的,龙七刚来时他还把她当小阿姨一样使唤,她懒得理他,孩子小,嘴挺皮,当晚餐桌上就对龙七蹦出"waitress(女服务员)!"这词来,被靳译肯拖到阳台暴揍了十分钟才哭着改口叫龙姐姐,从此他见到她就打哆嗦,待客礼仪规范得跟见亲祖宗一样。

啤酒在胃里起了反应,突然涌上一股恶心感,整座别墅的喧哗声与乐声重新充斥耳边,她别过头去,问靳少鬲:"看见你哥没?"

"在阁楼上。"

她正准备去,靳少鬲接着说:"不过他带着个女生。"

龙七到阁楼后先耐心地用食指骨节轻轻叩门,里面没声音,她抱着臂在门口徘徊,随后再用食指骨节叩两下,紧接着叩三下。

啪!

她用手掌拍门。

她不能喊名字,一喊名字就会惹人注意,火在心里涌,她再次拍三下门,节奏干脆利落。

里头终于有人慢慢向这儿走来的响动,龙七屏着呼吸等门开。

门把咔嚓转动。

她立刻面向门,一眼就见到门缝微开时的靳译肯,她啪的一掌将门往里推,一边瞪他一边走进去。

"龙七?"

她刹住脚步。

阁楼是个小影厅,拉着窗帘,光线暗淡,白艾庭站在沙发旁,望她。

不是董西。

她无法再忍,回头向他吼一句:"很好玩是吧!"

"龙七。"白艾庭再次叫她。

她在门口停住,隐忍着吸了一口气。

"你到底对我有什么不满?"

白艾庭问这个，白艾庭居然问这个。龙七干笑两声，回过身："我有什么可对你不满的，我这次还真不是冲你来的。"

"每次我发完状态，你就会发一条影射的状态，你到底要多久才肯放过我？"

她听明白了："你现在是要跟我扯账算？"

"对！"白艾庭的声音突然大起来。

龙七向她走去，靳译肯都没拉住她，两人一下子面对面，龙七告诉她："我跟卓清认识的时候谁当着他的面冷嘲热讽我？谁把我和他聊天的内容传进你的小团体？谁在军训的时候把教官探病的事情说成我和教官独处一小时？那年还没分班我跟你一个宿舍，我阑尾炎发作的时候教官带着女校医来看我，全程就你因为肚子不舒服回宿舍时撞见了，你是嘴欠还是怎么了，把女校医如实说进去会死是不是？我才要问你到底哪里对我不满?!我到底哪里惹了你，在新生刚开学的时候被你说成那个样子?!"

龙七说一句白艾庭的胸口就大力起伏一次，她喘着气快速回应："我只跟一两个人说过那件事！而且也说了是不确定的！后来传的版本都不是我说的！"

"那为什么我请你帮我解释，转头又被传成我欺负你?!白艾庭，我那会儿跟你一个寝室，我身上有什么事你都是清楚的！我真以为能信你，结果你们那个群什么谣都敢往我身上造！"

"都不是我说的！那个群我甚至连管理员都不是！"

"那你为什么不一开始就把嘴闭着！就像你把我推到路上，刚好来一辆车把我撞了，你说我是怪车还是怪你？"

靳译肯看这架势是劝不了了，干脆把门关上，一副要彻底让她俩把话说开的架势。白艾庭大声喊："那也不用叫他来报复我吧！"

她一喊出口，靳译肯看过来，龙七眼里的戾气也略有收敛，灰暗的屋子里只有幕布的光影与白艾庭激动的呼吸声。

她的眼睛通红，指着龙七看向靳译肯，哽咽着说："你知不知道她就是冲着我在意你？她冲的是我！"

"……"

"我知道你们有事，你看龙七的眼神跟我看你的是一模一样的！我也能察觉到你对我没好感，身边发小你都喊小名，我跟你处得最久，听到的永远是连名带姓的称呼！但是你能不能至少别跟她一块儿欺负我！"

当真是忍了很久，她一边说，一边哭出来："我知道很多话题我们都聊不到一块儿，你也不喜欢我老来你家，但是我们爸妈的关系就是好啊！我爸就是给过你家一个肾！我在这样的前提条件下在意你有错吗？你爸妈关心我有错吗？我也没有不让你去在意别人，但为什么偏偏是龙七？！"

"白艾庭。"他念她名字，声音低沉。

龙七想走，白艾庭充耳不闻地抓她的肩膀，使她撞到沙发靠背上。

"我所伤害你的和你伤害我的不成比例，你现在知道了吗？军训那事我已经领过罚了，还过了！就算那时候你觉得不够，现在也该够了！"

龙七扶着沙发靠背，胸口开始起伏，慢慢问："你真觉得够了，是吗？"

"不然呢？！"白艾庭哽咽着喊，"你还想怎么样！"

"你领的罚是什么？"

白艾庭不答。

她就答："千字检讨。"

"……"

"从哪儿领的？教务处。给我看了吗？没有。向我道歉了吗？没有！"她说一句就朝着白艾庭走一步，胸口的起伏越来越明显，"这两年你们这伙人停止过针对我的拱火和编排吗？停过吗？！"

白艾庭瞪着她，她也回瞪着，两人一呼一吸，湿淋淋地占着彼此的氧气。

"我呢？"龙七接着问，"我当年又做错了什么？因为阑尾炎复发旷了一天的集体训练？就这吗？还是请你帮我澄清你亲口造出的谣时，口气差了一点？嗯？"

"……"

"然后卓清只是对我好一点，你们又做了什么？你敢说吗，白艾庭？"

白艾庭抽了一下鼻子，咬着嘴唇，不答。

"这就是你说的，你所伤害我的和我伤害你的不成比例，是吧？我熬了两年，等不来你一句道歉，我跟一个你关心的人渣走得近一点！我就反过来倒欠你了？！"

白艾庭的肩膀抖了一下，龙七身体也发抖，最后瞪向始终旁观的靳译肯。他插着兜，平静地听着"人渣"两字，一言不发地看着她。

她抽了一下鼻子，挨着白艾庭继续说："到头来你也只怪我一个人，不会怪他。我要是对不起，也只在这件事上对不起你，但我一点都不同情你，也不觉得我们从此就两清了。你真有骨气就在算完我的账后清算清算这个人渣的账。"

别让他再祸害别人。

但这句话她没说出来。

龙七走时重重撞了靳译肯的手臂,他没回头,没留她。而白艾庭缓过神来要继续掰扯的时候,他才抽出一直插在兜里的手,扣住白艾庭的手臂,把她整个人带得往后退了一步。龙七回身,他俩对视,白艾庭可能是真被"扣"得牢,皱着眉瞪他,胸口起伏得很快。靳译肯也盯着她,脸色沉,一副真听了意见要在这儿好好清算的模样,但占主导位的又显然是他本人。

龙七没兴趣再管这事。

离开别墅的时候,龙七终于透过篱笆见到紫藤花架子下的董西。

她一人坐着,双手撑在身子两边,低着头,用脚尖轻轻碰着地上的叶子,风吹呀吹,把她的长发吹到肩后。

龙七透过篱笆注视着她,她眼里的神色很安宁,真的很安宁,整座庭院的浮躁仿佛与她无关,只要她愿意,一个人似乎可以待一下午。

龙七看着看着,眼睛就红了。

而董西无意间往院子外看的一眼,就看到了隔着篱笆的她,人从藤椅上站起来。

龙七眼睛酸涩不已,与董西隔着篱笆相看,非常难受,只能收回视线继续走。董西留在庭院中看着她的侧影,直到看不见。

两小时后,龙七从租住的公寓小区出来,坐到花圃旁的木椅子上。

天好像要下雨了,行人走得快,脚步声、车鸣声、风卷树叶声都在耳边连成一片嗡嗡响。她从包里拿出手机,对话框里给靳译肯编辑的那条"我钥匙落你家了"的信息迟迟没发出,她切换进通讯录,一个一个找人,找到"龙梓仪"三字的号码,按下拨通键搁到耳边。

一辆公交车卷着尘土从她面前的马路上开过。

她说:"妈。"

……

"你有没有在忙?"

……

"没有,钱够用,我自己也在赚钱,我跟你说过的。"

……

"嗯。"

……

她一边打电话一边看阴沉的天："妈。"

……

"我能不能到你那里住两天？"

说着的时候，一滴雨"啪"的一声打在她额头上，随后肩身与膝盖依次感受到凉凉的雨丝，行人的脚步加快，马路开始堵车，车鸣刺耳。

"没有，"她继续说，将右腿盘起来，"就是想你了。"

……

"嗯。"

等到那方挂断电话后才放下手机，她往后靠上湿漉漉的椅背，一人坐在雨中，将手臂搭在盘起的右腿上。

公寓的门打开时，暖色调的灯光洒在肩身上，她每走进一步，地毯就被踏出一块湿迹，身后飞过一串钥匙，"啪"的一声落在鞋柜顶部。

"换那双白的。"

龙七换好拖鞋后，龙梓仪已经脱了西装绾起长发，厨房里有阿姨在做饭，传出阵阵菜香。龙梓仪从卧室回到客厅时，手里多了换洗衣物："去洗个热水澡。"

同时龙梓仪用手掌拍她的前额："你怎么回事？啊？避雨都不知道就那么淋着呀？"

龙七斜过额头避开敲打，一声不吭地拿着衣物进盥洗室。

浴室水汽氤氲的时候，龙梓仪又进来替她拿走换下的衣服。龙七在浴帘内，龙梓仪在浴帘外对着她的某件衣物端详了一会儿，问："什么时候换的罩杯？"

"上高中就换了。"

浴帘唰地被拉开，龙七始料未及地用手臂挡上身："喂！"

"哟，"她挑眉，"真大了不少。"

龙七拉回浴帘继续淋浴。龙梓仪在外面说："你洗着，我去接两个弟弟，累的话就在浴缸里泡会儿。有事喊阿姨，她姓蔡，记得了啊。"

"不是姓林吗？"

"那个林阿姨只做饭，我越来越忙了，新换的蔡姨能包家务。"

她说完出了浴室，而浴缸刚放好热水，龙七躺进去。外面依稀传来换鞋与关门的声音，她闭着眼睛靠在缸壁上，缓慢地揉肩膀。

客厅再次响起开门声是半小时后的事了，她已套上衣服吹干头发，临出去前对着镜子画眉,将右眉刻意剃断的眉梢画完整。

蔡姨正将饭菜端上餐桌,两个孩子齐齐坐在客厅看电视,他们穿一样的小学校服,人手一个iPad,书包和小提琴袋则丢在另一个沙发上。

俩小胖子,双胞胎。

龙梓仪换好家居服出来,走到桌前喊一声:"开饭了,别玩了,来。"

孩子们懒洋洋地爬下沙发,这边蔡姨给龙七抽了一把椅子,正好坐在俩孩子的对面,俩孩子坐上座位后看龙七,龙七则看着自己的碗筷。

"Vincent(文森特)? William(威廉)?"

龙梓仪唤两个孩子的名,俩孩子才说:"姐姐好。"

但是龙梓仪走去端汤时,俩孩子一个吐舌头一个翻白眼,用如出一辙的鬼脸面对她,龙七视若无睹地提筷子。

"妈妈,她不等你过来就先自己吃饭。"双胞胎里的弟弟立刻喊。

"William,要叫姐姐。"

"姐姐不等你过来就先自己吃饭。"

龙七继续置若罔闻地夹菜吃,小子发急:"妈妈她又吃菜!"

"William,吃饭就吃饭,不要吵。"

龙七当着他面夹一个狮子头,这回他不再说话,一个人鼓着脸颊从鼻孔里出气儿。

"当心鼻屎。"她慢悠悠地讲。

双胞胎里的哥哥"噗"的一声将嘴里嚼的橡皮糖喷出来。

蔡姨回去后,龙梓仪帮她整理客房,龙七在她铺被子时问:"你老公呢?"

"在学生家吃饭呢。"

"他现在还开班吗?"

"说多少回了,他不是家教,他是华宁大学正正经经的教授。你别老说开班这词,他不爱听。"

"人又不在。"

"冷不丁就回来了。"

"他现在开什么班?"

龙梓仪铺被子的动作停下来,斜她一眼,转手继续套枕套:"几个高中生的理科班。"

"大学教授,也带高中课程啊?"

"帮忙来的。也不是一般的高中课程,是个综合学术竞赛,叫什么杯的我给忘了,你在你们学校应该也听过。参赛的都是每个高中顶聪明那一拨尖子生,"龙梓仪强调,"真不是一般的高中课程。"

"哦。"她低声应,"听过。"

"要不是人高中老师是他师弟,直接带着学生找到他这儿,他也不开这种班。"

龙梓仪说完,自觉嘴瓢,改道:"也不带这些学生钻学术。"

"哪个高中?"

"闵一,就你初中读的那学校的高中部。"龙梓仪套完俩枕头,"你当时要是直升闵一,现在成绩也不一定垮成这样。北番那种重点,节奏跟不上,怎么都白搭。"

"我今晚可以跟你睡吗?"

她扯开话题。

龙梓仪看向她。

俩孩子闹,龙梓仪足足陪了两小时才把他们分别哄睡,龙七在她回主卧之前就挑靠外的位置睡了。龙梓仪十一点多才上床,她进来时带进一股子凉意。随后,龙七的腰部被她的手臂圈住,肩膀也被下巴顶住,龙七听见她说:"我女儿身上真香啊。"

手也被握住了。

"越长越好看,随我……你说说,你在你们学校是不是校花啊?现在还流行校花这词吗?"

"是校花。"

"真是校花啊?"

龙七用被子蒙上脑袋,侧着睡,不理她。

长夜在龙梓仪的"自嗨"中不知不觉过去。她做梦,梦里一片吵,有手指快速敲键盘的嗒嗒声和絮絮叨叨的讲话声,讲呀讲,敲呀敲,吵得她头疼,后来噪声散去,她又见到两个人影,一个是站在风中的董西,还有一个是挨着董西的靳译肯。

后脊突然一颤,额头从枕上一滑,就这么滑醒了,眼前一片亮。

晨光照床头。

天亮了。

撑着肘、眯着眼往边上看,龙梓仪的位置空了,窗帘敞开,日光刺眼。她又往枕头底下摸手机看：九点一刻。

闹钟都响过两轮了。

跟闹钟提醒一块儿亮在屏幕上的还有龙梓仪发的一条微信，她送双胞胎去练游泳，说早饭在厨房吧台上，冰箱里有昨晚上熬的银耳羹，想吃了就热一热，别吃凉的。

龙七正看着，手机电量告急，自动关机。

叹口气。

重新把脑袋闷回枕被间，好一会儿，在临近睡着的那个点才重新抬起额。她撑起身，下床朝门口去。

但刚开门就听到客厅一阵讲课声。

大脑还没做出反应，门已经开了一半，眼睛猝不及防地对上客厅里的七八双眼。她愣住，客厅里的一桌学生也愣住，左右声道飘着的讲课声戛然而止。学生桌旁站了一个男人，一手撑着桌子按着题册，一手握笔写草稿，回头，看向她。

楚曜志。

……真行，龙梓仪。

说了一堆杂七杂八的，偏不说她老公的辅导班就开在家里这一回事。

龙七当下没往回走，楚曜志看向她穿着的宽T恤和T恤下的短运动裤，她也低头看，再看过去的时候他已经转过头，敲敲桌面："看题。"

一桌学生里的几个男生跟着才三三两两收回视线，抬动椅子换坐姿，椅脚摩擦木地板，发出一阵噪声。

客厅沙发上堆满学生的书包，玄关口放满运动鞋。

她将身后的门关上："叔叔。"

"嗯，七七。"

楚曜志没抬头。

但招呼就算打完了，他继续讲题，一桌学生埋头盯着他笔下的稿纸，她转头去主卧隔壁的洗浴间。

洗了脸，刷了牙，对着镜子补上断眉。椅脚擦动声和翻卷声在外边飘着，她绕着客厅去厨房，桌上三两个男生又探头看她。

她把厨房门虚掩一半。

开冰箱，轻声拿出牛奶和装银耳羹的锅，给自个儿盛了一碗，没热，直接用勺子舀着含嘴里，再找到餐桌旁的插座，给手机充上电。

坐下开始吃。

龙梓仪煮的银耳羹里放了枸果，龙七喜欢，双胞胎也喜欢，但从冷藏时间来算，她觉得这一锅是龙梓仪在她来之前做的。手机开屏后她发信息，问龙梓仪什么时候能回来，龙梓仪回下午，她又问家里的课要上到什么时候，龙梓仪反问一句：今天家里有学生？

"……"

常规操作。

她接着问自己的衣服在哪儿。

"阳台吧。"

她身子靠后，往厨房外看，偏偏这一下正好对上客厅仨男生的视线。夸张，这仨大概嫌门挡着视野了，往后压着椅子朝她看，彼此都跟看猴儿似的，都没想到会对上眼。他们几个一慌，立刻坐回去，椅脚撞上地面，砰砰砰三声巨响，那桌紧接着就传出一阵压低的笑声。

然后，楚曜志挡她的视野，走到厨房门前。

她手肘搭在椅背上，跟他平静地对上一眼。

"这一题，以亚热带季风气候圈的影响范围和南北半球阳光角度的不同为切入点……"

他拉厨房的门，她的视野渐渐被门挡住。门闭拢，外头一桌学生的动静也被隔断，门外的楚曜志离开："把书翻到 52 页。"

五分钟后，龙七吃完早饭出厨房。

一桌学生又看她，视线潮汐般来，潮汐般退。她径直到阳台，没在晾衣竿上看见自个儿的衣服，再次发信息问龙梓仪，龙梓仪回两个字：不在？

——真不在。

——那可能是送干洗店去了。阿姨送洗弟弟校服的时候一块儿捎过去了。

——我没衣服穿了。

——这儿又不是没你的衣服，去以前你房间的衣柜找找。

——那是我初中时候的。

边发信息，她边轻慢地走动。

"七七。"

楚曜志突然叫她。

她回头，人还站在阳台上，晨光照着她的肩。

"你回房吧，房里有电视，去看会儿。"

他说完，回过头，继续指示学生翻书。而她站在晨光里，墙壁挂钟秒针徐徐地走，学生们埋首看书，坐最里头的一男生看她一眼，拱旁边人的手臂，两人脑袋凑一块儿笑了几声。

　　楚曜志没朝他们说什么。

　　所以她回："为什么？"

　　一桌人抬头。

　　大概是没想到她会反问，他的动作停了停。

　　"这儿在讲课。"

　　"我知道，所以我一直没发出声音。"

　　"那你去换件衣服。"

　　"我衣服有什么问题？"

　　"你穿着睡衣。"

　　"是T恤和正经运动裤，我妈给的，大早上的我待自个儿家呢。"

　　楚曜志回身看她。

　　她也看他，视线打直撞一块儿。

　　而后，他点着头回身："你不介意就好。"

　　她也背过身，憋着一口气，继续回信息。

　　"下次来的话提早说一声，七七，我换个地方讲课。都有男孩子在，不太方便。"

　　楚曜志的声音从后头传来。

　　当下，打字的速度缓了下来，她抬眼抬额头，再次利落地回身："好啊。"

　　"但不用换地方，叔叔，你对这些男生多说一句话就好了。让他们认真做题，别老盯着我，而不是让我回房间，让我换衣服，把这些人自控力差的原因一并归结到我身上。"

Part 5 ◆ 第五章

局外人

"行吗？"她撂下两个字，做结束语。
客厅俱寂，此起彼伏的呼吸流窜在空气里。

"你想在哪儿就在哪儿吧，七七。"
楚曜志的头仍旧没回，这么答道。
所以那句话落的两小时后，她在客卧飘窗边上坐着。
房门紧闭，客厅的讲课声隔着门一阵一阵传来。窗半开，她倚着，看着手机里原本要发给靳译肯的那条信息，越看越想回自己租的小公寓。
但最终还是因为不想跟这个人渣产生交流而作罢。她收手关窗，打开房间的衣柜，自个儿初中的衣服果然还在里头稀稀落落地挂着。
没几件。
实在也是从初中起就被龙梓仪扔舅妈家寄养着，也就双休日和寒暑假偶尔回来住，每次住不长久又会因为与楚曜志的各种"互不兼容"早早搬离，搞得这里虽说是她家，但要找点她曾经在这儿生活过的痕迹，难。

她能感觉到楚曜志不待见她。
这种不待见中还捎带着一些"看不起"。不管是她初中成绩好，人缘也倍儿棒的时候，还是如今高中混得一塌糊涂，人见人躲的时候，他一视同仁，前后都没拿正眼瞧过她，活生生把她熬成这个家庭里的第五者和边缘人。
曾经想过最浅显的一层原因，血缘。
龙梓仪是先有的她，生下她五年后，才跟楚曜志恋爱结的婚。她不知道她爸是谁，问过，龙梓仪回答的态度非常诚恳，但答案非常离谱。
——夜情，不小心的。
楚曜志不介意。

但龙七长大后，才明白一件事：楚曜志不介意的是带着龙七的龙梓仪，而不是龙七本人。

他从不把喜怒摆在脸上，只对她的一切都表现得极度冷漠、不积极：接完双胞胎总"忘"接隔壁初中的她，成长过程里的择校报班等相关要事从不参与，家庭集体活动好巧不巧落下她，碰上生日这种龙梓仪单独陪她过的节日，又频频闹出点幺蛾子，总让计划赶不上变化。

物质上大方，精神上却永远把她排除在外。偏偏龙梓仪又是个心大的，只把楚曜志这种行为总结为"高知分子"的"低共情力"，说他只是不懂小女孩。

不懂青春期的小女孩。

随他便吧。

拉开抽屉，总算找到上个暑假落这儿的一件薄卫衣，换上，觉得尺码莫名大，她翻出 logo（商标）和尺码表看了一眼，男款的。

哦，靳译肯的。

那个暑假她经常把他的衣服穿回家，他这一个月三十天穿衣不重样的二世祖，落她那儿的从来就懒得拿。龙梓仪更是不管她的吃、穿、用，估计都没看过码。

窗外的天阴飕飕的，光着的腿还是冷，她继续翻，翻不到别的了，才关上抽屉，穿着这一身出客卧。

那会儿课大概是上完了，楚曜志在桌边喝水，原本一桌学生通通聚在玄关口低头穿鞋，一声声"楚老师再见"此起彼伏地响。她出来，学生和楚曜志都看她一眼，继续各做各事。她目不斜视地走到门口，低头穿鞋。

"七七，待会儿要吃饭了。"

"我妈让我去干洗店拿衣服，我在外面吃。"

"那路上当心点。"

楚曜志一点不留人。

她抓了颗门口罐子里的薄荷糖，走了。

进了电梯按1楼，听着外头还有那些学生窸窸窣窣的道别声，她摁了一会儿按键维持开门状态。几秒钟后，学生里头的两个女生走进来，她松开按键，门正要合上，被一男生的手掌挡了一下，两个女生笑着说快一点，四个男生鱼贯而入。

她塞着耳机靠到边上，含着糖。

电梯往下降，耳机里的乐声很大，薄荷味儿也在喉口蔓延。她看了会儿手机，又抬头看跳着的楼层数，一边看，一边把盖住手的卫衣袖口一圈一圈折起来，折到手腕处，开始思考周边有什么好吃的。

1楼到，门开，往外走。

但没走两步，一个响指突然打到她眼前，她肩一抖，人也停了，回头看，朝她打响指的是其中的一个女生，在笑。她摘耳机，耳中紧跟着蹿入那女生明朗的一声："龙七！"

"……？"

"我叫你好几声啦。"

她摘下另一只耳机，仍没应话，女生拍了拍自己的校服："闵一，你是以前初中2班的龙七，对不对？"

哦。

她的初中。

龙梓仪确实提过，楚曜志现在带的是闵一的高中生。

"我跟你那会儿同一届，我在1班，我们有一年元旦大会还搭过主持人呢。秦弈，你想起来没？"

"哦……"

是看着眼熟。

她刚应，那女生已经兴高采烈地回头，指着她对另一个女生喊："就是龙七，她就是龙七！没认错！"

另一个女生探出头，望着她整个人，说出仨字："大美女。"

她没答话。

可能是在北番那种天天被冷嘲热讽的环境待久了，已经无法分辨词汇的褒贬性质，但秦弈奔放热情，拉住她的手腕："你考去北番之后怎么没什么消息了？你们班的同学聚会你也不来，关键是我都没想到会在楚老师家看到你，你居然住这儿啊？"

"嗯。"

"以前没看见过你啊。"

"我两头住。"

"两头住是什么意思？"

"平时上学我舅妈家方便，我住那儿，偶尔回这里。"

"哦……对，北番是另一个区的，确实远。"

"你就龙七啊？"

聊得正热，秦弈边上，一男生冷不丁冒出一句。

你就龙七啊。

这五个字很妙，连在一块儿，说得又快又平，却有千般复杂情绪捣在里头。她看过去。当时在客厅听课的男生有四个，其中三个频繁抬头盯她，而出声这个从始至终没抬过眼。一米八上下的个头儿，戴眼镜，挺斯文的，眼神挺锐，这会儿站在电梯门口，正盯着她。

一副书生相。

但不同于卓清的温和谦逊，这男生一看就是挺偏执挺傲那种，尤其结合他问出的一句："中考前十考进北番的那个龙七？"

"葛宋，你不得先自我介绍一下再问别人问题？"

秦弈埋汰他，回头又朝她说："别搭理他，他脾气怪。"

"你们都知道我名啊？"她淡淡问。

"你人不在我们闵一，当年的名声可还响当当地摆在那儿好吗？"秦弈笑，"人美，性格好，还聪明，我们年级只要是初中部升上来的同届生都知道你。而且你之前的照片不是还在网上火过一阵嘛，超美的，不过有些评论太离谱了，我当时还开号帮你骂网络键盘侠呢。无语，敢说你是太妹。"

秦弈骂的不是网络键盘侠，应该是北番那些个活生生的人。

当年军训期间她和白艾庭闹矛盾后，破罐子破摔地把白艾庭那个小团体背后造谣她的事一锅端到了学校上头，导致七十多号学生因为这事集体写检讨请家长，连带效应也导致她承受了这群人长达两年至今的嘲讽和冷暴力。

她没后悔过。

但从秦弈的角度确实是无法理解，为什么上了个高中，一个人的风评和成绩就能一落千丈成那样，她只能理解为网络造谣。龙七没说多的，回四个字："谢谢你啊。"

"客气什么。"

"你们是代表闵一参加'理英杯'的学生？"

就龙梓仪提到的那个高校学术竞赛。

秦弈点头。

"挺厉害的。"

"没，我们学校压根就是走形式的。"

"谦虚什么，你们现在还在集训就说明打赢了去年的十校联赛，都入围决赛了。"

"哇，你这么了解？"

龙七往楼门外走，没接这话。

"真没谦虚，分校区的。"秦弈跟着，"我们学校能进决赛全靠对手菜，这不才找楚老师救急嘛。楚老师几年前带出过大学亚军队的。"

"这样子啊。"

"而且，"秦弈笑，"你们北番才是实打实的决赛圈大热门好吗，去年对打的还是上誉国际那种强校，真的是神仙打架。"

"你参加了吗？"冷不丁地，那男生又问，也已经跟着走到门廊外。

"葛宋你蛮烦的。"秦弈回头。

"她不中考前十吗？"

"你蛮烦的。"她秒答。

秦弈和另一女生大笑。

"你们学校有一个人很强。"葛宋接着说。

"卓清吧。"

"卓清也厉害，但他学科局限性很明显，一道全学科覆盖的题，他只能做理综部分。我看过那场你们北番对上誉国际的比赛，你们主要是那个队长很强，反应快，思维敏捷，逻辑清晰，会用人。"

是没想到随口一句引来这个男生这么多衍生话题，龙七说"你都看过了，连人名都记那么清"，还故意问自己在不在里头，什么意思。

"他不会聊天的，自认为在引话题啦。"秦弈朝后摆手，"我们下周就有一场比赛，抽签制，还不确定跟哪个学校对打，各个学校都怕抽到北番，只有这个人巴不得跟北番对垒一场一战成名，从早到晚想这个。"

看得出来他是蛮想赢的。

但她不想继续聊下去，因为知道呼之欲出的那个名字是谁，从龙梓仪聊起这个竞赛的时候就已经想到那人了。葛宋满脸想打探更多底细的神情，她别过脸看向小区外："我得去吃饭了，饿了。"

"那你最近都住在这儿吗？我们每天放学都会来楚老师家里做题的，还能见着你吗？"

秦弈问。

周一，离早铃还有半小时。

她提早两小时起床，回了趟舅妈家把备用的校服换了，从龙信义那堆书里拿走今天要用的课本，又把靳译肯曾经落这儿的东西都集中收纳到一个纸袋子里，挂在手腕处，在学校对街的咖啡馆门口候着。

那个点，舅妈和龙信义还睡着，没一个察觉到她回去过。龙梓仪也睡着，没察觉她走了。

初秋的晨风总带着一丝凉，她在衬衫外套了个薄针织衫，倒抽气，细碎踱着，但等到晨光照肩膀，早铃快响，都没有在频繁进出的学生流里看见他。

又因为在学生流里看见围了围巾的董西，龙七没忍住，小跑着穿过马路，折进学生群。

到董西身后的时候已经闻到柔软围巾上的香味，龙七慢下来，董西刚好侧头，两人在两步半的距离安静地对上眼，董西稍微慢半步，两人又自然而然地并排同行。

这她没想到。

所以龙七一时间没有说话，仍旧慢慢走着，反而是董西先淡淡出一声："早。"

"……早。"

"你比平时早。"

龙七向她看，随后答："回了趟老家，认床，晚上没睡好。"

董西点了点头。

两人随着人流走进校门。

"那天你走得早了。"

"嗯。"

应完后想起什么，龙七问："那天我走之后有谁来找你吗？"

原话应是"有谁来找你麻烦吗"。

董西摇头。

龙七点头："你后来是不是没再上校园网？"

董西看向她。

"我给你留了手机号码，以后联络起来方便。"

风轻轻吹拂，董西说："晚上我存一下。"

话题渐入佳境，但没来得及往下聊，就被后头蹿出来的一声"董西"打断。两人刚回头，董西就被其中一名女生抱住，冲劲儿太大，那女生手中还握着豆浆杯，杯盖没盖紧，豆浆直接往外洒。那边还在笑，龙七这边反应快，快手接住那杯子，在豆浆溅到董西之前挪开，这也导致她的手背被滚烫的豆浆猛浇了一下,她倒吸一口气。

豆浆洒一地。

那女生才反应过来,连声埋怨杯盖质量差,说完看见是她,结巴了一下。

"当心点。"

龙七把豆浆递回去。

递完就走,边走边从衣袋里掏纸巾,轻轻甩了甩手腕,甩掉手背上的豆浆液。

没让董西看见。

上午第一节课的时候,龙七手背上已经泛红起了两个小泡。

她转着笔,看着手背。

良久,她看向两排外第一桌的位置,董西已经摘了围巾扎了头发,额前的刘海收光,利爽。粉笔尘粒在光里飘着,落到董西提笔的手上,她写一会儿笔记,看一会儿讲台,而龙七隔着半个班级的距离看她,两人的视线都放在平日里放的地方。

早上两人挨近的时候,董西身上还有种特别淡的梨花香。

不知道是当时她围巾上的,还是从她发丝或皮肤里头散出来的。

中午,龙七还是没见着靳译肯。

食堂人声鼎沸,她到饮料处拿了酸奶,一边拆吸管的包装,一边扫视人头攒动的食堂,吸管的尖头戳破塑料盖,递进嘴里。

1班那群刚打完篮球的高个儿男生坐不远处的一桌吃着喝着,其中有卓清和蒋禀,没他。

一般都不可能没有他。

于是总算确定这人没来学校,她把酸奶吸到了底,从兜里掏手机。龙梓仪发来的信息还热乎着,问她今晚还住不住家里,住的话就在晚上七点前回来,赶得上晚饭,因为七点之后楚曜志要在客厅辅导学生,不方便。

信息栏的上一条是龙信义发的,问她早上是不是回过他家拿了他的课本,后头附着一连串的感叹号和"问候礼",让她课间等着。

她家,他家。

两条信息一条都没回,她把手机丢回兜里,转身正要走,刚好见白艾庭进食堂。

他们班刚上完体育课,四五个高挑女生统一穿着排球服,说着笑着,拿着水瓶和餐具进来,边走边和那一桌的1班男生打招呼。白艾庭走最中间,没讲话,但视线越过众人和龙七对上了一眼,又在喧嚣中置若罔闻地挪开。

厉害。

周六那场对峙在这个人眼里好像真的一点踪迹都寻不到,那个曾经在她面前因为落单而低头快走的胆怯模样,也在此刻众星捧月般的氛围里无影无踪。但不意外,她习惯了,白艾庭就是这么个人。

所以龙七也没朝那儿多瞟一眼,她径直出了食堂。

下午的课冗长又繁杂,放学铃响时,正是五六点夕阳西下的时候,天边已现出鲜红晚霞,课代表还在黑板上留作业,她挨着桌面,撑着下巴,看着跟几个女生聚在一块儿聊题目的董西。大多是董西在讲,这道讲完讲那道,女生们这个问完下一个接着问,董西始终垂着眼,耐心看题,不疾不徐地解题。

于是她也从边上翻出试卷看。

看了不到三秒,合上。

…………

好,决定回龙梓仪家了。

回程的地铁上龙七就开始清算自己这两年半落下的知识点,又大概组织了一下语言。一小时路程后总算到龙梓仪家,进门的时候是七点十分,玄关口果然摊着五六双鞋。她摘耳机放包,客厅桌边的秦弈朝她小幅度招手。

"秦弈。"楚曜志出声。

秦弈耸着肩头和眉毛低下头,葛宋倒抬起头,一言不发地看她一眼,另几个男生被她明面上撑过,这会儿总算安安分分低着脑袋。她换上拖鞋进厨房,龙梓仪正在那儿切水果,厨台边的小桌子上放着三四盘剩菜和一碗饭,还热乎着。

"回来了。"

"嗯。"

"吃吧。"

"双胞胎呢?"

"上小提琴课。"龙梓仪头也不抬,"都你弟,别老一口一个双胞胎,跟别人家孩子似的。"

"又是游泳又是打鼓又是小提琴,挺上心啊。"她抽筷,抽椅子。

"喜欢就学呗,你刚中考完那会儿不是还喊着学台步,你那模特班也花了我好几万,不都让你去了。"

"你出一半,另外一半是我从小到大的压岁红包,你才肯让我去的。"

龙梓仪在做水果沙拉,切下的黄瓜和圣女果慢悠悠进了自己的嘴,没应她的话。

"我想要个家教。"

龙七脸颊动着,说。

切刀声响没停,她把菜夹到米饭上,吃一口:"妈。"

"嗯。"

"我想要个家教。"

龙梓仪仍然切着火龙果,拉开一橱柜,抽出一勺来,挖出果肉:"什么家教?"

"理科的就行,我文科还行。"顿了顿,她接着说,"教两个月就行,我只要肯学,很快就能跟上,报课费我先问你借点,考完还。"

"之前为什么不肯学?"

"现在肯学不就行了。"

"那我又怎么信你现在肯学了?"

她回头看一眼,接着拿勺舀汤:"我这是碰上你心情不好的时候了?"

"上个月我给你的生活费还剩多少?"

汤不烫,但话烫,烫得她咳一记。

不出三秒龙七就悟出了龙梓仪阴阳怪气的点,大概是自个儿在外租房的事败露了。按理说是该败露了,但凡龙梓仪稍微关心她一点,跟舅妈通个日常电话,随便一句话的破绽就能察觉,但偏偏败露在这种真正需要装乖借钱的时候。她面上没表情,依旧握着碗,看着米饭。

"剩多少?"

"没多少。"

"我每个月给你那个数比一般学生还富余点,花这么快?"

"我老打车。"

"打车也不远,本来就是图近才送你去舅妈那儿,起步费而已。"

"……"

她的咀嚼渐渐停了下来,吸一口气。

但"到底是图近还是嫌我在家碍眼"的话还没问出口,龙梓仪继续说:"我知道你现在青春期,正是对什么都新鲜的时候,小姑娘又长得漂亮,穿的用的都体面,所以经济上我从没让你束手束脚过,喜欢什么就买,想玩什么就玩,只要你不乱攀比,不乱混乌七八糟的圈子,每个月稍微省点也够付个家教费了。当然这种费用我不会真让你出。"

她握着筷与碗,听着。

"只是我没想到,龙七我真没想到。"

"……"

"你胆子居然肥成这样,那种消费观你也敢沾?"

这一拐弯出乎她意料,她回头。

龙梓仪也转了身,刀一放,手一撑,摆在脸上的"就等你交代"的意思:"我说这吃、穿、用都有人供着你,怎么你还老跑外头做兼职,真以为是你兴趣大。"

"不然呢?"

龙梓仪的手往砧板上一拍:"还不然呢!"

客厅里一桌学生往这儿看,楚曜志大概是觉得吵,走过来,一声不吭地拉上厨房的门。

但龙梓仪没给任何面子,低斥一句"你给我过来",拉开门就往客卧去,发出的声响让楚曜志的注意力再次分散,回头看她们,秦弈、葛宋等人也通通抬头。

龙七往嘴里多送了两口饭。

一进客卧龙梓仪就关门,转头从衣柜拿出一件男码的卫衣,往床上一掷:"是不是你的?"

"是。"

"好,认就行,"龙梓仪点头,"去年我随手塞抽屉里了,没注意,以为你拿了信义的衣服。昨天你穿完,阿姨送去干洗店,人说是名牌,提前说明了一堆须知事项,阿姨听不懂,不敢送,又拿回来跟我说了。我一看,官网一查,这个数。"

龙梓仪比着手势。

她把饭嚼碎了,往里咽。

"这个数!龙七!"龙梓仪用力比着,"你什么年纪啊?啊?就敢这么消费了,衣服都只认大牌子了?哪儿来的钱让你挥霍?我平时不管你开销只给你打钱,现在细想都觉得离谱,你说补习真去补习啊?"

靳译肯这件卫衣的价格,确实离谱。

但怪不上他,那是人家品牌往他妈妈那儿送的公关礼,他弟也有一件,甚至他自己一次没穿过,觉得浮夸,那次降温借她穿走后也懒得要。但万万没想到这口锅还能以这样的形式扣她脑门儿上,她镇定地回俩字:"假的。"

"你还买假货?!"龙梓仪瞪眼,"问题更严重了,龙七!"

没给她说话的机会,龙梓仪接着说:"你最近又跟信义吵架了?"

"嗯。"

"所以不愿意回去?"

听这话音,舅妈没有把她独自在外租房住的消息透露给龙梓仪,心内松一口气,她点头。

"那儿你待不住,这儿你也待不久,花头一套套,你说让我怎么信你?"

"反正我不是想买什么名牌,这件你要不查,我也不知道是个牌儿。"她说一句瞎话,接着说真话,"我这次真想学好了,都高三了。"

龙梓仪叉着腰,估摸着那些话她憋了一下午,这会儿总算"喷"完,叉了会儿放下,她往衣服上看一眼,再看龙七一眼。

"假的?"

"假的,网购的,两百不到。"

龙梓仪的胸口起伏着,眼睛还斜着她,终于问到该问的重点:"怎么是男款的?"

"男款的衣服码大,oversize(特大号),我那段时间喜欢。"

龙梓仪的那口气才像是顺了出来,缓了三四秒后说:"要家教是吧?"

"嗯。"

"外头现成就有一个。"

"不行。"

龙七立刻说,但后头的话没说出来,被龙梓仪堵住:"就这样,你必须得在我眼皮子底下补课,吃的、喝的都有,房间也有,你就在这儿给我住着!"

"就不能找个正经家教给我?"

"楚曜志不正经了?"

"不是那意思。"

"我告诉你,他也不是闲得有空盯你学业,他就教你一周,我也看你这一周的态度,真学进去了我再给你请家教。"

她叹口气,对着空气白一眼。

龙梓仪指她一下,意思让她在房间等着,转身开门,叫了一声楚曜志。

房门"砰"的一声关上。

五分钟絮絮叨叨的讲话声后,门再次打开,龙梓仪人都没进来,只伸了个手,朝她招了招。

她出门。

客厅里,一桌学生和楚曜志都看着她。

龙梓仪还往秦弈身边放了一把椅子,秦弈也往边上挪出个空,龙梓仪指着:"你坐这儿。"

"他们是为了竞赛,我是补习,不是一回事。"

"你也听着呗。"

"坐着吧,七七,把不懂的题集中整理一下,待会儿我帮你看。"

楚曜志说。

但楚曜志一向只在龙梓仪跟前这样。

龙梓仪出门接双胞胎,他就没朝她这儿递第二句话,一桌学生六颗脑袋凑一块儿聊题聊得热火朝天。她撑着下巴,看着自个儿的书。

阳台的夜风朝客厅吹,吹得试卷窸窣响,她用笔端摁着,边上秦弈打了一个喷嚏。

她抽两张纸,递给秦弈。

葛宋坐她对面,看过来一眼,往她试卷上也瞟了一眼。

等她看他时,他又别头去问了楚曜志一个问题,她就跟着听了两耳朵。他们的竞赛题跟卷面上的常规题不一样,多数是从一张照片,或一个假设来发散思维进行推算,会动用各科学识,甚至各国人文历史,一道题的解答通常耗时半小时,赛制又是限时抢答制,挺考验知识储备与抗压能力的。靳译肯平时没事就做的限时题也是这类,她都眼熟。

桌上手机响。

"继续往下推。"

楚曜志留话,拿着手机去厨房,一边听电话一边拉上门。

"你这都不会?"

门一关上,葛宋就搭话了。

她这会儿做的是数学卷最后一道大题,十分钟前就卡住了,但这种题平时搁班级里也半数人攻不下来。她没应声,继续撑着下巴写自个儿的。

然后龙七听对面撕了一张稿纸，葛宋几下把她那道题解完，往她手边一推："抄吧。"

她的笔一停。

"你干吗呀？"秦弈问。

"省得她待会儿问楚老师，我们这边要问的也有很多。"

"我会在你们走之后问。"她眼都不抬。

一桌人不说话。

"我不是这意思，我的意思是，你也可以问我。"

"噗，你那句是这个意思吗，葛宋？谁都听不出这个意思，所以说，你不会聊天就别聊。"

秦弈再次出声，龙七往她那儿看，觉得她挺有意思的。秦弈撑完人，在稿纸上写了一行字。

——葛宋对女生说话老这样，情商低，别理他。

写完，秦弈又将身子偏向她一些，她没反应。秦弈用卷子遮着下半张脸，整个下巴几乎贴着她的脸，低声说："他今天一直在打听你。"

气音拨得耳朵痒，她稍微偏了下颌，秦弈拉回她："真的。"

葛宋盯着她俩，像听见了，接茬："我是在打听她成绩怎么落这么厉害。"

这一下，秦弈看向他，边上一排男生看他。龙七也看着他。

谁都没想到他能脱口而出这句话，阳台的丝丝凉风与厨房内楚曜志的讲话声缠一块儿，在客厅里若轻若重地卷。男生都尴尬了，身子通通往后倾，葛宋却一点不虚，仍盯着她。

"那么你打听到了吗？"

所以她也不虚。

"我打听到了一个版本，但我自己也有个大概推断。"

"你说说。"

"他们说你军训的时候，有一晚是跟人在外头过的。"

仅剩的一些窸窸窣窣的写字声也停了下来，客厅内只留楚曜志的讲话声，秦弈没敢往她那儿看，只盯着葛宋。

"还有，说你跟教官。"

"说。"

"有特殊照顾的关系。"

"……"

"真的假的?"他问。

"你不是有自己的推断吗?"

"应该有夸张的成分,但是无风不起浪。"

"你们高一军训过吗?"

"当然。"秦弈回。

龙七看她:"你军训完还有力气翻墙玩一夜吗?"

秦弈没答,但眼神瞟向葛宋,答案呼之欲出。

"那为什么这些故事传得有板有眼的?"

"因为有蠢蛋信。"

秦弈和那女生扑哧笑了。

"还有一个男生被劝退了,因为你。"

"这倒是真的。"龙七答。

众人抽了一口气。

"那有人说这几年你老跟一些社会人混在一起也是真的?"另一男生嘴快问出口。

如果她做模特兼职,到处跑工作室结交设计师算是跟社会人混在一起的话,也不算乱说。她点头。

"所以你成绩落这么厉害,就是因为交友不慎。"

"葛宋!"

秦弈出声。

"我觉得这是个现象,我们学校也有好多个这样的。一些挺好看的女生一上高中成绩都不行了,心思都放到谈恋爱上去了。"

"所以你说的交友不慎,是指谈恋爱?"龙七接。

"你有吗?"

"葛宋,"她不答,靠着椅背,转一记笔,"你可真会套话。"

对面仨男生都低低"呜"一声,好像都知情,唯恐场面不够热闹。秦弈跟那女生才是后知后觉的,反应过来后拍一下桌:"我去,葛宋你不是情商低啊!"

"他就是。"龙七接过话,"他用的话术特别差,不知道是谁教的,远离教他那朋友,也挺不慎的。"

"我什么话术?"

"打压式的话术。"她干脆利落地接。

秦弈和那女生看她,甚至葛宋本人似乎都没有反应过来,跟其他男生愣愣地望着她。半响,秦弈的脑子率先转过弯来:"是……"

"是的!"秦弈看过去,"从头天开始你就这样了,葛宋,对龙七说话老带刺儿。"

"我有吗?"

"而且你对漂亮女孩的偏见挺大的,"龙七接着说,"我承认我是比较符合你狭隘想象的那一个,但长得好看又聪明的也一大把,单拎出一个都能跟你打竞赛还能打爆你,不信你去打听打听北番的董西和白艾庭。"

"不是,我没……"

"你有,可把你牛坏了。"

秦弈张嘴就想大笑,偏偏那一刻厨房门开,楚曜志出来,秦弈响彻客厅的一声"哈!"正好砸他耳边。

非常短促,又非常杀千刀的赶巧。

就算秦弈紧接着收声闭嘴,葛宋低头翻书,一桌学生埋首做题,楚曜志也已经把客厅氛围捉摸得明明白白。他把手机放进裤兜,说:"你回房间看书,龙七。"

得,干扰学习这口锅又扣她脑门儿上了。

进门后不久,手机"叮"的一声响。

有人给她校园网账号发了个好友请求,她调完台灯亮度看了一眼,又把屏幕对着桌面盖回去,置之不理。

发来好友验证的 ID 名是:闵一葛宋。

还意犹未尽,要跟她辩呢。

埋首看了会儿书,心里头的情绪逐渐外涌。她闷闷地吸一口气,重新拿手机,从通讯录里翻出靳译肯的号,找到那条索要钥匙的信息,干脆利落地发送出去。

与此同时,屏幕上方又跳出通知,跟她一墙之隔的葛宋果然发来第二条验证,附一行话。

——虽然我不像秦弈他们跟你同届,但是很早就听说你了,有点意外你跟我预期的不太一样……我的初衷是为你好,如果你老是跟一些校外的、社会上的玩一块儿,结果肯定不会好。我希望你别分散太多注意力在没必要的人际交往上。不太会说话,想表达的是这个。

字数不够他发挥的,他又发了第三条。

——以后你要是有什么不懂的也可以问我。你在你们学校被孤立,没朋友的事,我都听说了。

她一字未回,摁了"拒绝"。

"叮"。

屏幕上方又跳出通知,龙七正要发作,发现是手机信息而非好友验证。是靳译肯。

他回了消息:落在哪里?

她打字:阁楼。

两分钟后,她又加一句:也可能是客厅。

而他的信息在五分钟后回过来,她正撑着额头算题,手机屏幕亮:找到了。

滑开屏幕,正要按键,他又发一句:在哪里?我过来给你。

"你明天放到学校门卫处,我去拿。"

"我明天不去学校。"

——那就改天,我不想见你。

手指在键盘上摁着,打到"你"字的时候,手腕稍微松劲儿。她望一眼紧闭的房门,指腹随着楚曜志讲课的节奏在机身侧边一下一下敲击,她又看了看时间。

八点一刻。

想回"家"。

泄了口气,把字删除,她重新打。

——你来吧。

然后发送定位。

Part 6 · 第六章

没有如果

龙梓仪家虽然是高端社区大平层，位置却偏郊区，与北番所处学区离得远。靳译肯从朗竹公馆过来，最少也得半小时。

她把卷子做得差不多了，一边背单词，一边百无聊赖地调着台灯的亮度，手指往感应处一下、一下地拍着，光由暗到明，由明到暗。

数个回合后，手机振一下。

屏幕上，两个字的信息：到了。

于是"啪"的一下关上台灯，起身穿外衣，进客厅，楚曜志和葛宋都回头看她，她目不斜视地去门口："我下楼走走。"

"都快九点了，这么晚。"

葛宋竟然比楚曜志先出声喊她，她的视线越过葛宋看向楚曜志："顺便接一下我妈，说不定能碰上。"

"去吧，当心点。"

她拉上门。

靳译肯在小区门口。

夜风凉，秋意浓，橘黄路灯下飘着细雨，他正坐在休憩椅上，头垂着，手肘抵着他的膝盖。

她走过去，在他膝盖正前头的一米内停下，细雨在光下才有实感，往她头发和针织衣上打着，凝成细密的微小水珠。她把挂在手腕上的纸袋子往前递，他刚好咳嗽，抬了头。

"你所有的东西。"

靳译肯没接。

但不是不愿意接，她能感觉得到，是当下他的肢体反应略微迟钝，整个人看上去都没什么精气神。但她感觉到了也没管，递了三秒后直接把袋子放到他脚边，继续伸手："钥匙。"

他掏外衣的口袋，钥匙叮当响，放到她手心。

龙七正要收手，他低声问："你手怎么了？"

手背处，烫伤后起的水泡已经消退，留了两个像小孔一样的疤。她跟着看一眼后，把手插兜里："帮董西挡了豆浆，烫伤的。"

他再次垂了一下头，咳嗽一声。

"因为该在她身边的不在，只能我在她身边看着她。"她添了一句。

他低着脑袋说："你非得这样是不是。"

"我非得这样。"

龙七说完准备走："生病了就早点回家，不用在我这儿熬着，我对你说不出好话。"

但是靳译肯拉了她的手腕，把她的步子拉停，她的整个右手也从衣袋里抽出，跟着他的手一块儿往下垂。

小区门口，车辆进出，两人的身影时不时被车前灯照着，她稍微抽手："我妈要回来了，我要回去了。"

但是抽不出。

他的卫衣领口被风吹着，她的头发也在夜风里飘，她说："靳译肯，你别这样，别装。

"从你提着保温瓶放到董西桌上的那一刻，我俩的关系就只剩一种，是你选的，你知道是哪种。"

因为太了解他这个狡诈的人精，龙七怀疑就算这一刻也有他使诈的成分，于是又抽了一下手腕："我要回去！"

"你陪我去一趟医院。"

"我不愿意。"她秒答，"你可以叫你家的阿姨或者司机，你爸妈付了工资，他们愿意照顾你。再不行叫你的邻居。"

"董西。"他说。

"是司柏林！"才反应过来董西也住朗竹公馆，龙七觉得靳译肯这个人真的绝了，这种情况还硬要硌硬她一下。她嗓门儿提高，"你不准叫董西，让她好好睡觉！"

又一道车前灯扫过两人，驶入小区。

"那你就让她好好睡觉。"

他说，声音很虚，但是那股劲儿在里头。她瞪着他，血气上涌。

"龙……七？"

这时，有人喊。

声音从小区门口传来，她一愣。

靳译肯也侧过头，看过去。

但她其实已经知道是谁了，她出门的时候那几人就已经在收拾东西了，本来就有可能在门口狭路相逢，她只是没想到靳译肯能拖她这么久，原本以为两分钟就完的事硬生生耗到现在。她又觉得是自己天真，这个浑蛋大老远跑来就不可能只是简简单单还个钥匙。

胸口轻微起伏后，她别过头，秦弈和葛宋那堆人果然拎着袋子提着包在那儿站着。

几人都是下了课准备回家的模样。

秦弈手里握着咬了一半的麻薯，葛宋拿着一叠卷子，风吹着，窸窸窣窣地响。他们都站得远，没往前来。

靳译肯又咳了一下，没朝这堆"陌生人"看第二眼。甚至，龙七的手腕一紧，被他又拉近一步，他盯着她："看我。"

意思是人还没死，喘着气儿，谈判着呢，别分心。

她低头，如他所愿瞪他，而后攥着手，用力地从他那儿抽开。

松开的那一下，他的手臂往下垂。

没留恋，她转头就朝小区方向走，走得飞快，一言不发地越过葛宋这堆人。

靳译肯又咳嗽了一声。

很远，但很清晰。

她的步子停了。

龙七当下真的是烦躁和阴郁交杂，停了有五六秒，指甲用力抠了一下手心，嚯着一口气回身。葛宋他们依然看着，她再次目不斜视地经过这堆人，快速走到靳译肯面前，一停就抬手摸他的头，手心贴着他的额面。

确实烫。

然后龙七俯身拿他脚边的袋子，拉他的手："走。"

拉一下还没拉动，他身体重，她用双手拉，烦躁地喊："快点！"

打车到附近的医院，帮他挂了个急诊，高烧，有点炎症，医生配了药，让输液。

她拿完药，他已经在输液大厅扎上针了，那时候龙梓仪的电话也已经打来三个。她到角落的饮水机处拿了个纸杯，倒上热水，边走边回拨。

龙梓仪一接，果然先骂她一通，问她人去哪儿了。

"我碰到个夜摊，吃个夜宵再回去。"

"你疯了吧，龙七？"

正要辩解，龙梓仪砸来一句："这个点还吃，身材不要了，脸不要了？别仗着青春期为所欲为！少放点辣，吃完赶紧回来！"

龙梓仪真是一点不让她失望。

挂了电话，拿着热水到他那儿，递出。

他的状态看上去稍微好点了。放完杯，她坐到边上，从腕上的塑料袋里拿出刚买的碳酸饮料，拉环，"噗"的一声响，靳译肯看她，她也看他，悠哉地喝一口。

医院外头下着秋雨。

"喝完我就走喽。"她说。

"董西爸妈想请我去她家吃饭。"

气泡下喉，想咳，忍住了，罐身在手心里被捏出一声响，她冷脸看向他。

"前几周台风，她家跳闸，她妈在业主群联系我妈，说不放心她一个人在家，让我照看，我去了，她爸妈现在想谢我。"

而后就算她不回话，靳译肯也能接着和她聊，他仿佛向来就能知道她心里头的下一个问题是什么，所以他先答："我没应。"

"什么时候的事？"

"前两天。"

"我是说跳闸。"

"我在她主页留言的前一天。"

"所以你就是那样进她房间的？"

"没进她房间，她家总电闸在车库，我修完就走了。"

"那你为什么那样留言？"

"你说为什么。"

他侧头，两人对视。

"靳译肯，"她说，"你真的很幼稚，很幼稚。"

"那你知不知道你跟董西的差距？"

"知道，但我会跟上。"

"你跟不上，你连我都跟不上。"

罐身又在她的手心里作响，她的胸口起伏。他接着说："你跟我的差距有多大，与董西的差距就有多大，我会向着你走，但董西不会。"

"可是董西不需要。"

这一句后,他盯着她,她接着说:"你还没明白,靳译肯。

"你错把刺激感当成心动,你对我在意只是因为我跟你完全是两个圈子的人,你到现在还没分清这一点。

"而我得承认,跟你相处确实很爽,我在你身边可以是任何样子,可以没道德、低素质,可以无底线、暴脾气。我就算烂穿了,你照旧跟我玩一块儿,你的乐趣就是站在金字塔尖儿上看着我造这造那。但董西不一样,董西让我想变好,高中都稀里糊涂过两年了,我第一次想捞自己一把。"

靳译肯没有反驳。

深夜十点的输液厅,病患家属进进出出,两人都沉默地坐着,很久,他才说:"或许吧。"

可是这三个字从字面上看是让着她,语气里却充满否决的意味。他接着说:"我跟你不一样。"

"你是跟我不一样,你的思想、你的灵魂比我有深度多了,而我除了一副脸皮和这烂性格就没什么可取的了,你何必在乎我这样一个没价值的人?再说我在意的不是你这款的,我一向都喜欢好人。"

"那我问你一个问题。"

龙七看向他。

"你第一次跟我走的时候,觉得我是个好人,还是坏人?"

第一次跟靳译肯走时绝对没有好人坏人之说,她当时只想着一件事:有张床睡。

记不得是第几次跟龙信义打了一场近乎动家伙的口仗后,用仅剩的钱在小区门口的便利超市买了水和速食餐,随后一边解决晚餐一边用手机刷着附近的宾馆房价。当时正是三月阴雨季,巨响的雨声和湿气不断从感应门中挤进来,出租车怎么都叫不到,她又和模特经纪针对拖欠薪资的话题隔空吵了一架,吵到高潮处,超市门口"嘀"的一声车鸣,她往外看,靳译肯在自家车的后座笑看着她。

当时没想多的,二话不说地上了那辆车,气盛,车门还被她甩得很重,嘴上也忙着问候那无良经纪人。驾驶座的司机回头瞄她一眼,靳译肯则毫不在意地看着她,好像乐在其中,甚至还希望从她嘴里再多听些新奇的话,眼神透着尖子生面对理科卷最后一道高分思考题时的研究劲儿。

车子启动后她才挂电话,人还在消气阶段,而靳译肯挨着车窗口,抵着脸颊,慢条斯理地说:"要不要,给卓清打个电话?"

"不用。"

她秒答后想起来看他一眼,但没说话,车厢内暂时安静,随后她又看了他第二眼:"我俩见过吗,你就让我上车?"

靳译肯笑了笑,就像知道她这句是故意撑给他的埋汰一样,用原来的语调说:"两天前,你见过我,我是卓清的朋友。"

"哦。"

脑子里走马观花地掠过两天以前的见面场景,当时是跟卓清逐渐交好的第一周。卓清性格轴,一心记挂着她和白艾庭的爱恨情仇,非撺掇两人吃饭试图化解过往的"误会",以达成一种"我的好朋友能够和平共处"的美好愿景。她答应了,白艾庭也答应了,于是那天就成了卓清本人的修罗场。

他压根不知道龙七和白艾庭的前仇旧恨一件挨着一件,数也数不清,理也理不干净。两人见面不翻白眼已经算好的了,面上吃着饭聊着天,暗里说话夹枪带棍。卓清两边递话又两边不讨好,被她俩直接用话语打成筛子。

而这个人知道。

甚至,她记得他像是半道儿被叫过来的,随身牵条大型犬,吃饭全程也始终保持场外状态,慢慢悠悠地吃,安安静静搁那儿看戏。

对,看戏。

因为他听得出龙七每一句暗讽白艾庭的话,也听得懂那些双关语,总是饶有兴致地看着她俩唇枪舌剑,不帮任何一个人,也不帮卓清。

"你跟我不熟也敢上我的车?"他说,拉回她的注意力。

"你都敢招呼我了,我怎么不敢,从来都是人躲我,不是我躲人。"

他又笑。

这人笑的时候,嘴角和眼角都是满溢的笑意,眼睛又那么亮地看着她,有一瞬间挺讨人喜欢的。龙七转过头看雨中街景,他问她想去哪儿。

"下个红绿灯的商圈就行了。"

"这么近。"

"不想跟你多熟悉。"

"为什么?"

她侧头看他:"你看上去蛮渣的样子。"

看上去渣,不是真的渣,在她的社交经验里,长得稍微有点资本的男生大都不安分，靠着有点帅的外表，吃尽女生主动送来的好处，所受的诱惑越多，成为"渣男"的可能性就越大。这种男生她都不爱主动结识，而靳译肯这类的就是到了蛮渣的地步。

她喜欢好人，卓清是个好人，可是卓清身上除了好，好像还缺点什么，所以她暂时没有很喜欢卓清。

靳译肯对这句话没做什么应答。他不像一般的男生，没有那些臭男生的稚气和俗气，也没有一股子想和女生搭话的谄媚劲儿。他只说："我给你找个落脚的地方，你休息休息，想通知卓清的时候，你自己再通知。"

"你怎么就知道我想落脚了？"

"你的手机屏幕没贴防窥膜。"

于是龙七低头，发现手机页面还停留在订房 App（手机应用）上。她立刻锁屏，没应声。

靳译肯给她订了一套房。

原本订的是个星级酒店，说房钱算他的。她说不行，要还，星级酒店她还不起，订个预算在三百内的快捷酒店房就行。

他说不用还。

她说"你炫什么富"。

于是他笑了第三回，给她订了快捷酒店。

他还把她送到房门口，检查了一遍门锁。

"你这兄弟做得挺称职，"她进了房间，将包放沙发上，边进卫生间边说，"我对你有点改观，以后我在卓清那边说你们这堆人坏话的时候考虑一下排除你。"

盥洗台上的水龙头开后没反应，她只顾着说话，习惯性地把龙头调到最大水量，两三秒后突然如洪瀑般喷出的水吓了她一跳，关上龙头后水还哗啦啦流淌不止，靳译肯因听见一些动静，在外敲了敲卫生间的门。

龙七湿漉漉地出来。

他看一眼狼藉的现场，从里间拿一条浴巾给她："我去帮你换个房。"

"不用，"她立刻接过话，"别换了，就这间，其他房价格都三百朝上，前台说的时候我听见了。"

"坏成那样了。"

"我不用不就行了。"

他看了她一会儿，随后，又进浴室，在盥洗台前蹲下，打开柜门查看水管。

她问:"你干吗?"

他头也不回地答:"总不能不用,帮你修修。"

她坐到床沿擦手臂,坐了小半会儿,听见一声来自手机的消息提示声,条件反射地往声源处看,也凑巧,靳译肯的手机就躺在离她最近的床头柜上。

屏幕上显示出收到的一部分消息,不是短信息,是社交群里的聊天记录,也并不是单独发给他的消息,而是发给更多人看的分享型信息。龙七站起来拿手机时,屏幕还未暗下,酒店外阴雨绵绵,套房内光影暗淡,她的身影静静伫立在床头柜前,无声地看着屏幕上的信息。

信息中只显示出前半段话,这前半段话,正好是她前几日发给卓清的短信回复。

"……"

为什么,会在这里?

消息更新得很快,屏幕还未暗下,就听到接连两三声新消息的提示声。她的手指已放到滑锁处,视线则瞥向卫生间,半开的门内,靳译肯正专注地修着水管。

视线重回到屏幕上,指头利落地滑开锁,本来想着要是他设了密码的话也就算了,但他偏偏没设密码,锁被滑开后直接进入社交群消息页面,刚好看见白艾庭的友人在群内发出一连串龙七和卓清的私信聊天记录,女生发完后还发了一个值得细品的微笑表情。

看来不是第一次发了,群内有个人迅速回复一句:新一期来了。

脑袋里有嗡嗡的响声,但暂且还压着隐私被侵犯的羞耻与怒火。龙七打开群成员列表挨个儿看头像,里面十几个成员,大多是1班的人,也就是白艾庭那一个优等生圈子。白艾庭本人在里面,而更令人匪夷所思的是,卓清居然也在里面。

群里的男生相继调侃卓清:你的女神真高冷。

有几个女生则"热心"地帮忙分解信息中的意思,得出各种"她又吊你胃口""她骗你,绝对骗你""其实她心里肯定愿意,只是要装一下矜持"的结论,简直把这当成了男女互发信息的教学学案。白艾庭全程都不说一句话,要出现也只发一些无关痛痒的表情。卓清到最后才发了一句话:你们别说了。

哦,原来他居然在线。

龙七再看向卫生间,靳译肯正倒腾在兴头上,连话都不跟她讲。于是她又翻到他和白艾庭的聊天记录，他俩的聊天风格很客气，频率也较低，内容大多是交流学业之类的，从不聊八卦或讲别的闲言碎语。

这事看上去不像白艾庭干的，那么聊天记录又是从哪里来的，跟卓清好到能看他手机的异性只有白艾庭了，那女生跟卓清的关系算一般的。

这个时候，龙七翻到一条白艾庭让靳译肯帮她在某网站上买家具的记录，同时给了他自己的网站账号与密码。龙七记住那密码，又从靳译肯手机通讯录中找出白艾庭的手机号码，退出他本人的社交账号，切换进白艾庭的账号，输入这密码。

大多数人都爱把同一个密码用在不同账号上，龙七那时候已经玩脱了，逮着一个用一个，但真的被她逮中了。页面转进白艾庭的账号主页时，她的大脑和背脊保持了一两秒的僵硬状态。接下来她已顾不得周遭环境，直接转进群聊记录区。

账号会自动读取历史内容，所以里面保留了不少她和同学及家人的聊天记录。同时，龙七发现她除了出没在班级群，还另有一个小群，那群里都是跟她最亲近的女生。

这里面的聊天记录更加精彩。

今天中午十二点十分的时候，白艾庭曾发一张网上的截图进群内，截图内容是有人发帖爆料各大杂志当家模特的饭局身价，其中一行有龙七的名字，后面跟着一行介绍：这妞不算当家，脾气太暴，被×杂志上头很多人压着，本人也没想红的心，但人是真漂亮，没整，混血，读的高中也是名校，在颜控的老板圈里很吃香，但是不红所以价格不高，十万搞得定。

这行字被白艾庭标红后发在群里，第一个女生回复：劲爆！

第二个女生回复：千万别提到我们的学校名，脸都被她丢尽了。

第三个女生回复：老鼠屎。

施苒回复：提醒一下卓吧。

白艾庭回复施苒：说过了，不听。

随后多是一些不怎么好听的话，施苒而后又提道：最近卓还有没有和她联系？

白艾庭：联系着，前两天还让我和译肯陪着一起吃饭。

施苒：这么正式了?!

白艾庭：但看他们聊天也不像，她对卓爱答不理的。

第三个女生：这女的怎么这样。

白艾庭安静了下来，直到下午四点三刻时，她突然在小群里发出一段信息记录,并说:弄到了他们最近的聊天内容。

施苒很快附和:我发进大群里。

白艾庭不说话表示默应,随后就立刻有了大群的那些内容。这几个在小群里骂她骂得欢的,表面上还帮着卓清解析信息内容,实则明目张胆地歪解成各种匪夷所思的意思,一步步把她往坏又矫情的形象上推,脑洞大得瘆人。

卓清只是默默看着她们解析内容,再在最后发一句苍白的"你们别说了",其他的再也不做什么,最多也只是向白艾庭单独发一句:唉,我的聊天记录还是别给她们看了。

估计白艾庭没来得及回就被龙七抢登了账号,她手脚冰凉地看着这些记录,脑子里的观念稍微被颠覆。

她终于知道卓清缺了哪些。

她不是要和这样一个对谁都客气的烂好人做朋友。她要的是一个有是非价值观,有反驳力和责任感,也有一身容不得自己人被臆测的凛然之气的人,他要偏向自己,要适时为自己说话,要斥责那些想法不正的人,而不是永远羸弱地保持噤声,或无能为力地道出一声"唉"。

而白艾庭貌似圣母实则无聊的行为实在让人看得反胃,她的账号很快被本人登录回去,龙七切换回靳译肯的账号,果然收到白艾庭的询问:你刚刚错登我的账号了?

几秒后,她又发来一句:今天晚饭来我家吃吧,我妈新学会煲几种汤,最近联考刚结束,她说要给你好好补补。^^

好像是怕他真的错登账号,看见小群里她的小动作而心虚转移话题。那一刻新仇旧恨冲上龙七的脑子,她并不知道靳译肯当时已经站在她的身后,她早就忽视了周遭环境,忽视了很久很久,所以根本不知道靳译肯也已经在她身后站了很久。他将双手放在裤兜中,一边看着她,一边嚼着口香糖,腮帮子缓慢地上下运动着。

龙七的手指在他手机的键盘上编辑出一行字,正要发出时,他平静地问:"我的手机好玩吗?"

发送的行为被迫停止,她不回头,只轻轻抬起了头,手指按下清除键,把那一行字逐一删除完,随后将手机放回床头柜,回身面对他:"修好了?"

他慢悠悠地点头,手绕过龙七拿手机,她那时候也将手绕到自己的背后,在他拿到手机的那一刻刻意摁住他。

两个人在咫尺之间对视,龙七说:"今天你帮了我,我请你吃晚饭。"

他看着她的眼睛,过了一会儿,嘴角微微有点笑意,好像是觉得她这提议随性过了头。随后他将自己的手从她的手心下抽了出来,低头看白艾庭发给他的内容。

龙七那时脑热,一心想留下他,那颗跟白艾庭对着干的心也躁动到了极点。

靳译肯看了她一眼,她的呼吸并不稳,肌肤冰冰凉凉的,但眼睛直勾勾地盯着他,但是他仍然低头编辑信息。龙七看见他发送出"好的"这两个字,脑内当时就核爆炸了,炸得她整个人不舒爽。靳译肯回完信息后把手机放裤兜里,拿起沙发上的外衣,留下房卡,边走边对她说:"我去喝汤了,你好好休息。"

那一次,靳译肯着实没给她留面子,更可以说是替白艾庭狠狠打了她的脸,她也觉得往后几天肯定是不安生了,相当于自己送了个把柄给他。另一方面,她又给自己预订了个坟墓——万一他是站在白艾庭那边的,那么她就真的落实了风评差的传言,只能等死。

脑热,她觉得当时脑热毁人,也对自己的行为感到匪夷所思,干吗在一个熟悉不到两小时的男生面前拦人,干吗啊,神经病啊。

但是紧接着的几天没任何异样,靳译肯没告诉白艾庭,他连看龙七的眼神都没变,并不是说不在意她是怎样的人,而像是早就知道她是怎样的人,偶尔也会在她长久地把视线放在自己身上时,微微侧头,和她在人群中对视那一两秒。

那一两秒他总是同时做着其他事情,有时候刚从裤兜中掏出手机,有时候刚接过队友投来的篮球,有时候是把一张标高分的考试卷揉成一团,无声无息地丢进垃圾桶内。

龙信义首先发现了这一举动,他在上体育课时找到龙七,阴阳怪气地说:"我去,你不得了,你不得了。"

"滚开。"

"你跟1班那靳译肯有事没事啊?"

"滚开。"

白艾庭是龙信义的女神,所以他巴不得龙七跟靳译肯之间有事。他套不着话,就照例从口袋里拿出一摞明信片和一支记号笔来:"妹,来,帮哥签几个字。"

龙七看都不看,直接从龙信义手里接过明信片,扔进一旁的垃圾桶内。龙信义当场就夯毛:"要什么大牌!签个字怎么了!帮你哥签个字怎么了!"

"就不想让你赚到钱。"

"我去!"他嚷得很大声,"卖你的明信片是看得起你!再说,卖完的钱四六分,你亏什么了!"

龙七头也不回地往体育器材储藏室走,龙信义死乞白赖地跟在她屁股后头,边走边嚷,跟着进入储藏室后把门关上。她自顾自地挑器材,他在后面手舞足蹈地指责她,终于,她挑了根球棒架肩上,转过身问龙信义:"二八分。"

他把头摇得跟拨浪鼓似的:"三七分,你七我三,再补我来回快递费。"

"一九分,你一我九,快递费算里面,只准卖杂志硬照不准卖生活照。"

"你抢钱?"

"生意做不做了?"

"二八分,你八我二,只卖杂志硬照,不卖你的生活照,快递费算里面,但你得多写二十个字再加个唇印。"

"好啊,你给我钱买口红,牌子不大我不涂,颜色不正我不印。"

"我去!"龙信义只知道说这句口头禅,粗鲁地捏住她的双颊。正在此时,储藏室的门突然被打开,白艾庭抱着一盒镁粉正欲进门,看到这一幕,愣了一下。

龙信义看到女神那叫一个慌啊,小鹿乱撞啊,立马放开龙七,自个儿的脸在一秒内红成狮子头。龙七冷不丁说:"一九。"

"一九一九,就一九。"龙信义轻声回。

随后她就走了,在与白艾庭擦肩而过的时候,白艾庭往门边靠了靠,挺直了背,但是一眼都不和她正面接触。

当天下午就有流言出来了,诸如"龙七蛮狠的,跟她表哥都有故事""两个人在储藏室里待了半节课""还讨价还价呢,一次一千九什么的""还要她表哥给她买口红""恶心"……龙七再清楚不过是白艾庭的老毛病又犯了,她无法忍,完全无法忍了,几乎是摔着教室门冲进走廊,到达1班的教室后二话不说用手中的黑板擦击中窗户,暴躁地喊:"白艾庭滚出来!"

窗口几个女生叫着喊着往教室中央退,而正在发作业的白艾庭更加往后缩了一步。龙七刚进前门就被闻声赶来的卓清拉住,她远远指着白艾庭喊:"真要我剪烂你的嘴是不是!"

龙信义也从自个儿班级赶过来了,他哪受得了女神受惊,当即就像抱柴火一样抱住龙七的腰:"走了走了,你疯了!"

靳译肯当时不在，正好被叫去办公室了，所以白艾庭要多无依无靠就有多无依无靠，她的周身被一群女生围着，几个反应快的缓过来后纷纷怒瞪龙七，班级外挤满看戏的人。卓清和龙信义合力拦着她，她的火怎么都发不尽兴，嘴巴还被龙信义捂住。看热闹的不怕事大，窗户外响起一阵阵起哄声，场面混乱至极。

后来，龙七被高二的年级主任当场"擒"住，严令班主任带走好好教育。班主任简直快气疯了，在办公室内连拍了三次桌面。

"龙七啊，你到底想怎么样啊，你告诉我啊，龙七啊！"

每一句话后都跟了一个声嘶力竭的"啊"，听得她只觉无趣。隔壁桌正跟靳译肯聊事的1班班主任忍不住站起身，带着她的学生去了办公室隔壁的小会谈室。龙七看到她手里拿着靳译肯的联考成绩单。

半小时劈头盖脸的教育，又一小时的面壁思过，雨都下起来了，天也黑了，班主任才放她走。

那时候早已放学，教学楼所剩学生稀少，她在空无一人的教室内收拾书包，揉了揉脸上被龙信义捏出的青印子，捂了捂腰腹处还残留的酸痛感，脸上一点表情都没有。

经过走廊时才留意到新放出来的联考成绩高分榜，她一个人停在榜单前，从第十名慢慢往上看，看到总分第四名的白艾庭，总分第三名的董西，再往上看，看到了总分第二名的靳译肯和第一名的卓清。白艾庭和董西之间差六分，董西的第三和靳译肯的第二之间差十分，而靳译肯的第二和卓清的第一之间仅差一分。

雨光交错，她脑子里掠过那张被靳译肯揉成团的考试卷，还有他将卷子丢进垃圾桶时冷漠的侧影，同时又掠过白艾庭白天时的嘴脸以及学校里的各式流言。

胸口开始细微地起伏，她撕下第四名白艾庭的那一页纸，揉成团塞进衣袋内。

而后她回到了小区楼下的便利超市门口，龙信义又给舅妈告了状，弄得她进不去家门，只能抱着双臂靠在超市的感应门旁，用手指接着屋檐下的雨帘发呆，其他的什么声响都当听不见。

后来，一声车鸣，车轮底下溅起的水珠子落在离龙七一米前的人行道上，她往前看，靳译肯正在徐徐降下的车窗内看着她。

倾盆大雨，灰暗天穹，失意之人，胜负之欲。

如果前几天的互动是前戏，这一刻的雨中对视就直接让两人在精神上达成了一种统一。

"如果我是以正常方式，认认真真和你认识，现在会怎么样？"

墙上的时针指在十与十一之间，凉丝丝的风随着开开合合的输液厅大门一阵阵地挤进来。靳译肯问了这句话。

她叹一口气。

"如果你是以正常方式，我根本不会看你一眼。我不喜欢你。

"而且你的免疫力真的很差，靳译肯，去年暑假也有过这么一回，你打算年年换季都来这么一招是吗？"

"是暑假前，考试季。"

"随便，我不喜欢免疫力差的人。"

"这都行？"

"对，这都行。"

"又或者说，"她补充，"我熟悉你之前就已经看清你了，所以现在的你对我来说已经不新鲜了，我不要了。"

是连这样的话都说出来了，打着就算跟他结一辈子的仇，也要把这段关系断干净的想法，他咳嗽一声："你有一套双重标准，你自己知不知道？"

她听着，回："扯以前的话柄就没意思了。"

"我也能让你变好。"

"你是能，但我不想。"

然后，她再次与他对视。

"如果需要一百步的距离，靳译肯，你确实会向我走九十九步，但最后一步你跨不过的，你永远不会走，我也不会走。"

"我凭什么跨不过？"

"白艾庭。"她说。

"白艾庭那天在阁楼喊的话，我听进心里了，你爸妈特别喜欢她不是没有理由的，你们两家有牵绊，她爸给了你爸一个肾，是吧？"她看着他的眼，"一个肾，靳译肯，人体器官，救命之恩，你们家拿什么抵呢？你以为我不懂吗？

"而且，从一开始，我跟那些人的破烂纠葛跟雪球一样越滚越大，你次次都只看戏，从来只把我当消遣。你甚至还拿捏着董西，踩踏着我的痛苦作为你的发泄口，现在你发着烧跟我说你是认真的，鳄鱼的眼泪你流够了吗？"

好了，这些话表明了最清晰不过的态度。

他低了一下头，垂着，三四秒后再向她看，声音略低："我去跟董西说清楚，我跟白艾庭也谈清楚。"

"不可以，你会连累我，你现在只有两条路，跟董西说清楚，或者等着被我说明。"

药液一滴一滴地往下落，秒针走着，凉风挤着。

消毒水味儿包裹着鼻腔，他额头被高烧逼出的细汗还没退，她衣服上的水汽也没干，两人呼吸着，对视着，与此同时，她衣袋里的手机响了。

她没看是谁的电话，直接借着这个起身："我回去了。"

"我会去董西家吃饭。"

步子停。

她回头。

靳译肯就那么坐着，依旧盯着她，肘依旧抵着双膝，人还是虚，但劲儿是狠的，此时此刻有一种软话说尽、方法用尽，还是被她甩脸后终于逼出原形的样子，手在两膝间垂着，青筋明显。

"什么意思？"

"意思是我会接着跟董西做朋友。"他把话掷地有声地撂着。

他话撂完，她直接过去捏住他单边的卫衣领："靳译肯！"

"嗯。"他偏偏还应了一声。

一站一坐，彼此瞪着，她的手指用力到发抖，他的眼神也狠，药液一滴一滴流着，他的呼吸徐徐地掠过她的手背，能感觉到还是湿烫的。她压着气说："要不是你烧糊涂了，我现在就弄你。"

"你弄。"

揪着衣领的手立刻转成一记耳光，"啪"的一下打在他的下巴处。他侧了一下脸，她再次揪住他的衣领："爽吗，人渣？现在是谁发着高烧求人陪着？"

"你无家可归的时候董西收你吗？"

又一记短促的耳光，指甲尖直接划红了他的下巴，她又揪住他衣领："爽吗？"

而他还没答话，身后来人一声喊，跟着衣袋里不断循环的铃声一块儿，冲到她耳后。

"龙七。"

她回头。

微微侧开的身子也让靳译肯的注意力往她身后放，两人几乎同时和输液厅门口的楚曜志对上眼。

楚曜志的身边，还单独站着葛宋。

她的胸口起伏着，情绪无法及时收起，脸上没表情，只拿出手机看了一眼，给她来电的果然是楚曜志，屏幕上还跳着三四条以验证形式发来的信息，依然是葛宋，问她跟谁走了，问她是不是去了医院，然后"通知"她，说他担心她，所以告诉楚老师了，楚老师这就来找她。

几乎想骂脏话。

放下手机后再瞪回靳译肯，手依然捏得特别紧，为突然蹿出的人扰乱了她的算账节奏而烦躁。衣领扯得他侧颈都红了，他这个人还有好奇心，问："谁？"

"救你一条狗命的人。"

龙七说完倏地放手，拎起椅子上的塑料袋，把本来买给他的水和面包都利索地塞回自己袋里："自生自灭吧。"

全身冒着火，腾腾地往门口去，但是楚曜志就不一样了，他从进门就盯着靳译肯处，就算她已经走过来，他也直接越过她，朝着靳译肯走去，搞得她在半路回头，葛宋走到她边上。

"你放心，楚老师和我过来，你妈妈是不知道的。"

说归说，他也盯着靳译肯所在的地方，喃喃一句："真是他。"

然后葛宋看向她，像要跟她求证一样："他跟你……"

"没关系。"她迅速接，盯着前方。

而楚曜志明显也认得靳译肯这个在高校教师圈子里口碑爆棚的人。他徐徐走着，徐徐站到他跟前。靳译肯看向他。

"你是北番高中竞赛组的学生，对吧？"

靳译肯没答。

情绪明显也陷在刚才那场互虐对峙里，根本没有心思回到另一个高情商、资优生人设里，所以只是看着，一句不回。

楚曜志的手覆了一下他的额头："你这个状态怎么办？下周就要比赛了。"

这龙七就不懂了。

相较此时此刻被拐到医院的她，楚曜志好像更关心这个拐人的。他紧接着直接念出他的名字："靳译肯。"

"我认识你的老师。"他说。

"理英杯十所入围学校,你们学校,是综合分最高的那个。"他说着,替他看了看输液袋药液的余量,单手插入裤兜,"半年后,不出意外,你会成为竞赛保送生,也可能成为你们学校冲高考状元的王牌,北番对你寄予了很大的希望。"

"而龙七。"

就这么点她的名,她在原地站着。靳译肯一言不发,抬头看着他。

"她和你同校,我知道。但她和你有交集,我有点意外。意外之后,也能理解,你这个年纪的男生,确实容易把心思花在她这样的女孩身上,她确实漂亮。

"以她家人的角度,我不会过多干涉。但是同样作为带队老师,我痛惜你这样的学生。

"大好的前程,被这样一个女孩耽误。"

言语如刀,飞进她的耳朵里。

当下,身后的输液厅大门一开一合,病患与医务人员几进几出,脚步声,推车滚轮声,护士频繁更换输液袋的细碎操作声,都盖不住此时此刻的讲话声,她望着面前三米处站着的楚曜志,听他接着说一句:"我希望你悬崖勒马。

"停止跟不合适的人在一起,停止跟糟糕的圈子搅一块儿,好好筹备比赛。近朱者赤近墨者黑的道理,你聪明,你该懂。"

她无言以对。

而靳译肯垂了一下头。

他的呼吸有点重,肩膀起伏,下巴那道指甲痕很红,看得出来她之前的气法起效了,他的身体有点熬不住了。楚曜志说完所有的话,到她跟前,行若无事地说一句:"回家吧。"

她目视着前方,胸口起伏着。楚曜志没等她,继续走,直到三步后,靳译肯才抬头:"我才是那块墨。"

楚曜志脚步慢下来。

"你可以以老师的身份给我忠告,叔,但你不该不知道,龙七当年也是以中考第八的成绩进北番的。她文科总分比我还高十分。你全都搞错了。

"你真想找个对象痛惜,她才是,我不是。我比你手头带过的最刺儿头的学生还刺儿头,只能我影响别人,没人影响得了我。而且……"

他的眼角被高烧熬红,咳一声,盯着楚曜志。

"一个人变坏的因素有很多,择友是最微不足道的一项。你以老师的身份说出这种话我觉得不合适,你以家人的身份这样说她,我更觉得不对劲儿。"

楚曜志终于回过头。

他也抬着头,喘着虚气,眼睛却戾如野狼:"叔,你聪明,你该懂我的意思。"

夜晚十一点一刻,秋雨浓浓。

楚曜志只字未回。

医院大门一开一合,她迎着夜风走出去的时候,楚曜志已经走到台阶下。葛宋在她身侧,走一步看她一眼,说话总算有点良心了:"下次,我不干涉你们的事了。"

她不作声。

走到停车场的时候,龙七看到了靳译肯家的车,总算是来了,刚来的,刚停稳,车上下来一男一女,像他爸妈那儿的助理,提着两件他的外衣,朝着医院快速走去。

而她上了楚曜志的车。

高速路上的灯影一道一道地流过车厢,照着她的肩和她的额。她望着窗外车流,前座的葛宋望着后视镜里的她,三人一车,沉默无话。良久,她问一句:"你到底为什么不喜欢我?"

葛宋侧了侧额,看向开车的楚曜志。

"我没有不喜欢你,七七。"

车速一如既往地稳。

语气一如既往地冷漠。

她听完意料之中的回答,没说第二句话,依旧看着车流,灯影依旧一道一道地从她脸上滑过。

而靳译肯的那些话还在她脑袋里滚烫地烙着。

他垂头说给她听的软话,他抬头说给楚曜志听的硬话,还有拿捏着董西刺激她的那些狠话,都跟车轱辘一样在她脑子里叮咚作响。还有他最后朝她看的那一眼,在楚曜志走后,在人流散尽后,隔着四五米的距离,噙着汗看着她的那一眼。他没说任何话,但是她字字句句都感受到了。

——你看。

——你比我以为的还要可怜。

抚着臂,身体下陷,她挨着车窗,面无表情地看着外头。

Part 7 ·•· 第七章

高大罂粟花综合征

靳译肯的那一场病让他休了三天。

但他基本盘稳,就算休一周也不会影响他任何事情。龙七就不行了。

她也受了寒,意志也消沉,但一天假都没请,照旧拖着沉重的身体上课,周五的时候给龙梓仪发了条信息说不回去了。她没提楚曜志的事,只说床睡得不舒服,影响上课状态。

龙梓仪说行。

但龙七知道,她这么爽快是因为最近工作上来了事,忙前忙后出差去了,连双胞胎也没空管,丢给阿姨了。估计她也正为难怎么让龙七和楚曜志和平共处,龙七这么一说,正好给了台阶。

龙梓仪对任何人的耐心都超不过一周。

而那一场夜雨直接把萧瑟的秋意带来,温度骤降十摄氏度,周一早上便利店的饮料暖箱上了架,畅销的冰咖啡换成热奶茶,校门口学生进进出出,也通通加了厚外套、厚围巾。

三五成群,欢颜笑语,呵出的气消散在深秋暖阳里。

唯有她穿梭在暖气蒸腾间,反季节地拿了根冰棍,结完账,坐到便利店休憩区,一边看着玻璃墙对面的学校大门,一边拆包装。

十米之外,站牌之下,竞赛队的带队老师正进行演讲似的冗长鼓励。老师对面,七八名资优生穿统一的冬季外套等候在那儿,靳译肯站那堆人中间,个儿高,显眼。

他大病初愈就要出赛,外套里头比别人多加了一件连帽卫衣,脸被口罩遮了一半,肩身上还覆着一层病气,塞着耳机,懒洋洋地看着身边热烈交流着的卓清与老师。

龙七咬着冰棍上带甜味儿的冰粒,碎粒在牙齿间嘎吱作响,等,一直等到接送竞赛组的大会巴士驶到站牌旁,他才发现她。

他的老师收了声看手表，另一只手抬起，示意他上车。而他在站牌下伫立着，隔着一条马路跟她对视。她继续咬着冰棍，化了的冰水滴到指头上。秋风起，他的卫衣帽领挨着他的脖子折起。

两人眼中都平静无波澜。

这次比赛靳译肯要去四天。

整整四天的清静。

前头才撂过狠话，后头就被迫留出个空子来，彼此都知道这会儿的斗志有多高，所以她专门来目送他走，而他注视着她。

五六秒后，团队学生都上车了，卓清在车内喊他，他才收了视线，上了车。

巴士内学生已过半，接的都是市内各校区竞赛组，闵一也在巴士路线内，且葛宋和秦弈他们已经在了，一前一后坐在中央靠窗的位置。秦弈望见龙七，隔着车窗朝她遥遥挥手，她也小幅度挥了挥。

甚至，楚曜志也在。

彼时彼刻，靳译肯慢条斯理地越过他。

两方老师都从座位起身，互打客套招呼。卓清他们也先后向楚曜志问好，尊师礼教各个做到点上，唯有他一言不发，一眼未抬，在楚曜志起身的时候直接折身绕过。他个头儿挺拔，覆着病气也比楚曜志高一截，口罩遮着不肯开尊口的下半张脸，身体继续冷淡地越过葛宋等人，跟彼此完全没见过一样。

龙七知道在讨长辈喜欢这点上，这人精向来是一级高手，但在如何恶心长辈这一点上他倒也精准拿捏，可心里也清楚这并不是替她出的一口气，而是他公子脾气发作，"厌屋及乌"，连带着不想理跟她有关的这一整圈人。

但是身背荣誉与实力的人总被偏爱，人情百态就这么通过巴士车窗以默剧的形式在她跟前上演：他的老师依然挂笑，替他解释他重感冒的情况，楚曜志点头，眼含微笑。

葛宋、秦弈他们通通转头望他。

是都打过交道，都心知肚明，却又默契地闭口不谈。

半分钟后，巴士驶动，这群人的侧脸随着车身渐行渐远，她一直看着，直到目光所及之处再也看不到车尾。

总算走了。

她含着最后一口冰起身，往便利店深处柜台方向去，那儿三五个女生正排队买单，最前头一个抱了一堆酸奶和牛角包，一边细嗓门儿聊天一边扫着码。她折身进队伍,绕到最前面,手臂往台面一撑,留一话:"我那条项链你还要吗?"

那女生被打断,看向她。

反应两秒,细嗓吟吟笑出声,往她胳膊上啪嗒拍一记:"你送我,我就要呀!"

"不送。"

"那我才不要,我买不起。"

"对折。"

扫码支付成功,对方看她。

"真对折?"

"真,"她应,"我那白色的小包你不也喜欢,要吗?"

中午十二点一刻,学校饭点午休时刻,郁井莉进了她自租的小公寓。

郁井莉这人,很邪性。

每个学校都会有一些不良学生的派别,也有一群闲着没事爱好嚼舌根的,而郁井莉从入学时起就是这两股派别的中坚力量。她比龙七高一届,高考没考好,留了级,这一年成了龙七的同级生。她性格浮夸爱来事,校内校外狐朋狗友一大堆,仗着大一岁到处招各种风口浪尖的人物认弟弟认妹妹,还极度热衷与帅哥美女交朋友,龙七刚入学的时候就被她主动接触过,被催着认姐。

龙七当时觉得她浮夸,没搭理,可越不搭理郁井莉越要跟她装熟。她没少跟外头那些狐朋狗友炫耀她俩的关系,烦得龙七直接拉黑这人。后来龙七被白艾庭孤立了,她才不怎么过来搭理,暗地里还说过一些关于龙七假清高的闲话。

说小话就说小话吧,人前又不肯断交。

尤其高二那一阵龙七在网上走红后,郁井莉态度一百八十度大转变,贴她贴得更紧,校内校外但凡遇上那是跟亲姐妹一样,被拉黑的事跟没有一样,老要合个影,说自个儿校外那群朋友特喜欢她,发博还特意屏蔽校内白艾庭那帮人。

塑料社交算是被她玩明白了。

早两个月前龙七在账号上发了一些闲置物品,郁井莉看中了一条项链,为讲价缠了她一周,她不想跟郁井莉多交流,没应。

这会儿十二点二十分,郁井莉在龙七的衣柜那儿拍了快百八十张照片,化妆桌上琳琅满目的彩妆品也快被她翻遍了,她边翻边细着嗓子感慨:"做模特就是好,什么都先给你用了,不用花钱。"

"也就一两样不用花,大多是自己买的。"

她没关公寓门,人就挨门框那儿,边应边刷手机,查询一些课外教学项目的费用。

"啊,你自己的吗?那你都折价卖,不亏?"

"我上学不化妆,都是备着拍摄用的,今年已经不接活儿了,不卖保质期就过了。"

"衣服、首饰没保质期呢。"

"那你想不想占这个对折便宜?"

郁井莉手机里群消息声络绎不绝,立刻笑道:"占啊,我跟你说我那堆朋友也可会消费了,她们都认识你,你这些东西一周内我铁定帮你卖完。"

"那就最好了。"她知道郁井莉在群内报的是八折价。

"你是着急用钱吗?你表哥不也挺会做生意,怎么不找他帮你卖卖?"

"你觉得他是个东西吗?"

郁井莉跟龙信义同班,听得咯咯笑:"他确实不像样,人厌还爱招事,你俩真不像一个家族基因里的。"

她继续看网页,翻着一个个上门教师的价格。

郁井莉打量着她的公寓,又说:"哎,龙七,我可真佩服你,我只敢想的事你全做了,高三就敢自己租房独居,小公寓收拾得还挺像回事。"

没应,她知道郁井莉的点不在这儿,果然三秒后,人接着说:"该不会是方便带男朋友回来吧?"

因为猜对郁井莉的套话路数而在内心表扬了自己一下,她短促笑一声道:"你看我像在谈恋爱的人吗?"

"不都传你在校外有个男朋友吗?"

"你不还传我背后纹了条龙?"

郁井莉停顿两三秒,龙七眼都不抬:"也是从别人那儿瞎听来的,你没乱说这种话,对吧?"

"那种话当然不是我说的呀。"郁井莉抱着手臂,脸是一点不红,"这群人乱扣帽子。"

"都这样。"

"还好我这次问你了,不然真信了,都说你有个有钱男朋友,老送你大牌儿,年龄还大你一轮,你说这不就暗示那个吗?太坏了传这话的人。"

龙七左耳进右耳出,漠不关心地"嗯"了一声。

"你看什么呢？"

郁井莉突然探头，龙七的手往里一撇，在对方目光过来之前按黑屏幕："看邮件。"

郁井莉快快收回视线："哎，你加我好友呗，这样我朋友买你东西，也方便转账。"

"好，"她说，"等我把二手App下载了。"

"下载App干吗？咱俩扫个码不就行了？"

"咱俩交易走二手网站，直接平台转账沟通多方便。但你朋友不用走平台，她们直接转你就好了，我知道你们另谈价的。"

她说。

郁井莉的手里还拎着罐酸奶，脸看着是青了，挑挑眉，吊儿郎当地转身："我上回碰见顾明栋了。"

龙七手指在屏幕上顿了顿。

"你还记得他吧？你不可能忘记，他都为你退学了。哎，你知道他现在在干吗吗？"

"他还不让我跟你说呢。要说顾明栋这人，虽然流里流气，痴情也是真痴情，三年了还对你念念不忘。我跟他说你过得挺难的，在他之后就没遇过像他对你这么好的人了，他看着可难过了。"

停顿的手指又开始从容地滑动屏幕，龙七说："蒙人呢吧。"

郁井莉回头。

"学姐你当初不是我们那一届的，没经历那场精彩绝伦的军训，跟着外人信他为我退学这么一说，我理解。但他好歹也算你在校外认识的好弟弟，死德行你是熟的，你要说我过得不好，他绝对鼓着掌蹲北番校门口来看我的糗样。编也不能乱编，得符合他人设。"

"我蒙不蒙人另说，"郁井莉答，"你这形容，对你自己挺没自信啊。"

"这不都你们常说的话吗？"她看郁井莉，"跟我这种人做朋友的男生，能有几个好东西。"

下午一点三刻，午休结束铃打响的时候，她和郁井莉前后上楼梯，奔着教学楼的两边进各自教室。

两人话里夹枪带棒，但龙七一柜子的好东西放那儿，郁井莉就算挨一中午的嘲也得把那便宜给占了，所以没两节课的时间，人就把App乖乖下载了，也通过平台把款转给了龙七。龙七在课间收到转账信息后，关机，继续记笔记。

彼时老师正点名董西答题，记着董西膝盖未愈，让她坐着答。董西答得有条不紊，逻辑清晰，老师又让她接连讲了两题，龙七听得比谁都仔细，听完才转一记笔，看向董西。

不服归不服，但她心底承认，靳译肯是配得上和董西做朋友的。

他在她面前再过分也好，但在董西眼里、白艾庭眼里，乃至全校师生眼里，他都是优生富养、上道儿又聪明那个样子，自身条件本就在同龄人里一骑绝尘，偏偏行事还利索，说话拿捏也有度，什么人跟前换什么皮，做什么都游刃有余。他最阴郁的样子全在龙七这儿，但他摆台面上那副做派又确实招人喜欢，长辈宠他，老师护他，想要的都有，小半辈子过得顺风顺水。所以龙七更要在有限的时间内提升自己，不能让他那样的人为所欲为。

龙七当天就预约了线上授课，补的全是她前两年落的课，特贵，一小时顶她一场活动挣的钱。好在郁井莉也铆足了劲儿帮她卖闲置，不到两天就把她的库存清了一半。她打算直接寄。郁井莉回一句别，学校天天见，中午直接在食堂拿给她好了。

还真是怕她那些朋友跟龙七产生直接联系，一句话的沟通就暴露这人赚高额差价的行为。龙七懒得管这些闲事，但款到手前确实是郁井莉说了算，她敷衍地回一声"好"。

周三中午，十二点一刻，她在喧杂吵闹的食堂坐着。

各桌学生满满当当，独她一桌门可罗雀，她习以为常地夹着菜，慢悠悠地吃着。

食堂中央百年不开的电视这几天轮番播理英杯，那大赛一向到半决赛就会有地方台入场。兴许是这个原因，拥入食堂的学生格外多，平时节食的、回家的、跑外头饭馆开小灶的，这几天都能在食堂打上照面，不管是吃着饭，还是走着道儿，经过电视下方都会停下来拍一两张照，集体荣誉感达到空前高度。这几天的校论坛聊的也几乎都是这个。

情有可原，靳译肯确实替学校争脸。

他带着队伍从初赛杀到半决赛就没掉过链子，这边跟龙七闹着，人性游戏玩着，高烧也发着，上了竞技台依然是思路清晰杀伐果断那个样儿，七天前的晚上被楚曜志拍肩"劝诫"，七天后就把楚曜志带的队伍"打"得全线溃败。

很不幸，闵一抽到了北番。

但凡靳译肯留点面儿，他们都能摘个不算难看的比分回校。偏偏楚曜志是带队老师，偏偏葛宋还在靳译肯跟前露过脸，而依照葛宋那种极其欠揍的聊天方式，谁知道他会不会又在赛前跟靳译肯好为人师地说些什么。

"刺啦"一声，桌对面的椅子突然被抽出，把龙七的注意力粗暴地扯回。她抬额，郁井莉单独一人来，边坐边朝她的餐盘歪歪脑袋："食堂餐吃得这么香啊。"

郁井莉手里拿的仍然是酸奶和牛角包，龙七说："你一周五天都吃这？"

"节食啊，你不也这样。"

"我上镜前一天才这样，要没工作，我能吃多少吃多少。"

"哦。"郁井莉拆吸管，插上，吸溜一口酸奶，手腕上已经戴上了从她那儿买的手链。

龙七继续往嘴里递一小筷子米饭，看着，越看越觉得郁井莉这副样子特别像自个儿以前那副"死德行"，连酸奶和牛角包牌子都跟她那会儿常吃的一样。她悟出了些什么，发现自己就算是最糟的时候也会被人效仿，挺讽刺的。她没点破，从隔壁椅子上提袋子，放上桌。

彼时，五排之外，有人穿过电视下方密集的学生群，往食堂外走，龙七抬头的时候正好跟白艾庭对上眼。

郁井莉也跟着回头，但白艾庭是一个眼神都不想给她俩，三五成群的人目不斜视地经过这桌，挡了龙七这儿五六秒的阳光。郁井莉倒盯得紧，等她们彻底走出食堂，才朝龙七刁声浪气丢一句："你看她那样儿。"

大概她拉着白艾庭说自己坏话的时候用的也是这种语气。

"东西都在里头了，你点一遍再拿走。"

郁井莉笑眯眯地展开袋子。这时候又有人从密集人群中走出，龙七看过去。

董西。

懒着的背和腰不自觉地挺立起来，手腕也往桌沿上搁。

董西跟她1班的旧友在一块儿，几人端着吃完的餐盘往外走，经过龙七这桌时，身影又挡了三四秒的阳光，肩身明暗交错，她的耳畔被董西的手肘擦碰了一下，很轻，很短促，头发跟着在董西的针织衣上钩连，缠落。

"齐了。"郁井莉抬头。

随后，也顺着被挡的光线看见经过的队伍，喊："欸，董西！"

董西回身。

边上的女生都跟着停，莫名地回头。郁井莉笑着朝董西抬起手腕，用挥动的五指打了个招呼，没说别的。

董西没应，女生们推着她往前走："走啦走啦……"

等郁井莉收回手，龙七看着她。
大概是被看得心底发毛了，郁井莉耸肩："怎么的嘛！"
"你跟董西什么时候熟的？"
"我跟这学校谁都熟。"郁井莉吸溜一口酸奶，"我跟你都能熟，龙七。"
"董西的交友圈跟你有什么重叠的？"
"哎，你别搞差生歧视那一套，我听出来了，而且……"郁井莉笑着撑起下巴，"你笃定董西跟我不熟啦？她不像……"
"得了吧。"龙七说。
郁井莉怔了怔，她堵完话就起身："东西有问题你再联系我，我先走了。"
出了食堂，她一路朝教学楼去。
她走得特别快，小跑着上楼梯，过走廊时还接连擦碰几人的肩，裙摆和领带都随着步速往后飘，进了教室后稍微停顿下来。董西和班里的几个女生正聚在一块儿分享小茶包。
几人手里的杯子热气袅袅，这人喝一口那人的，那人又闻一闻这人的，而她坐在座位上，多是别人闻她的，她往前递着杯子，彼此对视后跟着微微笑一笑。
然后，那些女生看到挡住了前门光线的她。
她把手插回外套衣袋，平复着微喘的气息，如常回座位。

一直等。
等到午休过了大半，等到日光逐渐后移。看着董西被一拨一拨的女孩子找，问问题的，分享好物的，单纯聊天的，借手霜还乳液的，还有老师那儿派过来分配任务的。等到午休快结束，最后一个女生终于走开。
董西起身到班级后方，把一些课外书册归置到阅书角，龙七也拿着杯子到后方的绿植区浇水。一个对着后墙，一个对着窗，两人相距半米，挨得近，借着教室里的喧嚣，龙七才淡淡问一句："最近有突然加你好友的陌生人吗？"
董西侧头。
龙七看她。
董西面色平静，龙七继续浇水，说："我高二那会儿，郁井莉突然对我很热情。
"面上见我就打招呼，线上也频繁找我聊天，后来我才知道，她把我的信息给了她校外的一堆哥们儿，她突然跟我示好，是因为着急替她那堆狐朋狗友牵红线。"

"之后呢？"

董西问。

"我不喜欢别人不经同意泄我信息，从此我跟她保持距离。"

董西继续理书。

将近两分钟后，董西才回答她第一个问题："最近没有陌生人加我。"

那就好，心内缓一口气。

董西说第二句话："我的手机不在身边。"

"忘家里了？"

"前两天不小心落在地铁上，被人捡了。"董西将三本书合一块儿，立桌上，整了整，"回头找的时候，碰上郁井莉，她说她看见了捡我手机的人，能帮我联系到。"

原来是这样熟上的。

"郁井莉认识的人确实多。"

"人确实联系到了，也愿意还手机。我想出一部分感谢费，但那个人不要。"

"挺好。"

"不要钱，但希望我爸题一幅字给他。四个字，拾金不昧。"

浇在绿植盆内的水往外涌了一下，龙七即刻收杯子，董西低头抽纸，递来："题字是合情合理的，但最近我爸办巡展，没在家。"

"所以那人还没还你手机？"

"那人去了外地，手机放家里头了，回来后才能给。"

董西答。

"好，"她一边擦桌子一边应，"我知道了。"

董西的手反倒停了停，不太理解她说的这句"我知道了"意味着什么。龙七收拾完，将纸团扔桶里，绕过董西往后门走："我出去一下。"

董西叫她一声，她依然目不斜视地往郁井莉的班级去。这事是郁井莉办的，怎么说呢，有点妙又有点蠢。

董西家里是干吗的，学校的人大多清楚，董西爸爸一幅字的价值，郁井莉应该也门儿清。所以这要求听似荒唐却又合理，捡了手机的人不要钱，只要个拾金不昧的旗号，就算是报到局子里也不会有任何问题。可这偏偏暴露此事就是郁井莉自编自演的，董西的口气听着也是知道的，但董西不追究，她认了这个亏。

龙七不认。

郁井莉的班级正在自习，学生间大都絮絮叨叨聊天传话。龙七从前门进，一路走到后排敲郁井莉的桌，郁井莉起身就跟着她到后门。隔壁排的龙信义被同学提醒，高喊一声"哟呵"，问龙七来干吗，龙七和郁井莉都不搭理他。

"我正想跟你说呢，我又帮你卖出去两盘眼影。"郁井莉边跟边说，"你来找我干吗呀？"

她到后门站定："董西落在地铁上的手机是不是你拿的？"

郁井莉脸上还在笑，晃荡着手里的暖手袋："她找你告状啦？"

"你搞不好是在敲诈。"

"我是好心办坏事，我问了多少人才帮她找到那人的，那人还专门帮她收着手机呢，要个表扬又不过分。"

"拾金不昧的锦旗那人收不收啊？非得题字。"

"收啊。"郁井莉笑眯眯的，"但是董西答应了呀。她不给也可以的，又不是她不给，那个人就扣着手机了，这才叫敲诈。"

龙七也笑一笑，插着兜，向郁井莉走近一步："不说车轱辘话了。

"我知道压根没第三个人，董西的手机在你这里，董西爸爸的题字没到你手上，你还会想借口拖。董西人好，不追究，不代表你这空子就钻对了。但凡有人把事报给学校，稍微一查，思路一捋，你一留级生还想在这儿上几堂课？"

"谁这么贱要打这种小报告？"郁井莉上下扫她一眼，"还是说你啊，入学就打小报告一战成名的人？"

"嗯，可不，这事我最会。我不但向学校打你的小报告，我还会把我所有已经卖出的闲置物品价格挂到我的微博上。"

说到这儿，郁井莉的脸色才一敛。

"你说你校外那些朋友都喜欢我，那应该都关注了我的账号，要是发现你卖给她们的东西赚了这么高额的差价，校外那圈子你还怎么混啊？"

郁井莉这下不笑了，情绪上脸，说："龙七，你这闲事管得，是奔着绝交去的。"

"你跟我好过吗？"她回，"你不一直把我当茶余饭后的八卦谈资。"

与此同时，前门，他们班老师进了教室，龙七和郁井莉都回头看一眼。班里的碎语声一波一波地收干净，老师也往后门看，示意郁井莉回座位，龙七把她的手臂一拉。

"我要回去了。"郁井莉低声讲。

"手机给我。"

"不在我身上！"

"好，我现在就报给老师，你一进办公室我就发博。"

"龙七！"郁井莉咬牙念她名。

"郁井莉，回座位！"老师敲讲桌。

龙七朝她挑一下眉，给郁井莉气得脸都发青了。她迅速回座位，弯腰在包里翻两下，又迅速跑到后门递给龙七东西。

午休结束铃响，龙七接了东西回身出后门。

彼时彼刻，董西也在走廊那边候着。

她正挨着阳台若有所思，是急促的结束铃让她侧头，才跟龙七对上眼，然后稍微往走廊中央走，阳台的秋风吹得她长发侧飘，也把龙七的领带吹得飞扬。龙七边走边把手机递给董西："不用你爸爸题字了，那个人只要锦旗。"

两人手指交错接触一秒半，董西接过手机，回身望她，头发和领结缠一块儿又分开，龙七朝教室撇一撇头："去上课吧。"

深秋的天色比平时暗得更快一些。放学半小时后，郁井莉那帮人还聚集徘徊在围墙边的共享单车区，几个背着名牌包的，几个打着烟的，都是被郁井莉约来拿东西的。她们大多已经毕业，是郁井莉从前的同级生，穿着打扮成熟，拿了东西都很开心。龙七的东西确实是一些极其难买的单品，有些甚至是龙七从合作过的小"爱豆"那儿收的独家签名，价格又那么优惠，哄得她们各个笑。而后她们看见便利店里的龙七，三三两两的人都朝她这边招手。

眼前的景象慢慢变成玻璃墙上自个儿的倒影，龙七手里拿着这周吃的第二根冰棍，抬起手臂，轻微挥动手指，还了她们一个礼。

马路对面，人群中间，郁井莉翻白眼转回身。

与此同时，白艾庭也从校门口出来了。

她也看见了郁井莉那帮人，而在郁井莉讨好似的向她打招呼时，她的冷淡快从斜着的眼睛里飞出来了，一群人都不自觉朝着郁井莉的反方向走几步，过马路。

这把龙七给看笑了。

但可能是看戏心态太高调，现世报来得太快，她的肩突然被人从后一拍，刚侧头，又一个熟悉的响指打到她跟前，脑中反应过来是谁，与之对应的声音也蹿出来："龙七！"

秦弈。

"嘿。"秦弈同组那个女生也跟在后面，手上握着刚买了单的热乎粽子，朝她打招呼。

"你们，"龙七卡顿了一下，"不是在比赛吗？"

"我们输啦，你不知道啊？靳译肯送我们回家了。"

"嗯？"

秦弈心态极好，笑着摆手："一个形容啦，意思是把我们整个竞赛组淘汰了，提前收拾东西回校了，哈哈哈哈哈。你们北番进决赛了，明天最后一场，出名次。"

她边听边往周边看，秦弈一清二楚，说："葛宋心态崩了，早回去了，我们坐班车路过这儿，觉得还早就下来逛逛，感受一下名校氛围，这就碰到你了。"

"好巧。"

"是啊！可不嘛！你怎么又吃冰！"

"难得吃两次都被你碰上了呗。"

秦弈笑着拍她一下："那你两次怎么都一个人在这儿啊？"

这话出口，白艾庭正好进便利店，秦弈嗓门儿又脆亮，她们都往这里看一眼，而秦弈边上的女生也看见白艾庭，拍秦弈手臂："哎。"

秦弈回头，神色一亮，转头问："这是不是你们学校的白艾庭啊？北番之光。"

龙七手撑脸颊："这名头都响亮到你们校区了？"

"这不你上次提到了嘛，我就去查了，我还看了你们北番跟其他学校打排球的视频，她打得可好了。"秦弈说，"可惜你不在，欸，你怎么不在？你以前在我们学校打排球也可出名了，好多女生是冲着你入队的。"

秦弈什么都好，就是嘴太快，啪嗒啪嗒跟子弹似的，嗓门儿还大，敲着锣打着鼓把这话传遍了整个便利店。于是很快就听到白艾庭那边的两三声笑，挺刻意的。一群人背着身，低头选着饮料，一边选一边笑着摇头。

"我不怎么打了。"

"为什么？"

"就是不打了。"

"有些人连朋友都没有，还想搞团队精神。"

"老同学来了，给人家留点面子。"

她这边还没答，那边一个两个的就接上话了，都在她意料之中，没搭理，继续撑着脸颊，咬着冰。

"那楚老师那儿你还去吗?"秦弈没意识到什么,接着聊天。
"不去了,你们也不去了吧?"
"嗯,理英杯结束,我们的补习就结束了。"
这么一听还有点小伤感,她回:"你们到半决赛已经是了不起的成绩了。"
"嗯,那你找着家教了吗?"
"有些人总算知道临时抱佛脚了。"
"不容易,不容易。"

这边没答,三排食品柜外又有话传出来,摆明了是找她吵架来的。龙七倒吸一口气,手掌往台面一拍,准备切换吵架模式。
"哪个口味好?"
与此同时,第三个声音从另一侧传来。
耳熟,乃至当下头皮都酥麻了一下,她跟着秦弈一块儿侧头。
董西正站在龙七椅子旁边一米的距离,秋日的黄昏斜照着,她的手里拿着两个口味的冰棍:"挑了半天,还是比较想试你那个口味的。"
白艾庭她们几个回过头,隔着几排食品柜,看过来。
龙七没反应过来。
"但这样,我们两个就一样了。"董西继续说。
"要不,"龙七回,"你试试?"
"试试?"秦弈问。
"试试?"秦弈身边的女生问。
而董西彻底理解,应声上前,握龙七的手。
冰棍从自己颈前十厘米的距离,挪到董西的颈前,龙七看着董西的上唇在冰棍的一角轻轻碰了一下。三秒过后,董西松开手,抿了一下唇:"太酸。"
"嗯。"龙七答。
"我买另一个。"
"嗯。"
董西向柜台去,龙七还在原处坐着,而秦弈的视线跟完董西,已经转回来,问她:"谁啊?"
"她真好看。"秦弈的朋友说。
"嗯,细声细语的,讲话真好听。"
"董西。"龙七念。

董西买好单了。

龙七拿包拿手机，向秦弈她们迅速招手："我走了。"

董西在便利店门口等她，自动感应门开，两人前后走出去，黄昏的金光刺得她停了一下，董西继续在前方走着，头发丝里都漏着光。

于是龙七跟上，按住董西正在拆冰棍包装的手，说："你别吃冰。

"我知道你是在帮我做样子，你会痛经，别真吃了。"

"我允许自己每个月吃一次。"

"你真的是正好要买？"

董西点头。

龙七慢慢收手，两人继续往前走，董西接着说："你在找家教？"

"嗯。"

龙七嘴上答着，回头往便利店看一眼，秦弈还在门口朝她招手。她把手插衣袋里，觉得这姑娘真是好样的，就这么点秘密，十分钟全让这大嗓门儿漏完了。

"班里有配学习小组，你也可以多参加小组讨论，挺有用的。"

"我没有进任何小组。"

"一个都没有？"

"谁敢收？都怕我。"

龙七说完也自觉这话题要冷了，另起话头："你检查过手机吗？那人有没有乱动？"

"手机没什么问题。"

"那你没手机的这几天过得不太方便吧。"

"还好，我本来就不太看。"

龙七点头，再问："那信息呢？有没有被偷看的痕迹？"

"手机有密码。"

哦，对。

而后实在不知道怎么继续深挖难得的共同话题了，龙七手插衣袋，淡定地走着，实则快把兜底抠破了，直到董西说："你底子不差的。"

"嗯？"

"入学那会儿，你的中考成绩很好，我记得的。"

"嗯。"

"你被那件事影响了半个学期的情绪，偏偏高中课程，头一年的基底最重要，你断了一层，才导致之后每年都觉得费劲儿。"

龙七的步伐慢下来。

其实她一直以为自己总把成绩断崖式下降的原因扣在军训上,有点替自己的无能找理由的意思,董西反倒帮她把这个原因坦荡地分析了出来,甚至看得比她还透,龙七心内又有一些小翻涌。她说:"其实我一直想问你一件事。"

"什么?"

"高二的时候你有篇作文得奖了,在文艺栏展示了一个月,叫《言论自由和语言暴力的分界点》,这篇作文里提到一个词,叫作'高大罂粟花综合征'。"

"嗯。"

"我查过,表意是割去罂粟花群里最高大鲜艳的那一朵,以维持视觉上的平整。也指一些社群文化现象。"

"一个社群里最出众显眼的那个,通常更容易遭到集体性的批评和排斥。"董西接。

"……嗯。"

"你想问什么?"

"你当时把这个词的注解当引子写在开头,但我通篇读下来,它好像跟你的主题不太搭调,像是你写完文章才加上去的。"

"因为我写那篇文章的时候想到了你。"

董西接得干脆利落,一点不拐弯:不拐龙七的弯。

因为龙七没好意思直接问,她生怕是自己自作多情,才想循序渐进,可是董西直截了当。

"那你在作文里提到的,高大罂粟花综合征的受害者……"

"是你。"董西答。

两人的步伐依然散漫,傍晚的秋风徐徐吹着围巾和头发,龙七的后颈却绷紧:"……那篇文章,是替我写的?"

"嗯。"

"你觉得,我那个时候是出众的?"

"我觉得那年的你很可惜。"

她慢下来,董西比她多踱了三步,相距一米半,才跟着停下,回过身。

"董西。"

"嗯?"

她说:"我找到家教之前,能不能加入你的小组?"

Part 8 ··✦·· 第八章

两个世界

晚七点，钥匙插进孔芯，快速旋转，开门换鞋，把包扔上沙发的时候还夹带着一路回来的愉悦感，她从兜里拿出一团纸巾，一边走到洗手台，一边抽出包在里头的冰棍木条，洗净，甩掉水，擦干。

董西答应了。

应得毫不犹豫，毫不勉强。

她用吹风机吹干木条的时候就在脑中打草稿，而后花一个晚上，写出了她人生中文笔最佳的一篇小作文，隔天交到了办公室班主任那儿。

——学习小组入组申请。

班主任正好没课，挺闲的，他拧开保温瓶喝着茶，看着这一篇洋洋洒洒的作文，又抬起眼皮看了看龙七，还没开口，坐着的龙七先说："我这几周，没漏交一次作业，没缺一堂课，也没跑兼职。"

"嗯。"班主任把保温瓶搁回桌上，"所以呢？"

"我心诚，老师。"

班主任又看了看她补齐的断眉，许是觉得真挺虔诚的，说："高三了，终于想到读点书了？"

龙七答："嗯。"

"你叫董西过来，光你心诚不行，也得她同意。"

这就对了。

董西去办公室谈话的时候，正是午休时间。走廊里非常闹腾，吃完午饭的、闲聊八卦的、值日清洁的人都在发出各种噪声。龙七挨着阳台望着办公室，整个心神都在那儿。偏偏龙信义这时来烦她，絮絮叨叨说些没重点的话，多是她不肯回家导致他天天被他妈挑刺儿之类的埋怨，念了老半天发现她不搭理，准备走，走之前问一句："你最近是不是又招咱年级那大姐头了？"

"哪个大姐头？"

"郁井莉啊。"

"我还以为是我呢。"

龙信义彻底品出她的敷衍，大声咂嘴。与此同时，走廊尽头办公室的门开，董西从里头出来。

龙七望着。

隔着数十米，董西朝她看一眼，边拉上门，边点头。

成了！

心头雀跃。董西也在走，边走边笑，特别淡。虽离得很远，但龙七全看到了。龙信义跟着她看，没看出什么名堂来，拱一记她手臂："你赶紧哪天回家吃个饭，应付应付我妈呗。"

"你好烦。"龙七终于侧了一下头。

"董西！"

这时传来一声叫唤。董西经过一班级时被一男生喊住，停了一下。

是龙信义班里一名高个儿男生，年级里老闹事那种刺儿头，被点名批评的频率仅次于龙七，平时跟郁井莉关系挺好。

他流里流气地朝董西走，边走边用手示意董西朝他那儿去，一副有话要细谈的样子。但这两人八竿子打不到一块儿去，龙七这才后知后觉想起龙信义的话，问："你为什么问我那个问题？"

"哪个？"

"郁井莉那个，她怎么了？"

"没怎么，就她昨儿找我打听了一些你的事……"

龙信义没说完，她立刻朝那儿喊："董西！"

董西的注意力又被拨回到龙七这里，龙七朝董西招手，示意她过来。

"董西！"那男生又笑嘻嘻地叫她，甚至拉了一把她的手，额头朝反方向倾了倾，仍要她过去，但反而是这一下超出正常社交范畴的拉扯让董西有了缩手的反应。

"过来啊，有事跟你说。"他继续挨着董西走。

"他有病吗？"

龙七念着，没走两步被龙信义拉了一把："你可别连这人都去杠，这人凶。"

"你厌你往边上去。"

"欸，他喊的又不是你，人家董西的事你掺和什么？你过去还成电灯泡。"

"董西。"他又叫一声，尾音拖长。

董西又侧了下头。

龙七的步速加快。

龙信义以为这痞子是找董西搭讪的，但龙七知道是哪门子事，她还看见挨着教室后门的郁井莉抱着肘望着这儿，跟专门候着似的。这把龙七的火给激起来了，她气势汹汹地过去，三人眼看着就要在楼梯口交会，那男生的耐心跟着减少，嗓门儿变粗："我说董西你……"

话没说完，楼梯口上来了第四人。

来得闲庭漫步，偏巧又正正好好。

龙七的视野被他挡了一下，董西和他擦身而过，而那男生就这么猝不及防地跟他正面相碰。三人的交会卡点似的被截断，喊话声戛然而止，人也刹了车。

靳译肯。

回来了，刚回来，什么情况都不知道，自顾自上楼梯，偏巧撞上这一遭。他又比那男生高半个头，气势上稳稳压着人，跟对方形成一种近乎巧合的一进一退。那男生脸上还带着戾气，步子却被靳译肯"逼"得往后退。与此同时，龙七牵上董西的手，拉她到身后。而数米之外的1班教室，蒋禀那群男生跟事先收了信儿一样鱼贯而出，朝这儿高喊一句："载誉而归啊兄弟！"

董西回了头。

走廊尽头办公室，几名老师也走出门，朝这儿笑着，鼓了几下掌。她才意识到今天是理英杯最后一天。

"龙七？"

楼梯那边，卓清等竞赛组成员也徐徐走上来。

教学楼长廊逐渐热闹，各个班级的学生陆续从窗口探出头，掌声一波接一波。郁井莉已经不见了，那男生被迫靠到墙边让道儿，边让边看向她们，满脸"你俩等着"的意思，直到过于明显的表情吸引了靳译肯的注意，他这好事的，终于顺着这人的视线回头。

就这么跟龙七对上眼。

看了三秒，他才平静地看回男生，撂下三个字："看什么？"

靳译肯盯着人，声音很低。但她听出来了，他不是真在问，那男生自个儿也听出来了，装腔作势地耸耸肩，下颌骨动了动，没出声，往别处看去了。

一触即发的冲突就这么被半道儿来的他无声接了手，化解掉，但某种程度上又无形打了龙七一棒子。龙七牵着董西，感觉到她的手心湿冷。

他用时五秒,重新以一种排山倒海的架势,占满董西的心。

铃声响。

那天下午,竞赛组在理英杯夺金的消息在北番校内掀起小型狂欢。

地方台直播,某个人发挥资优生天赋的同时,脸部硬件又优越,于是带着校名一块儿上了一波网络热搜。学校难得这样出风头,学生课间都兴奋地刷着手机,老师心情也好,睁一只眼闭一只眼。唯有龙七蔫了一样,趴在桌上,无精打采。

董西倒是很平静。

她还是跟往常一样认真上课,认真写笔记,喧嚣的班级氛围没有影响她,女生们找她聊天,话题或有意或无意引到那人身上时,她也不接茬。直到放学前最后一堂自习课,她才终于结束一个人的"闭关",拿着一叠试卷和笔记本,穿过半个教室,来到龙七座位前,抽出一张卷子,跟着笔记本一起放到桌上。

她的声音从四周的喧嚣吵闹声中单独分离出来,说:"你以后留下来上自习吧。"

同桌听见动静,抬头瞧一眼,继续埋头刷手机。

"好。"龙七说。

"我们现在在一个组,以后你不懂的,就问我。这个本子是我上课时记笔记用的,主要是理科的,文科的我明天再给你。还有这张试卷,你回家做一做,明天我帮你对答案。"

龙七收回撑着面颊的右手,把左手转着的水笔放到桌面上,拿过试卷与笔记本,粗略地翻看一眼,点了点头。

这时同桌离座,跑教室外上洗手间去了。

董西将走时,龙七问一声:"你还好吗?"

或许是这个问题以太过"打酱油"的形式出现,董西在转身时迟钝了两三秒,之后才回答:"我还好。"

座位周遭的人聊的聊,闹的闹,几乎没有人注意她俩。董西回答完后照理说该走了,但是这一刻,龙七迟迟没听到她讲别的,也没有离开的动静。龙七在短暂的空当里意会出一件事,轻轻地提:"那你和他还好吗?"

知道董西和靳译肯真实关系的人只有龙七一个,能在她失落时充当倾听者与安慰者的,也只有龙七一个。

董西背对着她回答:"他也还好。"

龙七揣摩这四个字的时候,董西从衣袋中拿出手机,低着头放到她的桌面上。屏幕上是一条信息,来自靳译肯,内容就一段话。

——以后不联系了,祝好。

信息接收时间为一周前。

竟然是一周前。

大致一推,还是她陪靳译肯挂急诊的那个晚上。龙七看完后立刻看向董西,但董西脸上依旧清淡如水,她无声地将食指抵在自己唇上,对龙七做了一个低调的提醒,藏着"你知我知天知地知与他知,事情就这么结束吧"的意思。

董西比她想象的坚强。

这一点挺出乎她意料的。

而靳译肯这一操作,也出乎她意料。

明明话都说成那样了,以为他会言出必行,对董西动真格的,结果竟然反着来,前一秒下"战书",后一秒就把这段"错缘"结束得让人措手不及。龙七瞬间理解了董西手心湿冷的原因,也后知后觉品出了四天前,靳译肯离校时深深望她的那一眼。

不是她以为的那个意思。

放学后,龙七在学校西侧的操场看台找到他,他正一个人待着。

她先把包从看台的外侧扔进里侧,靳译肯听到动静,往她这儿看了一眼。龙七接着撑过栏杆进入看台里侧,从地上拾起包后走入过道,往他那一排走。

靳译肯有段时间特别欣赏日本的一个潮牌的卫衣,龙七送过他一件限量款,巨贵,花了她不少银子。他当时有好几件了,但偏偏穿着那件出门的时候被一个妹子拿记号笔在他衣角处悄悄留了个手机号,结果他回家后才发现,为此懊恼了很多天,还生了气。龙七笑他艳福不浅,笑他气量小,而他从那以后再没穿着那件衣服出街。

但他今天穿着这件卫衣,衣角处的记号笔印仍有痕迹,很淡很淡。

他手里提着一罐碳酸饮料,正沉默地看着空旷的操场。龙七坐到他身旁后,伸手,"噗"的一声替他拉开了环。

"恭喜你。"

气泡上涌,他看着操场,不回她的话。

"我就是来说一声,谢谢你放过董西。"

靳译肯还是不说话,气泡涌到易拉罐面儿上,伴着噗噗响声,顺着他的指腹流满罐身。龙七拿起包准备走,也就是在这时候,他终于说:"不谢。"

但他接着说:"以后别看我,别找我,别随便跟我说话。我们俩层次不一样，你做你的差生，我做我的全校第二。我跟你的事也最好烂在心里，我不想别人知道我跟一个差生有过纠葛，丢面子。以后也别因为什么旧情来找我，你的忙我不帮，从今天开始一个都不帮。"

龙七站在风口里，看着空旷的、橘红黄昏里的操场，回："好。"

"出去别报我的名字。"

"嗯。"

"别说你认识我。"

"嗯。"

靳译肯喝一口饮料，"咔嗒"一声把易拉罐放到她坐过的座椅上，说："没别的了，滚吧。"

严格来说，龙七也从他这里获得了很多第一次。

有的甚至可以称为他生命里的唯一一次，往后不会再有的，比如他此刻带着赌气的一份绝情。

那次黄昏之后，靳译肯彻底回归了他自己的世界，联考成绩超越卓清登顶全区第一，理英杯得到大奖拿到市里头条。一切来得轻而易举，又仿佛厚积薄发，就好像他的人生自从剔除掉龙七之后才顺着轨道真正开始了。

如果这是他的报复，那么这种报复也挺正能量的。

而龙七在一次月考中，取得了命中注定的低分。

公布成绩的当天放学后，她留在教室里刷题，董西坐在自己的座位上研究她的考卷，黄昏从教室前门溜到后门，演变成一片壮丽的赤红晚霞，再到晚暮时刻，教学楼教室里的日光灯零星亮起，董西才终于从卷子上收笔，将其折起，夹进一本小记事本。

龙七也刚好啃完一道大题，董西还没开口，她先收起卷子问："本子里是你写的解题步骤吗？"

"嗯。"

龙七接过来看，本子内除了清晰明了的解题步骤，董西还额外出了几道同一题型的题目给她做。蛮厉害的，一下子就看出她不擅长哪种题型了，题题精准。

教室外边天黑得差不多了，董西说："回家再做吧。"

已是入秋的第二个月份，气候凉，天黑得早，学生们也走得早。龙七一边锁教室门，一边往西面看了看都已经无人的几间教室，问："你朋友没等你？"

"我让她们先走了。"

锁住门后拔下钥匙,钥匙在手中抛掷了一下,她边走边说:"那我送你一程。"

董西的脚步比龙七缓慢半个节拍,回:"你不顺路。"

"没关系,你因为我才留这么晚,而且你一个人回去不太安全。"

原本是件值得心情愉悦的事,只是后来没有按照正常的事态来发展,龙七在出校门的时候碰上了郁井莉。这人自从上次被她呛得没面子,始终没放弃找回面子,这回居然还找了校外的几个朋友搭伙,专候着她。

没完没了。

龙七发现后暂停了脚步,并不紧张,只是遥遥看了会儿,随后对董西说:"那你一个人先回去吧,当心点,我跟郁井莉他们谈点事。"

但是董西看得也挺清楚,龙七要走时,被她拉住手腕:"你陪我朝另一条路走吧。"

"没事,郁井莉是留级生,不敢在这一年留什么污点,何况这里是校门口。"

她们才刚说完,再次向那边看去的时候,发现郁井莉已经从那个集体中退出,朝反方向离去,而这个有着五六个人的集体正朝这边走来。

"她不太像清楚后果的人。"董西说。

龙七叹一口气,牵着董西从另一个路口走。

这个路口通往巷子,穿过巷子后会有一个繁华的集市,但她们首先得保证自己不在这人迹罕至的巷子里被堵住,所以拐了几个人烟稀少的路口后,龙七的步子就从一开始的匀速变为匀加速,因为她和董西走到哪儿,后面的人就跟到哪儿,走得越快跟得越紧。

她一边回头打量一边从衣袋内拿手机,打开校园网翻到刚扫过的一些好友状态,最终定格在其中一名好友的定位状态上,随即退出校园网,打开通讯录,找到那名好友的号码迅速拨出去。

"你在做什么?"

董西刚问出口,突然因为不注意脚下而磕了一跤,幸亏龙七抓得紧,董西除了膝盖磕破了皮,没伤着其他地方。这么一来,她们与后头的人之间距离缩短了,对方开始朝这儿奔跑过来。

手机很快拨通,她不等对方方向,直接开口:"你在哪里?"

对方说了街名,她立刻回:"我知道你在我学校附近,看见你发的定位状态了,但具体是哪个方向?"

说这话的同时她们又拐过一个路口，脚下速度再次提快，董西轻微喘气。

"夜市？夜市西面还是东面？"

后头的人开始追了，脚步声铺天盖地而来，局面仿佛进入争分夺秒的拉锯战。龙七再问："具体店名！"

就在手机这端听到答案的一刹那，一直少有人烟的小道终于赶到了尽头，随即切换进学校后头最热闹的一个夜市，霎时人声鼎沸，灯光如昼。原以为他们会有所收敛，可后头的人面对强光丝毫不犹豫，龙七带着董西扎进人群，他们也迅速冲出巷口，冲撞人群。

"我看见你们了，"她对着手机说最后一句话，"待在原地等我过来！"

两队人之间的距离越挨越近，那种追赶因为行迹暴露也变得越来越明目张胆。龙七在千钧一发的时刻终于找到一直在通话的那个人，随后以风驰电掣的速度拉着董西进入那个人所属的小团体。也就是在这一刻，在龙七喘着气进入这个小团体的一刻，那个咄咄逼人追赶着自己的集体才终于在五步之遥的地方紧急"刹车"。他们一看见龙七身前的人就虚了，举止尴尬，徘徊不前。

她在那人的身后盯着他们，董西在咳嗽。

而那个被她借作临时避风港，令他们望而生畏的人还没注意到这状况——司柏林没有注意到这群人。

他嘴里衔着半根热狗，正自顾自地看着手机，直到后来发现在自己身后出气儿的龙七，才顺着龙七的视线，侧过头，看到这群人。

那群人又气势减半地往后退了几步。

司柏林的身边站着他的朋友，龙七就是和他朋友通的电话。

她半小时前就刷到他们在这儿的定位状态，知道有她的地方一定有司柏林，而有司柏林在的地方就没有什么事不能解决。

"你帮我这一次，"龙七说，"我欠你的人情以后加倍还。"

靳译肯唤司柏林"奸商"是有原因的，他这人的爱好就是在校内外做各种"生意"，具体什么生意靳译肯没说过，但绝对不只金钱那么简单。所以他在校内外人脉广，段位高，人人都怕被他抓了把柄，连被他多看一眼都心有余悸。

而现在他看着这群人，像看着一群从犄角旮旯里冒出来的乌合之众，这事他能搞定，但前提是他愿意替她搞定。

龙七说完后，他慢慢回："不用你还，我要靳译肯还。"

果然，在司柏林的认知里，靳译肯的人情比龙七的值钱，他即使还没搞清楚状况也迅速摸出了生钱之道。可董西还在，龙七不能说太多，只向他的朋友看了一眼。

他的朋友，龙七叫她雾子，是龙七在杂志社的前辈，人特美，和龙七的关系也挺好。

雾子在司柏林耳边说了几句话，又抚了抚他的手臂，随后向龙七轻声说："你带你朋友去便利店买点创可贴，我看她的膝盖破了。"

董西的膝盖被蹭破了一点皮。

龙七从便利店拿了杯热饮给她，让她坐着，随后龙七蹲下身看着她的膝盖，用拇指抚摸伤口周边的皮肤，她的皮肤那么白，显得这一块小伤口那么触目惊心。她继而抬头望向董西，手伸到她的脸颊旁，把她那几丝因跑步而凌乱的头发顺到耳后，皱着眉说："对不起。"

董西看着她，手里的热饮微微冒着气。

就在氛围安静的时候，便利店的感应门打开，雾子的声音响起："七七。"

她看过去。

雾子明显是人还没到就先开了口，紧接着她才看到两人在一起的画面，她先是看龙七，随后看坐着的董西，而后说："隔壁有药店，我陪你去那里买点消毒液。"

龙七在药店的柜台间拿药水的时候，雾子告诉她："已经帮你搞定了，那些人走了，不会再找你了。"

"谢谢你们咯。"

雾子专注地看着药瓶上的说明书，淡淡地说："你跟靳译肯怎么了？"

"不联系了。"龙七拿起一盒脱脂棉，轻描淡写地应。

店内是一股浓郁的中药味儿，店外是夜市中来往的行人，雾子一言不发地将药瓶放回柜台，又拿起另一瓶，两人各自看着自己要找的药。

"司柏林呢？"

"在隔壁小吃店，跟人家谈完后又饿了，吃面呢。"

"跟司柏林说一声，这事我扛吧，别去找靳译肯了。"

"他说着玩的。"

"那……麻烦他别去跟靳译肯提起，你帮我拦着点。"

雾子慢慢地看她一眼后，收回视线："那女孩是谁啊？"

"我同学。"

"柏林说是他的邻居。"

"哦，也算他的邻居。"

雾子吸了口气，有一种"这话题越来越无聊不如就到此结束吧"的意思，随后果然另扯话头："你最近混得行不行啊，看你出镜率越来越少了。"

"高三了嘛，又不像你。"龙七接着说，"我觉得你退了挺可惜的，社里资源最好的就是你，你走了后这杂志真没什么看头，没意思。"

雾子笑了笑："我晚上发你几个靠谱经纪人的联系方式，他们都特别想签你，你以后手头要是紧可以去试试。"

"不用，我也准备退了。"

雾子显然没把她这话放心上，一点反应都没有，两人又看了点擦伤药。龙七挑了一瓶准备走时，雾子喊她："七七啊。"

"嗯？"

"以后，你学着说话处事当心点，我们这类人，你懂的，没有庇护的话在这圈子很难明哲保身。你跟靳译肯不联系了真的很可惜，他在这方面是最好的，你哪天要是后悔了也不一定能找得回他，他们那类人，只会越来越好。"

龙七耸肩："哦。"

"还有，"雾子之前总是欲言又止，现在放下手中的药瓶，终于说，"下次我也帮不到你了，跟你说件事，你别不信。"

"什么？"

雾子看向她："我和司柏林之间，快完了。"

龙七离开药店时往隔壁的小吃店看了一眼，司柏林正慢条斯理地往面里加着调味料，他这副少爷模样与靳译肯如出一辙。两个家世那么牛的人都曾经以这副吊儿郎当的姿态来到她和雾子的世界，现在，或主动或被动，或欣赏或相厌，两个世界终究慢慢剥离开，起点就是终点，终点再没有下一个起点。

董西也是他们那个世界的人。

他们所居住的公馆像一座大堡垒，把所有天之骄子与娇女圈在其中，隔绝任何外人入侵，不管是想进去的人还是想出来的人，最后都伤痕累累。

司柏林和董西同路，那天董西由司柏林带着走了。

而隔天早上，学校。

早自习的铃声响两声，还在回荡，郁井莉从自己班级出来，向洗手间的方向走。

女厕所空无一人，郁井莉前脚刚入，龙七后脚跟进。郁井莉进入第三个隔间时，龙七已走到第二个隔间处，然后在郁井莉毫无察觉时"啪"的一声挡住还没关上的门。正要上厕所的郁井莉一看见她，眼珠子都快瞪出来了。龙七紧接着踏入她的隔间，一手干脆利索地闩上门。

狭小逼仄的空间内，郁井莉发出呜呜咽咽的声音，惊恐地瞪着她。

郁井莉差点翻出白眼来，龙七说："人不犯我我不犯人，人要是主动犯我，我就先发制人。我这人脾气暴，底线低，说得出做得到，你现在听懂我说的话了吗？"

郁井莉急忙点头，龙七继续说："这学校要整我的人不只你一个，想看我没好下场的人也不只你一个，现在我要你当我的小跑腿去告诉那些人，不管嫉妒也好，讨厌也好，最好把你们的情绪都压压干净，因为我在毕业之前会竭尽所能踩到你们上头，成绩、人缘、身边所站的人，每一项都会让你们自卑到无以复加，让你们发现除了脸和身材，你们原本仅剩的那些可悲优势点也快被我踩灭！不敢像你一样找人对付我的话就安安静静做一个老实本分的贱人，心里怎么骂都好，怎么怨都好，脸上千万别被我看出来，因为将来有一天飞黄腾达的我，一定会朝着你们这些人脸上一个个吐唾沫！"

郁井莉紧紧闭着眼，鼻子哼哼出着气儿，脸色通红。龙七将她再次撞到墙上："而你！

"你的黑历史，你那些狐朋狗友的黑历史，都在我手上捏得紧紧的，你敢把我的话曲解半分半毫，或妄图向办公室打任何小报告，我不会就此罢了。你明白其中的利害关系了吗？我的学姐？"

郁井莉颤颤巍巍地点头，龙七这才收手，郁井莉一下子瘫倒在马桶旁，对着地面无法自制地干呕，龙七打开隔间的门走出去。

盥洗台旁有一个不知何时来到的学妹，大概是听到了龙七在隔间里所说的话，也是吓得脸色花白。龙七斜都没斜她一眼，她已经腿发软，都不敢吭一声。

龙七走了。

打那以后，郁井莉碰着龙七就躲。论坛上关于她的帖子虽说没有显著减少，但各种言论都比之前干净多了。那些狂妄的，躲在电脑屏幕后头的，自以为永远不会被追究的青少年像终于意识到她是个人，是个被惹恼的话会干狠事的人，于是一时间都噤了声，乖得像初生宝宝一样。

早这样多好，欠虐。

而靳译肯现在也是越来越高不可及了。龙七反虐郁井莉的事在普通学生圈子里传得沸沸扬扬，在尖子生圈子里却无人关心，大家更关心的是靳译肯在各领域全方位压倒卓清这件事。据说连某一流大学的唯一保送生名额都有可能从卓清手里溜到靳译肯手中。

这名额对靳译肯不重要,他的目标大学并不是那一所,也随时有可能被自家人拎到国外去读书。当然,白艾庭也会跟去。但龙七知道卓清挺想去那所大学的,所以现在就看靳译肯厚不厚道,留不留情面,否则真算做绝了。

不过就算靳译肯拿了名额也不关她事,他和卓清之间不对头是他们两个的事,她之前卷入其中的时候没过问,现在撇清关系了更不会傻兮兮地去掺和。

十一月末,凉凉的秋意让所有人在校服外多加了一两件毛线衫,画面暖融融的。龙七接到杂志社关于秋季专题的新拍摄任务,她一边跟杂志编辑通电话,一边在学校附近的咖啡厅柜台前买单,正巧碰上三四个蹲点候着她的"宅男粉"。她买两杯卡布基诺,男粉们有意无意地跟着买卡布基诺,然后乖乖地在她身后看着她。她忙着跟编辑拒绝拍摄行程,懒得搭理他们,拿了两杯做好的咖啡就走。

咖啡厅隔壁是一家小画廊,董西等在那家画廊的橱窗口,龙七一边把咖啡递向她,一边看向她所看着的方向,随口问:"鹿?"

画中是一头冬日落雪中的小麋鹿,油画质感,虽然描绘的是一个冰雪琉璃世界,但让人更多感受到一种安宁娴静的温馨氛围,尤其那初生的鹿特别惹人怜爱。

她不懂鉴赏,所以除了看着让人觉得挺舒服外想不出其他的形容词,董西倒主动说:"这幅画,是一个没留名的女画家,画的她女儿。"

"她女儿是头鹿啊?"

董西笑了笑,接过咖啡,看了龙七一眼,继续看画。

"从我小时候记事起,这幅画就一直挂在这里了,所以我觉得她女儿现在应该跟我们差不多大。"

"我觉得这幅画更适合摆在你的房间里。"

董西摇头:"它更适合摆在橱窗里,给路过的每一个人看。"

这句话落下后,橱窗上刚巧映出正从校门口走出的一拨尖子班学生,他们刚下课。董西的视线收回来,往校门口看去,那拨与她关系好的朋友从人群中伸手与她打招呼,龙七说:"那我先走了。"

"你先别走。"

董西喊住龙七,是因为她帮龙七另外安排了一个小见面会。

几人聚在咖啡厅中,董西和龙七并排坐一席,董西的三个尖子生好友坐在对面一席。那三个人都是年级里排名前二十的学生,但各自都有偏科严重的毛病,董西经常帮助她们补习弱项学科。而这回,董西希望她们在自己擅长的学科上,帮助龙七补习。

"也不是不行,"谈了大概一刻钟后,其中一个女生终于吞吞吐吐地说出想法,"但我们都是高三生,尖子班的进度很赶……董西你是知道的,我怕最后两边都顾不好,要不你们还是找个专业的补习老师吧。"

意思就是龙七朽木不可雕,谁愿意花那金贵的时间在她身上。

"最后结果怎么样其实没有关系,我是建议以后大家能在一起学习,这样有不懂的,随时可以互相帮着解决,我也能继续帮你们补习其他的科目。"董西回道。

坐中间的女生说:"我们现在不就是经常一起学习吗?"她说着,看了看龙七,"只不过,多加一个她咯。"

这话的口气龙七不喜欢,但她既然憋到现在一句话没说,便也不会傻得在此刻说话导致前功尽弃。所以她没说话,低头喝了口东西。

"其实……我建议,"首先讲话的那个女生继续说,"董西,你去找一些我们班的男同学来或许更好,他们更聪明,比起我们也更愿意帮助龙七……比如说卓清。"

"嗯……比如说靳译肯。"

好死不死,她们偏提这个在董西和龙七心里同时拥有一块专属黑名单领域的名字。董西处之泰然,龙七不动声色,那三个女生却开了话匣子,继续道:"他现在跟以前可不一样了,简直是学神,目前本校综合实力最强的就是他,而且董西要是你跟他提要求的话,也方便。"

"也方便"这三个字,另有一层含义。

董西已经不怎么回话了,龙七看着她起身去洗手间,那三个女生则自己聊开了。行,场地留给她了,她慢慢地把杯子往前一放,身子往后靠着沙发,双手搁进衣袋,舒舒服服地换好坐姿后,开口:"智商高的人是不是情商特别低?"

三个女生一愣,抬起头看她。

"你们跟董西关系还行吧?"

三个女生愣神的时候,龙七继续发问:"嗯?"

"嗯。"其中一个人回。

"那么对她的状况看也能看出一点端倪,你们是她校园网账号上的好友,当初你们班特厉害的那个谁为了讨好她还联系过你们,对吧?"

"这……"

"当初明明知道他追她是不利于她的,却把她的喜好和信息通通告诉他,收了多少好处?董西当初被校园舆论攻击的时候,有你们的一份责任。"

"龙七你又不是我们这圈子的人。董西和靳译肯的事情你也不清楚,怎么好意思说我们?"有人终于反应过来她的意思,反驳道。

"对,我不清楚,所以我在她面前什么都不说,可你们作为她的好朋友,不可能比我更不清楚。再说了,从董西最近和那个谁之间的零互动来说,猜也能猜出点什么,你们怎么还能在提到那人的时候这么理所当然呢?你们根本就没把她的心情当一回事,对不对?"

龙七说到此处,抱起手臂:"有好处的时候心安理得地受着,要你们付出了就各个为难。她对你们不差,你们却仅仅把和她的关系归类为'抱团',优等生的'抱团'。你们怎么不跟白艾庭混去?哦,也对,白艾庭只喜欢挑前十的妹子抱团。你们,比上不足比下有余,被淘汰了。"

"龙七。"席外,董西平静地喊她。

"所以说没法帮助她!"其中一个女生被说得耳根通红,见董西回来,立刻收拾着书包起身,"就她这副德行,根本没法相处!"

董西并没留人。这女生走了之后,另外两个也面面相觑着收拾东西,离席时还劝董西:"跟我们走吧,董西。"

龙七搅着杯里的饮料。

"董西!现在班里人都在打赌你回不来了,就因为你搭上了龙七知道吗!你别忘了当初你降到普通班也是被她害的!"那先走的女生等在门口的时候朝这儿大喊。

这么一闹,咖啡厅上上下下的食客以及柜台员工都朝这边看,几个本校的学生也兴趣盎然地盯着。

气氛凝固了一会儿,董西答:"我会回来的。"

三个女生原以为劝动了董西,刚要松一口气,董西继续说:"而且我会带着龙七一起回来。"

咖啡厅内霎时响起一阵窸窸窣窣的声音。门口那位彻底死了心,甩手离去,另两个则无奈地留下一句:"你保重啊,我们现在跟你是谈不上话了,你别被她拖累就好了。"

然后她们就这样走了。

咖啡厅里的气氛却安宁不下来了,有关没关的人好像都嗅到了一丝好戏的味道，有人在忙着发短信，有人在忙着发帖子，只有董西若无其事地收拾桌上的东西，说："我们走吧。"

"我去买单。"

龙七到了柜台，才终于平复自己那颗被感动得七上八下乱跳的心，她心情特好，都快笑出来了，这时被服务人员提醒，她那桌已有人买单了。

"谁？"

服务员往旁边一指，是之前那三个候着自己的男粉丝，他们正在另一个桌上喝东西，看见她看过来，兴奋地挥了挥手。

"我跟他们不熟，你把钱还给他们，我买我自己的。"

龙七说着，正拿钱包的时候，忽然在脑中闪过什么，重新往那三个男粉丝的方向看去。

他们几个人穿的外套上都有刺绣的××学院几个字，显然是那学院的院服，她初看着眼熟，不到两秒，终于想起是卓清特别想去的那所名牌大学。

她回过头："给我三杯冰美式。"

付完钱后，龙七端着朝那桌人走过去。

几名男生眼见她走过来，一个个紧张得表情都变了。龙七把咖啡"砰"的一声放桌上，直截了当地问："中昱大学的？"

"嘿……七七……"

"把你们当年的高考排名报上来。"

他们微愣，随后，其中一个响应女神号召，秒答："理科分数的话是省第三。"

第二个答："文科省第五。"

第三个抬了抬眼镜："综合成绩，省前十。"

龙七眼睛挺亮的，接着问："那你们有没有空出来的时间，来帮我补课？"

Part 9 ◆ 第九章
期中考试

以这一天为起点,北番高中内有一场无硝烟的战争正在紧锣密鼓地打响。

甲方是以尖子班为代表的食物链顶端的优等生们及其背后高冷的老师,乙方是龙七加董西的打脸小队。

对,龙七就是准备去打那个班的脸,啪啪啪地打,为此她几乎安排出了所有的时间:董西负责在上学时段给她辅导,而学霸小分队负责在放学后给她开小灶。她那段时间窝遍了学校周边的咖啡馆和图书馆,一个课程一个课程地进行着精练,就连晚饭时间都把笔记本放在盘着的腿上,边进食边背化学方程式。

天气一天天地转冷,她身上的薄开衫渐渐变成各种宽大的绒线衣、棒球外套或粗针大毛衣,但到底是模特出身,她即使把头发扎得乱糟糟的也是个慵懒的潮人。董西偶尔会来看她,来时会带一些热饮与点心,龙七有时就把这当晚饭吃了,而每次她做卷子时,董西就静静坐在一边看着她做题目。

半个月后,周日下午。

那是第二个整日奋战的双休日,学霸小分队出去买喝的东西,龙七趴在图书馆内的木桌上补觉,董西在替她批试卷。

试卷全部批完后加了一遍分数,发现这次上了一百二。董西嘴唇边浮起清清淡淡的笑,扭头看向龙七,看见她那容易伤及颈椎的睡觉姿势和遮了半边脸的头发,伸手将她脸上的头发拨到耳后。

此时正是黄昏,秋日落阳刚好落了一束在龙七的眼周,一直探到她毛衣内锁骨的位置。董西的手指在那束阳光里变得些许透明,指尖有层薄薄的光晕,光晕周围飘着细小的浮尘。她的手指穿过这些浮尘,拨进龙七的发丝中,轻轻地将龙七的头发顺到耳朵后面,手指离开时,夹带走龙七发丝间的一股香味儿。

将她的头发理顺后,董西闲来无事地看着她,看她的肌肤、鼻子,看她嘴部与下巴的线条。因为以前没有这样看过,所以这一次多看了看,一秒、两秒、三秒,嘀嗒、嘀嗒、嘀嗒……

直到龙七睁开眼。

那是一次非常安静的视线接触，董西的眸子里带着一丝探索感，一些正处于细细观察中的认真态度，而龙七睁眼时也是那么平静，没有眯，没有懒，好像做了一个平平淡淡的梦，在适合的时间醒了过来，眼里没有一点波澜，只盛满了那束阳光照耀出的点点亮光。

两人在第一秒时彼此相视，第二秒，董西收回视线，第三秒，龙七捂着后颈坐起来。

"我怎么了？"她这时身上才有些懒意，随意地问。

"没有怎么，你的试卷考过了一百二。"

龙七用手撑住下巴，拿过卷子来看，嘴角勾了那么一下，有种预料之中的自信感，随后放下卷子，依旧问："你刚才看我什么？"

董西收着笔，回："没看什么。"

可是龙七依旧看着她。

董西便在收完笔后回她："因为，大家都说你漂亮。"

"所以呢？"

"所以看了你。"

龙七的表情一点都没变化，笑容的弧度也没有变化。她只是撑着脸颊，淡淡地、懒洋洋地问："那么，你觉得我漂亮吗？"

彼时，她穿着件宽松的、浅灰色的男式毛衣，发丝被压得卷卷的，无妆，领口露着锁骨，盘膝坐着，身上香香的。

"你像男孩子。"董西回她。

她慢慢笑了笑。

"那……哪种类型的？"

董西思索了一小会儿，说："我没见过的类型。"

龙七仍旧是笑，而后，学霸小分队就回来了。

他们喝完东西，收拾一下后也准备走了，龙七原本要在图书馆前台登记处办理借阅手续，却没想到在那里遇见了熟人。

她在接近前台五米的地方就停住了脚步，身侧的董西向那儿看着，身后的小分队也随着她们两个的视线往那儿瞄摸。

正将几堆书放上前台的是同校的几个女生，白艾庭和她那些读书会的女生。

龙七在稍微停顿后继续前行，常规性地将要借的书摆在了前台。正在办理还书手续的女生循声朝她这儿望一眼，立刻认出了人，用手臂推身边的人，身边的人再提示周旁的人,很快,那个小圈子全意识到了她的到来。

白艾庭原本正看着手机,闻声,抬头向这边看,扫了龙七也扫了董西一眼,还扫了扫她们身后的三个男生,而后讳莫如深地收回视线,继续若无其事地在手机键盘上打字。

"怪不得感觉今天的图书馆特别吵。"

龙七正要提笔填资料,这句话就钻进了耳膜。

施苒一边讲,一边挥着手做驱赶状,旁边的友人故意问她在赶什么,她说:"苍蝇呀。"

"这个季节哪里来的苍蝇?"

"这种虫子越是不合季节,就越容易回光返照,该待的地方不待,看这里暖气足就进来了呗。"

"施苒。"

白艾庭用无关痛痒的口气喝止那女生的同时,董西按住龙七准备出动的右手——她的右手正要将一杯饮料泼到对方的脑门儿上。

冲动与隐忍全发生在一瞬间,龙七目不斜视地看着正前方,手中的饮料在董西的压制下缓缓松开。白艾庭则在这时候发声,说了句特别此地无银三百两的话。

"她不是在说你,龙七。"

前台的两名图书管理员像看神经病一样看着这两拨人。

龙七懒得看白艾庭一眼,准备拿书走人,白艾庭却在这时候发声:"董西。"

她喊董西,她居然喊董西。

龙七先于董西回过头,董西则平静地往白艾庭那儿看去。

白艾庭站在她那圈子的中心,还是用着从刚才就讳莫如深的态度,说:"期中考马上要到了,希望我们都能正常发挥。"

董西看着她,没过多久,回:"好。"

奇怪,她们两人之间似乎存在一种特殊的气场,好像有那么一件事,只有她们两个人知道。

龙七后来才了解到,那是因为白艾庭和董西报考了同一所重点大学,而那所大学给予北番高中的保送生名额,只有一个。

你死我活的关系。

于是这一场期中考试的意义空前重大,直接关系到三个方面:

第一,靳译肯与卓清的保送生之战。

第二，董西与白艾庭的保送生之战。

第三，龙七的翻身之仗。

转眼，期中考试的步伐越来越近，学习氛围愈加紧张，而气候也寒气逼人。自习结束后，天已黑成一大片，好多学生都从自行回家改由自家车接送。董西家里也派了司机，只不过从教室到校门口的这段距离还是冷得让人受不了。龙七耐寒，但董西好像并不那么耐寒，所以龙七经常把自己脖子上的围巾扯下来，给董西围上。

龙七跟董西的关系也在不知不觉中熟悉亲密了很多。

龙七发现董西周身有一种好人缘气场，就是即使她和尖子班那几位闹掰了，普通班仍有女生赶着要和她做朋友。所以每次放学后，经常是龙七懒洋洋地走在后头，让董西先跟一些女生讲解作业难题，等女生散去后，董西才会回到她身边。那时候董西喜欢把手放到龙七的大衣口袋里。

"真暖。"她说。

她不知道每次龙七都会事先在口袋里放好久的暖手袋。

"来信息了。"

"嗯？"

董西的手在她的衣袋内晃了晃，她才反应过来，然后拿出跟暖手袋挨一块儿的手机，在振，全是语音消息。

"还是那个经纪人吗？"

"嗯。"龙七答，接起老坪的电话。

老坪是之前想和她签约，但被她以学业忙碌为由婉拒的那个经纪人。

第一回的时候，老坪客客气气的，这一回不知道是不是行业竞争压力大了，又找来，孜孜不倦地劝着她去参加某支 MV 女主角的试镜，说只要她肯签约，这支 MV 她肯定能拿下。老坪劝她好几天了，说这 MV 是一组在国内外都有超高人气的老牌乐队用于回归乐坛的主打曲目，说媒体关注度空前高，人家这回挑的是实打实的美人，经得起灯光直射、镜头放大的那种，说她去了肯定能被选上，之后就是前途无限啊。

吹捧的话换着花样说，她就回四个字："我长残了。"

"姑娘啊，没见过你这么不努力的人，你再想想？"

"我就这么告诉你吧，"龙七边说边把右手放进衣袋，"我要是再在全国人民面前花枝招展地出现一次，我们学校得把我开除了。"

那边，老坪快速地根据她这句话进行理论上的反驳，董西的半边脸被围巾围住了，看不出什么表情来。刚好，她家的车子来了，她说："那我回家了。"

"你又不是我，怎么知道我这儿什么情势。"龙七则回着经纪人的话，这边，把董西的手拉住。

董西的步子被她弄了个回旋，喘着气看她，她无声地指了指自己的脖子。

董西反应过来，临上车把围巾摘下来，正要递给龙七时，龙七偏这时把手放进了口袋，董西只好上前几步。

龙七仍在跟经纪人对话，董西一言不发地替她戴着围巾，戴好后，董西用眼神向龙七做"我真的走了"的示意，龙七点头。

然后董西坐上车，走了。

龙七这时终于向电话里传达完"不去"的信息，挂了手机，拦下一辆出租车，上车前看了一眼载董西远去的那辆车，很快收回视线。

龙七坐进出租车后报了目的地，前座的司机从后视镜看她一眼，笑着问一句："刚放学，心情很好嘛。"

"嗯。"她回。

期中考试的第一天。

那天气温又下降一摄氏度，一大清早，早自习还没开始，教室里的人已到得差不多了。每个人桌上都摊着一堆复习卷，嘴里喋喋不休地背着各类方程式，因为冷，各自口边都呼着一团雾气。

龙七进教室，一边走一边摘着耳机线。同桌一看见她，立刻把早就买好的早餐放她桌上。待龙七坐下，同桌才总算拿到了她的复习题册，迫不及待看起来。而她一边咬着三明治一边从兜里拿出手机，刷校园论坛。

这会儿论坛很热闹，除了"分享"各类有的没的的答案，又是一轮关于"靳译肯和卓清谁会赢""董西和白艾庭谁居上""龙七分数之谜"的各类下注帖。

才刚翻了几页，早自习结束铃响起，龙七将最后一口三明治放嘴里，嚼着，正准备翻下一页，眼前突然冒出一只手，随后有针织衣的柔软香气，她一边嚼一边往旁边看，手里的手机则在这空当里被董西收走了。等她反应过来，董西已将手机放进自己的衣袋里，回头给了她一个"快收拾东西去考场"的眼神提示。

她咳嗽了两下，喝水的间隙，考试预备铃打响，全教室发出椅脚挪动的大动静，周围的同学都拿着纸笔往各自的考场出发。

龙七的考场就在这个教室，所以轻松地换好了座位。考试的过程也很悠哉，虽说还是有题目没攻破，但至少把卷子给填满了，也没有当"出头鸟"第一个交卷离场，而是打着哈欠等到铃声响，才随大溜地交了试卷。

考试为期三天，最后一场结束后，董西和几个学习很好的女生在考场外的走廊上讨论题目。当时天黑得快，风很凉，女生们头发上淡淡的清香味儿都飘在寒冷的空气里。

龙七是后来才过去的，她没进入话题，一来就将手圈过董西的腰，伸进她的外衣口袋，从中拿到手机。董西因为动静而低头看，未见其人先见其手后立刻别过头，龙七则拿着手机绕过女生堆先行一步，董西喊："龙七！"

她在走廊人群间回头，扎起来的头发顺着风向飘，高高的个子在正好经过的男生群中显得特别醒目。她对董西笑了一下，脚步一点都不放缓。董西从女生堆中走出来，她的嗓音天生就轻，所以喊龙七时，被迫提高的声音显得特别糯。

她说着："你拿错了，你拿的是我的。"

但是龙七当没听见，她走在前，董西跟在后，她一遍遍滑着屏幕上的锁，董西越过一个个人叫着她。

"你拿错了，龙七！"

五米之外，人头攒动之间，白艾庭从楼梯转角的方位走上来，靳译肯走在她的身后，步伐不紧不慢。

"龙七，不要解锁了，解锁超过三遍的话会自动锁机。"

龙七第一遍玩笑性质地输入了自己的生日，第二遍才输入董西本人的生日，两次都解锁失败，手机给出最后一次解锁机会。

这个时候，白艾庭刚好与龙七擦肩而过，龙七没注意。

紧接着，第二个与龙七擦肩而过的靳译肯突然伸手，两人在擦身的一刹那，手机从龙七手里到了靳译肯手里。有那么几个学生注意到，还特意回过头来看他们。龙七同样因为手上东西突然"没了"而回过头，董西则在远远的七步开外的地方停了下来，白艾庭最后一个反应过来，顺着董西的目光敏感地往后看。

靳译肯正一边走着，一边在手机屏幕上按数字。

他的指头动得那么缓慢，那么胜券在握，龙七即使在几步之外也听见了寒风里那"咔嚓"的清脆解锁声，白艾庭同样听见了，而董西的脸颊被那阵寒风吹得泛白。她以一种猝不及防的、落寞的，甚至带点轻微彷徨的姿态，站在一步步向她走过来的靳译肯的对面。

但是靳译肯没在董西面前停下来。

好像连眼神上的对视都没产生，他故意解完锁，在经过她时把手机放进她的衣袋里，仿佛只是来完成一件"物归原主"的事，让龙七把他的后脑勺和背看穿了也得不到一声解释。

龙七伫立在原地，在冷风里干笑一声。

天生的戏精，还是恢复了伤前战斗力的那种。

走廊这事过了之后，董西在班级里把手机还给龙七。

龙七没怎么说话，没怎么理她，董西在她桌前无声地站了一会儿。同桌嗅出了点苗头，趁着班级里考试过后近乎狂欢般的吵闹声，打圆场地问了一些关于作业的问题。董西慢慢地回答着。

同桌把问题问完了，龙七还是没出声。董西转身准备走了，这时候，龙七才抬起眼皮。

"你的解锁密码是多少？"

董西回过头。

吵闹声中，她答："是用了很久的旧密码，从没换过。"

"所以是什么？"

董西顿了一会儿，没有答，反问："那你的是什么？"

龙七二话不说地拿起桌上的手机，当着董西的面解锁，同桌也斜着眼睛看。当时教室里很吵很吵，独独这里被一种无形的气场包裹着。龙七的手指在屏幕上每按住一个键，董西就长久地看着，而龙七始终盯着她的眼睛，那是一种带着攻击性的"主动"，藏着一股说不清道不明的劲儿。前三个键顷刻间按完了，同桌看得一头雾水，干脆离开座位去男生堆里打闹。留下的两人空间里，龙七正要按下第四个键，前座的女生突然发现过道里的董西，无意识地插入话题："咦，董西，你数学卷第三道选择题选了什么？"

董西别过头看那女生。

龙七的手指在屏幕前停滞，随后摁下上锁键，手机重新黑屏。

"B。"董西答。

再看向龙七时，龙七的手里没有了手机，换成一支正在指间转动的圆珠笔。

上一个话题像消失了一样，龙七将笔一圈一圈地转着，看着董西。

"算了，"她说，"也不重要，我们放学后还去图书馆吗？"

就用这么一个无关紧要的话题，岔开了手机解锁密码这件事。

期中考试结束之日是周五，紧接着两天是双休日，学校放得早。龙七这回没有和董西一起走，她收到一条短信，龙梓仪喊她去某个饭店吃晚饭。

饭店离学校不远,只有公交车一站地的距离,她准备走过去。也就是在同条街的牛排馆里,她撞见了龙信义。

牛排馆外壁是玻璃做的,龙信义和一女生坐在靠玻璃的位置。龙七第一次经过时草草看了一眼,后来反应过来,闲逛回来多看了一眼。龙信义起初还埋着头想躲她,后来被龙七敲了敲玻璃壁,给生擒住了。

龙七进入牛排馆时,龙信义远远向她招了招手,跟款爷似的。龙七手插着衣袋走到他桌边,用脚尖一踢桌脚,他就厌了,连说:"坐,坐,你快坐。"

"龙信义,这位是谁呀?"女生问。

"就我那妹。"

那女生脸生,穿着明显不像学生,像毕了业的。女生这时也快速地看了她一眼,对龙信义说:"你妹妹长得好像某个模特。"

"她就是个模特。"

"啊,真的吗?"

女生又看了龙七一眼,表情突然惊讶起来,好像想起的确在网上见过她,但也没展开话题,说:"我去一下洗手间。"

龙信义点头,目送人走。

"哟,"人走后,龙七看着一桌琳琅满目的餐点,"挺有钱啊,放学后吃个小牛排,还都往贵里点呢。"

"我好不容易吃个饭,你来凑什么热闹?"

"怎么,你的女神白艾庭呢?"

"白艾庭那种,脑子正常的都知道只能放嘴上说一说,人得有自知之明,她怎么可能看得上我,犯得着为了她放弃一整片森林吗?"

"哟,还森林呢,说得自己好像有人要一样。"

龙信义立刻指向洗手间的方位,表达出强烈的"我就是有人要,要我的那个人就在那洗手间里"的意思。龙七不以为然,淡淡地问:"这牛排馆谁挑的?"

"她。"

"一桌菜谁点的?"

"她。"

"你觉得她漂亮吗?"

"漂亮。"

"追她的人多吗?"

"多。"龙信义得意扬扬。

"那你配不配得上,心里没数吗?"

龙信义不高兴了，说："那怎么？不还是跟我见面了，我俩网上都聊好几个月了，你知道什么。"

"舅妈给你每个月多少零花？"

"你别管，花这上头我愿意。"

龙七没接着说话，抱着臂跟龙信义对视，场面沉默了五秒钟。

"高中生。"龙七简单明了地用三个字总结完龙信义，正要走人，龙信义突然拿过她的包。

"干什么？"

龙信义这会儿气势下去了，一边掏着她的包一边笑眯眯地说："我今天带的钱不知道够不够付这顿呢，这姐姐等会儿还想逛商店，我不能让她觉得我真是个弟弟啊。你银行卡密码还是原来那个对吧？"

龙七二话不说拿回包，直接走了。

五分钟后，到达龙梓仪所说的饭店。

其实刚收到信息的时候龙七犹豫过，到底要不要再跟楚曜志碰面，但又想这辈子不可能不见了，楚曜志对她不好，该心虚的不是她，所以她昂首挺胸地来了。

推门进包间时，双胞胎的哄闹声已经刺进耳膜，龙梓仪正抓着其中一个脱外套，楚曜志站着，帮着摆弄桌上的蛋糕。

"我到了。"

龙梓仪正被双胞胎的叫闹声烦着，训着他俩呢，看见她进来也没招呼，下巴朝桌边一抬，让她坐。

"楚叔叔好。"她坐，头也不抬地问候。

"嗯，七七。"

通常一个招呼之后两人之间就不再有交流，但这回，龙梓仪提了一件事："最近期中考试了吧？也快填志愿了，成绩出来了让叔叔瞧瞧，他帮你看看填哪些学校。"

"梓仪，晚饭说这些，对七七不适合。"

"没事，"龙七打断对话，夹一筷子菜放碗里，"我的成绩也没吊车尾到哪里去，不会倒胃口的。"

"你还没有吊车尾，你都在倒数第一的班级啦，大笨蛋。"双胞胎里的弟弟蹦出这么一句话来，被龙梓仪打了额头。

龙七没在意，唤楚曜志："叔。"

楚曜志正注视着他的小儿子，闻声，慢慢看向龙七。

"你们学校的保送生考试是什么时候？"

他打量着她，回："这个月中旬。"

"那你清不清楚北番高中的保送生名额，定了没有？"

"保送生方面的事我不太清楚，但假如申请学生的综合水平不相上下，学校一般会根据期中考试的成绩排名来定。"

"哦。"

"你怎么有兴趣问这方面的事？"龙梓仪问。

"有个朋友恰好申请的是叔那所大学。"

"哦，那你那朋友综合素质很厉害。"龙梓仪才刚说完这句正经话，又接着说，"好好抓紧那朋友，多贪点学习上的便宜没错的。"

楚曜志这时将一封厚度相当的红色信封摆上桌面，用食指摁着，徐徐推向她的方向。

龙梓仪搭腔："上回你生日没帮你庆祝，你叔包了个红包，拿着吧。"

龙七抬眼皮看了一眼，嘴里嚼着东西，腮帮缓慢动着。她面无表情地放下筷子，从包里拿出两份红包，用食指摁着推向双胞胎的方向："喏，给他们的。"

然后任由楚曜志那份红包留在桌上，她拿过包起身说："我饱了，走啦。"

她出门后，龙梓仪在三秒后跟着出门。她刚走入喧闹的大厅，就被龙梓仪低声喊着名字拉住。她懒洋洋地挣脱龙梓仪的手，龙梓仪的口气没刚才那么不正经了，带着点恨铁不成钢的无奈，问她："你怎么总是不给他面子？"

"他又不少我这面子，我也不缺钱。"

"那你至少拿着，就当是我给你的生活费，行吗？"

"我还不至于没眼力见到这地步，去收一个不喜欢我的人的钱。"

刚说完，手机来了短信，在包里振动。

"他没有不喜欢你。"龙梓仪回，"龙七，我现在真觉得你性格方面的问题太严重了，你一点都不尊重……"

她低着头从包里拿手机，滑开锁，跳出一条银行发来的短信提示：您尾号××××的储蓄卡账户12月3日18时20分消费支出人民币18888.00元，活期余额……

反应了两秒，她紧接着拉开自己的包，打开钱包查看所有的卡。龙梓仪斥道："有没有在听我讲话？龙七！"

"妈，我晚点再听你骂我，我现在有事，真有事！"她快速说完，一刻不耽搁地奔出饭店。

路上给龙信义打了五次电话，这畜生每次都拒接。她赶到牛排馆后发现人去楼空，喘着粗气扫视外面的人群，又赶去最多奢侈品店的一个街区，还是没找着人，手机倒是一直跳出短信提示。

——您尾号××××的储蓄卡账户12月3日18时35分消费支出人民币5287.00元……

——您尾号××××的储蓄卡账户12月3日18时52分消费支出人民币20111.00元……

——您尾号……

后来终于被她想起龙信义在某个电玩店认识一个专门帮人"刷卡"兑现金的哥们儿，她火速赶去那里时，龙信义正好从前门出来打到一辆车。他远远瞅见她，魂都快吓没了，赶紧催促司机开车。龙七在疾驰的车流中过马路，龙信义打开后车窗，用手做喇叭状朝她喊："我下次会还你的！不会用光！就用一点！"

"一小时里刷五万还叫作一点？龙信义你给我下车，滚过来，跪下！"

"哎，那你告诉我，你卡里一共有多少钱！我五万也就是随便刷刷，没想到真能刷出来，我妈没给你生活费，你妈也没给你生活费，你一学生怎么这么能赚钱啊？你卡里还有多少钱？我瞅着用！"

就是因为她能赚钱，龙信义才总是没底线地在她这里作着恶。龙七离他还有大半条马路的时候，他的车开走了。刺耳的车笛声和交警的吹哨声数次逼停她的脚步，她放弃了在车流中暴走，瞪着出租车绝尘而去的方向，呼吸着，喘气着，受冷风吹着，最后将凌乱的长发捋起，疲惫地在马路中央蹲了下来。

周一，龙信义很精，没来上学。

卡被刷爆的事让龙七连着两天心情暴躁，觉没睡好饭没吃好，无时无刻不在想着暴揍龙信义一顿。也想过直接告到舅妈那儿去，电话都拨了，五百字的脏话小作文也即将飙出口，但被舅妈一声兴高采烈的"七七"堵了回去。舅妈问她什么时候回家，说一等她回来就给她做红烧狮子头，还告诉她家里的房间调整过了，主卧和客卧对调，大的给她，小的舅妈自己住。每听一句，心里头的脏话就咽回一句，最后舅妈问她来电想说什么，她也只避重就轻地回一句："龙信义最近乱花钱，舅妈你注意点。"

这一天也是期中考成绩排名发布的时候，校园论坛上的帖子量快爆开了，有人在办公室拍下还未张贴出的年级排名，发上论坛，半个早自习的时间就被置顶成了最热帖，还衍生出不少分析帖。

龙七看过了。

这一次排名基本奠定了靳译肯登顶的地位，他仍以让她没法无视的高分稳居第一位；而受人瞩目的董西与白艾庭之战中，董西的表现尤其亮眼，她不但保持日常水平胜过白艾庭，更加打破一向"男强女弱"的格局，破天荒地超越卓清，紧跟靳译肯之后位居全校第二；卓清的表现反倒逊于以往，竟然跟白艾庭并列第三；龙七自己的成绩虽然无法与尖子班学生相提并论，但也猛进几十个排位，以末班生的身份考出了优良班的水准，跌破不少人的眼镜。

保送生名额方面，据说靳译肯最后没有申请，把机会让给了卓清，而……而白艾庭，她和董西一同申请成功。

"不是说名额只有一个吗？"有女生知道后，问。

"家里有关系就是不一样咯，一个名额都能变成两个，幸好董西家里背景也硬，要是换成你我，可能就直接被取代了。"

水流声停止，女生边聊边离开洗手间。迟一秒出来的龙七从隔间到盥洗台前洗手。

"吱嘎——"又一个隔间的门开启，龙七抬眼，从镜面上看见走出隔间的白艾庭。

白艾庭的脑袋低着，仿佛知道龙七就在她眼前，两人并排站在盥洗台前，水流声哗哗作响。她洗完手欲离去，龙七这时淡淡开嗓："被人议论不好受？"

白艾庭在洗手间门口停了一下，随后，一言不发地离开。龙七继续对着镜子拨头发，不再说话。

白艾庭家里的这一动作使她在圈子里损失了不少人缘与好评，反观靳译肯却越来越有口碑，他智商、情商双高这事开始被频繁提起，大概除了卓清闷吃黄连，没人看得出他有什么问题。

但就在他"国民好感度"大增的时候，他为白艾庭惹了一件事。

当时是在学校的体育馆内，男生们大汗淋漓地打了一整节课的球赛，比分差距甚小，球在最后一刻传到了靳译肯手里，他们班的女生在看台上大喊他的名字。龙七那会儿也在，他们班上自习，大部分学生都跑来体育馆看尖子班与优良班男生间的球赛，龙七的支持对象是优良班（因为她也参与论坛上的下注帖了）。她将双脚架在前排的椅背上，一边喝饮料玩手机，一边漫不经心地观赛。董西没来，她正由老师陪着在办公室做一些保送生面试的准备工作。

彼时，靳译肯盯着球架，手中运着球，挺胜券在握的，似乎在做胜利前的心理准备。而就在这千钧一发的时刻，他的队友喊了句话。

"别跟白艾庭一样临门失脚！咱没后台！"

话一出，赛场周遭传出细微的笑声。龙七抬眼想看哪个人的嘴那么油滑，而以靳译肯的德行，龙七原以为他会跟着笑。但他的速度突然慢下来，一直盯着球筐的眼神也一下子松懈，紧接着，篮球从他手中滚落，砰砰砰滚到一边，周遭传出些许低嘘声。他以一种弃赛的姿态回过身，那男生下意识地往后退，周围的男生也迅速围上来，但仍旧没拦住靳译肯给那男生的一拳。场外一阵惊呼声，龙七都能感觉到自己的座椅因为同排女生受惊而抖动了一下。

那男生捂着鼻子躺在地上，气恼地喊："怎么你了！我就开个玩笑！"

"我也开玩笑的。"靳译肯不加反应地回，"你看你高兴吗？"

一片哗然。

龙七停止了手指在手机屏幕上的动作。

纵使场上议论纷纷，她却另有想法。靳译肯这次护着白艾庭的行为出乎她的意料，但她挺欣赏，那是卓清这种滥好人到不了的境界，虽然过火，但真挺爷们儿的。龙七也是头一回感觉白艾庭站对了人，站了这种在她落人口舌时，偏向她，为她说话，有一身容不得自己人被臆测的凛然之气的男人。

这点上，她觉得白艾庭蛮幸运的。

而那节课之后，学校里确实没人敢讲白艾庭的闲话了。

放学铃响后，龙七在教室理东西，前边几个女生正聊着今天体育馆的事情，过了会儿又聊到其他事情上，抱怨作业总是很多，抱怨某个老师上课总喷唾沫。聊到兴头上，有个女生突然回头："对吧，龙七？"

她刚戴上耳机，被这么一问，停住动作，莫名其妙地看着对方。

"她们在说徐老师不爱洗头，因为被他批改过的作业本上总是有很多头皮屑。"

董西刚来这儿，提醒了她一声，龙七才意识到对方抛了个话题哏给她。

但这意味着什么？

意味着这些曾经被自己视为无聊又天真的八卦团成员如今居然也给她留了一席发言之地？意味着她身上的戾气、妖气好像没之前那么浓重了，因为就连班级里最规矩的女生也敢跟她搭话了？

意味着……她融入集体了？

董西帮她理着笔袋，女生们等她搭话，她稍显不适应地歪了歪脑袋，摘下耳机，说："哦……对。"

女生们接过哏，又开始聊起来，很奇怪又很和谐，不知道该怎么形容，大概这就是……合群？

细细想来，除了龙信义那浑蛋依旧时不时给她添堵，她的生活确实开始往好的方向走了。一些腐烂的地方渐渐愈合，发臭的地方渐渐散发出香气，就连之前觉得生活无趣、众人虚伪也似乎都是不成熟的想法。当时的自己何以配得上真诚的人？只有把自己变美好了，才能吸引性格同样好的人来到身边，才能更多地感受到群体的善意。

觉得过得不够好都是自己的原因啊，是自己还没到那个程度啊，是这样的。

出了教室，走在廊上，龙七拿出一个桃木手绳放进董西的衣袋，董西用眼神询问她，她说："小时候我妈给我求的，说是幸运符，我不信，从不戴，就事事不顺。后来她给我两个弟弟也每人求了一条，他们俩长大后特聪明，日子过得特别好，从此我就信了，而我从信的那一天开始，就认识了你。"

"那……？"

"保送生面试的时候戴着吧，祝你考过。"

当时黄昏橘红，董西将手绳提起来，仰头打量着。冬日阳光洒在她的针织外套上，她的黑色长发上，她裸露在空气中的细白手腕上，暖意融融的，香香的。

龙七盯着她的细手腕看了许久，直到董西将手绳放进衣袋，遮住了那截手腕，龙七才收回视线。

那天的黄昏特别美，让她恍然间产生从小到大从未有过的一种愉悦感，一心以为势头在往良好的方向缓缓发展。但后来发生的事情，把这些刚冒出来的星点亮光，打得满地碎渣。

Part 10 ❖ 第十章

替她做证

保送生考试分笔试与口试，笔试在一个下雨的周日进行。

考场内开了灯，但光线仍然清冷，包裹着奋笔疾书的沙沙声以及个别学生受寒的咳嗽声。董西写完一道大题目，低低咳嗽两声，从衣袋内拿出面巾纸。

口袋里的桃木手绳"啪嗒"一声掉到地上，她低头看到，正欲捡，考场前排的监考老师闻声走来，用手势和蔼地示意她继续做题目，他来帮忙。

她便收回了手，继续抽出一张面巾纸，习惯性展开，那时眼瞳的凝聚力突然收紧，手中半握着的笔因一时失神而落到桌上。她正要收起纸巾，手腕突然被一双大手紧紧握住，那力道又大又突然。董西微微皱眉，抬头看向这伟岸身躯的主人，看着他代表公正的严肃面孔，在半秒钟的猝不及防后，镇静地回答："我没有。"

没有作弊。

一天后，董西在华宁大学考场用抄了笔试答案的面巾纸作弊的消息震惊北番高中上下，龙七在听到这个消息的第一时刻请假早退。她一边穿外套，一边疾走在风雨飘摇的长廊上，下楼梯时撞上终于来上课的龙信义。龙信义一见她就弹出五步远，双手护在胸前喊："别气！别气！我会还的！我会还！"

龙七充耳不闻地绕过他，继续狂奔下楼。

董西当天没来上学，龙七打车到她家所在的朗竹公馆，保安处认得她，让她进了。她找到董西一家住的那套院墅，看了看，没有人在的样子，打董西手机也是关机状态。

如今正是十二月中旬天寒地冻的日子，空气中飘着零星的冰结，有种要下这个冬天第一场雪的迹象。龙七在铁门外看着静穆的别墅，额头出汗，鼻尖泛红，喘出的气化成一团白雾，一时缓不过劲儿，便捂着因剧烈奔跑而刺痛的心口，靠着董西家围栏外的石墙缓缓蹲下，等待。

零碎的冰结落在她的发上，眉毛上，大衣衣肩上，套着半截手套的指骨节上。她从上午等到下午，下午等到傍晚，等到华灯初上，等到衣肩湿透，发尖滴水，脸颊被冻得不剩一丝血色，才终于有车灯从她身后扫射过来，伴着轮胎挤压雪水的吱嘎吱嘎声，车缓缓驶来。

她将脑袋从双膝中抬起来，回头看，起身走到墙外。

董西和一位三四十岁的女人从后车厢下来，是她的母亲，开车的则是她的父亲，一家子都是沉默少语的样子。龙七踏着雪水走到车前，董西看见了她，脚步微微停下。董西的母亲也循着动静看见她，打量一眼后，在董西耳边轻声问话，董西点了点头。

随后，母亲进了门，父亲将车开向车库，董西留在铁门前，神色清浅地等着龙七过来，目光始终放在自己身前两米的地面上，风呼呼地吹，她脖子上的围巾微微地晃着。

而先开口的也是她。

她问："学校里，现在是怎么传的？"

如此思路清晰地了解着自己的处境，并预想到可能会有的下场，说出这句话的董西让人内心深处某块柔软的地方无比钝痛。龙七皱着眉，回："我信你没有。"

龙七等得太久了，太冷了，说这句话时的嗓子都有些喑哑了。董西没有抬起头，淡淡地说："说吧，我想知道。"

良久，龙七答："说你事先买了笔试的答案抄在面巾纸上，考试中场拿出来时，被监考老师发现，分数……当场为零。"

说完，气氛凝滞了一会儿，龙七提道："如果是白艾庭干的，我会去找她。"

"不是白艾庭。"董西态度确凿地回复，接着说："是那个人。"

"哪个？"

董西慢慢看向她，告诉她："是那个监考老师。"

"他叫什么？"

十二月份的夜晚有多漫长，多酷冷，只有真正在灌满寒风的楼道口蹲守过一整夜的人才知道。

冬天早晨，天没亮透，寒风凛冽，路灯、花圃、树干全都披上一层薄冰。轿车开锁的声音响了一下，身着一套西装大衣的楚曜志将公文包放到后座，正要打开驾驶室的车门时，龙七"啪"的一声将门按回去。他手一滑，下意识地侧过头，见是她，眼内瞬间的诧异转变成常日里的镇定。

"七七。"

"你有什么目的？陷害一个学生对你有什么好处？谁暗地里联系你的？"

龙七连问三个问题，双眼定定地盯着他，脸颊雪白，唇色微微泛紫，连呼出的雾气都比楚曜志的稀薄许多。她整个人冷透了，厌他也厌透了。

而他注视着她。

注视了五秒的时间，而后似是轻轻恍然，用遗憾的口吻说："原来那个女孩是你的朋友。"

接着，他补充："早点知道的话，就对她宽松一点了。"

他脖子上的围巾被龙七猛地揪住，人也因为她而撞到车门上，她字字咬着牙说："那包纸巾是你给她的，是你在考场外交到她手里的！她是活生生被你陷害的！"

"七七，遇事要冷静。"

"姓楚的，你别装了，你这衣冠禽兽斯文败类！"

"七七。"

纵使龙七再激动，他也坚持使用平调的口气劝着她，双手举起，尽量不碰她，任由她揪着衣领与围巾。隔壁停车位的车子因为这动静而鸣声大响，小区楼里有几间房亮起了灯。

龙七撒开手时也很用力，楚曜志的背部又撞击了一次车门。她一步步地后退，指着他说："有人看见了。"

他抬眼，盯向她。

"看见什么？"

龙七不说，她以一种"我迟早要你为这个谎而身败名裂"的眼神盯着他，缓缓地后退着。楚曜志若有若无地叹了口气，说："七七，我不知道你说这话的依据来自哪里，但如果是来自那个女孩……"

他停顿了一会儿，她听着，胸口起伏地听着。

"那么，是那个女孩在撒谎，因为她确实作弊了。"

"有人看见了"这句话，是龙七唬楚曜志的。

他在听到那句话的一瞬间表情有微妙的变化，但后来所说的话又字字掷地有声，没有丝毫心虚。

龙七在之后的整个上午都待在学校体育器材的储藏室内。上下课铃声每隔四十分钟循环响着，她窝在放置鞍马与软垫的狭隘空间内，手肘抵着膝盖，手掌撑着脑袋，一边缓解受寒引起的胀痛，一边一遍一遍回忆着楚曜志的面部表情。口袋里的手机不停提示着论坛更新新帖子的信息。

全部是关于"董西事件"的讨论。

大家不敢置信着，疯狂好奇着，近乎沸腾着，好学生的堕落竟比坏学生的浪子回头更加引人关注，事件还没查明，校内舆论已经迫不及待地想要将董西判处死刑，因为大部分八卦者希望事件是那样发展的，甚至还希望按着他们的剧本走。

——是因为龙七啊，是因为她总是跟龙七在一起啊。

——近朱者赤，近墨者黑啊。

——就是因为龙七啊。

龙七长久地将脑袋埋着，任由手机嘀嘀作响。

临近中午，下课铃响，储藏室的门吱嘎一声打开，两颗篮球伴着一米斜阳咻地投进室内，第一颗球稳当地落入鞍马隔壁的球筐小车内，第二颗球撞在铁架子一角，反弹到地上，砰砰地滚到龙七脚边。

她眯着眼，抬起头。

靳译肯因第二颗球来到鞍马隔壁，他下蹲，但球未捡，先看到狭隘空间里的人，两人的视线碰上，龙七在那一瞬间有种事态可以起死回生的预感，立刻有所反应，而靳译肯在下一秒对她视若无睹，拿过球放进球筐里。龙七在他身后迅速起身，他正要走，她说："我想跟你说话！"

——以后别看我，别找我，别随便跟我说话。我们俩层次不一样，你做你的差生，我做我的全校第二。我跟你的事也最好烂在心里，我不想别人知道我跟一个差生有过纠葛，丢面子。以后也别因为什么旧情来找我，你的忙我不帮，从今天开始一个都不帮。

靳译肯的话还恍如昨日历历在目，如今相隔三个月，龙七主动找他说第一句话，怕他走，甚至紧接着说："就五分钟！"

靳译肯那么精的一个人，当然知道她为了什么事找他，当即就回了一句："没空帮你。"

"我不会缠着你帮我，我就想知道如果这件事的主角是白艾庭，你信不信她？"

靳译肯走到门口时终于停了一会儿，龙七盯着他的背影，尝试着朝他走近一步，继续问："信不信？"

他将双手放进裤兜里，答："不管她做没做那件事，她家里都会帮着解决，我信不信不重要。"

也就是董西家里会解决，而她现在是在瞎出头，以卵击石白费力气。

"那指证她作弊的监考老师是你的继父呢？"

龙七说出这句话后，靳译肯侧过了头，但他仍旧没有看她，也没有回过身，仿佛是在回忆她所说的继父这个人物。

他肯定记得楚曜志。

两秒之后，他看着像是想起那件事及那个人来了。

龙七说："如果是他，那么处于人际关系中间的你，会在这个时候做点什么事？"

"你对董西的信任程度是多少？"他问。

"百分之百。"

"一点犹豫都没有？"

"没有。"

靳译肯叹了一口气，对，就像楚曜志那样若有若无的一口气。龙七慢慢地问："你是不是有其他想法？"

"我即使有其他想法，你也听不进去。"

"靳译肯，"她吸一口气，说，"我不奢求你肯帮我，但如果你有任何一点关于这件事的解决方案，任何一点点也好，不管是要费大力气还是只存在微乎其微的成功率，我就想请你告诉我一声，哪怕是提示冰山一角也行，我只想赶快做一点事。"

他沉默。

储藏室内，三分之二的阴影和三分之一的阳光分割比例，龙七站在阴影内，靳译肯站在门口单薄的斜阳里，两人长久地对峙，她又说了一次："求你了。"

良久，他才有动静。龙七看着他的背。

"费大力气都没所谓的话，花大价钱呢？"

"花在哪里？"

"司柏林。"

她听完，眼内慢慢有了反应，而后迅速说一句"谢谢"，紧接着先行一步离开储藏室。靳译肯的肩与她的轻微擦碰，他在后头看着她，她速度太快，因为急于去做这件事，所以头也不回。

龙七知道靳译肯给她的这个提示是什么意思。

上回郁井莉事件时，司柏林随手送了她几份相关人物的"黑历史"。他手边最多的就是这种东西，而他既然能弄到学生的"档案"，那么也能弄到老师的……靳译肯是要龙七反其道行之，先别绞尽脑汁去思考董西有没有作弊，而是直接把楚曜志逼上梁山，让他吐出一些原本可能没有说出来的话。但这件事情能操作的前提必须是"董西没有作弊"且"董西说的是真话"，否则就……

所以这是个歪门邪道的路子。

但确实是目前最有效率的一个验证方法。

她就知道他聪明。

龙七一边拨着司柏林的电话，一边上教学楼，这时候迎面撞上龙信义，她一秒之内想起跟这畜生之间的金钱纠葛。龙信义躲闪不及，慌里慌张地高举起双手。龙七指着他的鼻尖放话："还钱！"

"你昨天还不急，今天怎么就急了！"

司柏林的电话没通，但有语音留言提示，龙七猛地捂住龙信义的嘴巴隔绝噪声，向司柏林简单说完请求后留下楚曜志的基本信息。龙信义边听边瞪大眼睛，等龙七说完，挣脱她的手，大声问："你胳膊肘是准备往外拐啊！"

"我胳膊肘以内没一个是人！"她特指他。

"你疯了你疯了！"

手机里来了短信，看来司柏林知道她的来电，没接，只回复两个字。

——两万。

龙七对着这个数字出神了一会儿，看向同样瞅见数字就闷不吭声了的龙信义，以一种暂时压着暴躁的隐忍口气问："你至少给我留了这个数吧？"

龙信义没搭话。

龙七立刻就火了，一路将龙信义打到阳台上。龙信义一边抱头鼠窜，一边回："我在帮你赚钱，跟人说好了，一旦涨了就抛！这钱刚投进去，不能说撤就撤，而且为了这事犯得着吗你！董西又不是你亲妹妹！我才是你亲人啊！"

"你不是！"龙七忍到极点，指着他的鼻子爆发，"放高利贷的都比你有情有义！龙信义，你就是个人渣，一辈子都不值得别人把你当回事，舅妈生你还不如生个马桶塞！"

"谁知道你这些钱是不是正经赚来的！你一个月才做几场活动？半年才上一次杂志！还得付房租！我这儿的粉丝钱你又死活不肯去赚。别骂我骂得太溜，你那点破事抖出来还不如我！"龙信义这人经不得说，一急就开始摆出同归于尽的架势，龙七原本准备走人，这会儿又被他惹回来了！

龙信义蒙了。

龙七说："行！我告诉你，里面的钱只有四分之一是我的，另外四分之三全是一陌生账号每个月按时按量往里打的钱，我从来不动！现在龙信义你动了，后果也由你来负！"

"还有这种事……"他还嘴，"蒙谁呢你！"

龙七不再理他，临走时发现长廊上已经有不少聚过来看吵架的学生，暴躁地喊一句："看什么看！"

走廊东边，尖子班区域，几个女生正在讨论"噪声分贝"的问题，经她这一声喊，几人又状似惊魂未定地捂了捂胸口。白艾庭也站在其中，她一声不吭地望着龙七，但当龙七的视线扫向她时，她立刻别过头进教室，行色匆忙。

龙七敏感地抓到了这一点。

白艾庭平时不是这么看龙七的。她平时要是被闺密簇拥着，都是以一副"众生皆俗我独冷"的姿态淡淡瞥着龙七，如今却藏着点怕惹祸上身的逃避意味，而事发时白艾庭与董西处在同一考场，说不定对现场状况了解得更清楚一点。

但当龙七准备向东边走廊走时，手边刚拨出去的电话突然被接通了，那边老坪一声"哟，龙七，你可主动找我了"，瞬间将她的思绪拉回来。

去找白艾庭谈话的念头被冲淡，她转过身回老坪一句："有事跟你谈。"

老坪之前说的那支 MV，龙七同意拍了，前提是得先预付酬金，老坪为难地说："这事现在不是你说想拍就能拍的，之前能内部解决的时候你偏不来，现在消息放出去了，各大公司都忙着把自家的几名小花弄进去呢。"

龙七说："不管怎么样，只要你能帮我弄到试镜机会，分成随便你开，我这人也可以签给你，你不是一直想签我吗，老坪？"

"你不是要读书吗？"

"我缺钱用。"

这么一句话甩出来，他就高兴了，说："成，明天你来我这儿，我带你去见乐队主唱，他们家经纪人是我哥们儿，你只要愿意去绝对能中。"

三天后，龙七把司柏林所说的数目打过去了。

那几天她没去学校。董西也没来上学，据说家里人来过学校几次，具体和校领导谈了些什么，不得而知。

一周后的傍晚，龙七从拍摄现场回来，经过朗竹公馆时让老坪放她下去，老坪说："哟，你住这儿啊？"

"不住这儿。"

龙七回他，一把拉开保姆车车门。

进公馆后，龙七直接往董西家去，没拜访，只是安静地站在她家的大院门前，把手放衣袋里，仰头看着。

风是冷的，天色是暗的，董西的房间亮着灯。

龙七就站在冬日的晚暮中，凝视着那片鹅蛋黄般的亮光，风一阵阵地吹，把她的大波浪鬈发吹到了脸颊旁，夹着各式化妆品混合在一起的冷香。她就这么看啊看，一点都不嫌冷。

后来，窗口的一层窗帘微微晃，有人影走过，她才走到院子外围不显眼的墙角处。

刚好，手机振动，龙七一边听着那房间的动静一边滑开屏幕锁，原以为是"档案"的事情有着落了，但跳出来一条银行转账信息：×××12月20日16时45分向您尾号××××的储蓄卡账户转账存入收入人民币20000.00元，活期余额……

龙七看完，皱着眉拨司柏林的号码。

他把这笔款转回来了，这她就不懂了，而打了三个电话给他，他都不接。

她开始往司柏林家走，心浮气躁地打第四个电话时，对方终于接了。

是一个女生。

但不是雾子的声音。

龙七此刻懒得管这些破烂细节，直接说："转给司柏林。"

"他在吃晚饭呢。"

女生倒也不问她是谁，似乎是被提前告知有这么一个电话，流畅地回应："他让我告诉你，档案他不卖了。"

"你让他本人跟我对话！"龙七放话。

女生说："不行，他在喝汤呢。"

"你告诉他我现在就在他家小区，十分钟内杀得过来。"

女生顿了会儿，说："他说，你还是杀到隔壁68号去吧。"

68号是靳译肯家的门牌。

龙七的脚步顿时缓下来，倒吸一口气，整个人躁得不行，问："靳译肯把档案拿走了？"

"他说，嗯。"

"是我先问他买的！"

"他说，价高者得。"

靳译肯就是这样，她就知道他会这样，凡事快有谱的时候他专喜欢插一手，即使这个建议是他给的，他也非要弄出点曲折来！龙七掐断电话后就拨给那个浑蛋，同时调转方向杀向 68 号。

到达他家所在的别墅区林道时，电话终于接通，龙七劈头盖脸地问："你什么意思？"

电话那边依稀能听见一些女人的谈话声，他对她的问题反应了一秒，随后说："忙，待会儿说。"

"现在说。"

"档案里的东西没什么用，在帮你省钱。"他秒回，一副"现在说就现在说"的架势。

龙七也秒回："还真用不着你帮我省钱，我买了就是买了，就算是空的我也认，还给我。"

电话那端的女人谈话声遥远了一些，她听见了开车门声，随后是风声，再接着是关车门声。靳译肯回击："还真没什么内容。"

"你说的！"龙七说完，挂电话，立马拨司柏林的号。

还是那个女生接的，她还没说话，龙七就说："开扬声器！"

女生顿了一会儿，似乎在询问司柏林的意思，随后手机发出一阵窸窣声，龙七知道这女孩照做了。龙七把刚才录的靳译肯的言论播放出来，司柏林立刻就有了反应，但他没说话，只是远远地"呵呵"一声笑，挺有深意的。龙七紧接着激将："司柏林你行啊，花了两万叫你弄的东西结果什么都没弄到，嗯？"

但司柏林还是挺冷静的，他笑完后，仍旧没接过手机，让女生转达："现在这是你们俩的事，等你们内部解决了，再来谈这事。"

"我就要谈这事，档案里究竟有什么，我现在就想知道。"

女生停顿了一会儿，把电话挂了。

挂！电！话！

龙七迅速拨过去第二个。

第二个没人接又拨过去第三个、第四个、第五个，一副要打爆他手机的架势。终于到了第七个电话，手机那端发出接电话的窸窣声，龙七等着，不多时，终于听到司柏林本人的声音："你非要知道？"

"我非要知道，哪怕你只告诉我一个标题。"

这会儿，龙七已经走到靳译肯家附近，能看见他家院子里的罗汉松，还能看见他家门前停的几辆轿车，听见阿姨的迎宾声。

司柏林说："那好，听着。你继父楚曜志，华宁大学中文系副教授，本市户口，有两个儿子。"

彼时，龙七已经站在靳译肯家院门前，看见院子里正在谈笑的白艾庭及她的父母，阿姨端着一盘酒水跟在他们周边，他们身后的别墅内灯火通明，人进人出，像一个热闹的大家庭聚会。

而靳译肯正待在门口的位置，他远离人声，远离白艾庭，徘徊在原地僻静处听着电话，拿在右手的档案袋时不时拍打着墙壁，人看上去轻微烦躁。

龙七跟司柏林的通话一直有来电干扰，都是他打来的。

"他的敏感点只有一个，"司柏林接着说，"就是他老婆。"

与此同时，白艾庭的父母注意到她，向白艾庭询问一句："是你们的同学吗？"

白艾庭向这儿看过来，背对着龙七的靳译肯循声也立刻回过头，终于发现近在咫尺的她，他手中的档案袋不再敲击墙壁，手机也从耳边缓缓放下，在寒风里注视着她。

这边，司柏林讲最后一句话："他和他老婆没有夫妻感情。"

龙七依旧站在风口里。

好像受了闷头一击。

又好像长期以来服着的一种慢性毒药突然发作。

电话那头没有继续往下说，司柏林特别聪明地选择了主动挂电话。而此刻她血液里的毒性开始发作，有一口气从口中呼出来，眼前雾气萦绕，又瞬间被冷冽的晚风冻成冰霜。

此时，白艾庭、白艾庭的父母，以及靳译肯家的阿姨都注意到了她。

白艾庭看到她后，强装镇定地望向靳译肯，像在寻求一种解释及安慰，嘴上则回父母："是同学。"

龙七的手机还紧紧捏在手里，她缓过来后，直接跨过靳译肯家敞开着的院门，朝他的方向走。

他一言不发地站在原地，白艾庭的母亲发觉一些其他的因素，问："只是同学？"

白艾庭有些急，回："我认识她，只是同学。"

龙七全身都是紧绷的。

虽然一句话都没说，一点声音都没出，但能感觉到她随时随地都能爆发，尽管已经私闯进不属于她的领地，眼里也还是略带杀气。靳译肯在她逼近时形式化地后退两步，但仍挡不住她的情绪，原本放在身后的档案袋被她用力地抓住。他劝："七。"

"给我！"

随着用力一声喊，靳译肯的手瞬间被她的指甲抠出两道血痕。他一松手，龙七就拿着档案袋走了。他尝试着抓住她的手臂，她像被点燃了一样回过身甩掉他，在冷风里说："我家的事不用你管！"

而后她走了，跨出大门时听见白艾庭和另一个女声同时唤出一声"译肯！"，后者嗓音更具威严，在阻止靳译肯跟着龙七出院子的行为上起了主要作用。

龙七看过档案里所有的照片和资料之后，去了离朗竹公馆隔着五站地铁的一处小区。

也是很不错的地段与房子，安保设施挺严的，对方要求她用身份证登记一下，她没带身份证。对方又问她找哪户人家，她不说，保安处就起疑了，不让她进。

但是她在小区对面大型超市的露天停车场看见了龙梓仪的车。

龙梓仪的审美很张扬，喜欢紫色，还喜欢磨砂感，所以她那辆车是紫色磨砂的外壳，一眼就能从车堆里认出来。

之后，龙七也在超市内见到了龙梓仪。

龙七那时候情绪已经平复得差不多了，出乎意料地冷静。龙七看到龙梓仪正在逛每次进超市必逛的肉食类区域，她在各式冷冻牛肉间进行挑选，特别认真，比龙七平时见到的那个样子贤淑许多。

她的购物推车由另一个人看着，那个人身穿灰色家居服。

龙七在原地待了几秒后，跟着那人走到超市外。

到那人身边时，那人正用火机打着火，风很大，火苗总是乱窜。

大概是龙七看得久了些，那人主动别过头往这儿看，嘴里正叼着烟，半眯着眼。但刚看到龙七，那人就用手指夹走烟，眼内有了细微的变化，又回头看了看超市内，好像在搜寻龙梓仪的身影。

随后，那人确定龙梓仪并不知情后，重新看向龙七，把烟塞进衣袋，道："你……本人比杂志上好看。"

第一句话是这样的。

没有彷徨，没有惊讶，除了第一秒的不明状况，马上就变得跟老朋友打招呼一样自然熟悉，还毫不忌讳地表达了自己对她的关注，大方爽快。

但龙七并不说话。

那人吸了一下鼻子，又往后看一眼。这一眼跟刚才的含义不同，好像反而在等待龙梓仪的出现，那样至少气氛不会再这么尴尬。

龙七这时候慢慢问："你知道我？"

那人听着，将手插进裤兜。

"嗯，有你上镜的杂志我都买。"

龙七顿了一会儿，问："那打算什么时候告诉我呢？"

"嗯，要是你没发现的话，应该一辈子都不会说。"那人说完，问，"你怎么会来这儿的？"

"她的车太显眼了，"龙七答，"我跟着她从公司过来的。"

"哦，我也不喜欢她那车，太亮了。"

龙七暂时没说别的话，点了点头，随后看了一眼时间，朝着超市外的夜幕走去。

那人立即问："你要走了？留下来吃个晚饭吧。"

龙七停了一会儿脚步，没应，反问最后一个问题："每个月给我打钱的人是你吗？"

"够用吗？"

龙七回过身，答："够用。你不用跟龙梓仪说我来过，我就是来看看，她没什么必要知道。"

"哦，我不说。"即使龙七走远了，那人也略微大声地应了龙七。

而龙七一边走，一边拨楚曜志的号码。等电话接通后，她没等对方说话，问："你吃晚饭了吗？"

见面的时候是晚上七点整。

龙七事先点了三菜一汤，楚曜志到了之后，又加了两个菜，但他并不提筷子。两个人相互看着对方，周遭人声嘈杂，后来他说："其实我吃过了。"

不等龙七搭话，他接着说："但我知道你要找我谈那个女孩的事情。"

"我知道我妈和你的婚姻关系了。"

他有些愣神，第一反应大概是想问什么婚姻关系，后来自己想到了答案，脸色又恢复了平静："哦，你知道了啊，你妈告诉你的？"

"我现在想问三个问题，行吗？"龙七看着他。

服务员上来倒茶，他等人走了之后，说："问吧。"

龙七将身前的茶杯推到一旁，开始讲："第一个问题，我刚开始向你问起保送生考试的事时，你说你对这个不清楚，后来倒成了监考老师，以你在大学的职位好像不会轮到这件事，是临时调换的？"

"我也想问一个问题。"楚曜志端着茶吹了一口，看着眼前盛菜的瓷器，"我诬陷那个女孩，对我到底有什么好处？"

"我怎么知道。"

楚曜志用手指捻着茶叶秆子，听着龙七近乎无理取闹的这么一个回答，不作声。

龙七说："你要等我问完再回答，还是一个一个回答？"

"是临时调换的，"他不急不缓地答，"也是学校的决定，本来负责面试的监考老师出了点事，我就当替补。"

"第二个问题，Vincent 和 William 是你们正常生育的还是试管婴儿？"

"七七。"他用一种低沉的嗓音暗示出"这个问题太涉及隐私"的含义，盯着她。

"那我解释一下为什么问这个问题，"龙七说，"因为你俩没感情，你却在知情的情况下与她结婚，我不能理解这一点，所以我想了解你们是怎么相处的。"

楚曜志还是没答话，细细碎碎的茶叶渣从他的两指间掉落下来。

"那么第三个问题，"龙七继续说着，拿出司柏林准备的档案袋，从中抽出一沓照片，在桌上一排滑开，"龙梓仪每个周二和周四会去一次她自己的家，而你，每个周二和周四也会去一次那个小区，每次开着车停留半小时左右，不下车，其中有一次你下车了，记得那一回你做了什么吗？"

"这些照片是谁给你的？"

"有条走丢的狗经过你的车，你下车后，踹了那条狗。"龙七指向一张小区监视器拍到的"踹狗"画面。

"龙七，你知不知道自己在做什么？"

"你好像很暴躁，对，每到周二和周四你就特别暴躁。那条狗什么都没做，你却把它踹得奄奄一息，你在发泄，为什么要发泄呢？"

"你有点太过了。"

"因为你其实很排斥龙梓仪回她家。"

话音一落，手掌拍桌子的声音响彻饭店，龙七站了起来，整张桌子都在响，茶水在杯内乱晃，她说："真的是你干的！"

"我对你的观点不认同不代表我做了什么事。七七，坐下，这样显得你太急躁了。"

龙七瞪着他，楚曜志说完前一句，紧接着说下一句："所以那个女孩，我并没有看错。"

"你为什么要诬陷她？她根本跟我无关！"

"我没有诬陷她，只是正好看到她作弊。"他说着，将手指浸入茶水中，把指腹的茶叶碎渣融入茶水中，随后又将手指摁到面巾纸上，像擦着苍蝇屎一样地擦着水渍。

接着楚曜志提起挂在椅背上的西装外套："我去买单，七七，你情绪太激动了，需要静一静。家里只有两个孩子在，我先走了。"

周遭的食客碎碎念，站着的龙七成了整个饭店的焦点。楚曜志若无其事地去柜台买单，若无其事地在出门前往她这儿看一眼，最后又若无其事地掀开门帘，走到饭店外的夜幕中。

而她在原位回想着他的每一句话。

她回想董西一直以来的人品，回想第一次找楚曜志时的谈话，回想他看她的眼神，回想他长久以来对她的区别对待，胸口大力地起伏，手紧紧攥着照片，接着在一口郁结难抒的气哽到喉头后，猛地转过身，朝饭店大门外走去！

楚曜志已经上了车，他看着她，架在鼻梁上的眼镜像两块反光板，整张脸看上去像冰冷无情的扑克脸。龙七"啪"的一声将手掌砸在风挡玻璃上："下车！"

冬天，夜晚，很大的风，楚曜志将车往后倒，龙七一下子离他三米远。她再次砸向他的风挡玻璃："就是你干的，对不对！"

他又一踩油门，车头离了龙七两米远。龙七踹车子的轮胎："下车谈！"

这时候，在龙七第三次砸向他的车玻璃时，他看了她。

一直看着她，表情冰封了两秒后，嘴角微微上扯，以一种近乎轻蔑的表现方式笑了一下。

龙七在看到这个意味不明的笑后更加激动，手肘猛地击打玻璃，发疯一般地喊："禽兽！"

而他又一个打弯，彻底远离龙七，将车开上了马路。

这一战，耗尽了龙七所有的精力。她站在寒风里，看着楚曜志消失的方向，弯下腰，用手撑住膝盖，喘气。

喘着喘着就哭了。

那是一种近乎绝望的难受，看不见未来，看不见光，仿佛一切的坚持都是错误的，一切正在争取的都是荒谬且不切实际的。她蹲在地上哭，哭得掉了妆，像个小丑。

她就是个小丑。

楚曜志向小区保安提前做了交代,保安处不让她进他的小区,而她也再没力气蹲守一整晚,当晚终于回家睡了。

但是她一整晚也没睡着。

第二天一早,班主任打电话问她,她问:"董西来了吗?"

班主任说不管董西来没来,她必须滚过来。

班主任的话音里听得出忧心,似乎这世上真正关心她死活的也就是他了。她回:"哦。"

然后龙七就带着一整晚落下的黑眼圈,行尸走肉一般地去了学校。

上午趴了一节课,中午睡了一个午觉,临近下午第一节课的时候收到一条校园网账号的私信,白艾庭发来的,叫她约个时间见面。

白艾庭用校园网账号给她发信息就够荒诞的了,居然还约她见面,龙七就当做了个梦,删掉私信,继续睡觉。

白艾庭的第二条私信发过来:我看见监考老师给了董西一包面巾纸。

那时,班级里还在喧嚣,龙七眼睛定定地盯在屏幕上,三秒后从桌上起身,捋开额前的头发,再死死地看了一遍,而后霎时离座。

白艾庭正在长廊中央的楼梯口等她。

正值午休,鲜少有人迹,龙七在离白艾庭五米远的地方就迫不及待地质问:"你知道但不做证,想怎么样?"

白艾庭挺冷静的,龙七刚走近,她就转身往楼上走,迫使龙七跟着她。而龙七根本等不到她把自己引到什么僻静的地方,直接在梯台上拉了她:"你倒是去做证呀!"

"我凭什么?"

白艾庭回。

龙七与她对视,两人之间相距不过半米,双眼间掺杂着复杂的情绪。白艾庭继续不急不缓地说:"我跟她非亲非故,又是学业对手,我凭什么帮她做证?"

"那你引我出来是不是有病?"

"昨天我们一家和靳译肯一家一起吃了晚饭。"

"所以呢?"

"我决定和靳译肯考同一所大学,他爸妈很高兴。"

龙七有两秒的时间没说话，两秒后反应过来，再逼近白艾庭一步："嗯哼，所以呢？"

白艾庭不同以往地胆大，她时时刻刻都盯着龙七的双眼，丝毫没有之前退缩和闪避的样子，就像是忽然有了坚如磐石的后台，也有了丰厚的资本，说："龙七，你知道这代表什么吗？代表我们毕业后就要确定关系了，而且是他父母认可的那种。"

"关我屁事。"

龙七回了这四个字，白艾庭一点表情变化都没有，而龙七之后终于放弃眼神上的强势，妥协般地提："所以你想怎样？"

"靳译肯要考的大学在本市，我给董西做证，作为交换，你填志愿的时候不准填市里的大学。"她轻飘飘补充一句，"前提是你考得上的话。"

龙七呵呵笑了声。

她当即要走，但是走了三步后就徘徊在原地，情绪在心口涌动，欲说还休。白艾庭淡定地站在原地，等着她。

但龙七之后还是回："你妄想。"

白艾庭在龙七回她之后说："我仍然等你，三天为限。"

白艾庭能替董西做证的这件事，靳译肯知道。

龙七抓了尖子班很多男生，终于问出他在学校北楼的阶梯教室里，找到他本人时，他正坐在第一排座椅中间，低着头，手肘抵着膝盖，手中转着手机，在想事情，挺疲惫的样子。

阶梯教室的窗帘很厚重，是全拉上的，特别暗，只有门口那一点亮光照到他脚边的位置。

也照在龙七的脚边。

她站在他的面前。

靳译肯知道来的是她，但依旧低着头，始终沉在自己的思绪里，旁的也只说了一句："来干吗？艾庭等会儿要用这个教室开会。"

"你愿意看我吗？"

靳译肯不愿意。

他略带疲态的嗓音已经说明了他对她的力不从心，说明了昨晚的事情对他的影响有多强烈，说明了他如今心如止水的态度。

龙七静了一会儿后，慢慢地屈下膝盖。

左膝盖先缓慢着地，后是右膝盖，双膝贴着松软的地垫。因为他一直不看她,所以她以这种姿态,这种卑微的姿态看着他,轻声说:"我知道,我有错在先,无理在先,忘恩负义在先。"

靳译肯无声地将手抽开。

龙七嗓音发颤:"但是董西是因为我。"

龙七一边听着他的呼吸,一边继续说:"是因为我,她才遭到报复,我是全责。"

靳译肯稍微有点动作,龙七生怕他走,恳求着说:"帮帮我,劝一下白艾庭。"

他不说话。

而龙七长久地凝视着他。

教室那般灰暗,那般寂静。良久,他抚开她眼角的湿气,她因此仰头看他。两人一上一下,一个默敛一个卑微,影子叠在一块儿,呼吸交合在一起。她小心而谨慎,重复地乞求。

当初无情时所说的要求一个一个被她打破,她的眼睛慢慢发红,而他听完后,一言不发。

他仿佛已经完成长久的沉思,把手机举到她面前,盯着她的眼睛,要她看屏幕。

龙七看了。

屏幕上的短信界面,放着他和白艾庭的聊天记录,他在两天前发出一条消息:你能不能帮董西做证?

而白艾庭在今天中午回复他,回复的内容是:早上出门前我跟妈妈说学校有野营,不能回家,我想跟你在一组。

白艾庭以董西这件事为把柄,要求他为自己正名。

龙七几乎一瞬间也突然懂了靳译肯情绪上的低迷,懂他现在面临着怎样一种狡猾的威胁,懂他处于怎样一种两难的境地。白艾庭利用董西又跟她谈条件又是挟持他,厚着脸皮做了一个双向的生意。

她到此已经说不出话了,整个人的身子都是抖着的。靳译肯这时还离她很近,问:"你要我答应她吗?"

她不回答。

"要不要我答应?"他再问。

每问一次,靳译肯就扣紧一次她的后颈。她渐渐皱眉,跟他紊乱的呼吸冲撞在一起,在他第三次追问时,终于气若游丝地答:"不要答应。"

他安静了。

很快，他说："那么我就要用另一个方法。"

刚说完，手机就从他手中垂直而落，"啪嗒"一声掉到地垫上，龙七的肩膀抖了一下，而他仍握着她的后颈。

她不敢发声，双手都放在他的膝盖上，直到靳译肯把她一整个提起，她喊："靳译肯……"

他置若罔闻，手摸索到她领口的位置，一个一个往下解纽扣，她扭过脑袋："你要干吗……？"

他还是不听，龙七开始恼了。她当时听到自己的关节部位因他剧烈的行动而发出吱嘎响的声音，也感受到外衣被他往下扯，整个肩部一凉。她忍无可忍地将手拦在自己和他之间："干什么！"

他一把将她推离自己两米远，她在反作用力下，摔下讲台跪到地垫上，与此同时，阶梯教室门口看呆了的几个人影映入眼帘。

龙七措手不及地看过去。

当时的她衣衫不整。

当时的靳译肯手里还有从她衣领上拽下的纽扣。

而门口的人是准备在这个教室开会的整个学校的领导层，唯一一个作为笔录员的学生白艾庭站在最前面，她怔怔地看着这里，她身后的老师群一片低气压。良久后，不知哪位发出声音，异常严厉地问："靳译肯，你在做什么?!"

当时的靳译肯平稳地呼吸着。

没有一丁点责备落到龙七身上，只因为那一刻她是以一种由靳译肯塑造出的被害者的姿态出现在众人面前。她喘着气看向他，而他正别过头看向那些老师，没说话，没表态，只是松开手，将她衣领上那颗纽扣挑衅般地扔到了地垫上。

昭然若揭。

白艾庭的解释与老师的斥声几乎同一时间响起，白艾庭苍白地说着他不是故意的，而老师斥道："过来！去办公室谈！"

有女教师过来为龙七披上外衣，白艾庭当即就看向她大喊："你说呀！解释这件事！"

龙七脑子里只有嗡声一片，她一边被女教师扶起一边盯着靳译肯。他被一名男教师"请"走，慢条斯理地向门口后退着，看着她的眼睛，用嘴型无声说出两个字。

——告我。

Part II ··✦·· 第十一章

新年快乐

这件事，学校高层有意低调处理。

由于当场除了白艾庭没有其他目击学生，风声暂时还没传出去，又加上靳译肯的班主任第一时间极力保他，上头的老师暂时还没通知他家里，只是先把他和龙七隔离开，派一名女教师与龙七谈话，还派来一名女校医替她查看身体。校医检查下来，龙七颈部有几道淤青，手腕部位拉伤了筋，而衣服，坏得差不多了。

龙七对着女教师没吐出一句话。

她满脑子都是靳译肯的"告我"两个字，满脑子都是他临走时的眼神。女教师问她要不要通知父母，她摇头。

身体还在发抖。

女教师以为她是惊魂未定，亲自用手臂围住她的肩膀，说："不怕，老师站在你这边。"

但到了快放学的时候，事情还是传出去了。

消息是几个路过主任办公室的值日学生传出去的，他们听到尖子班班主任与主任关于此事的激烈辩论，第一时间往网上发了帖，帖子名：劲爆！我们学校有两个名人出事了，白艾庭要哭了！

提到白艾庭，谁都知道出事的其中一个名人是谁，发帖的学生又在帖子里详细转述了主任办公室里的辩论内容。事态被大致了解后，帖子下的评论火速分为两派：一派是不信，觉得靳译肯不是那种人，也根本就没必要做那种事；另一派则强烈要求告知另一个名人即事件的女主人公是谁。但发帖者闪烁其词，以一种不愿多说又难以掩饰八卦兴奋感的口吻吊着大家的胃口，只抛出几个提示：

1.女主人公此刻不在教室里。

2. 女主人公和男主人公从来没有交集，但和白艾庭交情不浅。

3. 女主人公的颜值还真就有可能让人做出那种事来。

后来趁着帖子被老师发现前，终于有学生挖出整个下午都待在保健室闭门不出的龙七。男主和女主都被确定后，学校论坛的沸腾度飙升到一年中的最高点，新帖数量霎时间超越"董西事件"的帖子量，消去了盘旋在董西头顶数日的舆论风波。

大部分人都觉得：怎么可能啊？靳译肯怎么可能跟龙七搭上关系啊？两种极端啊。

白艾庭疯了。

龙七走出保健室时，正好碰到从另一个办公室走出来的她，她一见龙七，满眼都是恨。龙七经过她时，她没克制住，当着女教师与校医的面就问："你到底想怎么样？"

龙七没侧头，没理她。

白艾庭一个步子拦到龙七身前，龙七看着自己面前半米的地板，仍旧不看她，而她说："还记不记得我中午跟你说过的话？"

龙七记得。

所以这也是促使她始终不看白艾庭的原因，靳译肯明明给了她一个最强有力的把柄，但她的气势在这一刻却是弱的，是由心而发的一种负罪感，她只有不说话，不看白艾庭来掩盖这种弱势。白艾庭与她长久又隐忍地对峙之后，视线下移，盯着她领口的破损处。

靳译肯拽掉了她领口的第一颗纽扣，白艾庭则伸出手，用力将龙七外衣上第二颗纽扣扯下来，捏紧在手里，瞪着她，然后扔到她脸上。

是这个举动让龙七侧了一下头，也是这个举动使龙七在之后抬头，盯向白艾庭的背影，说："我要告他。"

白艾庭的背颤了一下。

女教师同样吓了一跳，大概没想到事情能闹到这么大，赶紧问一句："龙七，你想好了？"

"你想跟我谈一谈吗？"她没急着回，只问白艾庭这句话。

白艾庭当然要跟她谈。

保健室的门一带上，白艾庭的暴躁就如火山一般爆发出来，大声喊："你矫情什么！还告他！你是什么货色自己心里清楚！"

龙七也是头一次听到她嘴里冒出这样的话来。龙七坐在床榻上，用脚将一张椅子挪到身前，阻止了白艾庭对她的靠近，淡淡地说："你别太激动，你一激动，我指不定也跟着激动。"

白艾庭就像听了一个莫大的笑话，指着她回："你以为立个案子就像小孩过家家一样简单？有人能让你连律师都雇不到半个！"

她这句里面的"有人"指的大概就是靳译肯家的人，但是龙七不慌不忙地说："这事要是闹大了，你们家还肯和他家深交吗？"

就是这句话击中了白艾庭，她一下子没声了。龙七接着说："你是想放任我去告他，还是不告他？"

"你到底想怎么样？"白艾庭第二次问出这个问题，一字一字地念出口，死死盯着她的眼睛。

龙七不说话。

白艾庭很快就自己懂了，缓慢地问："所以我只有帮董西做证，你才肯罢休，是不是？"

"是。"

"好！"她应得很快也很用力，指向龙七："那我要问你一个问题，你不准撒谎，这件事是不是你设的套？"

龙七没答，白艾庭的眼睛发红得厉害。她愤恨地收回手，打开保健室的门，临走时瞪着她说："我希望你从这个世界上消失，真的特别希望！"

砰！她把门重重关上，而龙七的脚从椅子上垂下来，人像被抽空了一般，特别疲惫。

龙七要告靳译肯这件事，很快也传了出去。找她谈话的老师不止一个两个，大都是以往对靳译肯心存赏识的。他的班主任尤其积极，不停开导龙七，列出他这一年里所得的荣誉与奖项，细数他平时的人品与口碑，以青春年少不懂事为理由为他开脱，还谈了一些他被所申请的大学录取的可能性，总之希望她不要在这关键时刻扼杀他的前程，等到高考结束后再追究也不迟，老师们都会帮她的。

靳译肯班主任的意思其实就是：即使要告，也等他的前程尘埃落定之后再告，否则对他的影响太大，对整个年级也有极其不好的影响，学校会有所损失。

龙七问："他家里知道了吗？"

班主任顿了顿，答："还没有。"

没有就好。

天好冷啊，冷得她肌肤都微微发紫了。她攥着手机，每隔五分钟看一遍校园网账号。她只希望白艾庭快一点做出决定，至少在被靳译肯的家里人知道之前解决这事。而在白艾庭离去一小时后，账号终于收到一条私信，龙七看了一眼。

终于是她发来的。

——董西的事情我已经跟主任说了，他明天就会带我去见华宁大学招生办的老师，不出意外的话董西后天就能复课。而我要你今天就撤告，否则我明天当场改口。

有一口气从心上沉甸甸地呼出来，龙七立刻抬头："老师，我不告了。"

可是学校的舆论已经止不住了。

天气冷到什么程度呢？冷到下了雪，临近平安夜的一场雪，学校外的街道上处处洋溢着圣诞节的气息，而学校内的论坛达到一年中最狂欢的时刻，帖子删不光，讨论热度持续飙升，直到论坛被老师介入，暂时关闭。

龙七没有回教室。

她来到学校荒凉的大操场上，看着飘雪中，一个人独坐在看台上的靳译肯。他比她放行得早，学校论坛关闭前讨论的最后一件事是他与卓清的一场架，卓清对他动手有理有据，据说靳译肯没还手。

他脸上有伤。

雪下了一阵子，薄薄一层覆盖在他的肩身上，他的伤口微微冻红了。龙七慢慢走到他跟前，大衣的衣摆随风拂动，轻轻拍打着他的膝盖。

他没有一刻比现在更安静，更沉默，手肘沉沉地抵在膝盖上，一言不发地看着地面。

她说："对不起……"

"靳译肯……对不起。"

他轻轻把头扭向一边，龙七的手落了空，这让她挺难受的。她轻轻地问："你家里最后知道了吗？"

"你不用管。"

"那班级里的人……"

"你不用管。"

"那你跟卓清呢？"龙七问出第三个问题，话里有哽咽，"他凭什么动你？我又不是他的谁，他以为他是谁？"

靳译肯再次躲开了龙七的手，回一句："是我先不拿他当朋友的。"

"如果……"龙七停了一会儿，抽了一下鼻子，说，"如果你想和他重修旧好，我去找他谈。"

"不用。"

"那我能做什么？你跟我说一点。"

"不必。"

龙七的头发往旁侧扬，她的鼻尖被冻得泛红，手也冰凉，但是仍旧不肯走，直到靳译肯说："卓清的事你别愧疚，他本身也没把我当朋友。"

龙七看着他，他则看着地面，继续说："你对卓清家里的情况知道多少？"

"他，家境好。"

"那你见过他家里人吗？"

龙七不回。

"知道他家住哪里吗？"

龙七还是答不出。

"这两年，他跟你讲过他家里人吗？"

"讲过……"

"讲过哪些？"

"他爸是建筑师，老出差，他妈妈是做公益的，总是去山区。"

靳译肯目不转睛地看着地面，回她："那我告诉你，他爸是工地工头，他妈是一家针织厂的职工，今年自愿申请去南非的工厂里打工，因为工资能翻三倍。"

龙七一愣，没作声。

"他跟我做朋友是因为我有钱，我能替他买单，包括他给你买的单。尖子班里家境普通的人也有，他本来可以跟着那群人活得轻松自在，但他偏要跟我这种人混在一起。我拿他当兄弟，他把我当成人脉和钱袋，每天用无数个谎去圆他撒的第一个谎，从不让我去他家小区，从不向我介绍他的家人，他在我家混得如鱼得水，但对我的防备心重过任何一个人。"

末了，靳译肯说："所以我也没把他当自己人。"

这是用怎样的心情说出的一番话呢？平静，没有情绪起伏，也没有一个眼神上的对视。龙七第一次在他面前感觉到语言的贫乏，所谓"好人"与"坏人"的认知也受到再一次的颠覆。他接着说："这学校里的好人没几个，董西算一个，这忙我是帮她，不是帮你，因为我欠她的。"

然后他说："所以你走吧。"

雪纷飞，衣角摆动，龙七在他跟前站了那么久，他都没有看她一眼，后来脚步慢慢地往旁边转。她顺着过道往侧边走，速度很慢很慢，走了三四步后仍旧停下来，脑袋里想接下来应该给董西打个电话，但是心里有无数个声音在劝她：你回头看看他啊，回头看看靳译肯啊。

然后呼吸越来越沉，她回头看着落雪中孤寂的他。

他至此也没看她，而她的手渐渐攥紧衣摆。

他在"董西事件"上给她开了这个头，把自己的前途和人品都赌给她，任她糟蹋，践踏。董西被救赎了，他却因此被自己拖入一个更黑暗的环境，将面对更大的舆论打击与家庭打压，但到了这个地步他也没向她索取任何回报。

他图什么呢？

五秒之后，脚步整个转向，龙七重新向他走过去，到他跟前蹲下来，双手覆到他膝盖上，仰头问："你想不想跟白艾庭在一起？"

他慢慢抬起眼，龙七看着他眼睛里的整个自己："你不想，对不对？"

随后她像做完一个重大决定，也像许诺，一字一句告诉他："好，靳译肯，听我说。"

"既然你不想和她在一起，那么我要跟你当朋友。

"我会让你以我为理由做想做的事，爱所爱的人。

"而你要帮我远离董西，就算她从此对我改变看法也好，我会跟你做朋友，用这个来保她平安毕业，保你得到真正想要的生活。"

最后一句话的结束伴着从自己心间发出的一口气，龙七直起身子。

此时，操场之外的教学楼、班级、网络、手机，每一张嘴每一台设备上都充斥着她和他的名字。女生们表情浮夸地说靳译肯怎么是这种人呢，说会不会是龙七勾搭他的，男生们聚在一起讲靳译肯这回亏大了，龙七这妞手段高，接下来就等着还有什么好戏可看了。

空旷的大操场内，靳译肯在两三秒的迟钝后后知后觉，这是一种暴风雨来临前的联盟，一种声名狼藉与众叛亲离者的相互取暖，一次改变人生的重大抉择。靳译肯的精神渐渐回来了，而龙七不后悔。

反正你我都孤独，那就继续狼狈为奸吧。

曾经龙七对靳译肯说过一句话，说如果他俩之间需要一百步的距离，他只能向她走九十九步，最后一步他永远不会走，而她也不会走。

但现在她摒弃前言，把这一步给走了。

雪下得小一点的时候，也到了放学的时候。

校外便利店的感应门一开一合，几个女生到柜台前买关东煮，龙七刚好付完创可贴的账。她一边拆着包装纸一边走到店内的休憩处，靳译肯正坐那儿打电话，声音挺低的。她撕开创可贴上的黏纸，贴到靳译肯的眼角伤处，贴完后看向他下巴处的一道伤，他因此别了一下脑袋，她说："我就看看是外出血还是淤血。"

柜台前的女生注意过来，其中一个脱口而出"啊？什么情况"，随即捂住自己的嘴，用攥在手中的小钱包拍打着周围人的手臂，蠢蠢欲动地用眼神传递信息。

龙七看向她们。

几个女生随即表情晦涩地转过身子，一声不吭地拿各自的关东煮，超市的感应门打开，她们赶紧走出门去。

她坐到靳译肯身边。

他还在听电话，回的话并不多，偶尔一声"嗯"，挂断前说："晚饭我回来吃。"

果然是家里来的电话。

只是电话挂完后，两个人之间一时没产生对话，好像还处于对话结束后的态度不明期，从操场到便利店的这段路上也没怎么讲话。靳译肯将手机在手中转来转去，她撑着脑袋发呆。

最后还是龙七找旧话题，但只问到"你家里人到底知不知……"，就被靳译肯一句"说了你别管"打回去。她顿了一两秒后，回："我真想知道。"

"不知道。"他说。

反应还挺快，他脑袋还挺清醒的嘛。

而他清醒的还不止这一点，便利店外有经过的学生，时不时有透过玻璃窗发现他们两个的，靳译肯能听到一些明显的脚步回转声，也听到一些碎语。他往店外瞥一眼，一些驻足的男生就立刻散去了。他说："你还想不想董西复课？"

"想啊。"

"那你觉得我们俩现在这样合适吗？"

龙七脑子里想到白艾庭明天就要去帮董西做证，那么假如她现在在便利店跟靳译肯并排而坐的消息传出去，事态没准就往前功尽弃的方向发展了。靳译肯带上手机准备走了，龙七说："等一下。"

他步子稍微停顿，回头看了她一眼。她讲："等你空下来之后，打电话跟我谈一谈以后，行吗？"

"还有，"在靳译肯点头后，龙七再次叫住准备走的他，这次他没回头，而她坐在原位，看着他的背说，"靳译肯，其实我不太相信你说你家里还不知道，未来几天你承受的压力肯定很大，我就想告诉你一声，熬不住了的时候，你可以找我。"

他听完，低头把手机放裤兜里，把手也放进去，以这样一副准备好迎接风雨的姿态站了会儿后，没回答她，径直走了。

之后他就再没跟她联系了。

自学校论坛被关闭之后，没有了匿名ID的庇护，风言风语被传播的速度与范围大大减弱。龙七和靳译肯在便利店的"昙花一现"并没有在之后几天成为主流话题，大多数人不知情，嚼舌根的焦点还摆在靳译肯非礼龙七的事情上。白艾庭第二天没来上课，果真如她所说去华宁大学给董西做证了，楚曜志的下场如何，龙七懒得去打听，但肯定也忙得焦头烂额了，反正他活该。

懒得打听的主要原因是她得上了流感，与靳译肯失联后的第三天得的。

应该是连日来的熬夜、冒雪、吹冷风导致身体免疫力下降，她体温始终处于38摄氏度以上，头晕晕乎乎的，但她没请假也没去买药，把所有时间都花在学校的图书馆里。其间，卓清来找过她，给她带了药，待在那儿欲言又止。龙七说："你想讲什么就直讲，早点讲完早点走人。"

当时她还在低着头写笔记，瞥都不瞥他一眼，也没动药。

卓清问："你的手好点了没？"

龙七的手之前被靳译肯扭伤了筋，现在还贴着膏药贴。卓清问完后，还说："我已经帮你还了。"

她停笔，吸一口气，接着利落地收拾桌上的纸笔书本，在卓清的目光下撂东西走人。他再愚钝也能看出点什么来，以替她拿药为借口，跟她走到图书馆大门口时问："你不愿意我打他？"

龙七没答，卓清紧接着问："你们是不是之前就有联络？"

图书馆的玻璃大门刚被推开一半，她放了手，转身直视卓清："对，我早就给他发过好多条短信，我联系他好久了。"

卓清眉头皱了那么一下，但立马说："我刚才那个问话，没有别的意思。"

"那你快把我的回答当回事，因为就是这个意思。"

她刚转身，卓清拉她的手，正好拉在她伤筋的那个部位，他意识到后又迅速放开她。龙七皱着眉头动了动手腕，用另一只手推开玻璃门走出去，以一种"即使你把我手弄疼了我也懒得跟你扯账"的态度走人，给了卓清一个挺狠的背影。

　　他其实不坏。

　　他比起靳译肯来并没有做任何实质意义上的坏事，没有对不起人，没有危害班级或社会，但他也没有做出任何一件像个男人该做的事。他在该出头时退缩，在该沉默时说出斤斤计较的话，表面人高马大，心底却是个自卑又嫌贫爱富的小孩。龙七给过他机会，是他自己弄丢的，而被剥夺过无数次机会的靳译肯却硬生生把她弄了回来，还让她心甘情愿。

　　这就是两个人之间差的档次。

　　揣着书回班级的路上风挺大的，她一边咳嗽一边给靳译肯发短信，问他什么时候能给她回个电话。好不容易走到教学楼，她加快步伐上楼梯，这时传出一些女生的嘘寒问暖声，有些脚步从长廊口冒了出来。龙七边走边抬头，看见通风口处三四个女生组成的小团体，而当看见被簇拥在女生中间的董西时，她的步伐不着痕迹地缓下来。

　　董西一边淡淡应答着，一边准备下楼梯。也是那时候，她的视线轻轻落到居下的龙七身上，龙七手里拿着书，戴着围巾，长发披肩，脸颊泛白。

　　董西的身后有阳光，所以她的周身有一圈光晕。

　　龙七没看多久，眼睛因发酸而垂下来。董西则被女生们故意拉着往旁边走，她额前的刘海因这一阵使力而轻微晃了晃，但目光还在龙七的身上。她每次有点皱眉的时候，眼睛就雾蒙蒙的，像覆了一层水膜。

　　龙七站在原地一动不动，董西被一步步地往下拉，友人们的笑声萦绕在她周身，以一种近乎嚣张的方式隔出两人的距离。后来当龙七抬起膝盖，准备往上继续走的时候，董西的声音从身后传来。

　　她先对友人说："等一下。"

　　随后对龙七说："等一等。"

　　午自习开始前的休息时间挺长的，董西和龙七在大操场的看台上谈话，董西坐着，龙七靠着栏杆。

　　话头是由董西先开的，她慢慢地说："我给你发过信息，说我今天复课。"

　　龙七点头："我收到了。"

　　收到后就删了。

　　董西长久地看着她贴着膏药的手腕部位，然后站了起来，准备去握她的手腕，龙七立马将手往背后放，董西的手落了空。

寒风里,头发间的香味儿和柔软针织衣上的味道交杂在一起,混成一种只有董西才有的味道。龙七将双手放进大衣口袋中,靠着栏杆低着头,用鞋尖磨着地板。董西看着她这副吊儿郎当的样子,看了有一会儿,才轻轻问:"我哪里不对?"

她不问"你哪里变了",而是问"我哪里不对"。她知道学校里近来的"丑闻",却只字不提,把注意力全放在龙七对她的态度变化上,归咎为自己的原因。龙七因此沉静了一会儿,吸了一下鼻子,抬头迎着风说:"没。"

龙七接着说:"对了,我想跟你分享一件事,别人都还不知道。"

"什么事?"

"我有真正想做朋友的人了。"

董西的沉默并没有保持很久,她的长发在风里扬啊扬,声音也被这寒风吹散了一些,轻细地发出来:"是吗?"

"嗯。"

"他是卓清吗?"

"不是。"

操场之外的教学楼,午自习铃声遥遥响起。龙七说:"再过几天就要跨年了,提前祝你在新的一年里心想事成,节节攀升。而我呢,我想过了,不应该把学习的压力转移到你身上,高考本来就是一个很紧张的时刻,你除了应付我,还得应付一些风言风语,太累了。所以现在开始我想自己努力,我要退出你的小组。之前承蒙你照顾,以后你可以专心致志地备考了。"

"他是谁?"

董西问了这句,但是龙七对着她微笑。

"我会在高考结束后的第一时间告诉你,现在我还不想说。"

龙七说完后起身准备走了,董西的声音却再次淡淡地响起:"是靳译肯吗?"

龙七停顿。

停顿五秒后,龙七回过身看向她的眼睛:"对了。"

董西在那一刻是有些许怔神的。她一言不发地站在原地,眉心有一点点褶皱。龙七则整个回过身子:"大概是从他找你的时候,我开始联系他的,没错,就是因为待在你身边才开始跟他接触起来的。"

董西往后退了一点,腰碰上栏杆,因为龙七正一步步走向她,逼近她跟前,第一次以一种不良少女的姿态低头看着她,淡淡地说:"所以不能再跟你好了,关系有些尴尬。前段日子真心谢谢你照顾我,新的一年里,祝你再也不要碰到我这种人渣。"

与董西摊牌之后,一个人孤独地过了平安夜与圣诞节,再好不容易熬到十二月份的最后一天,龙七实在撑不住了,下午请假早退,去药局买了点药后准备回公寓睡一觉。

快傍晚的时候,舅妈打电话叫她过去吃团圆饭,她说她不去,龙信义还抢过手机说"你不要红包啦",紧接着降低声音劝她:"傻不傻,团圆饭就是派发红包的时候,咱们家大人多,收到你手软好吗?"

"你谁啊,我认识你吗?欠的钱什么时候还?"

龙七嘶哑着声音回他,他避重就轻地喊:"哇!你鼻音这么重,别来了,别传染咱们一家子,这都有小孩呢。"

他说完就把电话掐了,龙七也挂断电话,顺手关机。

龙七洗了个热水澡,彼时客厅的电视开着,放着地方台的元旦晚会,小区楼外有连绵不断的烟花爆竹声,她用浴巾裹着头发坐在沙发上,打开笔记本电脑刷校园网。这会儿网上也是一片阖家团圆的气氛,不少人晒了团圆饭的照片,也有人在自己的主页@至亲好友共跨年。这会儿最容易看出各个小团体间的亲昵程度与分界线,比如班里的女班长@了几乎整个班的女生,唯独没有龙七,她附的文字是:提前祝亲爱的们新年快乐,明年我们还要一起疯!

当然咯,有她才怪了。

白艾庭的账号也更新了状态。

此刻她的主页应该是校内浏览量最高的,靳译肯失联近一周,谁都认为他是在避风头,白艾庭却在此时上传两张照片,一张是在靳家客厅摆团圆饭的照片,另一张是和靳译肯母亲的合照。靳译肯母亲的气质像极了女明星,一看就是把日子过得精致又从容的那种女人,龙七在靳译肯家时看过不少她的相片,在白艾庭的相册里也看到过一两回。这次有点做公关的意味,龙七却看出另一层意思,那就是靳译肯现在被自家和白家的长辈压得牢牢的了。

她关掉网页,拨开额前湿漉漉的头发,把脑袋埋到膝中长久屏息着,最后呼出一口气,合上笔记本电脑去卧室睡觉。

当时她忘了自己的手机从傍晚就关机了。

要不是接近午夜十二点的时候被越来越密集的烟花声吵醒,她根本不会想起来开机看时间。刚被吵醒,头是最晕的时候,她三步两脚地到客厅倒水喝,不久就听到卧室冒出十几个未接来电的提示声,喝完水后回去看了看,全是靳译肯打来的。

把杯子放到床头柜上,她回拨给靳译肯。窗外烟花连绵,细雪飞扬,时间正是十一点五十八分,全国各地都准备好倒数跨新年。电话响两声后被接起,隐约听到一阵只有楼梯通风口才有的风声,龙七在停顿一小会儿后,问:"靳译肯?"

"嗯。"

他的声音冰冰凉凉的,有些疲态。

龙七说:"我睡着了,刚开机。"

她接着问:"你们吃完晚饭了没?"

"嗯。"

"白艾庭还在吗?"

"不在。"

"家里人呢?"

靳译肯没有回答她的问题,只到第三个问题时就不说话了。过了一些时间,他问:"你在不在家?"

"在。在我租的公寓里,你有地……"

他说:"开门。"

龙七愣了那么一两秒,转身出卧室,她刚把公寓门打开,就看见候在楼梯口的靳译肯。室内有空调暖气,室外确是实打实的寒风凛冽,她只穿着短袖和家居裤,冷得一哆嗦,而靳译肯坐在她家前面的楼梯台阶上,室内的光打在他的肩上。

他不回身,她就只看到他的背,她喊他,他却仍一声不吭地待在那儿。

龙七把着门站在门口,等着他。

后来他终于开口,说话的时候,低着头,徐徐告诉她:"家里商量过了,让我做准备,去英国念书。"

"白艾庭也去。"

龙七一句话都没回。

靳译肯说话的口气不太像从前,特别沉静,有一种"这回真没办法了"的认命感。她不知道他们家商量出的这个结果到底有什么深意,看他的样子有些许落寞,她凝视着他,但是这个煽情的场面并没有维持超过三秒,他在说完后突然起了身。

前一刻的话仿佛只是为了这一刻做铺垫,他带着一种决心踏入这个公寓,龙七听到烟花高绽声,听到靳译肯的卫衣与自己衣服摩擦时的静电声,有一秒钟意识到他想做什么,没来得及说她在发烧。

当时是十一点五十九分,离新年到来还差一分钟,礼花响彻天穹,钟声遥遥传来,热的呼吸和他身上的寒气搅和在一块儿,搅得龙七的脑袋晕晕乎乎,她心底的觉悟还没准备彻底,却隔着衣服与胸腔感受到了他的某种坚定觉悟。她手抬了抬,想握他的衣角,却还是在停顿后放下,换成伴着咳嗽的一句话:"靳译肯,你得回家。"

本来以为经过这一次洗礼,他的性格会变,整个人都会变得沉稳,但其实靳译肯的低落情绪只保持了那么一会儿,从龙七这儿走后,到早上带着早餐来找她时,又变回一副浑然天成的公子哥儿模样了。

他照例给她煎了个蛋,那会儿龙七刚从卧室出来,看见他已经跷着二郎腿在客厅吃早饭了。他看见她,还用筷子敲了敲装着煎蛋的碟子。

这人每次煎完蛋都像做完一桌满汉全席一样,不知道哪里来的自信爆棚感。

"你家里知不知道我的存在?"

她舀一勺酱油,浇到煎蛋上,问。

"不可能不知道,猜也猜得出是你。"

按这回答的意思就是早就知道了,只是放纵他到现在,而如今这局面大概是因为他头一次闹出这样的事,他家里惊了一下,不过也就那么一小下,随后便云淡风轻地将他和白艾庭一同扔往国外,口头上顺着他,实际上让两人在异国相处,为未来筹谋。

"你家里人不了解你,"龙七直说,"有排着队的辣妹要跟你培养感情,你这种条件不缺人陪。"

说这话时,她坐在桌子前,膝盖抵着桌沿,手里刷着手机。靳译肯看她一点也不专心,直接把她手机拿掉,她立刻不耐烦了:"干吗呀,拿来。"

他这会儿看她的手机,从她刷过的校园网主页继续往下翻,看到的全是每个学生在一大早@好友送新年祝福。他边看边说:"无不无聊?"

"我也挺想收到的啊。"她拿回手机,继续摆出之前一副一心两用的腔调往下刷,"但没人给……"

靳译肯侧过头去打了个喷嚏。

她的话被打断,斜他一眼:"哟,终于来反应了,你免疫力也不怎么强嘛。"

他扭了一下身子,随后起身去茶几那边吃药。

她继续看手机，手指徐徐在屏幕上滑着，不久，滑到董西的状态。

董西没有删除她。

这次她上传了一条状态，没有图片也没有文字，只是一个","的标点符号。

龙七看着。

是逗号，为什么不是句号呢？

这会儿，靳译肯已经看过她的药箱，发现没什么对症的药，从沙发上拿外套，经过桌子时带上手机和钱包，顺手摸了一下她的额头。她迅速躲开，他继续抚着她的后脑勺说："你去睡会儿，等我给你买药回来。"

她当然没听他的话，仍旧坐在原位刷网页。

靳译肯出门了。

而龙七嘴里叼着筷子，不嫌无聊地往下滑着手机页面。校园网真热闹呀，每一家都很喜庆的感觉，虽然昨夜大雪纷飞，但一大早上又是满满朝气蓬勃的样子，每一个人都在互相道着新年好，一副新的一年真的能充满新希望、新机遇的样子。

这种喜庆虽然虚浮，但她挺喜欢的。

而龙七刚想将手指往上移，回到董西那条状态去细细研究的时候，网页突然闪出一条@提示。她慢悠悠地打开，但是一打开，手指就停住了，身子麻了一下。

才刚出门的靳译肯在自己的主页@了她的账号，附四个字：

新年快乐！

两人的账号之间互相不是好友，所以这一条"非好友"的状态，龙七看不到留言，但看得到浏览量，而从她接收到它开始，这条状态的浏览量就在以每秒几十的数量往上飙升。

靳译肯这是变着法子把她给曝光了。

只不过龙七还没回味足够这四个字，屏幕就被龙信义的来电占据，她倒吸一口气，滑开锁接电话。

龙信义的第一句话是："我就知道你跟靳译肯有一腿！牛！"

"还钱。"

龙信义当没听见，又开始满嘴跑火车了，龙七摁着额头听，听得头越来越疼，即将做出挂电话的举动时被他察觉到，隔着电话大喊："别挂！我有事求你！"

龙信义的事绝对没好事，他又偏偏选在靳译肯曝光她的浪尖风口打电话来，指不定是变相求靳译肯帮他办事，龙七直接说："没门。"

"十万火急，真的，真挺急的，是这样的，我上次认识的那个……"

"我说没门。"

"我上次认识的那个姐姐，就一起吃牛排的那个你还记得吗？就是她的事，"龙信义根本不管她的回答，劈头盖脸地把事情原委丢过来，"她最近宿舍出了点问题，现在没地方住，你这不是租着房子吗？你就帮我一个忙，暂时收留她一阵，行吧你看这事？"

"龙信义，我跟你闹翻了，你怎么还觍着脸来找我办事？"

"哪有闹翻？你跟我感情好着呢，昨天你的红包我帮你收了，待会儿我让那姐姐带给你。"

"没门，我房子刚到期。"

"龙信义，"她夹了一筷子靳译肯做的煎蛋，明明白白告诉他，"我跟你有亲缘关系，舅妈把我养大，供我吃、供我住，所以你那些破事能原谅的我都原谅了。你当我傻可以，但你别当靳译肯傻，也别拿我当幌子去找他要钱。他精着呢，你想把他当钱袋，他能反过来玩死你，懂了没？"

龙信义半晌不吭声，良久，佯装弱势地说："我没有那意思，你误会了，我就是求你收留一下我朋友，就这事。"

"不留，我身上的破烂事够多的了，没兴趣交新朋友。"

但龙信义特别缠人，在她答应之前死活不肯挂电话。不久，玄关处有开门声，离这儿最近的药房在小区外面，靳译肯花了不到十分钟的时间就买完药回来了。龙七听见他进门的声音，听见他把她家钥匙放柜子边的声音，随后就看见了他的人。

他看她在打电话，没跟她说话，拎着袋子去厨房倒水去了。

这会儿，龙信义还在求她。

不多时，靳译肯从厨房出来，拿着一杯水走到她桌前，低头拆药盒，一边是龙信义的絮絮叨叨声，一边是他手指间慢条斯理的动作，她一口一口咬着煎蛋，三心二意地把注意力移到靳译肯身上，挂了电话。

"外头冷吗？"

"不冷。"

龙七看了他一会儿，接着说："也祝你新年快乐。"

他说："嗯。"

下午，靳译肯带龙七去了一个老地方，沿海的灯塔。

那地方之前两人吃海鲜的时候去过几次，对他来说似乎特别有回忆，从这方面来看靳译肯确实比她多一些感性的地方。龙七闲着无聊刷手机，他坐着看海，两人在那边留到了傍晚，没讲多少话。

那会儿他的主页浏览量已经接近全校总人数了，龙七这边的账号设置了屏蔽功能，没人能在她的主页留言，但访客暴增，看得出来都在等她更新状态。但她偏偏不更，让那些等着看八卦的人憋得要死。

她拍了一张照片。

当时靳译肯侧对着镜头，龙七则手托腮，海风正好吹来，她的长发遮了他一半的脸。龙七拍完后突然觉得特矫情，正要删照片，靳译肯瞥了一眼，说："传我。"

话音刚落，龙信义的电话又来了，屏幕同时亮起"电量不足"的警告，也就是这浑蛋的来电次数生生把她手机的电耗没了。她故意锁屏，托着腮看靳译肯，轻轻说一声："哎呀，没电了。"

他问："你哥找你有什么事？"

"破事。"

龙七回答完，他的手机也正好振动，来电频率跟龙信义找她的差不多。她说："你等会儿送我到小区门口就回去吧，团圆饭后消失一天，白家不发飙，你家也差不多得发飙了。"

靳译肯没发回这句话，只说："送你到家门口。"

就像龙七没接龙信义的电话一样，他后来也没接白艾庭的电话。

两人到达小区门口时已近深夜，龙七从出租车上下来，靳译肯提着购物袋慢慢走过来，寒风呼地吹过，他纹丝不动地拿着手机看信息，龙七则缩着肩膀跟手走到他身侧。这时旁侧有一声远远传来的"七七！"，她起初以为听错了，但后来又来一声"嘿！七七！"，她这回听准了，条件反射般往声源处看。靳译肯也听见了，抬头看她所看的方向。

两人一同看过去的时候，小区门口的站牌处，龙信义正张开双臂大幅度地朝着这边挥手，他身边跟着一个女生，女生脚边立着一个行李箱，随着龙信义往这边探头张望。

龙信义估计没想到靳译肯也在。

龙信义之前电脑的事就被靳译肯下过套，靳译肯的前绯闻女友白艾庭又是他梦寐以求的前女神，所以这回见着人，他一时没把握好面部表情，尴尬和紧张全写在脸上，高举的手在半空中僵住，挺滑稽的。

靳译肯把手机放裤兜里，一边看着那边一边问："你哥什么情况？"

龙七没说，她在心里暴揍龙信义，表面上淡定地掏出公寓钥匙："你先把东西拿上去吧，我去跟他聊会儿。"

龙信义当时看他俩的眼神就像看着娱乐版头条上最火的那条，除了初见靳译肯时有点不知所措，现在龙信义那双眼睛里写满了"简直太劲爆了"的信息，就差拿手机出来拍照了。

靳译肯对龙信义这个人兴趣缺缺，就没留，他临走前让龙七套上自己的外衣御寒，随后上楼。龙信义一直盯着他的背影。

果然，龙七来到他面前后，他脱口而出的第一句话就是："你牛啊！"

"你怎么知道我住这儿？"

"问我妈来着，上次你跟我妈提过。"

"找我干吗？"

龙信义朝她使眼色，意思是她心里应该明白才对，但她偏偏无动于衷，于是龙信义无奈地说第二遍："喏……你俩上次在牛排馆见过，就不互相介绍了。长话短说吧，她宿舍出了点事暂时需要地方住，我觉得她一个女孩子住酒店不方便，租房也不安全，就把她带你这儿来了。你这不是租着房嘛，她可以跟你合租啊，帮你分担一点生活压力不是挺好的吗？你们两个女孩子也方便互相照应。"

龙信义上午打电话来时还一副占定龙七便宜的样子，经过一整天来电被拒后，似乎察觉她态度强硬，就临时自作聪明地补上最后那几句话，妄图增加她收留这女孩的可能性。

龙七把手放进靳译肯那件外衣的口袋里，暖啊，特别暖，但是一瞬间想起董西以前也喜欢把手放她口袋里，压了很久的负罪感突然冒上来一点，心情和脾气跟着变糟糕，面无表情地问："她家里给她生活费吗？"

"不给。"

"她在打零工吗？"

"没。"

"那她哪儿来的钱付房租？"

"哦，"龙信义像突然想起这事，状似正经地说，"你帮她找一份呗，你人脉广、圈子大，找起来方便，她也想做模特这行。"

也就是说他是带着这姐找保姆来了。龙七当即转过身要走，龙信义手快拉住她，把她的手从靳译肯的外衣口袋中拽了出来，也把靳译肯家的钥匙从衣袋中带了出来，钥匙"啪"的一声掉到地上。龙七瞪龙信义，蹲下身去捡，那女生却比龙七蹲得快，钥匙被她快一步捡到手。她向龙七递："喏。"

接过钥匙时触到这女生的皮肤，大概是被寒风吹了许久，她的皮肤特别冰冷，还隐约可见皮下的青筋。女生站起来后打了个哆嗦，龙七看到了，但是即使这样也丝毫没有收留这女生的打算。她说："小区出门左拐一条街上有快捷酒店，干净安全又不贵，带她去那儿。"

龙信义扯过龙七的肩膀背对女生："你怎么这么冷血，做做表面功夫都不会，只留一晚行吧？就一晚！就一晚！"

"行啊，你付房租。"

龙信义拽着她的手臂还想说话，她直接回一句："你再这样，我叫靳译肯下来了。"

龙信义这下蔫了。

这过程中，那女生始终一声不吭地看着他们，她大概清楚龙七不欢迎她，时不时地看看龙信义，时不时地打打哆嗦。龙七临走前瞅了她一眼，有大概零点几秒的时间，这女生带给龙七一种恍若董西站在寒风里的错觉，但也就那么零点几秒后脑袋就清醒过来了，龙七迎着寒风叹了一口气。

随后龙七从自个儿兜里掏手机："收款码给我。"

龙信义一头雾水地看着她，女生也看她，她转了点钱过去，说："不收留你不一定就是坏事，离家出走这种事第一个求助的对象不应该是男生，谁知道他们会凭着人情对你做什么？钱拿去住酒店，说起来也是我这边帮了你忙，龙信义轮不上凭这人情让你还什么。而你也擦亮眼睛吧，从这一次经历也看得出他不是什么有办法的人，他每月生活费不足一千，还欠着我钱。你好好想一想。"

龙信义越听越觉得不是味儿，听到最后简直要暴走了。女生把手放进口袋，没吭声。龙七也将双手放进衣袋："前面的话可能说得武断了，但确实是我真心给你的建议。跟我哥这种人打交道，你和他的人生各有百分之五十的概率会完蛋，我也有百分之二十的概率会受牵连。做离经叛道的人真不是件开心的事，没有住的地方不如回家，家人之间有什么过不去的？"

"那你怎么离家出走这么久还不回来！"

龙信义单纯为了驳斥她而驳斥她，龙七秒回："我跟她不一样，家里有个离谱的浑蛋。"

龙信义心不甘情不愿地被她打发走后，她坐电梯上楼。

电梯是老式的，每升一层就发出吱嘎吱嘎的沉重响声。她靠着电梯壁闭眼休息，挺累的，心里也有股阴郁久久消散不去，以至于后来还是重启电量堪忧的手机，打开校园网，使用隐身功能去了一趟董西的主页。

董西的最新状态仍旧停留在那个逗号上，没有任何新动态，也仍然没有将龙七拉黑。龙七一边翻着她的主页，一边想着她的样子，最后在到达自己楼层的时候轻轻吸一口气，点击好友管理页面，将她的账号缓缓移向垃圾箱。

没别的原因吧。

而龙七也明白靳译肯的潜力，明白她将来可能会为他陷入另一个万劫不复的坑，但即使如此也无所谓，她会和他一起承受流言蜚语，因为这世上二话不说就愿意陪她一起下地狱的人，目前只他一个。

Part 12 ·◆· 第十二章

MV 首播日

靳译肯去英国的日子定在春节过后。

考试之类的都搞定了，大学申请的过程也挺顺利，龙七甚至觉得他们家早就打好这个主意了，一套流程这么麻利，需要的成绩和资料都拿得出来，越看越像提早就定好这事了。

其实按理说，靳译肯连学校都可以不用去了，但他没有。理由他说了，说觉得她这人挺没心没肺的，人不在她面前的话一周都不会被想到一次。这个说法当然夸张了，她知道。

白艾庭倒是不来学校了。

这做法龙七理解，是想避开尴尬局面为自己保留一点沉默权。她虽然在"董西事件"上无义在先，之后却被龙七坑惨了。她理应一身怒火地来找龙七，但没有，完全没有，不知道她是抱着一种破罐子破摔的绝望心态，还是像往常一样，抱着靳译肯最终还是会和她一起出国的鸵鸟心态。

靳译肯没提跟白艾庭有关的事。

学校四号开始上课，上到中旬放寒假，龙七那天早上是跟他一起去的。

那会儿，校园里充满了针对他俩的八卦闲话，有包容型的，也有攻击型的，但他完全没当回事。两人上楼梯的时候就被一些人盯着了，龙七当时正捋着长发，有两个下楼的学生跟她在转角碰上，双方步子缓了一下，谁也不让谁。

倒是靳译肯用手握住龙七的双肩，把懒得挪步的她带向另一边，随后龙七继续上楼梯，他也慢悠悠地踱着。

大概是从这一刻起，大家发现任何流言蜚语对这两人来说都如同空气。

重新开放了的校论坛仿佛没回过神来，一时之间倒没有关于此事的帖子，大部分主力还滞留在校园网上，最多也就是频繁到访靳译肯、龙七、白艾庭与卓清这"四角关系"当事人的主页而已。

白艾庭把主页关闭了。

　　也有一小部分人还记得靳译肯和董西的那段历史，记得董西与龙七关系不错，只不过董西的主页原本就是封闭式的，她倒成了这五人当中最得清静的人。

　　而且董西还换班级了，从原本的末班换到优良班中，完全屏蔽其他四人的舆论干扰。再加前段时间的作弊风波洗礼，她的性格无形中蜕变得比原来更清净寡淡，夹着一丝对世事人情的漠然。几乎没人再舍得往她身上下口舌，因为大家都觉得欠她的。

　　龙七是在当天知道董西换班的事情的。

　　当时她正低头看着书，同桌以随口一说的语气带过这件事后，她没说话，也没去看董西的桌椅。她只听见那方传来女生们窸窣的聊天声，听见她们的声音偶尔会压低一些，因为那时她们正聊着她，像这学校大部分学生一样猜测着她和靳译肯之间不为人知的"私情"。她一边听着，一边缓缓地翻页。

　　董西的座位上取而代之的，是因成绩倒退而转回本班，原本就一直看不惯龙七的前女班长。

　　从这天开始，班里再没有女生跟龙七讲话，龙七也不跟她们讲话，不是龙七被孤立，是她先发制人，越发高冷了。

　　她现在只跟靳译肯讲话。

　　靳译肯要龙七每天午自习去一次图书馆。

　　那会儿学生大都去食堂吃饭，真正在温书的人很少，都是一些平时不太活跃也不怎么参与八卦的模范生。龙七一边用手机刷着同城的兼职招聘信息，一边等他，彼时馆内灌满冬日阳光，宁静温暖，她的午餐照例是一罐酸奶和一小份三明治，她用膝盖抵着桌沿。

　　靳译肯来的时候，她把手机锁屏，他则把她手里的最后一口三明治拿掉。龙七看他，他将若干份外卖盒装的饭菜摆上桌，还放上两杯温热的奶茶，这菜点一看就知道是她特喜欢吃的那家。她回头看了一眼图书馆前台，问："管事阿姨不在？"

　　"不在，在食堂。"

　　龙七立刻放下酸奶，靳译肯把筷子放她手里，把盛好饭的碗放她跟前。隔壁桌闻到菜香的眼镜男往这儿瞥了一眼，又无声地扭过头去。

　　龙七吃饭的时候，靳译肯翻了几页她的题册，问她想考什么大学，她实话实说："我现在的成绩不稳定，能不能上本科还不一定。"

　　"想念什么专业？"

"不知道，我没规划。"

靳译肯跷着二郎腿，看着她这么吃着，然后说："跟你说个事。"

"嗯？"

"我给你补课。"

靳译肯那句话不是说着玩的。

那天过后，他没动静，但是隔天，他就给她甩来一套补习训练大纲。

具体安排是这样的：每周一到周五的中午，自己准备难懂的考点向他请教，周六全天温故知新，周日上午做补习卷子，下午讲解，其余时间随时联系，力求一周提升一门课。

而作为剥夺她时间的补偿，她这期间的开销全算他身上。

龙七说怎么没给她留一些玩乐的时间。

靳译肯问："你要跟谁玩乐？"

龙七故意说："你呗。"

靳译肯说："对，我要给你补课，你陪我给你补课，这就是玩乐。"

龙七就没话说了。

所以在考试期早就结束的这个时候，大多数学生状态轻松，唯独她不是，靳译肯抓她抓得很紧，他逼起人来也绝对不比老师差，好在她头脑还算转得动，没挨骂。龙七算看出来了，靳译肯最嫌笨的人，如果说董西的补课方式是和风细雨型的，求稳不求快，靳译肯就是风驰电掣型的，特别求效率，龙七在这过程里被折磨得挺惨，她觉得他有点"精分"。

但别说，龙七的知识储备量确实每一天都在实实在在地增长着。

靳译肯之所以拉着她，也是有私心的，一方面确实是为她好，另一方面他想得比较长远。他不像龙七那样总抱着两人相识两三年就不联系了的想法，他希望她能跟上自己，至少能达到他想要的标准。

一晃，寒假要来了。

寒假开始前的一天，学校最后一节体育课上，龙七在体育馆看台上等靳译肯打完球。馆外在下雪。

今天他难得放她休息一天，自己跑去跟人打球，因为这是他在学校的最后一天，放学后他还要跟他们班的人一起去吃饭，龙七也会去。

卓清不去。

龙七膝盖上放着他的外衣，外衣上压着一本杂志。她撑着下巴看着杂志上新受捧的模特们，吃着苹果，一页一页地翻，偶尔瞥一眼台下的靳译肯，就像"吊儿郎当的辣妈瞥一眼正在麦当劳儿童区撒欢的儿子"。

手机这时来了短信。

老坪叫她有空了去参加他帮她报的一个培训班。她把苹果咬住，用空出的一只手回：什么培训？

老坪：礼仪、舞蹈、声带训练。

龙七打字：看着像艺人培训。

老坪：对，就是。

龙七：我靠脸就行。

老坪：！！！！！

她再回：高考结束后吧。

老坪：行，最好现在就开始培训，但我尊重你的决定。

老坪这句话的口气多了点官腔，显得很客气，以龙七对他的了解，大概是自己的价值无形中又高了一些，但老坪当然不会让她知道自己的价值有多高，这相当于让一位暴君清楚自己的权力有多大。龙七也没去探究，她将手机放回衣袋，继续吃苹果。

台下发出一声长哨，比赛伴随着兴高采烈的进球欢呼声结束，靳译肯那个队赢了。

她捋了一把长发，敷衍地拍了两下手。

最后一节课铃响后，学校就正式放学进入寒假了。

靳译肯的送别宴设在学校附近一家大酒店的包厢中，来的大多是他班的，男生女生都有。

包厢摆了三大桌，菜也提前上了，但那些个同学迟迟没来。龙七心里明白得很，靳译肯倒悠哉，打着游戏讲着电话，慢条斯理地。

来电都是其他朋友打来的，知道他要出国，都着急约最后一顿饭，他一个个婉拒着，偏偏耐心地等着他这一包厢集体"迟到"的同学。

"早说我不来。"

龙七说。

他笑笑，继续打游戏："你得来。"

心情没受丝毫影响。

等了足足半小时，人才陆续到，蒋禀带头说老师拖堂了。又过了二十来分钟，几个平时跟白艾庭要好的女生也到了，看见龙七，都转头朝另一桌上坐，靳译肯从容地应着各个人的迟到借口。

"这都最后一顿饭了?"刚落座,蒋禀就说。

靳译肯没应声,蒋禀却转头喊服务员拿菜单,边翻边劝周边人:"反正快毕业了,就当提前的毕业宴,咱班难得人这么齐。"

"这么齐"三字上,蒋禀重点念了。

特讽刺。

蒋禀跟白艾庭的关系其实不错。

而白艾庭和龙七的每一次正面冲突都少不了这人在边上为白艾庭保驾护航。白艾庭对龙七有多恨,蒋禀对龙七就有多不客气,平日挤在男生堆里的打趣没少来,插兜经过时的黑脸也没少给,尤其卓清还是他的好兄弟。

在蒋禀眼里,龙七前脚甩卓清,后脚坑白艾庭,临到毕业还把他铁哥们儿靳译肯给祸害了,同校两年半龙七就没干过一件人事。这顿饭他来得不情不愿,气势汹汹。

所以集体迟到算第一把火。

送别宴仍在继续,气氛丝毫没变,所有人都假装没察觉刚才一触即发的某种情绪。靳译肯已经跟另几个男生聊上了,而龙七靠着椅背,透过交叠的碗筷看蒋禀,他的眼神压根不朝这儿来,小半桌的人陆陆续续朝他看,隔壁一桌女生也回头望来。

靳译肯仍在聊。

但这是他和他们的最后一餐。

龙七不想让靳译肯在这种送别氛围里出国,决定这就给蒋禀一个大面子,把手机摆回桌上,拿过服务员刚递来的一瓶果饮。但她正要起身的时候,靳译肯的手突然按在了她的肩上,把她向上的力道轻轻按了回去。她看他,他依旧兴致盎然地跟对面一个哥们儿侃着,右手则稳稳压在龙七肩上。等侃完,他才在倒茶时说了一句:"坐着,不用喝。"

蒋禀说了点真心话,说靳译肯这类人永远体会不到他和卓清的感受,靳译肯应了。蒋禀又说了一堆自个儿的难处和对靳译肯的怨处,靳译肯也都点头。蒋禀最后说好机会生来都是靳译肯的,那么多条通天大道,靳译肯偏偏选条烂泥路走。他话没说完,靳译肯连杯带手往桌上叩,杯底撞出震响声。隔壁桌的女生吓得一抖,男生通通侧头,蒋禀也蒙,怔怔望着他。

龙七平静地坐在原处。

而靳译肯坐蒋禀对面。

靳译肯手肘抵着膝盖,阴沉沉地看蒋禀,在蒋禀及周边男生都愣住的三秒后,俯身从桌腿边拿一瓶奶类饮品,开盖,拿杯,倒满,往蒋禀手里递。

蒋禀接住。

靳译肯紧接着再倒满杯的酒,说:"走烂泥路的从来不是我,是谁,在座的人一清二楚。

"怎么走的,走了多久,谁逼着走的,在座的人也一清二楚。"

三大桌的人,下意识地看向龙七。

她只字不语地坐在原处。

"一个一个,隔着个群体屏障,什么话都往她身上说过,什么帽子都给她戴过,同样的情况放到你们身上,谁受得住一天两天?"他提着杯,跟蒋禀的碰一下,"她受了两年半。"

然后靳译肯一饮而尽。

喝完,靳译肯用力放杯,再倒。

"说真话不听,讲道理不听,抱团群嘲,把人逼到尽头还了一次手,更气了,开始光明正大地欺负。"

靳译肯再次喝尽。

"然后说她是疯子。"他放杯。

"疯的,所以再没人听她说话,所以踩她踩得理所当然,就算是我犯错,挨骂的也是她,因为她是疯子。

"反正也不用负责任,反正不是在座各位的人生,反正三年之后各奔东西。"

包厢内鸦雀无声。

他盯着蒋禀的眼睛,却像对所有人发难。有男生想缓和气氛,抬了手,又被周边人拉着收手。蒋禀端着一杯奶,铁青着脸跟靳译肯对视着。

终于有人后知后觉地朝龙七的方向看。

肢体暗示,眼神示意,都巴望着她劝一劝靳译肯,但她纹风不动,就那么看着。

然后"刺啦"一声响,靳译肯起了身,椅脚与地面摩擦出声,清脆刺耳,边上一圈人倏地往旁边散开,隔壁一桌女生直勾勾盯着这儿。

"确实体会不到你们的感受,我不能理解你,也不能理解卓清三番两次得到别人的信任却不珍惜。你俩稍微努力都能超过我,偏偏一个眼巴巴杵在原地,一个四处踩雷,到头来还怨各自的起跑线不一样。你知不知道同样的时间,我在龙七身上花了多少心思、费了多少脑子,才勉强站到她身边?"

话落,包厢内一阵窸窣低语,蒋禀抬额,惊讶地望着他。

"你们不是最近才……"

"把奶喝了。"靳译肯接。

然后靳译肯拿了她的外套,拉着她起身,对她轻轻说一声"走",她跟着他穿行过满是低言碎语的包厢,再听他"砰"一记关包厢门,隔断满室闲语。

那一刻龙七才稍微懂他为什么坚持带她来,还坚持等着这堆集体迟到的人。

两人继续走在饭店长廊中,龙七看着他微红的耳根。

因为蒋禀他们不是来吃道别宴的,他也不是。

他走了,她还得留在学校,各式各样的流言还得砸到她头上,两年半的语言暴力带来的伤痕也不会因为时间消散,他心里门儿清,所以他得说那些话,他得摆那个态度,他要给她铺一条安稳的后路,让她有一个能专心冲考的环境。

这是他出国前能为她做的最后一件事。

出了饭店,夜风卷着雪粒,吹得人脖颈冰凉,他叫了车送她回家。而后或许是离别情绪所致,或许是受道别宴影响,他手肘抵着膝盖,一声不吭地坐着,她用湿巾擦着他泛红的脖子,良久,他突然出声问她:"你会想我吗?"

他们事先说好了一件事,就是他走的那天,别叫醒她,她不想去送他。

他走的时候真的履行了诺言,但依旧给她买了一份早餐,凌晨五点,挂到了她公寓的门把手上。

他来时,龙七慢慢地睁开眼,也没做什么,只是听着楼道里渐行渐远的离去动静,随后继续将眼闭上,当作浮华一场梦。

"你会想我吗?"

靳译肯在送别宴后的出租车内问过龙七这么一句话。

当时龙七真的回答了。

他的眼睛有点红,她没说话,只是将湿巾放到膝盖上,低头理着,好一会儿才缓缓开口:"靳译肯,你觉得我的回答是什么?"

他没答。

她继续理着,说:"我之前想过你会问我这种问题。

"其实我们两个的关系挺奇怪的,我一开始不喜欢你,就一直习惯于这个不喜欢你的状态,你也习惯了这个状态。所以很多时候,一些应该认真回答的问题,我都敷衍带过。就像以前你提起出国的事情时,我一直挺无所谓的,久而久之你就不提了。

"但现在我觉得我的心态有点不一样了。这几天,我对你的感觉有点不一样了,我有点不希望你出国,这种想法特别不好。

"可我没法无视这种感觉,"她终于将湿巾都叠好,说着,抬头叫他,"靳译……"

靳译肯睡着了。

龙七的话慢慢地停住,看着他,看了良久后,她继续低头将叠好的湿巾展开来,没再说话。

所以那一天,靳译肯错过的是他最想听的话。

八点五十分的时候,龙七拎着他买的早餐坐到小区的喷泉池子边上。

那是她最喜欢吃的一家蟹粉汤包。

视线在这份汤包上定格一会儿后,她从塑料袋中拿出筷子,在寒风里咬了一口,默默地嚼着。

天很灰,云压得很低,这个城市的雪还未消融,依旧飘着细细的小雪粒,龙七隐隐看见万米高空之上飞机的飞行痕迹,转瞬被厚厚的云层湮没,她一口口地吃着汤包,缓而慢,一声不吭。

口袋里的手机在振动,她也不接。

九点整,机场候机室。

航班因天气原因晚点半小时,厅外盘旋着巨响的飞机引擎声,靳译肯无声地坐着,白艾庭坐在他身边。

手续全部办好,行李全部托运,座椅后头是临时决定陪飞到英国的正在聊天的两家母亲。靳译肯手肘抵在膝盖上,低头揉着熬夜一晚的脸,白艾庭在他身边轻声说:"你昨晚没回家,对不对?"

他不理她。

"你的手机快没电了。"

他揉完脸颊,看着地板发呆,还是没回她的话。

她也安静了一会儿,两家母亲正在聊伦敦与这里的气候差异,她偶尔接一两句话,随后继续安静地坐着,时不时也会往他那儿看,他没摆出任何一点对这话题感兴趣的样子。

不久后,像是经过了深思熟虑,白艾庭再次开口:"我知道,你最近对家里的逆反心强烈，所以不想和我走得近。"

接着，这种无奈的口气渐渐变成"没关系"的命中注定感，她说："但我能熬。"

靳译肯眯起眼，侧头看她。

她也望着他。

"你现在和龙七做朋友，可以，你蔑视家里的决定，也可以，我能熬。不管你现在做什么决定，我都会一直对你好，我会熬到你看清自己的那一天，熬到你成熟的那一天。四年不长不短，足够让你成长为稳重又负责任的男人。"

"只要我不放弃，"她接着说，"只要我不放弃，总有一天能等到你改变想法，而你到时也会发现这些是没用的，你和龙七只要见不到面，那种虚浮得像泡沫一样的情谊马上就会散了，因为你对于她、她对于你都不过是一时新鲜和相互利用而已，靳译肯。"

白艾庭说这些话时，他没打断，那时身后的两家母亲已经聊到有关夏季的话题。他只是不置可否地动了动嘴角，徐徐地问她："你什么都知道，那你知不知道今天早上我在哪里？"

"我没有问你，你就别说。"

白艾庭平静地回。

九点半，靳译肯发来已登机的短信时，龙七看着灰暗天空中的飞机身影。

这个城市离伦敦有九千多公里，时差八小时，来回一次二十六小时，她坐在雨雪斑驳的喷泉池子前，看了许久，看得眼睛发酸后，才慢慢收回视线。

那时候，老坪已经给她打了三个电话，都显示未接，从八点半陆陆续续到现在，还在打。

她不急着接。

出了小区，上公交车，一路到后排挨着车窗坐，车内的人零星地看向她。她把下巴埋在宽厚的粗线毛衣里，垂眼看着手机上一条未读信息。

是之前合作过的妆发师姐姐发来的。

龙七一周前就给对方发过信息，问有没有活动可以介绍给她。

天气冷，风大，吹散行人的发，吹得雪粒都刮到脸上，她看着储蓄卡内微薄的余额，呼吸着生冷生冷的空气。

她没告诉靳译肯自己捉襟见肘的现状，她希望他安心地出国，一点都别挂念她，也不要在她身上消耗资金，消耗他家里对他的忍耐值。

所以她也没有告诉他，她要在准备升学考试的同时继续做模特兼职来养活自己。陪着他时,她被捧在手心吃好睡好,他走后,她又回到单打独斗的狼狈学生样。

辜负他的希望了。

公交车驶过商圈中心,广场中心大厦的 LED 屏幕里在播放音乐节目,主持人正以隆重的用词为一首来势汹汹的单曲做着首播前的铺垫,老坪又发了条语音来。

她从包里翻耳机。

公交车遇红灯,停在十字路口,车上行人发着呆的,说着话的,玩手机间隙舒展肩颈的,都不约而同地朝窗外正对着的广场大屏幕望着。

她戴上耳机。

与此同时,中心大厦上的 LED 屏幕开始播放单曲,前奏震撼抓耳,引得边上沉迷游戏的学生也侧头看过去。她刚要点开语音,妆发师姐姐又发来条信息:你确定你还需要我这边介绍工作?

手机屏幕的光照在她的脸上,她听到车厢内响起一阵轻微的低语骚动声。她没理解妆发师姐姐的意思,回个问号,退出,点开老坪的语音,他就一段话:"下次及时接我电话,收拾一下化个淡妆,我要带你去谈几个合同。"

不到三秒,第二条信息紧跟而来:PS. 今天是你的 MV 首播日,记得看,连你都会爱上自己。

她没有任何情绪波动。

只是周边的动静越来越嘈杂,前头的人往后面看,后面的也探头往前,边上那学生甚至小心翼翼地拍拍她,她侧额,跟对方对上眼,那学生低声念叨:"我去!"

那学生的视线在她和外头大屏幕之间来回转移。

她侧头。

而看过去的那一秒,恰巧看到对面广场中心大厦 LED 屏幕中,一个正好伴着主唱嘶吼出来的第一声强音盯向镜头的自己。

身子这才麻了一下。

四月,开春。

严寒的冬季已过,天气还是冷,戒得了及膝的大衣,戒不了有厚度的针织衫。高中的放学铃在湿冷空气中打响,学生一拨拨打着伞出来,各自踏入第五个阴雨连绵的放学时刻。

同班同学严妍叫董西的时候，董西没回头。

伞面上覆盖着雨声，她正慢慢地往前走，戴着围巾，拎着一个装书的纸袋子。严妍第二次叫董西，声音穿过三四个举着伞的学生群，叫得差点破音，董西才回过头，目光在人群里稍微扫过，定格到她身上。

"你今天没有车接？"严妍用手挡着额前的雨，到她跟前问，"怎么走地铁站那条路？"

"我去买点东西。"

"你真不去班级聚会？她们都叫我劝你呢。"

"不去了。"

有人在叫严妍，严妍往后瞅一眼，朝那边打了个手势，再面向她说："既然你真的不想去就算了，我跟她们说一声，你回家路上当心点，好好复习吧。"

"嗯。"

目送严妍走后，她收了视线。

车站、马路、栏杆上布满雨迹。

从喧闹的校门口拐入商业区的步行道，董西在一家文具店买了速写本，两个学生在杂志区讨论八卦，她低头扫码，员工将本子装进袋子，说："十九。"

董西接过袋子。

她出了文具店，雨还在下。

隔壁的音像店放着爵士乐，和着雨声，曲调听着更清冷一些。她在店外的橱窗前缓缓停住，从衣袋中拿出作响的手机。

搁耳边听几秒后，她轻轻说："嗯，我坐地铁回来。

"嗯，不用接我了。

"好。"

挂完电话，人却没有往前走。

她仍举着伞，伞面遮挡着旁侧的光景，周遭车鸣声四起，人来人往，独她安静地站在原地。不久后，她慢慢侧过头，透过雨迹斑驳的透明伞面，望向橱窗内的海报。

龙七爆红的那一日开始，这里的区域就被她的海报占着。

很大一幅，几乎占满整个橱窗。

路过的学生会停下来，站在周围看一会儿。她们拍照、聊天，把和海报的合照上传社交账号。走一拨人，来一拨人，唯有她撑着伞，始终安静地注视着这块区域，没动作，无情绪，只有一阵阵的风把她脖子旁的长发吹到眼前。

直到音像店门开，一人行色匆匆，结实地撞了她一下。

伞与那人衣内的唱片同时掉到地上，董西蹲身捡伞，他也往地上瞅一眼，恰时，马路边响起一声刺耳的车鸣。

音像店门口的防盗系统突然作响。

董西刚站起身，手中的纸袋再次被从旁蹿出的两人撞到地上，而男生瞬间被摁到橱窗玻璃上，衣服内的数十张唱片噼里啪啦落到地上。两名店员各自摁住他一边胳膊，嚷嚷着要报警，龙七的海报受玻璃振动，"啪"一声滑落在店内的地板上。

三人推搡中溅起的雨水落到身侧，董西扭过头，男生被其中一人擒住双臂，另一人翻出他的皮夹子，抽出身份证时大声讽刺："刚成年呢！"

他额头仍贴着玻璃窗，喘着气，被迫看着董西的方向，两人对上视线，眼周都是水雾气，那么几秒过后，董西认出他来了。

男生却面无表情。

他吊儿郎当地站在雨中，像展示战利品一般动了动自己那被束缚的手臂，继而又被身后人推了一下脑袋，训他安分点，他才撇过脑袋，不慌不忙地舔了舔嘴角的伤口。

两天后，他的消息就来了。

四月初的雨季，离高考还有两个月，全校师生处于最紧张的复习阶段，高三年级转回一名最熟悉的陌生人。这人的脸上带着淤青，脖颈处贴着不少创可贴，他的归来如一块巨石投入平静已久的河面，瞬间激起水浪，搅起水底下的无数小漩涡。

他曾经在这所学校"名声大噪"，也曾在这所学校"身败名裂"。他转回来的头一个上午，校园论坛上已经有了数条科普帖，每一条帖子都极尽所能地述说着关于这个人的一切，整个热闹氛围仿佛回到靳译肯与龙七仍在校的时期。

有一个帖子说，他叫顾明栋，被北番录取过，但高一参加完一场军训后就被学校劝退了。

有一个帖子说，他这几年都没上学，在外面混了很多条道儿。

有一个帖子说，他之所以能回北番，是家里有背景。

还有一个帖子说，他把龙七追到手过。

董西将严妍发在班级群里的消息设置了屏蔽，消息记录停留在论坛的帖子截图上,手机提示声终于安静下来。

彼时,大半个教室的距离,三条过道,五排座位以外,顾明栋坐在最后一排的角落位置。

后桌的人向董西借笔,她回过头。

那时他也低着脑袋,在膝盖上摆弄着某些遮掩在课桌后的东西。寸头,长相阳刚,不太像个高中生,几天前被玻璃磕出的淤青还留存在他的额头和颧骨上。坐他前面的严妍恰好也抬了头,看到董西,朝她笑一笑。

董西回过身子。

董西手机上收到严妍的私信:要不要我把前几天班级聚会的照片发给你?

董西继续做着题,半节自习课后,回:嗯,发我的邮箱,谢谢。

严妍:下一次聚会你来吗?下个月周六。

她没有回。

下课铃响后,她将手机放进包里,抽出一沓英语卷子,后桌的女生喊她:"董西,去楼下上体活课了。"

"我晚一点去。"

"你在帮老师记分数啊?"

"嗯。"

"让我看看我几分!"

桌前迅速被几个人围上,她一言不发地将记分表格展开,周遭一片嘈杂。十分钟后,嘈杂声才随着上课铃响渐渐散去,最后一个查看完分数的女生拿了运动服,说:"我也下去咯。"

"嗯。"

人都走了。

之后,教室内空空荡荡的,只依稀传来操场上的吹哨声。董西将最后一个分数记上表格,从教室后排的储物柜中拿运动服。

教学楼自习氛围安静,唯有西边的班级遥遥传来一些吵闹声。她到洗手间入口,前脚刚进,入耳的话音就覆盖住模糊不清的吵闹声。那女生正说:"董西又不来是吧?"

"反正她还没回严妍的消息。"

窸窸窣窣的换衣声从深处隔间传来。

两三秒的停顿后,董西继续走到最近的一间隔间,轻轻关门。

"严妍也是拎不清,叫几次了都不来,还叫。唉,佩服她。"

"也不是严妍的错,严妍很喜欢董西的,是董西有问题。"

"有什么问题?歧视非尖子生以外的任何学生?那她怎么不回尖子班去。"

对方再次劝:"其实董西人挺好的,就是不太喜欢热闹,而且她中途才转到我们班,本来跟我们就不太熟。"

说着,她压低声音:"董西早就被龙七带坏了,我觉得她是不敢了。"

一说到龙七的名字,那女生不再吭声,董西换好衣服,推门而出,隔间的两个女生也推门出来,董西身后霎时一片寂静。

只是董西出去的时候,顾明栋的身影扎扎实实地挡住她眼前的阳光。

他正展着肩颈,背着微弱的阳光打哈欠,不知何时在这儿的,也不知是刚从男洗手间出来还是准备进去。等到人走三步,他才以刚打完哈欠的慵懒语气说一声:"你们学校洗手间的隔音好差。"

她没停。

"你好眼熟。"他再说。

她依然没停。

跑步两圈后,自由活动,学生结社的结社,打球的打球,严妍找董西,说班里两个女生想跟她聊聊。

女排社正集训,同一块场地的西边,男生打球,击球声与进筐声交替作响。董西挨着围栏,抵着速写本,纸上人物动态刚起笔,几个正休息的排球队员已经围着看,边看边聊细碎的话题,低年级的问高年级,为什么那边有个面生的男生占着一个场地打球。

露天篮球场地共两块,一块多是年级里结了队伍的高个儿男生,打得热火朝天,另一块独一人,顾明栋。

他慢悠悠地投球,慢悠悠地捡球,投一个进一个,投三个进三个。

"因为那边的男生一半都挨过他的打,"施苒也在其中,答她们,"他们怕他。"

"啊?"

"那可是唯一一个军训时候就被咱北番开除的人。"

"为什么?什么事?"于是一个两个,问得更热烈了,通通往中间聚。

严妍的声音穿插在其中,又喊一遍董西,董西朝她指的方向看过去。洗手间里碰过面的俩女生站在三米外,一个拉着另一个,尴尬地等着。

"你们仨怎么了?她俩也不跟我说,"严妍蹲下,"就说想找你解释个事。"

"我没怎么。"她答。

"那我让她们过来了。"

边上嘈杂,董西低头挪座,严妍却当她点头,起身跑过去。没跑两步,一颗篮球直砸到几人当中,没砸中人,砸到了栏杆回弹到地上,吓得严妍和两个女生都往后躲一步,董西边上一圈聊着天的也霎时噤声。紧接着,来人捡球,俩女生往后退得更快,后头的拉着前头的转身就走。反倒是严妍没看清人,抬头就喊:"会不会打球!"

顾明栋弯腰,单手捡球,严妍跟他对上眼,愣了愣。他起身扒拉开人,径直蹲到董西跟前。

施苒踩了地雷似的,从人堆里弹起来,两三个不知情况的女生受她影响也跟着站起。董西两侧皆空,顾明栋伸手就拨她膝盖上的速写本,本子"啪"一声合上,他看着封面:"想起来了。"

雨里,唱片和速写本。
顾明栋接着抬眼。
分明的三白眼瞅着她,从兜里掏东西,手掌一松,一串桃木手绳挂食指上,晃到董西眼前:"你的?"
董西抬手要拿,他收回,董西说:"我的。"
"谁给的?"
"是我的。"她强调。
"怎么你属龙?"
"这不龙七的吗?"
边上一女生低喃。顾明栋睨过去的空当,董西伸手,他又迅速收一记,两人的手腕相错而过。他说:"我说呢。"
话落,他低头,把手绳放掌心掂量了一下,两三秒后,笑着抬头:"我就说眼熟,以前我问她要了三次,她不给我。"
"那么,"他抬头时,笑容收得一干二净,"龙七是怎么对你的?"
倒抽气。

边上一圈人面面相觑。董西平静地注视他,那两个已经走了的女生又回头,脸色煞白地对视一眼。而远处传来一声哨,体育老师应该被提前打了招呼,朝顾明栋一指,高喊他名字,球场上那些男生也三三两两地望过来。顾明栋蹲着回头看一眼,再看她这儿,笑第二次。

然后他起身,瞥施苒一眼:"你不是白艾庭的小跟班儿吗?"

施苒脸色铁青。

他手插着兜,倒着走,继续盯着她们,一排一排地扫视,边走边笑,边笑边摇头。

嘲讽呼之欲出。

课后,老师把董西叫到办公室,和年级主任一块儿嘘寒问暖一刻钟,打探顾明栋是否对她造成困扰。

"他找你搭什么话,聊什么天?"

"他是不是拿了你什么东西?"

"他有没有问你要手机号?"

"他询问你家庭状况了吗?问你父母职业了吗?"

"他把我掉的东西还给我。"董西答。

办公室寂静了三四秒,老师说她可以回去了,但如果出现上述问题中的任何一个,及时报告。

云里滚一声轻雷,跟着放学铃一块儿响。

公交车窗玻璃外爬满雨痕,玻璃内覆着一层薄雾,湿气从围巾蔓延到头皮。鞋跟、衣角、手心,都是湿的。

一车厢人,半车都是同学。公交车缓缓驶离站台,董西整理围巾,放到膝盖上。后座学生用手机播视频,音乐声稍漏出来,边上的人说:"你怎么还看这个,都看几十遍了。"

"好看,"女生推回对方的手,"我们学校难得出一个明星,还不让我看了?"

"你又不是没见过她本人。"

"没见她好看成这样过,太绝了,"女生充耳不闻,"她寒假之后火成这样,你说她还会来上课吗?"

"必然,得高考呢。"

"但她现在签了公司,专门给她配文化课老师也说不定,哪舍得这个当口儿放她回来上课?何况她艺考成绩那么高。"

"她高中几年不都在混吗?"

"可她那方面好像真的不错。"

后座静了五六秒,答:"倒也是。"

"我有点想让她在我同学录上留言。"

"别让她发现你骂过她就不错了。"

"我跟风的嘛。"

公交车徐徐开过校区,进入两条街外的商区。车外人匆匆在雨中赶路,车内人摇摇晃晃,絮絮叨叨地聊天。两三分钟后,到站,又上来一拨学生。

"看。"后座的女生突然说。

车窗外,站台后,音像店门口,顾明栋站在细雨中。

他身后还有一群人,三三两两围着,撑着伞,多数面生,不是学生,唯一面熟的还是郁井莉,她正笑着与人聊天,忙里偷闲看一眼到站的公交车,高喊:"顾明栋,你还跟不跟我们走?!"

而顾明栋只罩着连帽衫的帽子,独自一人,站在龙七的人形板前。

行人陆续落座,司机鸣笛,直到前门合拢,他都没有回应郁井莉。

"他到底是怎么回来北番的?"后座人轻声问。

"有背景吧。"对方也轻声答。

"真要有背景,他军训时就不会被开除了,当时一看就没人保他啊。"

"他保了龙七。"

公交车缓缓向前驶,顾明栋用手擦了擦人形板上的雨露。而后听到后座一声压低的"我去",也听到外头陆续吹起的响哨,董西侧头,看到斜风细雨里,顾明栋俯下身,斜脑袋,将脸贴在人形板上的龙七身上。

路上车鸣,空气里浸着湿气,学生向车窗口探头,他却置若罔闻。

Part 13 ·· ✦ ·· 第十三章

仅他可见

隔天，仍是阴雨天。

早自习前的教室比以往吵，严妍帮董西把作业收齐，放到讲桌上，随后用手臂拱拱她。董西顺着她的手势朝后门看，郁井莉和三四名男女生聚集在顾明栋桌旁，几人高声说笑。

"就他还没交。那堆人也不走。"

严妍有点恼，郁井莉占着她的座。

"你先坐我那儿吧。"

董西说。

严妍回了董西的座位。

董西到顾明栋那桌时，聚着的几人都朝她看，顾明栋跷着二郎腿靠着墙面，一边看她，一边转着指头上的桃木手绳。

"交一下作业。"

顾明栋不回她。

"昨天布置的作业，各科都要。"董西重复。

他还是不搭理。

严妍悄然回头看他们，周遭的喧闹声微微减弱了些。郁井莉将手遮到嘴前，侧头到顾明栋耳边说话，他偏头听着。

郁井莉耳语完，顾明栋继续转着手绳，盯着董西："这么厉害，她还替你打抱不平。"

董西说第三回："交作业。"

"你家住朗竹公馆是不是？"顾明栋却冷不丁提这个。

手绳还在他的指头上转动。

"如果你不交，等下再来找你的不是我，找你的名目也不只是没交作业这件事，顾明栋。"

"这就想把我唬住了？"他答，"什么事？拿你的手绳？老师要管得了这个，你觉得我还能回来读这个书？"

"你的意思是想像那天在音像店一样，非让你爸妈当众道歉赔钱，才算唬得住你？"

班里半数学生抬头，他的动作一停。

紧接着"啪"的一声震响，他猛起身，郁井莉都没预料到，肩膀一抖，董西一步未退，抬眼跟他对视。

"人看着好欺负，嘴倒挺快，跟谁学的？"

"你前前后后隔山打虎有几回了，你觉得我跟她还有联系？"她直说，顾明栋一愣。

"找我的茬，三言两语又不离她。请你想谁就去找谁，不要装模作样从别人身上寻切入口，大家都很忙。"

他这会儿的气势才有点虚，回："谁想她了？"

话音刚落，董西突然将桌上的手绳拿走。

这一下产生的反应很大，顾明栋腾地离座，董西反应更快，拿到东西就走，顾明栋把桌上数十本册子甩到地上："给我！"

董西充耳不闻。

她攥着手绳出教室，径直往教师办公室的方向走，窗口唰唰唰探出一堆脑袋，走廊上的学生往两边散去，顾明栋踹开门出来，发声："董西！"

声音很粗很响亮，夹着呼之欲出的威胁与暴力。董西无动于衷，后头顾明栋走得更快，高喊第二声："董西！"

长廊上，学生纷纷从几个班级的前后门走出来，郁井莉高喊了几个名字，董西的路突然被前头班级的几个男生挡住，走哪儿堵哪儿。她回过身，顾明栋阴沉着脸朝她走，严妍追上来，拉住他的手臂。

顾明栋抽开手臂，严妍往后一摔。

拥出来的两三名女生去扶严妍，也终于有自班的几个男生冲出来劝顾明栋。董西仍然站在原地，头发与领结随风扬摆，坚定地望着前方，攥着手。

"给不给?!"顾明栋被男生拦着，粗着嗓子指着董西放话。

"拉着他！我去楼下找老师！"严妍爬起来，董西身前的学生唯恐被波及，四散到走廊两旁。

严妍穿过嘈杂的人群一路跑到楼梯转角，速度很快，跟刚巧上楼的一个人擦肩而过，彼此都未察觉。严妍继续跑下楼，而那个人走完楼梯，进入廊口，步子缓缓转向西边的教室，耳机里的声响盖住了东边走廊的喧闹。

悠闲的步子在这时停下来，她摘下其中一只耳机，慢慢回头看。

那几个文弱的男生快拦不住身躯健壮的顾明栋了，董西周旁的学生劝她躲一躲，董西不回应，也无动作。

顾明栋总算甩开男生、摆脱束缚朝董西走去，周围的女生吓得叫起来。他当即提起手臂要揪董西的衣领，而就在董西侧过头紧闭眼时，顾明栋的脚步突然在一米之外猛然停止，他的视线穿过董西，盯向她身后。

那里，有一个人刚好穿过重重围观者，拨开最后一个挡路人，来到中心地带。

她一边将视线放到他身上，一边无声地来到董西身后，单手插在衣袋内，以一种吊儿郎当的凑热闹方式打量着他。

仿佛被枪击中，仿佛唱片卡碟，仿佛一根鱼刺扎在喉咙口最脆弱的部位。

全场有那么三四秒的屏息，顾明栋盯着龙七，龙七盯着顾明栋，唯有董西在这阵突如其来的安静中慢慢睁眼，而龙七在这个时候伸出手。

龙七捂住了董西的眼睛。

董西即将重见的光明又成了一片黑暗，即将看见的顾明栋的暴力举动也被阻挡在一个掌心以外。董西想动，想回头看看身后的人，龙七说："别动。"

声音贴着她的耳畔，温柔而淡定。

龙七当时能感觉到，董西的睫毛碰触她的掌心时，痒痒的触感。

整个走廊满是喧嚣，顾明栋站在她身前两米的距离，就像三年前那样，缺的只是一堵高墙和一件被他潇洒扔出高墙的迷彩服。

经纪人老坪的来电在衣袋里嗡嗡作响，而严妍那一声"老师来了！"很快从围观人群之外传来，顾明栋回头看，龙七去握董西的手腕。

她将掌心从董西眼前放下的时候，老师的训话声从外围传来。龙七拉着董西走进身后的学生群，顾明栋发现后就想跟，但没跟两步就被老师喊住，他盯着她们。

而龙七在人头攒动间回过头，无声地，慢条斯理地望了他一眼。

顾明栋是谁？

高一时，全年级里，唯一一个性格脾气臭到能"媲美"龙七的人是顾明栋。

各种臭闻和骂帖数量盖过她的是顾明栋。

唬着她逃训，为了她殴人，让她在军训时就烙上一个小过的人，也是顾明栋。

印象深吗？很喜欢他？喜欢到念念不忘的地步？

"做他的白日梦。"四月微风，宁静操场，龙七倚着栏杆说这句话。

龙七说完后从衣袋中掏出手机，将老坪的第三个来电拒接，把手机调为静音。

"他追我追得比较猛而已，但我跟他的那些事根本排不进我的黑历史里。

"他一厢情愿。"龙七接着说。

龙七说这些时，董西坐在龙七对面的椅子上，风从董西身后吹来的时候，把她身上那股柔软的味道也送过来，缠在龙七的长发之间。

但该解释的都解释完了，董西还是没开口讲话。

场面进入一阵长久又微妙的沉默状态。远处有铃声，董西的手机随着铃声一起响起。龙七的指尖在栏杆上一点，一点，发出嗒嗒声。

董西不接电话。

她的手中似乎握着一样东西，因为那样东西，她才迟迟不腾出手去拿手机，一声不吭地坐着，任由来电作响。

"他在跟你抢什么？"龙七便用下巴指她的手，问。

董西不答，龙七接着问："他知不知道你的家庭信息？"

她低垂的眼睫毛动了动。

龙七看见了。

"知道一点，是不是？"

董西依旧不回答，龙七也没再追问了。她收回顶着栏杆的脚，走到董西面前，伸手覆到董西的前额上，董西的眼睛被刘海遮住，听她说："今天放学后我在校门口等你，你跟着我走，我送你回家。"

说完后听到第二遍打铃，龙七准备走，董西这时终于站起身，没带出丝毫动静，只听到她的一句："没必要这样。"

龙七在原地站定，风把董西淡淡的声音带过来。

"你活在你的世界里就好，你管我的话，我会花时间想这儿还有什么是你要的。"

龙七回头。

董西平和地看着身前两米处的地面："你如果真又看中什么，直接跟我说，我给，然后你走。"

风突然大起来，夹来几丝残雨打在龙七的脖子上。

龙七把外衣的帽子揽上脑袋，一阵沉默后，眯着眼回："没有，我没其他的意思。"

"你冷不冷？别站那儿说话，跟我回教学楼吧。"

"我跟你不同课。"

董西说完这句话，龙七就懂了。

时过境迁这一点是一厢情愿的事，说出去的话就如泼出去的水。龙七脑子里被琐事挤压，自以为几个月前的事已经被淡忘，但董西心里分明还留着那一回从她口中泼出的水渍，同样的地点，同样的天气，湿答答的，干不了。

龙七慢慢点了头，随后，再没说话了。

午休，龙七没回教室，她专门留在教学楼后头的墙根口。

这边时常聚着一些高年级男生。这一回，因为她在，男生们反倒来得少了，大部分看见她就"哟"了一声，抱着手臂的龙七抬一下眼皮，几个眼力好的就看明白了，叫着哥们儿去别处了。

所以顾明栋来的时候，这边的场子已经被龙七清干净了。顾明栋是跟郁井莉一块儿来的，郁井莉原本笑眯眯的，一见她，步子一停，朝顾明栋胆怯地看两眼，转头就走。

顾明栋侧头，看到墙根处的她。

龙七直入主题："你在跟她抢什么？"

而顾明栋反应快，几乎跳过了"故人相见泪汪汪"的步骤，笑里藏刀地回："老同学，刚红，架子就摆起来了？"

龙七叫他一声全名"顾明栋"时，他置若罔闻地问："你现在跟靳译肯又成知己了，是吧？"

她不答。

他说："贵圈真乱，他以前一点都不稀罕你。"

然后顾明栋掏出打火机，一边转着，一边感叹："怎么说时机这东西呢，当初我为你做那么多事的时候，他只把我俩当猴子看，我这一走，他反倒和你关系好了。"

"你挺不忿。"

"可不是，毕竟只有我，帮你收拾过那些欺负你的人。"

顾明栋军训时，跟靳译肯的关系有的一说。

靳译肯那诡谲性格最合得来的，除了司柏林那种压根不把他当回事的，就是顾明栋这种火暴直爽的。至少在当时，顾明栋给人的印象还仅仅是火暴直爽。

靳译肯最喜欢跷着二郎腿坐在暗处悠哉地看戏，而顾明栋老在明处横冲直撞，给他提供了不少节目，所以他觉得顾明栋这哥们儿好玩，玩起来挺有创意，顾明栋也觉得他人有意思，上道儿，所以两人的关系一度还挺铁。

那时候靳译肯是超级尖子生，是一眼都不肯放在龙七身上的，顾明栋追她追得再猛，他也只悠闲自在地当个戏外人，对她没产生过一丁点兴趣。

但后来就有些不同了，龙七差点被顾明栋扯进一条歪道时，在临门一脚前替她刹了把车的，反倒是靳译肯。

所以顾明栋这个人糟糕到什么程度呢？就是连靳译肯都会忍不住插手管一下的地步。

"那你的收拾是指什么？"龙七反问，"你有脸说吗？"

顾明栋不出声。

"你可以自吹自擂，但丑话说在前头。"龙七挨近他，"我不管你跟董西有什么过节，我只跟你明确一件事：顾明栋，你要再敢拿当初的招儿，放到这个学校的任何一个学生身上，我保证，我会让你承受比当初退学更严重的惩罚，到时候你那后台都不一定还是你的后台，你明白意思的。"

龙七说着话，盯着他的眼睛。

顾明栋手插着兜，低垂眼，也盯着她。

"好自为之。"天边一声滚雷，龙七话音落。

湿冷的春雨又要来了，顾明栋恣意地站在她眼前，不点头，也不摇头。

放学后，老坪派了保姆车在校门口等她。

龙七上车时，他正在打商务电话，说有个杂志片儿要她去拍。司机回头问下个地点是公司还是住宅区，老坪用手势示意他先候着，助理姑娘凑上前帮她理头发。

她倚在窗口，刷着手机，空时看一眼校门口的光景，玻璃上雨迹斑驳，人脸模糊不清。她低头看时间，然后再向校门口投去视线时，董西刚好从那儿走出来，孤身一人，撑着伞。

被玻璃朦胧化的画面在龙七的眼里逐渐清晰，她目不转睛地看着，问："我等会儿有没有事？"

老坪刚把电话打完，回："今天没事，今天就是来送你回家，免得你被人拍到坐公交车坐地铁，寒碜。"

"那我自己有事，"她说，"照我指的路开吧。"

老坪往外头望一眼："注意谁呢？"

而老坪望过去的时候，顾明栋也正好走出校门，他跟在董西的身后，没撑伞，上了董西上的那辆公交车。

"浑蛋。"龙七念。

老坪因为这两个字看她一眼。

车子跟着公交车行驶了两站路，公交车在某一站停靠时，董西从前门下车，用手挡着雨，快步走进车站旁的便利超市内。

公交车后门，顾明栋下车。

龙七轻轻扯掉左耳的耳机，没动身子，视线安静地跟着顾明栋。老坪嘱咐司机熄火，而后回了几个合作伙伴发来的信息，顺道又问龙七一句："所以那小子做过什么事？"

龙七没答，两指一圈一圈地绕着根皮筋，窗外的雨淅淅沥沥响。

"嗯？"老坪非要知道，盯着她看。

便利超市的门叮当一声响，柜台小哥将零钱找给当前顾客，一句"谢谢光临"后，视线接向门口说："欢迎光临。"

而后替柜台前的下一位顾客打包关东煮。

董西站在第二排柜架前的走道中，低头端详手中的几袋猫粮，头发有点湿，用一根皮筋松松系着。她的手腕上悬着一个绀色的便当袋子，袋子旁挂着一把透明的雨伞，未干透的雨水凝聚到伞尖，滴答一声落到地板上。

顾明栋在食品柜的一侧盯着她，一会儿后，从衣袋中掏出手机，对着她拍了一张相。

"咔嚓"，闪光灯闪过董西的眼角，她侧过头。

"我高一军训的时候，被人传过很过分的谣，"车内，龙七的指头一下一下点着膝盖，"年级里组了个群，七十多号人，七十多张嘴，把我从头到脚嚼了个遍。"

"嚯，"老坪应，"你这算校园暴力，还是网暴，或者两边都沾一点？"

"我替自己解释了一轮又一轮，但越说越错，我就不说了，后来有个人冒出来替我说话。"

"他？"

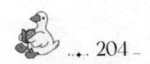

"他。"

"那这小子不是挺好的嘛。"

"所以那段时间我也只跟他说话，他想跟着我，我让他跟，他要陪我吃饭，我让他陪，他带我翻墙出营，我也跟着翻了。"

"然后？"

"我们出营的事被老师知道了，他被开除了。"

"这么严重？"老坪的注意力从繁杂的工作信息里抽出，"只开除他？"

"只开除他。"

"我看过北番论坛上的帖子，"超市内，过道中，董西身前四米的距离，顾明栋笔直地站在柜架旁，慢悠悠地说，"说你有偷窃癖？"

超市内的暖气轰轰作响，董西手中的猫粮袋子随着力道吱嘎作响，伞尖儿下又落一颗水珠子。

店内，他和她两人，第一排食品柜前的女顾客，两名柜台小哥，一名超市女经理和正在交付关东煮钱的男顾客，一共七人。

"但是好在这帮人的嘴，我最熟悉，"他接着说，"我知道你是无辜的。"

董西收了视线，背过他走。

"我看你平时也没什么朋友在边上，"顾明栋提高声音，"我跟你道个歉，咱俩重新认识认识，交个朋友？"

"有没有一种可能，是他替你全担下来了？"老坪问。

"当时年级里也是这么传的。"她蜷在座位里，看着雨痕斑驳的车窗玻璃。

"否则出营逃训就被开除，罚得未免有点重。"

"一点都不重，他该。"

老坪后知后觉，招助理回后座，坐到她边上："他是……出营期间对你做什么了？"

超市内，董西回过头，将顾明栋整个人映在眼瞳里。

顾明栋面无表情地耸耸肩。

"这次真是诚心冲你来的，跟龙七没关系。"

董西不发言的空当里，他接着说："你也不用现在就给回复，反正还有半个学期，你有大把的时间考察我。"

董西不再听，转头走，顾明栋紧跟着又来一句话："而且你也能达到你的目的。"

"他没对我做什么,他只向我邀功请赏。"

"因为他帮你说话了?"

"何止帮我说话。他瞒着我找出那个群里的学生,挑着好欺负的那些,围堵,教唆他们去便利店偷东西,全程录视频,事后又凭着视频对他们呼来唤去,索要生活费。"

车内,老坪倒吸一口气。

"他觉得你会高兴?"

"他不但觉得我会高兴,甚至以为我也愿意做这些。"

一直在旁沉默听着的女助理也倒吸一口气。

"所以我回营告诉老师了。"龙七说。

老坪一怔:"是你?"

"是我告发的他。"她利落地回,"在他向我连续炫耀十几段视频,叫我尽情花那些钱之后。我到老师那儿,当着他的面供出的他。"

"那完了,"老坪说,"他现在……"

"他现在恨我恨得牙痒。"龙七平静地接。

看清一个人需要多长时间?

她当时处境困难,所以花费的显然比靳译肯多,靳译肯虽一度觉得顾明栋有意思,但前提是这种玩法不触及他的原则底线,可偏偏顾明栋动了那条线,而他一旦看穿顾明栋在底下偷摸玩着的那些小把戏,那些就连他也嗤之以鼻的蝼蚁手段,他对这个人就完全食之无味,甚至鄙夷厌恶了。

所以当初顾明栋被退学时,有靳译肯的一票。

所以,此刻,现在,董西的面前,顾明栋说:"你信不信,只要你跟我走得近,龙七就会日夜不得安宁,你的风吹草动会让她干出各种疯事,然后,你在意的第二个人,远在英国的靳译肯,他也会受波及睡不好觉,他俩都会为曾经亏欠你付出代价。"

他说完,耐心地盯着董西。

女经理盯着他们所处的过道,别头向柜台小哥轻声说话。超市外细雨作响,超市内,伞尖儿上的雨水一滴一滴往下落,汇聚成一摊水渍。

董西叹了一口气。

顾明栋的视线跟着她,听着她以疲倦的声音答:"你烦不烦……"

"我为什么要以牺牲自己为前提，让两个未来都不会和我有交集的人付出所谓的代价？"

他努了努嘴。

董西用正常的力道将猫粮掷进购物篮子。

"不是所有人的人生都必须绕着旧恨转，事情过去就过去了，我要向前走。你不肯走是你的事，但不要拉着我陪你原地踏步。我对未来有自己的规划，你不在那个规划里。"

随着最后一句淡淡的"再见"，她拎着购物篮去柜台前付账。

超市外，董西拎着购物袋走出来，踏上一辆刚好到站的公交车，身后再没有顾明栋的尾随。龙七看着公交车驶远，对老坪说一声："等我五分钟。"

下了车，到门口，顾明栋仍然在超市中央的货柜间站着，龙七过去，用指骨节敲一敲货架。

"洗脑失败了？"

他没搭话，但把双手插进裤兜，笑了笑。

"以你的情况，能继续读书不容易，"她接着说，"回来了就好好珍惜，别再研究边缘化的事。董西很不一样，她的家人很爱她，不像我。"

"果然不一样了，"顾明栋仍旧不看她，"再过几个月你大概能开个感化班了。"

柜台处，两个小哥可能认出了她，耳语几句。

"对，所以以防你吃亏，我再提醒一句，董西和靳译肯是邻居。"

顾明栋回头睨她。

"他们两家走动还挺密的，所以你要是执迷不悟，偏要影响董西高考，那她家要是告起状来，你想想，有钱有势的邻居和三番两次闯祸的下属儿子，他爸会保谁？"

他的神色稍微改变，一些属于少年的戾气悄然躲藏。

"而他家愿意保你回来读书，你爸妈一定费了不少苦心和人情债，你最好别辜负。"

龙七走时，顾明栋一声都没吭，只是老坪好奇，上车时多问一句："靳译肯的爸跟他爸有什么关系？"

"上下属关系。"她云淡风轻地答，"他爸是靳译肯家雇了十几年的司机。"

所以说到底，那个把顾明栋弄回学校得以重新读书的所谓"家里背景"，就是靳译肯家。

这事知道的人不多，顾明栋算一个，靳译肯算一个，她算第三个，老坪是第四个，白艾庭不知道。

她接着说："谢谢你老坪，今天麻烦你了，以后得空的话你帮我注意一下那女孩，她是我以前对不住的人，你看你有没有什么人脉能帮我照顾着她，尤其别让那男的靠近她。"

"她那边的信息有可能对你不利是吗？"

龙七没多说，回："她要是有事的话，对我很不利。"

"行。"老坪答应了。

"然后，别告诉英国那边。"

"嗯……"老坪犹豫一两秒，再次答应，"行。"

那天之后，龙七被滚滚而来的繁杂事务挤得没有一丝喘息空当。

老坪体恤她还在读书，替她规划了一个比较长远的路线。他说她目前还不适合接大量工作，因为她基底不深，唱歌、演戏样样薄弱，目前吸引的一批粉丝又以颜粉居多，频繁刷上镜率只会消耗新鲜感。加之她横空出世占了不少媒体版面，国内的竞争公司一时半会儿都会盯着她，要是她树大招风挡着哪位"小花"的星路了，被暗地里使绊儿也不无可能。而她身上最容易被安上的话题就是：除了脸和身材，她还有什么？

所以老坪除去艺能方面的培训外，专门聘了几个家教老师来跟进她的学习。他要把她当一个未来的偶像培养，可不是一时半会儿的"流星"，所以国内那种一旦稍微红了就接大量商演刷存在感的事，他不做。

他要她走老路，继续当模特。

在这条路上，龙七有底子和一批忠粉，她的特点是够年轻、够自我，时尚方面的品位捏得够准。老坪想把她培养成国内潮流尖儿的时尚女孩，所以她在读书期间就可劲儿地占杂志版面吧，穿什么、吃什么、玩什么都按着她的风格来得更淋漓尽致一些。至于大屏幕、大舞台之类的，等她基底打得够深够厚了再替她规划。简单来说就四个字：厚积薄发。

性格方面老坪没怎么管她。虽然坊间经常流传一些诸如她脾气臭之类的传闻，但还没到可以被诬赖成耍大牌的程度，且导致她脾气臭的对象多是一些本身风评就不好的杂志社高层、"二代"之类的，反倒被老坪后期公关利用了一下，将舆论引导到她性格爽快、敢爱敢恨的点上去了。

他认为龙七的名字、长相、穿衣风格等里里外外都很符合这个点，容易吸揽小众"性格粉"。

龙七则觉得挺讽刺的，在学校里人人不爱的一个人，到了娱乐圈大环境里，那些被口口相传、污言讽刺的方面，反倒成了她如今讨喜的宣传点。

毕竟是白艾庭染指不了的地方了。

以龙七对老坪的了解，老坪必定私下探究过靳译肯的背景，知道他是个厉害的主，所以基本不干涉他，甚至比龙七更勤快地联系他。

她有一回忙得没注意靳译肯的来电，老坪接了，聊得还挺投机，后来老坪就会主动给靳译肯发行程。龙七觉得不管是老坪还是靳译肯，他们善于利用的本事都蛮强的。

毕业考来临之前，龙七接到一系列 MV 的邀请，对方也是一支乐队。与之前的老牌乐队不同的是，这是一支势头极猛的新人气乐队，曲风偏嘻哈及电音。老牌乐队当初从国际市场转战国内市场回馈歌迷，神单算收官之作，主唱转型做幕后制作人了。这支新人气乐队则打算从国内市场拓展到国际市场，输出的第一站是日韩，收获颇丰，第二站是欧美，正在筹备，所以他们决定利用前辈捧红的资源，用龙七来打眼熟，而且，他们希望她做整张专辑的 MV 女主角。

老坪认为，这是一个富有冒险精神的好主意。龙七认为，这是很大的工作量。

老坪说："其实他们公司诚意不错，给的价格很高。"

"他们给我的角色设定是什么？"龙七问这个。

老坪："你在 MV 里的设定是大哥的女人，后期是贵太太，从少不更事到悲情成熟，挺有意思的。"

"前期到什么地步？"

"我沟通过了，念着你是学生，会注意尺度，放心吧，造型方面我会盯。"

"他们呢？"

"他们是一群穷小子，为你争斗，后期又因为你分别站两派相爱相杀。整个系列我给你总结一下，就是一个女人引起的腥风血雨与兄弟决裂。这种没心没肺的祸国角色舍你其谁，粉丝最爱。"

"你之前说，他们这回的市场是哪里？"

"欧美。"

"有英国咯？"

"废话。"

"接呗。"龙七说。

于是老坪立刻去安排双方会面了，他要说服对方把拍摄日期定在她毕业考结束后，龙七补一句："六月二十一日那天前后别给我排工作。"

"我知道，"老坪立刻接，"那天你生日，我已经给你预定包厢了，那天你就好好玩，不工作。"

龙七的视线从一直在看的复习试卷上收回来："我没跟你说过。"

而后龙七立刻意识到是谁跟他事先告知的了。她转了下笔，叫老坪把手机给她。老坪给完就出去打电话安排事项了，龙七拨靳译肯的手机号。

但是电话没人接。

这个点，他那边应该是深夜，不接电话也正常。龙七随后没有再拨，她拍了一张桌前堆满复习资料的照片发到自己的社交账号上，只对他可见。

双方会议的时间最后定在一个周六的下午，地点在对方公司。车子开到门口时看见一些蹲守的粉丝，应该都是冲着进出艺人的照片来的，老坪让司机把车往地下车库开。

龙七耳朵里塞着耳机，闭目养神，安静的车厢内夹杂从她耳机中漏出的电子音，老坪睨她一眼："听这种歌都能睡？"

"任何东西冠上做功课的名义都能让我睡着，音乐也是。"龙七秒回他，车子停稳后，她看了一眼手机。

老坪问她看什么，她说看时间，说完把手机塞进衣袋，跟着老坪下车。

老坪算是这圈子里能来事的经纪人，他之前供职于一家娱乐产业巨头公司，手头媒介资源丰富，人脉广，对圈子内的人物大都有所了解。这一回他告诉龙七："这家公司牛在媒体运营上，乐队从推出到现在就一年时间，不靠颜值只拼音乐质量，不但被捧上主流一线，来钱还特快，所以合作前景真挺好。但你得防一个人，就是这家公司的老总。"

"怎么？"

"出名的模特控，不过没关系，你私下不搭理他就成了。"

"他单身？"

"已婚十年，老婆儿子在国外。"说这话时，两人正好站在电梯前，老坪瞅龙七，"这就是最麻烦的地方。"

"你事先不告诉我，那就走一步算一步吧。"龙七淡淡应着，没看老坪。

不过其实也没什么，那位老总本人看上去挺正常的，除了有中年男人都有的毛病——微胖外，他的作风暂时看不出有什么不好。而作为日理万机的大老板，他自然没有全程参加这次会议，只是在龙七到达后与她碰了次面，算是认识了一下。

接下来的会议，与会人分别是乐队的成员与其运营团队，龙七这边是四个人，老坪另外带了两名自己团队的人。

会议时长三小时，双方谈了对这次专辑制作的看法，老坪针对一些触及不良形象的情节进行了修改建议，如不着过于暴露的衣物、不准有吸烟镜头、不拍过于亲密的戏（包括借位吻）等，双方达成一致。而其他方面，如酬劳、档期、宣传方案等，能配合的地方都相互配合了，会议效率总体来说挺高的。

乐队主唱班卫是个长着单眼皮，有自己的一套音乐态度的男人。他说起话来就像讲 rap（说唱）一样快，与龙七搭话时五句话有两句在夸她有性格，龙七听得腻了，回一句："漂亮就漂亮，扯什么有性格，我俩没熟呢。"

会议气氛一下子就热烈了，班卫大笑着说："对！有道理！有道理！我喜欢！"

然后他非要跟龙七互加关注。

但现场也有一位不怎么好相处的人，是乐队以外的一个女人，三十岁上下，短发、极瘦、嗓音粗哑，一听就是老烟民。她在会议前期始终转着笔，班卫和龙七开完玩笑后，她突然从班卫的烟盒中抽出一根烟，打火机一打，眯着眼说："没劲。"

班卫习惯了一般，瞅也不瞅她，与会的其他高层人员提醒道："米姐，正开会呢，会议室禁烟的。"

老坪斜过脑袋，在龙七耳边轻声说："范米，词曲创作人，这张专辑里三分之二的歌是她作的，挺傲的一个人，她说什么你都别理，天才归天才，情商上是疯子一个。"

这边老坪刚科普完，那边范米将打火机"啪嗒"一声滑桌上，置若罔闻地问龙七："姑娘，你跟我们老板商量多久了？"

她的手指边烟雾缭绕。

班卫扭过头："她是我找来的。"

"哦？"范米面无表情地应，一双眼睛盯着龙七，"你因为什么找的她？脸？我写歌的时候反正没代入这张脸。"

"米儿，要抽烟，我陪你去吸烟室抽。"乐队的经纪人也打圆场。

"一起去呗。"她朝龙七抬了抬下巴。

老坪立刻接："咱们家的还是学生。"

龙七真没说话。

范米拿着烟与打火机起身，一边挪牛皮椅子，一边淡淡地说："不开会了，抽烟去，我都不认识这姑娘。"

范米一走，班卫立刻说："她都不看电视，不肯听别人的音乐，认识得了谁啊？"

这么一句开涮，算是替龙七圆了个场。老坪气定神闲地笑了笑，没说什么。

会议结束后，班卫的经纪人让助理选了个酒吧包场，邀两方的工作人员晚上聚一聚。龙七在桌下发信息给老坪，叫他回绝，老坪这厮压着手机不看，回说："行，晚上见，晚上我把大美女送到。"

班卫哈哈大笑："就要你这句话，我特别喜欢她。"

事后老坪对龙七解释："必要的社交还是要的，范米刚跟你闹了那么一茬，正式开拍的时候指不定还干吗，咱们先去收点人心。"

龙七用黑色眼珠以外的部位回应他。

到了晚上，老坪真把她送去了。

他们果然包了场，到场员工有五十多个，另加一些旗下艺人与艺人朋友，算得上一个小型明星趴。当时电音环绕，酒香弥漫，几乎听不见相互的讲话声，也看不清对方的五官。老坪跟对方经纪人哥儿俩好去了，龙七由女助理贴身陪着，但大部分时间都在陪他们的员工拍合照。

笑得脸都快僵了。

还不止，半场的时候，他们的老总来了。

这位老总一来就差人请龙七坐他那儿，说要跟她拼拼酒量，幸好那边有人提醒说她还是个学生，老总就说不拼酒了，但一定要她过去坐坐。女助理把意思传达过来后，龙七的注意力依旧放在手机屏幕上，说："不去。"

女助理为难："但老坪那儿……"

"你别告诉他就行了，跟那边说我拉肚子了。给我杯苏打水。"

话音刚落，班卫这人突然坐到她身边，沙发因他突然施加的重量而剧烈弹动，龙七没接住女助理递来的杯子，水洒了一半，全洒在手和腿上。

班卫反应敏捷，立刻抽几张纸巾帮她擦手。他还瞥了一眼她的手机屏幕："你在等电话？老是看未接来电。"

龙七用纸巾擦拭，随后拿着手机起身："我去洗手间。"

班卫往后坐了一点点，他对她超有谈话欲的样子，龙七当没看见。

口头上说去洗手间，实则直接出了酒吧。她一出大门，一身烟酒气就被扑面而来的一袭夜风吹散，周身总算舒服许多。她先给老坪发了个暂且为她挡挡局的信息，然后去翻手机的通信记录，查看靳译肯上一回给她打电话的时间。

距离现在快满一周了。

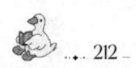

她毫不犹豫地拨电话过去，那一端依旧是无止境的呼叫声，等的时间越长，她越是不耐烦，后来直接转到语音留言甩了一句话。

"回不回电话？不回都别回了。"

说完就干脆利落地挂了，但刚放下手机不久，靳译肯的回电就过来了。

这就让龙七更不爽了，她挂断一次，靳译肯那边慢悠悠地回过来第二次，她挂断第二次，靳译肯打来第三次。酒吧外车水马龙，龙七在一堵暗墙后头接了电话。

靳译肯那边很安静，而且给她的第一个反应是笑，一边忙着手头的事情一边笑话她的那种笑。她听得到他那边翻书页的声音，她想骂他，但靳译肯此刻的声息相比较酒吧里的虚浮显得清澈太多，对他的好感度莫名其妙地上升了许多。所以龙七没骂，等他自己识相。

但靳译肯说："前几天在忙。"

他那边仍旧有翻书页的声音。

"完了？"龙七问。

"你上次打电话有什么事？"

"忘了。"

靳译肯又笑了笑，接着问："你想要什么？我给你寄过来。"

"你指的哪方面？"

"生日礼物。"

"我不要。"龙七直截了当地回，靳译肯这人在送礼上绝对秉承简单粗暴的模式，他去年送了一大堆大多女生梦寐以求的奢侈东西，她收了，然后转卖了，赚了一大笔。他不知道，他觉得这是最省事的方式，但龙七不喜欢。

"随便说几样。"他依旧说。

龙七问："你非要送？"

靳译肯还没回答，她继续说："行，我替你想，别扯其他的，你寄我一张去你那儿的机票。"

话音落后，手机那头一时没回话，而龙七又遭夜风灌了一次，这一次她的意识彻底从烟酒味儿中提了出来，脑袋瞬间清醒，开始察觉到这股子安静，也因为这阵安静，下意识地回放自己说的上句话。

但靳译肯的反应比她快。

她还没说话，他就在那端慢条斯理地回她："你是不是喝酒了？"

Part 14 ❖ 第十四章

等你回来

靳译肯这个傻子。

龙七回他:"嗯。"

然后龙七主动把电话掐断了,因为老坪的来电插进来了。她用头发丝都想得到他打这个电话是什么意思,又吹了会儿夜风后,她进去了。

那个派对持续到凌晨三点才逐渐散场,老总那边派了车送龙七回家。老坪这回机智了,说来时就开车了,司机候着呢,没沾酒。

其实司机早回家休息了。

但他这么做的原因倒不是说怕龙七被惦记上,而是彻彻底底嫌她租住的小区寒碜。他不止一次劝她换个高档小区,再次也得是公司附近的,至少还有个地域优势。龙七没耐心听,在出租车上激他:"怎么?我还打算招个室友。"

"我给你的分红少吗?"老坪反击。

"房子是你住还是我住?"

"那这样吧,"老坪说,"下次再有商务车送你回来,咱报靳译肯家的地址,到时候我在那儿候着你,送你回家。"

老坪这事暗示了不是一回两回了,靳译肯家那块全市最金贵的地段可把他虚荣坏了,他特觊觎,特想在报地址时甩一个过去,但龙七每次都无视这话题。

老大把年纪了还这样,比她个小姑娘还逗。

不过那场局之后,老坪没再给她安排工作,因为高考来临了。

托靳译肯出国前对她一番辅导的福,托老坪为她找了一堆家教老师的福,也托自己在之前自觉补习的福,这次考试她没有交白卷,而且脑子里的知识点都找得到相应的用武之地。那时六月蝉鸣,微风丝丝,考场外无车鸣与喧杂,考场内满是奋笔疾书声。她每做完一张试卷,就在心里估算自己能得的分数,觉得应该是可以了。

那几场考试中，她都没见到董西。

考试结束的当天，一向讨厌她女班长邀她参加班里组织的聚会，龙七当时在回老坪的信息，老坪把目前定下来的几个造型样图发给她了，她滑着手机屏幕，细细看。女班长咳嗽一声，敲了敲她的课桌。

龙七看她。

"今天晚上的毕业聚会，你来吗？"她生硬地说着，附加，"班主任让我通知每一个人去。"

"不去。"龙七看回手机。

班里嘈杂，外头阳台有一堆人在丢书，同桌趴在窗口拍丢书的场面，女班长则站在原地不动，好像还有话说。

龙七又看她一眼，意思是还有什么事。

女班长耸耸肩，说："来吧，你还是来吧，毕竟同窗三年，往后咱们都要散了。"

这一句话，淡淡的，从一向厌恶她的女班长口中说出来，反倒貌似戳中了心里某一个点。龙七的指头轻轻地抚着手机侧边，没说话也没摇头，女班长则一直站在她桌前。这个场面略微煽情，可惜后来同桌突然"噗"的一声坐回位子，硬生生打断了画面美感。

椅背撞到她那边了。

她皱眉，还沉浸在高考后狂欢气氛中的同桌立马察觉杀气，扭头就说："对不起对不起。"

"你……"龙七想起来问，"你叫什么名字？我一直没记过。"

同桌一愣。

其实同桌这男生还蛮好玩的，虽然没什么存在感，但这么一个学期下来，算是龙七少有的不讨厌的男生之一，而且他还挺能估摸她的情绪的（以决定自己在当下的状态要说话找死还是闭嘴生存），嘴巴也挺牢，还会替她抄作业、买早饭、收快递等等。所以她这半个学期过得还算舒心。

所以她终于想起来要了解了解他了。

同桌愣完后，答她："郝帅。"

龙七看着他。

同桌强调："就是，郝帅。"

"我觉得你的名字有点熟悉，好像在其他地方也听过这个名字，算了，不聊了。"

她说着，继续看手机。

同桌慢悠悠地讲："我进了你的粉丝后援团，现在是这边分会的会长……"

龙七又看他，她已经快绷不住了，快要笑出来了。同桌脸色通红，辩解："我是纯颜狗，不追真人……"

女班长插话："你考虑得怎么样？要不要来呢？每个班都去的。"

因为这最后一句话，龙七的注意力又被扯回来，她终于没笑出声，别过头看女班长这儿。

同桌看着她。

几秒后，她脸上的一些残留笑意缓缓淡去，答："不用了，我不去，谢谢你。"

那天晚上，下了一场雷阵雨。

龙七在这一场夏雨后，正式开工了。

她知道有一处地方正欢声笑语，正离愁别绪，正满载着整整三年的回忆与动荡，而她在这一处化着从没化过的妆，穿着从没穿过的衣服，与从没见过的人做着以后都将做的事。

雨后的空气格外湿腻，老坪在现场忙碌勘查，工作人员在调试灯光与设备，她靠在一处旧木门上发呆，梳化人员快手打理她的每一缕头发，导演趁开拍前，又亲自给她讲了一遍戏。

卓清发了一条短信给她，说：毕业快乐。

郁井莉发了一条短信给她，说：贱人。

一些从没存过的陌生号码向她发了不留名的告白。

也有一些从没存过的陌生号码向她发了不留名的辱骂。

她在拍摄间隙一条条地接收着，一条条地看着，一条条地删着，删到最后一条的时候，手机又跳出一条短信提示，董西的名字以横幅提醒的形式跳到屏幕上方。

龙七手指停在手机屏上，看着那上面的三个字：

祝平安。

现场的灯光穿透夜色，照在她微卷的长发上。她深吸一口气，看向城市上空的夜幕，光啊，全是光，看不到一点点星迹，而后看向人群外的老坪，老坪刚跟女助理交代完事项，见她注意过来，高举手臂，习惯性地朝她竖一个大拇指。

那晚的拍摄工作进行到凌晨两点，是她的单人戏，乐队的档期要到六月下旬才有空,所以20号之前都只拍一些旁支的戏。

老坪的团队提前在网上透露了一些消息,于是这几日经常路遇探班的媒体与粉丝。不过龙七每次拍摄间隙就直接回保姆车休息,不太与粉丝接触,跟剧组人员的互动也不多,大多都是老坪在张罗。

哦,对了,郝帅在暑假期间成了老坪的实习助手。他是自己来应聘的,老坪看他是后援团的分会长,又看他是龙七的同桌,相当于半个知根知底的自己人了,就先让他趁暑假在这儿打个工赚赚零花钱。

据说郝帅还展示出了自己的不少ID,这些ID发帖内容多数是围绕着龙七转的,有大号有小号。其深知网上的说话之道,在颜粉、性格粉、事业粉甚至伪黑粉之间自如转换,经常使用一句话就扭转舆论的大技能,也不乏口若悬河的吸粉长帖子,在追星方面可谓人才。

但他并不是龙七的真爱粉,他说他只是立志做个像老坪那样的经纪人,而网络舆论是他觉得在当下的明星制造产业中最有意思的一项要素,所以一切围绕着龙七运转的活动都只是他用于熟悉网络环境的练手。

但,他还是一副看见龙七就秒变文静男,还时不时露出一丝"死宅"气息的没救模样。龙七闲着时会逗他两下,忙时压根搭理不着他,就跟平时在学校里一样。

拍摄进行到六月中旬的时候,范米来探过一次班。

她来时带着一位女艺人,那位艺人在圈内同样以美貌闻名,二十八岁上下,保养得是真好,但风评不太好,曾经堪比一线,后因多次耍大牌、对记者污言相向等职业操守问题而遭媒体集体讨伐,如今处境正尴尬。老坪告诉龙七,范米这些歌就是为这位女艺人写的,她俩是闺密,但公司当然不能用这位女艺人,一来招黑,二来嫌对方年龄大不适合角色,从各个方面来看对专辑宣传都不利。范米为此闹了很久,所以之前对龙七的挑三拣四也是摆在台面上的。

龙七当时戏份不多,老坪在她拍完后就送她回酒店休息了,而后他带回一个消息,说范米这天是专门奔着导演来了解拍摄进度的,还带着女艺人转了回片场,跟大部分剧组人员熟悉了个遍,据说晚上还打算请剧组一顿大餐,好在老坪手快,发现那位女艺人的车停在停车场时就抢在前面约了全剧组,范米扑了个空。

虽说范米是词曲创作人,专辑内三分之二的歌都是她作的,但MV女主的人选她只能提供意见,决策权说到底还是在高层那儿。她要是提名了其他人,那倒有得考虑,但大局在前,提名那位女艺人的话是万万用不得的。

"哪个女艺人?"龙七问。

她那天没与范米正面接触。

老坪说:"简宜臻,你肯定看过她的电影,但她脾气真的差,前几年好好的资源都被她自己糟蹋走了,现在这处境怪不了谁,就算给新人挪点位吧。"

龙七倒觉得挺悲哀的。

不管是范米,还是这个她确实看过对方不少电影作品的简宜臻。

但这种同情没保持多久就被清除得一干二净,因为范米来找碴儿了。

乐队的档期排到25号才开始进组拍摄,旁支的戏份预计20号晚上拍完,龙七应该可以休息一段日子,但范米20号那天恰好来看了最后一场戏,当场就说不满意,建议导演重拍。

按理说她没这么大的权力,但毕竟歌是她创作的,导演跟她的关系又不错,所以为照顾她的面子,导演还真差人跟龙七说了一声。

龙七当时已经卸妆换衣服了,老坪有事外出,没及时派车过来,郝帅与女助理陪她在化妆间候车。他俩聊着些有的没的,龙七戴着耳机一言不发地刷手机,全程没参与他俩的聊天。

她在刷白艾庭的校园网主页。

顶的是郝帅的账号。

白艾庭自从去英国后,更新频率低了不少,开始还会每隔一周上传一张照片,但现在已经超过一个月没有更新,她的最后一条文字状态是三个字。

——你是毒。

"你"指谁,并不全然得知,但从这三个字就能感觉到白艾庭仍深陷在靳译肯的坑中。龙七对着她的主页看了有一会儿时间,没评论,没转发,没做任何多余的事。当时屏幕上方还不断闪出来自社交网站的信息提示,已经开始有粉丝为她的生日送祝福,随着时间接近零点,祝福的信息来得愈加频繁。

龙七关闭了消息提示,也退出了账号。

"几点了?"她揉着额头问。

"十一点十分。"郝帅说。

"车呢?"

"还没到。"

"老坪?"

"忙着呢,但说快到了。"

龙七叹一口气的同时，有人敲门来传导演的话，于是她都听到了。这事连入行几年的女助理都感到不合理，女助理正欲起身，龙七隔着门淡淡回对方："问她，哪儿不满意。"

门外的剧组人员被噎了一下。

估计也是第一次见到反呛前辈的新人，一时不知要应还是不应。幸亏郝帅意识到情况不对劲儿，立刻赶去开门解释："哦，是这样的，我们的意思是先了解一下哪方面出问题了，看能不能靠别的方法补救，毕竟现在妆都卸了衣服都换了，重拍的话太耗时间。"

郝帅在争取不重拍。

剧组人员有些为难，但仍旧返回去问了，但没想到第二回来的是范米的助理。这名助理在门外笑里藏刀地甩一句："亲爱的，演技不行，特效救不了，必须补拍，辛苦了您！"

郝帅这回蒙了，打算打电话给老坪，而这边龙七正在收拾行头，女助理问她打算怎么应，她拎着包戴着手表，回一句："不等老坪了，打车回去。"

"这就不拍了？"

"不拍。"

"那这儿该……"

女助理还没说完，龙七已经打开化妆间的门，范米的助理正候着呢，而龙七视若无睹地越过她，走得干脆利落。

对方见她一身生活装，也是愣了一下。

女助理第一个反应过来，赶紧追出来，不过后来拦住龙七的不是她，是恰好赶回化妆间的老坪。

老坪已经了解了情况，两人在转角遇到。老坪当即拉了一把龙七，劝她："等会儿，先别走，先听我说。"

龙七扭过头，老坪紧跟着说："导演已经跟我电话聊过了，他那边也是顾着范米的面子，我给你这样解决你看行不行，这边场地到时候班卫他们还会来拍一次，那时你顺便过来重拍，今晚就算了，何况造型师都走了。"

龙七没接话，但停在原地抱起手臂来，意思是也行，于是老坪安下心给导演发信息。

导演其实是个明事理的人，知道范米在鸡蛋里挑骨头，也知道造型师在拍摄工作结束后就赶其他行程去了，何况老坪提的这个解决方法可行，于是在信息里答应了老坪。

接下来就是导演那边与范米周旋，老坪则带龙七从地下停车场走，车子正停在那儿。

一路上，老坪话挺多，一半的时间在谈范米，另一半的时间致力于规劝龙七下回别再如此"帅气"。

龙七面无表情地回一句："你今天去干吗了？"

她的心情明显被刚才的插曲破坏了，整个口气带点浮躁，于是老坪收嘴了，改成另一副微笑的脸面回道："有人让我给你带礼物来。"

"什么玩意儿？"

这时，人已经走到保姆车前，老坪没说话，只赶到龙七前面拉开车门，完了还特贼，专门在她身前挡一下，等他终于将身子挪开后，龙七才不耐烦地看过去。

彼时，靳译肯正坐在她平时坐的位置上，跷着二郎腿，闭着眼休憩。他听到动静后才别过头，视线落到她身上。

车内开着灯，光打在他肩身上，透出一股连夜赶来的疲劳，但当他微微坐起身时，这股疲劳感立刻消散不见，龙七的臭脸收了一下，而他一言不发地坐在位上，笑了笑。

然后他朝她伸出食指，轻轻勾了勾。

龙七在原地站了两三秒。

然后直接卸下肩上的包，往里扔到他膝盖上，二话不说地上了车，就好像他本该在这里一样。

老坪吓了一跳，靳译肯依旧笑得没心没肺。

龙七上去后，郝帅和女助理都没上来，老坪将她的随身行李箱放到后备厢，将车门关上，同时发了一条短信提醒："注意点，别被拍到。"

龙七没回他。

靳译肯整个人则懒懒的，他这次回国显然是瞒着家里人的，行李都没带多少，至于白艾庭知不知道，他不说，他只说一句："吃晚饭没？带你去吃。"

"不用了，我节食。"龙七瞟都不瞟他一眼，前倾身子跟司机说，"帮我看看沿路有没有酒店，有就停。"

靳译肯除了刚开始装得精神奕奕，现在确实不行了，想睡了，他把龙七的手握到自己膝盖上，她用另一只手刷手机，没与他说话。

剧组拍摄场地在郊外，住宿不太方便，凌晨一点多才找着一家好的酒店，龙七下车前问司机要了个打火机。

到酒店后,靳译肯倒头就睡,龙七则捣鼓到三四点才终于走完洗澡、吹头发、保养、换衣服等一套流程,接着就没睡意了。她从靳译肯的随身物中扒出一台笔记本电脑,坐沙发上,连着酒店的 Wi-Fi(无线网)刷网页。

靳译肯睡到早上六点才醒。

龙七当时还在看网页,她穿着清凉,盘着腿,膝盖上放着电脑,手肘撑在沙发与额头之间,另一只手百无聊赖地重复按着键盘上的 F5。

靳译肯去洗澡的时候,她喝茶。

六点半时,靳译肯洗完了澡,坐到她身后的沙发上,沙发弹动,一股来自他身上的清爽味儿淡淡散开,她手中杯子内的水平面也晃了晃,社交网站上正频繁跳出粉丝给她的生日祝福,靳译肯把脑袋搁她的右肩上。

接着,一只手越过她的腰,合上她眼前的笔记本电脑。

他说:"我挺想你的。"

而后的一切水到渠成,龙七坐在他的膝盖上,脱了白色的宽大背心,解了内衣的扣子,他把她从沙发上抱起来。

两人睡到下午一点。

出酒店时,龙七着西装裤与白 T 恤,绾了一个松松的发髻,压一顶宽檐礼帽,不化妆,只给自己加了副口罩。靳译肯穿得很简单,比她还帅。他办完退房手续,一边掏着烟一边慢悠悠地走上来,他事先跟司柏林打了通电话,等会儿去附近的 4S 店提一辆他的车暂用。

司柏林的车恰好在那儿保养,能借他。

不过他又没带打火机。

龙七看他翻找半天,从口袋中拿出打火机,说:"过来。"

然后她替他点了火。

走出酒店大门的时候,剧组发来一条短信,说是明天得回去补拍镜头。龙七觉得范米这碴儿是找定了,不太爽,从靳译肯那儿顺走一根烟,他瞅她一眼:"男烟。"

她没管,自顾自打火。

但刚吸上一口,靳译肯就把烟抽走了,他宁可抽两根也不给她。龙七说:"要不你也别抽。"

他摇头。

"我心情不好。"

"我带你去吃饭。"

说罢,他招了辆出租车。

出租车先把两人送去 4S 店,靳译肯单独去提车,龙七没跟着,她在鲜有人迹的路口等他,而后靳译肯接上她。她上车后才摘口罩,靳译肯的烟这时成了根棒棒糖,他问她要不要。

"要。"

"就一根,这根。"

"你贱不贱?"

他笑嘻嘻地打方向盘上路,另一只手从口袋里掏出第二根糖,给龙七,龙七不接,他就放进了她敞开着的包口里。

"司柏林最近怎么样了?"因为车是司柏林的,龙七自然而然想到这个问题,随口问。

但靳译肯回:"嗯?"

龙七瞅着他这副德行,敞开了说:"他和雾子。"

"哦。"

她看了靳译肯两三秒,追问:"他俩怎么了?"

"你问雾子就行了。"

"她不接我电话,好像换号码了。"龙七说着,打了靳译肯一下,"司柏林怎么她了?"

靳译肯一边控方向盘,一边以事不关己的态度回:"他们俩没结果,你从一开始就能看出来。"

"就像我俩是吗?"

"我俩不是,爷对你真心诚意。"

"那怎么他俩就是了。"

车子停在一个红灯前,靳译肯别头看她:"司柏林跟我的区别在于,我要是喜欢一个姑娘就必定得到她,让她心服口服只跟我,但他不是,他压根不会喜欢上一个姑娘,懂没?"

"他喜欢男的?"

"不是,"靳译肯笑,"你怎么这么可爱?"

"那我觉得司柏林在感情观上的问题比你大。"

靳译肯对这句话不置可否,说:"他有他考虑的地方,你没看见。"

然后他转话题:"想吃什么?"

"面。"

"七啊，"十字路口的红灯跳为绿灯，车子转进右边的路口，他说，"你真好养活。"

靳译肯后来带她去了市内最有名的一家老字号茶餐厅，要了包厢，指定了一位口碑好的厨师。在这之前他还去一家甜品店拿了一个事先订好的杧果蛋糕，龙七问他什么时候订的，他说昨晚下飞机后。

他一边点蜡烛，一边叨叨："唉，你又被我养大一岁。"

龙七用看熊孩子的眼神看着他。

而他也确实饿了，除去招牌面，他另点了一大桌子菜加两笼新鲜出炉的汤包，搞得好像在英国饿坏了。龙七反倒吃得很少，两个汤包加几口面汤就算吃过了，旁的也只吃了几块杧果，没有再继续。

她就看着靳译肯吃，一边看一边将小腿搁在他的膝盖上，用手撑着自己的脸颊，发呆。

茶足饭饱后，靳译肯带她走。

此刻接近下午茶时间，餐馆大厅里的人比刚来时多了不少，龙七没戴帽子，只戴了口罩，安静地走在靳译肯后头。朝他俩看的食客有不少，但应该没认出来，因为她一直低着头看手机。

老坪正频频发信息安抚她，好让她明天能好声好气地出现在拍摄现场。

——我要不来呢？

她回复。

老坪发给她三个字：老祖宗。

老坪知道她脾气，不要钱的怕不要命的，他说龙七的脾气就属于不要命的那种。只不过现在她要养活自己，所以才愿意顺着别人的性子，愿意人前微笑，愿意把桀骜高冷那套都收干净。但真遇上频频冒犯挑刺儿的主，就她那小暴脾气，不按着压着，肯定分分钟戳人痛处，然后退圈走人。

而范米想把女主角角色拿回来，不找公司不找乐队，专门找她挑刺儿也是猜得着理由的。现今为止，龙七对外的形象还模糊，礼节上虽然在老坪的"管教"下把持有度，但不常说话，不太主动理人，很容易与"态度傲慢"牵扯上关系，更别说搅和这种诸如"漠视前辈"的浑水。范米这是试她的水呢，万一试成功了，也算个突破口。

老坪把利弊关系一一发了过来，龙七看着，这会儿已经跟着靳译肯走到地下车库了。车子的解锁声在空旷的空间内回旋两下，他拉开副驾驶的门，临走时往她那儿瞅了一眼，瞅见屏幕上的消息，就从她手中"顺"过手机。龙七没抓稳，看他时，他已经在往前滑聊天记录了，他问："范米是谁？"

接着滑到简宜臻的名字，他笑了一下，这一记笑是有点意思的，龙七问："熟人？"

"猜。"

随后他把她的手机关机，放进自己裤兜里，用下巴指指副驾驶："上车，带你去个地方。"

"甭给我扯话题，"龙七不上，"你怎么就熟了？哟，你也兴追星这套？"

"回头我发你点东西，别跟老坪聊了，不是什么大事。"

"你要发我什么东西？"

"你猜。"他依旧说。

龙七没猜，靳译肯就那副死德行，越是理他他越起劲儿。她就看了他一眼，话都没多说一句，连一声呵呵都没给他，上车了。

出车库时正是下午两点，盛夏的这个时候会来一场短暂的雷雨，电台在放毕业季特辑，靳译肯提了一嘴高考的事，问她对成绩的推测，她说："分数出来之前怎么说都是扯，查完分再看吧，老坪想让我上戏剧学院。"

"你想上什么？"

"我随意，分数够，上什么都行。有水吗？我渴。"

她话一落，靳译肯调转方向将车停在一家便利店门口："有。"

他下车前把手机留给她，刚开机，手机又来了短信声，仍是老坪。他管不到龙七明天的行程，现在又来管她的账号所有权，因为从零点生日到现在她都没在社交平台上发布任何回应，粉丝们都巴巴等着呢，老坪建议她发个感恩的状态。

她不理。

老坪又要她的账号密码。

她不交。

她回老坪：今儿不想工作，明天发。

老坪很快回复：我就这一个要求，账号我管，你更轻松。

老坪之前还想把她的校园网账号注销掉呢，最后在冷暴力下只退而求其次设置了权限，不允许非好友浏览，他因此常常说她是自己经手到现在最不怕得罪他的艺人。这种性格的艺人最后通常有两种结果：一是黑到死，二是红到死。

老坪说大部分艺人是前者。

龙七依旧没理老坪。

一声滚雷之后。酝酿许久的滂沱大雨倾盆而至，车窗旁噼里啪啦的巨响声拉回她的注意力。这会儿外面水雾朦胧，便利店内，靳译肯正在柜台前付账。

这么一眼扫过去，人是真的挺帅，个子拔高，气质出众，让他别长残就真没长残，挺好。

他出便利店的时候，豆大的雨点在他和车子之间划分出一道水线，他冒雨上车。

后来，车子绕过半个下雨的城市，将她带到一座毗邻市中心公园的住宅楼盘，楼有三十多层高，建筑设备极其高档。靳译肯在地下车库停好车，直接用小区的业主卡刷卡进电梯。龙七抱着手臂走在他后头，因为昨天睡得晚，这会儿打了个哈欠。

电梯停在二十六楼。

这里的楼，一层就一间单位，占地面积少说也有三百平方米，而靳译肯有这一间单位的钥匙，他开了门，斜了斜脑袋让她进去。

"你这是？"

"我爸买下这间单位的时候，我妈不知道，"龙七进去后，他用脚关门，"后来他有了其他爱好，这里就闲置了。你住这儿，让老坪把工作室也设在这里，他乐意。"

罩在家具上的防尘布唰啦几下被拉开，这会儿，公寓里的感应灯也陆续亮起，客厅、卧室、厨房、小吧台等区域依次明亮，层层叠叠，宽阔又繁复。

"你这儿弄得也太暴发户了。"

靳译肯正按着墙上的操控台调中央空调的温度，笑了笑："女明星喜欢。"

龙七瞥他。

他调完空调，从果盘里拿一颗糖，拆了锡纸包装扔嘴里："顾明栋有没有缠你？"

"还行吧，老坪那儿看着他。"

她边答，边走到阳台区域，这里没阳光，被厚重的窗帘覆盖着，不太明朗。看了一会儿后终于抽出手臂去拉窗帘，"唰"的一下，声音刺耳，靳译肯循声看过来，龙七在一阵散开的灰尘中咳嗽，随后眯了眯眼，一束黄昏雨后火烧云的晚霞光照射到她脸上、身上，阳台的地板上，光中浮着星星点点的小小幽尘。

雨刚停，阳台外，远方天边现出两道彩虹，一道深，一道浅，两相重叠着横跨半座城市，以金色黄昏为背景，霞光万丈，壮丽得很。

"我无憾了。"靳译肯说。

龙七回头。

他单手插在裤兜里,慢慢地嚼着糖,注目着她的方向,说:"我的人生已经圆满了。"

彩虹,夕阳,她。

龙七将窗帘重新拉上,阳台的光亮瞬间消逝,她回身说:"别拿老坪做借口,我不住,我住我那儿挺好的,你跟老坪一个德行。"

"什么德行?"

他这一问,龙七还真说不出什么德行,他那边拆着第二颗糖,一本正经地看着她。

"反正我不住,我觉得我现在租的地方挺好,不想换,再说了,即使换也是我自己的事,干吗住你家来?"

"你自己的事?"靳译肯开始低头找齐沙发上的各式遥控器,回她,"那我是谁,哥们儿?"

"你别挑我语病,没意思。"

他摇头笑,龙七接着说:"而且我现在不换居住地是有原因的,我想买房,靳译肯。"

话落,靳译肯看她。

她慢慢地踱着,目视着阳台窗帘缝隙中挤进的一点点夕阳光:"你家房产多自然不觉得怎样,但我没有,我从小到大都没有一个固定的、完全属于我自己的居所,所以我想买房,用我赚的钱。"

沙发上的遥控器都找齐了,他坐着,把它们放茶几上一字排开:"行。"

然后他说:"但是你买房的钱,有一半必须我来出。"

"不行,没的谈。"

"我跟你说半个八卦。"

靳译肯话题急转,龙七没跟上,她还没转头瞅他,他就说:"我说我认识简宜臻,你知道是为什么吗?因为曾经她挤破头想往这儿住,她想钓我爸。"

"……?"

"另一半等我走了再告诉你。"

龙七用嘴型说出"what the f××k"三个词,他好像这才觉得爽了,给出一个痞里痞气的笑。

所以住所的事,暂且搁浅了。靳译肯是说随她,但把钥匙和业主卡留在了她那里,意思明了。

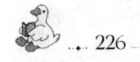

那天之后的行程就是去了机场，飞英国的回程飞机是当天晚上八点的，靳译肯能在这里撑一天已经挺不错了，再多一天指不定就会被白艾庭一状告到国内，大做文章。

"她还是老样子？"龙七提。

这一次问话，靳译肯没回答，他低头绕着手指间那根黑色橡皮筋，仿佛不愿意在白艾庭身上着墨过多。

其实他这次回国的整体状态看上去并不好，全身总被一种摆不脱的疲惫淡淡笼罩着，仿佛心里有块地方郁结着，重重地拖着他。

他还是个公子哥儿，但是不太像个少年了。

机场的广播不停播报班次，龙七盘着双腿捧着热茶，头顶压着宽檐礼帽，安静地看了看他，然后无声地喝了一口茶。

帽檐遮着她的半张脸，阴影覆盖到她的嘴角那儿。

两人一直无话，直到广播终于播报到他的班次，他才有起身的意向。龙七这时从包里拿出一根他之前丢进去的糖，慢慢地拆糖纸。

靳译肯俯身抱了抱她的肩身，说："我走了。"

龙七没动身，将糖递进嘴里，等到他走出三步之外，才叫一声："靳译肯。"

他停步，往她那儿看。

"还记不记得上一回你走之前问过我一个问题。"

"什么问题？"他口头这么答着，但脑子里似乎想起来了，将手插进裤兜中。

"你问我会不会想你，"她回着，"现在我也有一个问题想问你，你只有一个选择，你是想再听一次我当晚的回答，还是想听我的那个问题。"

"回答。"他毫不犹豫。

龙七无声地含着嘴里那根糖，在他话落后，抬头看了他。

"你想吃糖吗？"

"这是问题？"靳译肯笑嘻嘻地反问。

"这是回答。"

话音刚落，糖在她的嘴里"咔嚓"一声被咬碎，她人也站了起来，和靳译肯之间的三步距离被她变为半步。靳译肯仍看着她，她则将右手放到他的脖子上，在他做出反应之前拉他，拉得他斜过身子，两人的身影在纷繁的人流之中重叠，然后嘴唇相碰。龙七把温热的糖给他，把嘴里的甜味儿也给他，揽着他，与他接吻，足足相贴十秒后，轻轻地放开，双眼近距离地注视着他的眼睛。

"我等你回来。"

这大概是最饱含深情的回答了。

靳译肯那么善于揣测心意的一个人，立马就知道她在向他表达什么，紧接着就把她的腰身揽住，让龙七与他真正相拥。机场播音连续不断，她的帽子与靳译肯的行李一起落在地上。

她是经过了深思熟虑的。

情感的付出不能永远都是单向的，既然自己心里对靳译肯的感情已经到了某种程度，那就该向他坦诚一点。她明白这一次主动对靳译肯来说意义有多大，在这段关系里，她从来都是不负责任的那一方，想留就留，要走就走，乃至靳译肯不断屈就她，给她现时的住处，在她的未来计划里预定一半席位，都是因为他缺一种被她肯定的踏实感。他在这段感情关系里，快成为类似白艾庭那种角色了。

现在龙七给他踏实感了。

正因为如此，直到最后，飞机起飞，龙七也没有问靳译肯，他腰上那个看上去时日还不久的纤细咬痕，是哪里来的。

Part 15 ·◆· 第十五章

清空主页

出了机场,她给一整天都在吃闭门羹的老坪发了条信息,说明天她复工,把行程表发她。

老坪的反应称得上谢天谢地,问一句为什么终于肯了,她回:攒钱买房。

只不过有些事不是单靠突如其来的醒悟和勤奋就可以的。复工第三天,范米再次来探班了,她这一回直奔休息间,一来就把随身的打火机掷到龙七跟前的梳妆桌上,人也抱着臂往桌沿一靠,两指间夹一根还没点火的烟,盯着她,一副要龙七给她点烟的意思。

"范姐……"

"去给我倒杯水。"

范米头也不抬地差使意欲调节的女助理,然后对造型师抛一句:"导演找你。"

好了,人都走了。

龙七在嚼糖。

她的手上在玩一个类似九连环的解环类玩具,郝帅给的,打发时间用的。范米这么来势汹汹地出现,她也就瞥了她一眼,嘴里的糖从左边口腔移到右边,均匀了甜味儿。

彼时老坪正身处手下另一个艺人新剧开机的发布会现场,留龙七一人在这儿拍MV。她处变不惊地瞅着范米,全身上下只有两处动着,慢慢解环的手指,缓缓嚼糖的脸颊。

范米说:"来一根?"

随后,她两指间的烟一个打转,烟嘴朝向龙七,烟尾对着自己。

龙七的视线往下飘,注意力收回到解环游戏上。

"不抽。"

"我教你。"

龙七不回她。

"老坪说你乖,导演说你文静,"范米这么说着,烟嘴又一个打转朝向自己,拿过桌上的打火机,点上烟吸一口,再吐一口气,烟雾在嘴边飘得四散,她朝坐着的龙七俯下一点身子,"我不太信。"

她说完收回身子,手指头点了点烟,一缕薄灰往下落。

龙七手里的金属环解开了一个,放到桌上,不急不慢地解下一个。

这个时候,范米轻轻地将手摁到她的双手上,化妆镜周边的灯穿透烟雾照在两人之间,等范米移开手,一小叠相片无声无息地躺在龙七的膝盖上。

相片里,龙七站在昨日酒店的门口夹烟打火,宽檐帽遮了半张脸,却露出辨识度颇高的下半张脸,一帧一帧都被定了格。

倒数第二张照片,她叼着烟看手机。

最后一张照片,她和靳译肯讲话,靳译肯的身子挡住她半个侧影,镜头没拍到两人的脸,他俩头顶上的酒店标志却被拍得十分清晰。

整体像素模糊,但该抓的重点一个没落下。龙七安静地看着,范米安静地抽着烟。

"我向来不相信,进这圈子的能有什么好女孩。"她缓缓说。

老坪平时不准她碰烟还是有点道理的。

"让我想想你家经纪人给你的定位是什么,偶像?年纪轻轻就抽着烟和男人开房的偶像?架子摆得可真大,一上镜就不准这不准那了,搞得我以为你家教有多好。"

范米说得直白,口气实打实地居高临下,一副"既然被我捏住了把柄就接受我的侮辱吧"的架势。龙七抬额看她,范米以同样的眼神盯着龙七。

"不是我想欺负你,妹妹,歌是我的,我的歌不是写给你的,我不想你出现在我创作的东西里。不管你是以什么方式上位的,我要你撤,你不主动,我就让你被动。这会儿我在跟你谈交易,你明白了吗?"

烟雾缭绕,灯光刺眼。

在这么一长串话语后,在长久的对视后,龙七手下"咔嗒"一声响。

范米循声往下瞥一眼,又迅速回到与龙七的对视上。

龙七这会儿,将第二个金属环解了。

金属环"咔"的一声被扔到桌上,龙七斜了斜脑袋,将隐在发丝后的耳机摘下来,仍嚼着糖,淡定地看着范米。

"去啊。"龙七说。

"你拍到的又不是我介意的东西,也不是我见不得人的秘密,爱给谁看给谁看。"

"所以去啊,随你。"

范米指间的烟草烧着,龙七的糖嚼着,两人的对视中,谁也没退下阵来。

前段日子被老坪压着没跟范米有什么正面接触,各种讽刺性的语言也勉强像海绵一样吸收了,现在还真当她是个好欺负的主,堂而皇之地跨过老坪和她谈交易。殊不知她是出了名地硬气,老坪尚且能考虑到大局,她?

撕呗。

范米有那么几秒看得出来是在反应,随后化妆间门口传来几声急促的敲门声,工作人员来催了,范米随即凑近她压低着声音说:"你不介意可大众介意,网民介意,谁让你红谁介意!"

"身败名裂而已。"

龙七秒回。

几乎是话落的同时,化妆间门开,范米将烟摁进相片堆里,升腾起一股难闻的胶味儿。

范米挟带着一股狠劲儿走了。

与范米擦肩而过的是毫不知情的郝帅,随着门被"砰"的一声砸上,郝帅双肩一抖,而龙七又从糖盒里拿出一颗软糖,递进嘴里,再将耳机塞回耳朵。

郝帅问发生什么了,要不要给老坪打个电话说说。

她把眼闭着,说:"没什么。"

好一会儿后,从兜里掏出手机,她编辑了一条短信给靳译肯发过去。

下午,老坪没有打电话来,从这可以看出范米还没找他谈所谓的交易,这说明两点可能性:第一,范米不想跟老坪直接对垒,她不想把事情闹大,这事她没底;第二,范米是个疯子,打算直接跳过交易就把照片发网上,让公司在舆论压力下撤下形象受损的龙七。

但这并不一定就能把简宜臻换上去。

换下一个名声大臭的人,让另一个名声发酸的人顶上,这逻辑有问题。按照老坪的说法,简宜臻现在这咖位怎么着也没法轮到这份工作了,唱片公司是想让MV锦上添花才找的龙七,但简宜臻的目的是想靠MV翻盘,那是雪中送炭,这抹炭黑谁肯沾?

范米想送根稻草给她的闺密,真情可鉴,但大家都不想陪玩。

"米姐她是个音乐天才，"拍摄间隙，乐队成员提了这么一茬，"可惜人太执着了。"

龙七不止一次听人这么叹息过。

老坪也提过范米这人要是不那么意气用事的话，按她的才能早就大有发展了。可惜。

"要是能邀她给你写一首歌就好了。"在刚接到 MV 邀请时，他还这么设想过。

而到了傍晚拍摄快结束时，简宜臻本尊来了。

到底今时不同往日，以前在新闻里看到这名女艺人时，总见她周边一大批记者的长枪短炮镁光灯与十几名保镖开道，现如今低调多了，身边只跟了一名小助理，包、外套都是搁自己手肘上挂着，绾着头发，戴着墨镜，皮肤很好，妆只化了一个偏深的红唇，带着点浮华过后的须弥气场。

但她真的挺漂亮的。

她来时，龙七正靠在拍摄仓库的一根石柱旁看下一场戏的脚本。简宜臻与导演和班卫他聊了会儿，然后，就到了龙七这儿。

龙七的造型还处于 MV 中的年少不良阶段，外套落下半肩，整个人吊儿郎当的，看上去不太友好。尽管如此，简宜臻还是主动向她说了第一句话。

"你真好看。"

一个美人，对另一个美人说：你真好看。

龙七看她一眼，简宜臻的唇边有微微的笑意，接着她降下视线看向龙七手中："是明天的戏本吗？看得这么认真。"

龙七说："今天的。"

她说："拍到哪儿了？听说年少阶段的戏份快拍完了。"

"快了。"

她说："加油。"

她这么说着，嘴边的笑没有收。

墨镜也没有摘下来。

"谢谢。"龙七说。

她们貌似结束了对话，但偏偏在龙七收回注意力的时候，简宜臻突然摘了墨镜上前一步，伸手扼住龙七的下巴，她的高跟鞋与龙七的靴子仅差半步，龙七本能地后退一步，两人之间的气息相互冲撞，旁边两人的助理都吓了一跳。

"我看见你被偷拍的照片了。"她低声说,"你真像以前的我。"

"年轻,漂亮,骄躁。"

两人在这个小角落里相互逼视,她离龙七越来越近,乃至最后凑到了龙七的耳边:"米儿想把你的照片公之于众来替我换取角色,但我说算了,我觉得大家不如各退一步,毕竟世上还有这么多两全其美的方法。"

然后,抚着龙七下巴的手缓缓移到龙七的肩上,拍了拍:"加油,合作愉快,小美女。"

简宜臻这么说完一大段悄悄话后,将手上的挎包和外套甩到助理怀里,助理猝不及防地往后退一步,等到简宜臻重新戴起墨镜,助理就忙不迭地跟着"主子"走了。

走了!

龙七回头问柱子后的郝帅:"她有神经病?"

"你的脸没事吧?"郝帅怕简宜臻的指甲藏毒,能致人毁容。

这时候,衣袋里的手机突然振动,龙七的情绪正要爆发,郝帅怕是老坪来电,唯唯诺诺地提醒她看,她动作带风地从衣袋里掏出手机,低头扫了一眼。

而这一眼后,龙七那股略带浮躁的呼吸渐渐平稳下来,要说出口的话也止住了。她盯着屏幕,没有动作,安静无声。

三小时前,她发给靳译肯一条消息。

——你上回说的简宜臻剩下的半个八卦是什么?

三小时后,此刻,靳译肯发来两张图片。

这两张图片右下角都标有拍摄日期,显示摄于同一天,只是一张是上午,一张是下午。龙七边看边将额前的长发往后捋,郝帅问她是什么,她摇着头把手机塞回衣袋里,吸了口气。

这个简宜臻,为了翻盘,都做了些什么啊?!

没过几天,消息过来了,龙七的戏份拍到年少阶段截止,后头的成年阶段改由简宜臻顶上。换言之,两人平均分配同一角色的不同时期。再换言之,龙七被耍了。

老坪出奇地愤怒。

但他表现得出奇淡定,头一件事就是去把酬金搞定,由于对方违约在先,龙七照样获得整支MV的酬金,此外还另入一笔违约金。老坪把酬劳这事的主动权抓稳后才飙情绪,但也只是关门对龙七说一句:看吧,这圈子就这么没谱,你不牛×，人家想换就换。

龙七啃着苹果，从化妆镜中看他一眼。化妆师给她卸眼妆，她闭眼。

"妹子，"化妆师说，"你的底子在我见过的女艺人里算好的，好好保养啊。姐看好你，没事，咱下回再合作。"

化妆师经过几天的相处还挺喜欢龙七的，说她上妆配合，不作不矫情。

"唉，那一位不好伺候吧？"女助理适时搭了一嘴。

谁都晓得"那一位"指谁，化妆师也没当有外人，呵呵笑一声，耸耸肩。

"范姐真把简宜臻带进组了，也是牛。"郝帅也搭了句嘴。

"范姐和那一位一向亲近，两人认识的年头也有十几年了。"化妆师应和。

老坪没参与话题，他在化妆间踱来踱去用手机发消息。等龙七卸完妆，人都下去后，他关上化妆间的门，搬了一张椅子坐到龙七面前。

"知道简宜臻为什么能翻盘吗？"他问。

龙七透过镜子瞥他一眼。

"知道我为什么占理但没法手撕他们吗？"

她对着镜子拨头发，还是没答。老坪见她不认真，干脆把自个儿的手机撂桌上，手机屏幕里是前几天她和靳译肯的偷拍照。

"在我为你的事情和公司谈判前，范米发我的。"

然后，老坪开始摆出一副慈父教育逆女的苦口婆心姿态来："郝帅说范米事先找你谈过，祖宗，这种事你得告诉我，我心里有谱才能事先周旋，我兜得住，但我就怕你把我当外人，你虽然脾气犟，但你是我最喜欢的一个苗子，下次……"

老坪还没说完，龙七从兜里掏手机，屏幕朝上撂桌上。

他瞥一眼。

视线刚沾上屏幕里的内容，他的慈父脸一秒就变，刚想伸手拿，手机率先被龙七收走。

"我被换虽然有我的原因，但这原因只占十分之一，另外十分之九你也看见了。这件事情算我栽了，我不打算翻盘。这事咱翻篇儿，下一个工作我全力配合你，你觉得怎么样？"

龙七这么一套套的，反倒让老坪不信了，他说："别啊，你收得太快了，我还没看清。"

"你看清了。"

老坪这才换一副讳莫如深的口气："简宜臻这把柄，可不小。"

"我跟她半斤八两。"

"你真不打算清算清算？"

"不打算，我原本就嫌工作量大，现在工作量减半还照样拿钱，何乐而不为？各自抓着对方的把柄安安分分过日子。"

"再说了，"龙七补充，"她一旦接这个盘，范米和她，早晚有一个人会崩。"

靳译肯给她发来的两张照片内容很直白。

第一张是简宜臻和唱片公司老总在地下停车库同车出行的画面，现场无第三人，双方举止亲昵；第二张是简宜臻和范米同进某大厦电梯的画面，简宜臻的手挽着范米的肘，她在亲范米的脸颊。

两件事发生在同一天。靳译肯的信息后头附着一句话：想要多的就去问司柏林，他不只做学校生意。

所以简宜臻和范米不是闺密。

凭着靳译肯早前一句"她想钓我爸"，龙七就隐约猜到这些照片是因何而抓取的，也由此知道范米为什么一心要从自己这儿抢角色。可惜范米对简宜臻一往情深，简宜臻却不安分，攀了这个又攀那个。恐怕范米本身也只是因为在音乐圈的影响力而被简宜臻攀附利用。

可怜的范米。

"行吧，"老坪也死了心，收起原本打算长篇大论教育人的姿态，从椅子上起身，"刚把一个杂志旅拍的行程提前了，你这几天准备准备，其他后续工作我来做。"

"老坪，"龙七在他埋头进手机进行线上工作前，叫他一声，"谢谢你啊。"

老坪算是某种意义上第一个认可她并赋予她社会价值的人，虽然与个人利益相关，虽然俗气。

MV的拍摄工作告一段落，龙七在简宜臻进组的那一天退组了，之后接的大多是杂志拍摄任务，老本行，只不过从以往的内页模特升级为封面女郎。随着杂志曝光率提升，一些时尚类博主开始对她加以关注，作为开年红起来的新人，经过小半年的积淀，她的关注度在暑假越发高涨起来。

那几天，高考的成绩也出来了，龙七的分数险上一本线，能不能被靳译肯替她择选的几所重点大学录取两说，倒是那时老坪要求她填的一些戏剧专业相关的院校都发来了录取通知，她考虑之后，选了坐标在本市的那所。

她在这方面问过靳译肯的想法，但靳译肯的回复在她做完决定的一天后才迟迟发来，说随她。

当时她刚拍完一套棚内写真，休息间隙从助理那儿拿了手机看到信息，六月末的气温直达三十多摄氏度，棚内更烤得人焦灼，她的手指在键盘上快速按，一字一字地打"你最近在忙什么"，指腹在发送键上稍微迟疑后，又逐字删除。

转而登录校园网，退出自己的账号，登上郝帅的，在关注栏点击白艾庭的头像。

不同以往的是，白艾庭的主页一片空白。

刷新了两次，都是一样的页面，全空。

她叫了一声郝帅，问他是不是账号出问题了，郝帅反问她："你不知道？"

"知道什么？"

郝帅话语一顿。

龙七让他说。

他这才摇摇头说："呃，这几天校论坛都讨论得沸沸扬扬的……要不你自己去看吧。"

"不看，你说。"

于是郝帅用一种小心翼翼的口气说："她……前几天账号异常，所以干脆清空了主页。"

"就这样？"

"嗯。"

龙七把手机递给助理，手塞进衣袋里："那这有什么好讨论的？"

"因为她传了照片……"郝帅说，"虽然不到半天就删了，但从浏览量来看，扩散度挺大的。"

"什么照片？"

郝帅支吾不语，龙七就直接拿过他的手机，按他对于八卦的敏感度，肯定当下就截图保存了。果然在相册里翻到疑似照片，她初看时没认出来，一滑而过，郝帅提醒："就……就刚才那张。"

她再滑回去。

眉头皱了皱。

白艾庭的这张照片，背景在卫浴间，且不说一看就喝高了的晕红脸颊和半湿不干的头发，光是精神状态就令人咋舌。她屈膝坐在浴缸的边沿，肩带滑下肩膀，浴缸边放着香烟盒和啤酒瓶子，两手指间正夹着一根烟往墙上摁，脸上仿佛有残笑，眼神里也透着一股子自甘堕落的意味。

照片上传的日期是龙七生日往后的第三天。没有文字，但浏览量高于白艾庭以往任何一条相片状态，且还只是她发出照片的两分钟后。好学生的自弃比坏学生的浪子回头更引人关注，这早就被验证的现象，如今又来演了一次。

龙七淡淡地问："网上还有吗？"

"没有，二次传播的都被删了。"

光凭这句话，她就知道靳译肯在管这件事了。

她点击右下角小垃圾箱，照片上跳出红色删除选项，郝帅欲言又止，她把照片删了。

这世界上的故事那么多，我不确定我的戏份占多少，我知道我并不那么讨人喜欢，也不像我表现的那样友善懂礼，我虚荣、骄奢、敏感，董西那种真正的好性格我及不上，龙七那种纯粹的坏心思我也挨不到，我上不下下，庸庸碌碌，一生多半是忍。

但即使这样，我还是不甘于当配角。

我是在照片点赞量破千的时候去找靳译肯的，就像四年级时被同校的大孩子欺负，哭着去他班里找他，这一次我揣着笔记本电脑，发着抖站在他的面前。他那长期以来的漠然终于被我打破，从我手里拿走鼠标，麻利地进行撤销。但已经来不及了，那么多熟悉的不熟悉的用户 ID 涌入我的主页，他们对我点评、复制我、粘贴我、传阅我，热火朝天地围观着我的堕落。

我用哭腔说："我不小心的。"

但他肯定是不相信的，他把鼠标丢桌上，不看我第二眼，走的时候顺走了我的电脑。

这让我想起小时候。

他小时候几乎是不搭理女孩的，比起应付我，他更爱和司柏林凑一块儿倒腾工具箱研究炸泳池，为这，俩人都没少被家里人揍。直到初中，他长高了，也长帅了，女孩们的情窦一个一个都被他撬开了。他心里一清二楚，但偏偏不管，而他越无视情爱，这些酸酸涩涩的小心思就生得越张狂。

那时候正是我们两家关系最紧密的时候，他爸做了一场大手术，拿走了我爸的一个肾。

他爸是个大人物，大到生病是一件会上新闻、影响股市的事，我爸是他爸的旧时战友。在初中以前，我和他青梅竹马，初中之后，我和他的潜型关系成为那颗肾的友好交换物，而他妈妈从来都想要一个像我这样乖巧听话的女儿，靳译肯的自我意识和主见太强了，所以她满意总是顺着她的心意行事的我。

在成为一个完美的女友之前，我先成了一个完美的儿媳。

可惜。

我接着说:"我给妈妈也发了一份。"

他在房间门口停了下来,我喜欢看他的背影,隐忍,拿我没办法,又必须对我寸步不离。他连侧头回我话的意愿都没有,就那么停顿一两秒后,继续出了我的房门。

不出半小时,我家里和他家里的电话都来了,他接的,我不愿接。

靳译肯有一个优点我妈非常喜欢,就是说话上道儿,尊重长辈。他在同龄人里再嚣张再称王,但他对长辈总是有该有的耐心和说服力。他不喜欢我,但他顾着两家人的关系总要称我妈一声姨。他是跟我成功"绝交"了,可买卖不在人情在,他妈妈认我做了干女儿,论辈分他是我哥,所以我在英国的一切都得他照顾,我自甘堕落,他得负责。

所以我妈和他妈打国际长途训他两小时,他必须听。

对,他才不是因为我的奔放照片被全校看见了才生气,他根本就不会管我活成什么样。

龙七,该死的龙七。

我没想要模仿她。

从我第一次喝掉五瓶啤酒,撒泼哭闹,在靳译肯腰上狠狠咬过一口后,我就知道这该是我在英国生活的主旋律。我爱他,既然我那副戴了十八年的假皮囊已经让他生腻,我为什么还要压制心里的那个我?

那个友善得可以和任何人交好,定期阅书,见不良就皱眉的我,从他来英国前在机场刺激我的那一刻,就没了。

我也有脾气,我也有占有欲,你接她一次电话,回国见一次她,我就换着法儿地闹你。我把你捧在手心上宠溺你,这种爱法你不要,那谁也别想过得好。

我很想这样干脆。

可是靳译肯是谁啊?他随随便便往我身上落一眼,我的里里外外就仿佛被看透了,我心里的小九九在他那儿发挥不了任何作用,他的细枝末节依旧能让我发软。我藏过他的手机,删过他的来电记录、信息记录,他次次都知而不语。比起厌我,他更乐意把我当一个隐形人。

直到这次,他终于稍微露了点情绪。

而他刚露情绪,我就孬了。

照片的事他挨了不少骂,他后来学乖了,开始利落地阻止二次传播。校论坛上所有关于我的帖子都被删除,所有揣测我的 ID 都被禁言,那驾轻就熟的程度和高效率让我怀疑他以前为某人做过相同的事。

我由此恍然大悟，唯有我堕落了，他才愿意秉着人道主义精神，来多看看我。

白艾庭的事情，龙七没去过问，而那次事件也成了龙七所知道的关于她的最后一个消息，白艾庭的主页被清空后，再也没有新动态了。

她就像一个消失在异国的人，但龙七感觉得到她正在暗自燃烧。

时间过得很快，转眼十月，金秋时节，开学季氛围消淡的一个月后，龙七回了一趟龙信义家。

那时天已经微微有些凉了，她刚结束一部电影的试镜，穿着试戏时的迷彩外套和马丁靴，头发挑染了几点红色，零零落落地散着。从老坪车上下来后就徒步走到小区楼下，给龙信义打了个电话，但这货一直不接。她一边抵着电话一边在楼门口晃悠，后来隐约听见一阵手机振动的声响，夹杂在某种从窗户缝飘出来的轻音乐中。龙七挂电话，振动就没了，重新打过去，那振动又有了。

她嚼着口香糖，循着声音慢慢踱过小区楼，然后在底楼某家没装防盗栅栏的住户后院见着了龙信义。这天是周四，他明明该在大学宿舍，现在却穿着大T恤大裤衩，正扒着那窗户缝往里一个劲儿瞅。龙七把眼前的墨镜缓缓拉到鼻尖上，朝他走近，他浑然不觉。

这一楼住宅最近被改装成瑜伽教室，里头正有妹子在上课。

龙七抱着手臂看了他五六秒的时间，后来实在看不下去了，一靴子踹他后腰上，龙信义一个趔趄往旁边扭，乖倒是乖，知道自个儿举止猥琐愣没发出响儿。他一开始以为是别人，想逃，但犹疑间往后瞥了一眼，发现是龙七后整个人的身板都直起来了："我去……"

他说："我说这脚劲儿怎么这么熟悉呢，我妹啊！"

"你不上课？"

"我没课啊，你怎么回来了？"他捂着屁股凑上来。

"舅妈呢？"

"这才刚到下班的点呢，路上吧。欸，不是，你怎么回来不事先跟我吱一声？"

教室里传出一声"谁啊"，龙信义说话声一抖，立刻猫下身子来，龙七嘲："你可越来越有出息了。"

然后也懒得搭理他，直接从他的裤衩口袋里掏出钥匙走了。龙信义猫着身子三步并作两步跟在她后头。

"欸，你越来越漂亮，乍一眼把我给惊艳的，还以为谁呢，你染头发了？你最近拍什么戏？蛮酷啊今天，你好像又高了点？"龙信义上楼的路上问个不停，直到到达门口，他才问到点上，"你回来干吗？"

"把我的东西拿走，好彻底跟你这浑蛋断绝关系。"

钥匙插进锁孔，一扭，咔嚓一响。

她进去了，龙信义杵门口没进去。

真棒，又是这熟悉的沉默感，龙七把墨镜塞衣袋里，吸一口气："你是不是又把我的东西拍卖了？"

"没！"

他这回倒答得快，脑袋从手机屏幕前抬起，表示自己刚才的谜之沉默是因为发信息，伸手往里指："你的东西都在房间里头好好放着呢，你去看，去看！"

房门口挂着一张免打扰的牌子。

进房间看，东西确实都齐全放着，还比走之前规整了不少，像特意打理过。她把口香糖吐进房门口的垃圾篓，手指划过桌面，看了看，没有一丝灰尘。

这倒有点奇怪了。

"你这是要搬去哪儿啊？我说啊，这里大件的你没法带走，小件的呢，留这儿这么久了你应该也是用不着的，就放这儿吧，平时还能多回来住住。"

龙信义在后头叨叨，龙七不理他，把书桌底下第二个抽屉拉开，里边有她初中、高中六年用过的各种旧手机，这些东西放龙信义这儿就是隐患。她把它们装进盒子，还有一些小时候的照片也塞在里头，完事后转身，龙信义正着急从门后收着什么东西。

龙信义一回身，看见她盯着他。

手里的免打扰挂牌一下掉到地上，正好翻了个面儿，露出"入门两百，拍照四百"的字样。

噢，可算知道房间为什么这么完好无损了，在狗改不了吃屎这点上他真是永远都不让她失望。龙信义急赤白脸地把牌子捡起来往客厅扔，她干脆地问："挣到多少了？"

"不是……你听我说……"

"老规矩，三七分吧，我七你三。"

"什么?！"

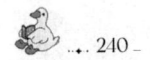

"二八。"

"三七!"

"一九,你一我九。"

"就二八!"他比手指,"就二八了,二八!"

龙七接着把笔筒甩过去:"你还真敢赚这钱!"

"不了不了!下回不了!不是,没下回了!这屋子里本身也没留你什么东西了,平时也就我同学过来瞅瞅,挂着玩的,真挂着玩的!"

她提手机到耳边,拨通老坪电话后就说了一句:"帮我约个搬家公司。"

"别呀!"

龙七斜过去一眼,龙信义收声敛色。她跟老坪那边说完情况,冷冷挂电话后,说:"舅妈什么时候回来?"

"快了吧,你有急事啊?"

她靠着书桌看着他,龙信义就说:"什么事啊?你要是急就跟我说呗。"

想了一会儿后,她经过他身前,从衣袋里拿出一个厚信封,这表意极明显的信封一拿出来,龙信义仿佛就已经闻到了里头成叠钱的味道,眼神都精神了,嘴不自觉地形成一个"噢"音,笑嘻嘻地问:"给……我妈的啊?"

龙七瞅着他。

他仍旧笑嘻嘻的:"给我呗,我到时候给我……"

龙信义话没说完,她重新把信封塞进衣袋:"算了,我等舅妈回来。"

"这你就不够意思……"

"你出去,我要睡一觉。"

龙信义收声,识相地拉门关上,但清净不过五秒又开门,她烦躁的神色刚显露出来,龙信义快言快语道:"你再也不回霖泉北路那个家了吧?"

龙梓仪那边。

"怎么?"

"我在替你着想啊,你把东西都搬走了,我姑那边你又回不去,你在外头租的房那么小,还得塞这么多箱箱柜柜的,多影响生活质量啊,就放这儿吧,我又不介意。"

"我怎么就回不去我妈那儿了?"

"不是,我姑都跟楚曜志分居了,你还能回去?我妈说我姑那房子都打算卖了。"

她一顿。

"我姑没跟你说?"

"我妈亲口说的？"

"倒也不是，多多少少感觉出来的。董西那事的处理结果之前不是出来了嘛，确实是楚曜志干的，华宁大学都把他开除了。咱学校那堆人都是后来才知道楚曜志是你后爸是我姑父的，各路人都来问我内情。但你放心啊，我什么都没说。你这不是走红的关口吗？作为你哥，你说我能给你添事嘛。我在当中出了多少力，我姑知不知道？"

龙信义说话向来是把目的藏在油嘴滑舌后头，前头才干出"展览"的事，这会儿又提当初楚曜志的事，她跟司柏林通的那通电话他曾听得清清楚楚，是非曲直他分不清，但也不耽误他拿着那一丁点信息话里藏话地递暗示过来。她干脆站直了身子，抱臂回他一句："你现在想要我在保留展览和家事外扬之间二选一？"

"你看着办呗。"

"那我给你捋捋关系洗一洗脑子。楚曜志的事情是他咎由自取，这事传出去受损的是他，伤不到我一星半点。我都被人挂网上议论好几年了，缺你这点料？而你搞展览这件事，主动权在我，我骂你一顿、捶你几下算你占了便宜，我真要计较起来请个律师说道说道也够你喝一壶的。"

"但这是我家啊！"

"你牟利了，这是我的房间我的隐私，我妈每个月给了租金。你收的那些门票转账都是证据。"

龙信义哑火了。

一场不快之后，龙七也就没多留了。原要亲自交给舅妈的红包替换成了银行卡转账。

舅妈虽说泼辣，偶尔不讲道理，但也是从初中开始看管着她长大的人。龙七跟龙信义的旧账算一回事，向舅妈报恩算另一回事，而龙梓仪的事……

小区门口，车水马龙，她看着微信聊天框。

两人上次的聊天时间是一个月前，内容是打给她的学费及生活费，多的也就是一句专注学业，别太把精力花在工作上的嘱咐，没提楚曜志半个字，没透露半点自己的生活状态。从小到大都是这样，龙梓仪不好情绪外泄那一口，也建了一座墙，不让外人探究自己分毫。

外人。

情绪关口打开，逐渐溢出，偏这时电话来得巧，是班卫。

自从上回合作后，他那支乐队的一伙人很爱找她。龙七一接就听他说："我们在昭华馆这块,过来玩。"

昭华馆是市内的艺术中心与各种艺术类大学集中地,周边潮流腹地,是以前的靳译肯、现在的班卫这种夜店扛把子喜欢去的地方,龙七的学校也在那儿,她秒回:"不去,烦着。"

"烦就更要玩嘛,我这儿没记者跟拍,放心来。"

龙七回头望龙信义住的那一栋楼,并没有人出来留她,火就又上了一层。

"发个定位给我。"她回。

班卫选的那个场子超热,电音震耳欲聋。他亲自到场子口接她,然后穿过池子带她进沙发区,那儿已经有些许玩伴在,乐队成员来了三个,不认识的小开模样的公子哥儿来了两个,另有五个身材高挑的妹子。龙七进沙发区的时候,那五个妹子都站起来迎她,俩公子哥儿也盯着她看,她慢条斯理地走在班卫前头,没瞅他们。

班卫这种艺人咖是不敢跟圈子以外的人接触的。俩公子哥儿要么是朋友,要么是合作对象;五个妹子应该是他最近合作的一些模特,有几个看着面熟,应该都在不同场合和龙七有过几面之缘,其中一个长相尤其漂亮,瘦、白,挺有记忆点的杏仁眼,看着挺立体的五官,妆容精致。龙七看了她两眼,这姑娘反应很快,立刻甜甜笑开来:"嘿,七七,我叫林绘,以前在你工作的杂志社当过读者模特,跟你见过两面,不过,你应该不记得我啦。"

龙七不记得。

这个林绘很会自我圆场,她紧接着说:"我特别特别喜欢你,这回还真得谢谢班卫哥让我圆梦了。"

她说话时,嘴角和眼睛里都含满了笑,声线能让人浑身发酥。

龙七点头,应和完林绘,从桌上顺一杯酒,往沙发正中央一坐,一副摆在脸上的"今天心情不好,谁也别来勾搭我"的气场。另四个妹子相互对看几眼,放弃了自我介绍,而班卫老兴奋了,反正她这尊大佛是请到了,一轮插科打诨后,他凑她耳边说:"看我斜对面那男的。"

龙七瞥一眼,班卫继续耳语:"他叫卢峰,家里有个公司,做音乐很牛,老坪不是筹划着给你做专辑吗?你跟他认识认识。"

"不。"她收回视线。

"你怎么什么人都结识,还敢乱介绍。"

班卫还没答,场子内又进来一个新人,他朋友,一个潘姓音乐制作人,龙七见过。这哥们儿跟在场的人都打过照面后就跟班卫聊起来,第一句就是:"你平时不太来这儿啊,今天怎么来了?"

"美女多。"班卫毫不迟疑。

"班卫哥还总想认识我们学校的女生。"林绘笑着接话。

制作人问林绘:"你是这附近学校的学生?"

"我是中昱大学美术系的林绘,目前业余往平面模特方向发展,潘老师你好,我特别喜欢你的音乐风格。"

"哟,中昱大学的,美女学霸啊。"对方回她一句,"班卫请到你可不容易。"

"也没有,今天正好在附近有个班级聚餐,但班卫哥叫我,我顺路就来啦。"说着,她将话头给班卫,"本来跟同学们就没处熟,第一次聚餐还放了他们鸽子,要是以后我融不进集体,班卫哥可得负责啊。"

制作人就表示要跟林绘喝一杯,林绘轻轻摆手说不胜酒力,班卫回头就到龙七耳边显摆:"挺会说话吧。"

她点头,从众人中起身。班卫问她干吗去,她说没口香糖了,买糖去。

出去往左边街道拐几步有一家全天营业的便利店,龙七套着帽衫戴着墨镜进店拿了盒口香糖,排队付账期间靠着柜台刷社交软件,班卫大概兴奋过头了,偷拍了一张自己和她背影的合照传上网,就十分钟前的事,还让粉丝猜背影。

猪队友。

先前说着没记者跟拍,现在主动把自己卖了,老坪估摸着得疯。龙七退出页面,回头问店员:"有现做的乌龙茶吗?"

"有。"

"要一杯,有芥末吗?"

"芥末?"

"有吗?"

"没有,但隔壁有家日料店,您要是小量购买的话,那儿应该能弄到。"

龙七付完账,带着乌龙茶推门而出,拐进隔壁的日料店,一撩开门帘,一股日料店特有的酱油味儿夹杂着人声鼎沸的热闹扑面而来,店里食客大多是附近学校的年轻大学生,这会儿也是营业高峰。龙七向店员买了两小管芥末,把茶放台面上,将其中一管尽数挤到里头。店员两眼发直地看着她,她瞅一眼店员,店员立刻移开视线。

完事后准备走,她从兜里拿手机,门帘处正好有俩女生进店,她稍微侧身避开她们,给班卫发一条语音:"我给你带了乌龙茶解酒。"

"据说今天董西也来了。"

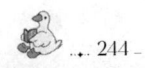

语音发送出去的"嗖"声与两名女生的对话交叠在一起，龙七的脚刚跨过门槛，却定住，连带着握乌龙茶杯子的手指尖也抖了抖。

她回过头。

"真的啊？董西很难约到，这下男生那边要兴奋了。"

"本来以为这次系里聚餐，林绘会来，董西不会来，结果正好反过来了。"

胸口不着痕迹地一起一伏，那两个女生进了过道，服务员将她们引到一个大包厢前，龙七的视线无声无息地跟着，一边转过身，一边摘墨镜。

包厢的木门往两边移开，女生们朝里挥手，欢声笑语也立刻从里头迎出来，一片热闹寒暄之中，只见长桌最里侧，董西坐在那儿。

董西，坐在那儿。

女生们往她的方向打招呼，她安安静静地抬头，这一幕如此真实，甚至能看到她的根根眼睫毛抬起的过程。那一刻，店内无风，龙七心里却有一道夹着湿雨的风，刮着，呼啸着，覆盖住这店内喧闹的一切。

直到三秒后，手机来消息提示。

她低头看，班卫回了条语音消息，再抬头看那儿时，服务员已将木门缓缓移合，董西的景别越来越小，她正看着新来的女生，嘴角有极淡极淡的笑意。

而龙七往后退一步。

龙七没做别的。

没上前，没说话，没有为这猝不及防的重逢表达任何情绪，她只是将墨镜戴上，像这店内众多的食客吃喝完离开一样，转身走出门帘。

班卫已经喝起来了。

他叫了很多酒，跟陆陆续续到来的几个朋友喝得热火朝天。卢峰坐的位置离林绘更近一些了，但他看上去还没主动开过口。林绘在跟刚才的潘姓制作人聊天，龙七回来时，一堆认识她的、不认识她的都站起来打招呼，除了卢峰。

龙七将乌龙茶放台面上，班卫说："我酒都还没喝饱呢，你就给我解酒茶。"

她没回话，往沙发靠角落的地方一坐，屈膝盘腿，回到最初那副"别招惹我"的高冷状态，更没理那一个一个的招呼。这会儿，林绘与潘姓制作人换了一个座位，离卢峰远了一个席位，挨着龙七。

龙七没理她，林绘对龙七笑。

然后，林绘似是有意地说："我跟他们不熟，聊起来有点尴尬。"

龙七不接话，林绘也就没有往下说。别人在闹，她俩这块还挺安静，大概是龙七身上自带一股高危气场，也没人来跟林绘搭讪了。

只有卢峰还盯着林绘。

"好好的同学聚餐不去，是你自己要来这儿的。"良久沉默后，龙七说了一句。

林绘看向她，有点状况外，但脸上还是带笑，耸了耸肩："这里能接触到我喜欢的人啊，而且同学聚餐的话，他们说到底更想见另一个女孩，我去不去，意义不大。"

"另一个女孩。"龙七淡淡重复。

"另一个女孩？"班卫"噗"的一声坐两人身边。

"那个女孩很厉害，"班卫一到，林绘的聊天态度显然比之前更积极一些，托起下巴耐心地回复，"虽然我们是美术系，但她的专业成绩在全市是排前五的，真的是很聪明的那种女孩子，也漂亮。"

"漂亮？"絮絮叨叨一长句，班卫就记住了这两个字。

"嗯，"林绘顿了顿，站起身，"我去一下洗手间。"

她刚走，场子内换了一首电音，是班卫的曲子，他这下彻彻底底高兴了，吹了一声响哨，整个场子震耳欲聋。

而林绘这个姑娘，在借口去洗手间的这期间，做了一件很"小聪明"的事。

人是在二十分钟之后回来的，笑吟吟地走进沙发区，身后跟着一个人，她牵着那人的手，向着班卫说："班卫哥，给你介绍我的朋友。"

班卫看过去，卢峰看过去，龙七也百无聊赖地看过去。刚往那儿注意的时候，区域内的频闪灯闪出刺眼的白光，一明一暗之间，那人的手从林绘手里滑开，而林绘的手即刻反握紧对方的手腕，直到电音到达一个高潮节点，白光骤亮，两人的模样一下子清晰地展现在众人目光之中。林绘正在向董西耳语，董西在听，她一边听一边因为刺眼的白光而皱了皱眉目。

二十分钟的光景，董西从刚才的日料店，出现在这个充斥着浮躁与虚幻感的声色场地。

卢峰从沙发区中站了起来。

董西的视线随着林绘的耳语扫视全场，在落到龙七身上之前，班卫正巧向她打招呼，她的视线被截断，回到班卫身上。

龙七给自己倒了杯酒，没喝，拿在手里摇了摇。

董西很快被在场的人劝留了下来。

董西在沙发的另一角落坐下的时候，龙七将手里的酒杯滑向桌面，班卫问她怎么着,是不是认识,她不回。而在场的一个两个都向董西搭起话来,林绘一一替她回,最后,始终坐在斜对面的卢峰问:"你叫董西,哪个西?"

卢峰第一次在这个场子开口。

就凭着这第一句话,就知道他的关注对象已经从林绘转移到董西身上。龙七在自己的区域里一言不发地坐着,慢悠悠地转着打火机,班卫在她旁边跟别人喝酒笑闹。

"东南西北的西。"林绘替董西答。

"你不太来这种场合?"

"她不太来的。"

卢峰笑了笑,向董西伸手。

"把你的手给我,我给你变个魔术。"

董西没有伸手,卢峰接着说:"我想让你放松一下,把手给我吧。"

忽明忽暗的灯光里,董西长时间地保持沉静与不动声色,她态度明确地摇了摇头,但卢峰依然摊着手,目光灼灼地盯着她。

甚至在三秒的试探后,他主动碰触董西放在膝盖上的手:"没关系,给我吧。"

董西的身子明显一怔,龙七这时候开口:"你不如直截了当地问她有没有男朋友咯。"

卢峰闻声而望,这一句并没让他听清是谁在说话,但大概以为是有人助攻,真问董西:"有男朋友了吗?"

"她有。"林绘说话之前,龙七毫不犹豫地接话。

林绘往声源处望,卢峰也终于往她这儿看,龙七没看这边,但话头明明白白地冲着这边。

整个场子不知不觉安静了一点。

Part 16 第十六章

桃木手绳

话音落的时候，董西往这里看。

龙七这时候已经看着卢峰了，她就像终于结束自己的安静修行，从晦暗的角落里慢慢发出声，看着这个场子，眼睛盯着，显而易见的敌意燃着。

打火机的盖子在她手中一开一闭，撞出咔嗒咔嗒的声音，微小却清晰。

而董西不出声。

她眼睛里永远有一张淡如茶的薄膜，覆盖着里头或千汹或万涌的情绪，孤漠地坐着，不急不躁，连鼻息都一成不变……她往声源处扫来一眼的时候，也不知看清龙七没有，而林绘紧接着探出头的身影恰巧挡住董西的视线，等林绘收回身子时，董西也已经收了视线。

她正看着膝盖上的双手，恍如置身事外，恍如高中教室里的初见。

"真认识啊？"班卫的问话打破整个略显尴尬的僵局，他的情绪还没从刚才的笑闹里收回来，卢峰有意注视这儿。

"不太熟。"

林绘四下环视，一副察言观色审视局面的模样，龙七接着刚才的话茬不疾不徐地说："同校过。"

"哦……"班卫应。

"老同学？"卢峰这会儿不甘寂寞，插入话题，开始动手往成排的杯子里调酒，"冲着这么巧，不如碰一个。"

班卫凑到她耳边："这家伙调的酒特别烈。"

卢峰给自己倒满一杯，在另两个杯子里各倒半杯，随后一杯递向董西，第二杯指给龙七。

班卫赶忙说："你可别应和，你明天还有一个跟我这儿的活动，我帮你应付得了……"

"好啊。"龙七说。

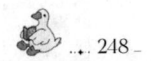

班卫这边的话还没结束,她就懒洋洋地应,班卫还想拍她的膝盖劝阻,她说:"起开。"

班卫虽说是自己人,但也是个有好戏的话就不愿意落下的主,看劝不动龙七,当即换了态度往里收腿,龙七的位置从沙发角落区域换到中间。她越过班卫,越过女孩们,不慌不忙地进入卢峰那个圈子,打火机在两指间咔嗒咔嗒地响着,全场人行注目礼,只有董西依旧平视着前方,龙七边走,边朝旁观的林绘挥一挥手指。

林绘立刻动了下身,在自己和董西之间让出一个空位。龙七坐下时,软沙发轻微弹动,三人的长发都在肩头微小浮动,一股冷香轻轻扑开。

董西在呼吸。

龙七朝卢峰抬了抬下巴。

卢峰将酒杯递她,她接。

而卢峰将酒杯递给董西时,龙七也接,董西手停在半空中,和所有人一起看着龙七将两个半杯并成一杯,这一套动作做得干脆利落行云流水。班卫眼睛眨也不眨地盯着,龙七则二话不说地喝酒,四口喝完后将空杯倒扣半空中,杯口有一个浅淡的红色唇印,讲规矩,漂亮,一滴也没作弊。

卢峰没出声,班卫兴奋地鼓掌,顺手从桌上拿乌龙茶,让林绘给董西:"喝这个吧,以茶代酒。"

他这是给卢峰台阶呢。

但龙七又在半途中将乌龙茶劫下来,杯子刚到董西的手中,龙七就摁住杯沿,杯子在两人之间轻轻地交接,董西侧头看她,她在看班卫。

"茶都凉了,换温水。"

"这茶不凉。"

"不然你试一口?"杯口指向班卫,班卫这耿直汉子秒速入套,接住杯子就往嘴里灌。班卫原本是一副想继续当旁观者的吊儿郎当样,但茶刚进口腔的一瞬间就从嘴里喷出来,他面红耳赤地剧烈咳嗽,眼珠子都快弹出来一半,单眼皮褶子都瞪成了双眼皮,捂着嘴指着龙七说不出一句话。场子内哄笑,龙七背过身。

与董西的目光在这时候第一次交汇。

董西原本望着班卫那儿,因为龙七的动静而将目光收回来。场子喧嚣热闹,龙七不出声响,董西在呼吸,两人间的对视寂静平淡,没有引起在场第三人的注意。四秒后，龙七胃里的酒精开始轻微发作，她回过头喝了口清水，没再返回去，就当从没往董西那儿看过。

而董西说："跟林绘说一声，我先走了。"

龙七没应和。

董西走的时候没有带出任何声响，甚至卢峰都因顾着冒火的班卫而没有察觉。龙七脸上的笑意一直薄薄的，董西走后的五秒内，她一直没有回头。

董西走后的十秒，她没有回头。

董西走后的十五秒，她依旧没有回头。

直到董西走的第二十秒，龙七终于倒吸一口气，转过身子往外走。班卫终于能发出声音了，他嘶哑着喉咙吼她，叫她别逃，她偏偏步速加快。

跟上董西时，她正打开马路边一辆出租车的后门，夜风凉爽，衣裙随风摆得飒飒作响。龙七停在大门口，叫了一声董西的名字。

董西循声往龙七那儿看，风似乎把董西衣服上的柔软味道带过来了，远远十步的距离，龙七闻得到她。

董西等龙七说话。

停顿两秒后，龙七将手放进衣袋："我以为你进了华宁，就是你高三笔试的那所大学。"

"中昱也还好。"

"中昱大学是不错。"

董西依旧看着她，没有急着进出租车的意思，但也没有关上车门。

"所以，"龙七接着说，"当初那件事，最后还是影响到你升学了？"

相互沉默一会儿后，董西以很淡的口吻说："没有影响，不是华宁没有选择我，是我选择了中昱。"

龙七点头。

随后龙七说："毕业那会儿你发的短信我收到了。"

"哪条？"

董西虽这么问，但几乎半秒后就接上："哦，那条。"

"群发的吗？"

"不是。"

然后好像实在没有话题了，龙七迎风吸了口气，就在这时候，出租车前车门突然打开，有一个人从里头冒出头来："说完了吗？"

龙七始料未及地看过去，一张类似卓清的优等男生的脸庞扎扎实实地撞入

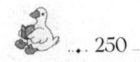

她的眼底,她一怔,眉头微蹙。

董西向那男生点了点头,随后,那男生向龙七看一眼。

他似乎觉得她有点眼熟。

但是他没说话,客套地点了点头后,向董西说:"宿舍的门禁是十一点,现在十点半,我们回去大概需要一刻钟。"

"知道了。"

他把头缩回去,将前车门"砰"的一声关上。龙七的神还没收回来,董西的视线转向她,说:"那……再见。"

"再见。"

之后,董西进了出租车,她看着那车门关上,车窗徐徐摇上,车身慢慢地驶远。

手。

在。

抖。

理智在劝自己这是件很正常的事,但龙七脑子"轰"的一下就炸了,刚才猛灌下肚的那杯酒也开始起作用,一股又热又晕乎乎的感觉从胃部一路上脑。

恰巧这会儿林绘从里头出来,一句"董西呢"刚问出口,就被龙七拉住手。林绘没下成台阶,整个身子被牵制住,脚步一个回转,手心被龙七扣着,视线也猝不及防地放到她身上。

龙七还在看那辆车。

纵使它越驶越远,纵使它逐渐被车水马龙淹没,她仍安静地、耐心地看着它,不嫌风大,不嫌眼酸,也不嫌周遭嘈杂。林绘似乎想说话,又不敢主动说话,直到车子彻底拐进一个十字路口后,她才终于收回视线,别过头,注意力放到一直被她牵制着手的林绘脸上。

林绘也望着她,因为如此近距离的对视,耳根都微微红起来。

"留个联系方式给我吧。"龙七说。

当天晚上,龙七把林绘的简历和照片发到老坪邮箱,在等回复的期间接通了与靳译肯的视频。

他前几周不知道在忙什么,特别难见,两人之间连电话都没打几个。这一回他总算有空了,接通的时候他正在书房,镜头视角来自写字桌,他坐写字桌前,二郎腿跷着,笔记本电脑在膝盖上放着,瞅了一眼镜头的同时往键盘上敲打几个字,看上去还是忙的状态。

"挺赶哪!"

"今天午夜前得交的作业。"

"哟,您不是全优生吗,您生活里还有'赶作业'三字的存在?"

"不是我的。"

这么一句,她就知道他这是在帮谁做作业了。他还目不斜视地补一句:"我以前帮人做的作业还少?"

以前帮她做的作业可多了,难为他了,明明是一个机灵聪明脑子,还必须故意做错百分之六十的题目以免被发现。

"我看你新出的 MV 了。"他又说。

"嗯。"龙七应,手上正削着一个苹果,削完皮后去核,切成四小块,一块递嘴里,另三块锁保鲜盒内,放冰箱,明天的份。

"挺美。"

"谢夸。"

"你看上去不太想我。"

"你看上去也不太想我。"

靳译肯笑了笑,龙七正好看一眼,他每次笑起来就特别抓人,有点邪气有点漫不经心,让人生让人死。她转移视线,偏偏这时候靳译肯把手机拿近,镜头前移,他慢悠悠地转着笔,透过屏幕细看她。

"你一副,好像偷情被我抓住的表情。"

"是吗?"她回,给自己又切了一小片雪梨,衔嘴里含着,"你看了 MV,那也看见简宜臻了吧?当初我俩上酒店,被她的人拍了照片,得亏照片里没你的脸,否则她认出来一状告你爸那儿,看你怎么圆这个场。"

"你还是单纯,七。"他说,"第一,她是想泡我爸,但我爸并不想泡她,她在放出饵之前就被我妈灭了,否则你以为她今年被媒体群攻是命里犯冲?我妈虽然现在岁月静好,但她相夫教子前可是传媒界的女魔头;第二,她即使能联系上我爸,我爸也不会把这拿到台面上来,比起花心思收拾我,他更懒得去解释来源;第三,就算简宜臻真认出我,那她可不会来对付你,七,她会巴结你。"

这时候,靳译肯那边突然传出一阵噼里啪啦的碎玻璃响,从书房外传来,像是某种容器破裂的声音,为他的话语打了个休止符。龙七看了眼镜头,但靳

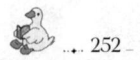

译肯特别从容,就像没听见一样。

"什么声音?"

"不知道,我跟你说个事,"他的话题也转得轻巧,在转椅上换个坐姿正了正,"过几个月我这边的学校和国内某所大学的物理系有个学术交流项目,是哪个大学我还没打听清楚,到时候会派一些学生过去待几周,这机会挺好,我想争取,所以接下来几天,我会很忙。"

她点头。

他接着说:"我想见你。"

她看向屏幕。

屏幕里,靳译肯也看着她。

"七,我现在做任何事情的最终目的,都是为以后跟你在一起打基础,对你我是认真的。"

"好,"她回,"我也跟你说个事。"

"说。"

龙七准备说。

但开口的一刹那,口干了一下,靳译肯看着她,两秒后,她改口:"也没什么,就是最近想确认一件事,有点紧张。"

靳译肯没打断她。

过一会儿后,龙七没接着说,意味着话题已结束,他才说:"拿捏好度就行。"

这时候,他那边又传出一阵丁零当啷的响声,比第一声更零碎,靳译肯还是无动于衷,龙七说:"你还是去看看,万一有别的什么事。"

他明摆着不太愿意动身,龙七催他:"快点。"

他这才起来,手机的视频聊天仍开着,他出了书房。

之后,靳译肯没再回来。

龙七在屏幕的另一端等了一刻钟,他始终没有回书房,她后来等得没耐心了,挂断视频后发了条信息过去,靳译肯的回复是在五分钟后来的:没什么事,你那儿挺晚了,睡吧。

她回晚安。

他也回晚安。

刚准备锁屏,手机屏幕上方正巧跳出横幅提醒,老坪给她回复了邮件,她点进去,里头附着一行字:资质挺好,但不出挑,得有人带。

后头跟着一条"注"：过十二点了，快睡，和班卫出去喝酒的事明天再找你算账。

龙七给老坪回一个电话，老坪刚接，她就说："我那个快开拍的写真项目不是有几个双姝主题缺女孩吗？不用从其他地方挑了，就她吧。"

老坪听上去还在某个活动现场忙，但他把话听准了，回："你想带她？你俩什么关系？"

"这女孩挺优秀的，你考虑考虑。"

"这可不是优秀就说了算的，"他说，"你现在人气正高，想跟你合拍写真主题蹭热度的小花也不少，刚还接了个经纪人的电话强推自家艺人呢。这女孩我刚让人查了一下，上过几次杂志内页，是个小模特，长得是漂亮，但没人气打底，圈内社交也几乎是'谁红跟谁玩'的套路，你看上她什么了？"

"你都承认她漂亮了。"她靠着厨台，从果盘拿一颗提子，上下抛掷。

"我承认归承认，服可就是另一回事了。"

"行了，我明天带她见你一面，你看了真人再说。"

说到明天，老坪立刻开炮："你跟班卫还发网上是怎么回事，你知不知道你俩现在热搜前三了?！你这刚成年，出道定位还不稳，一进大学就开始钻酒吧，你让传统大众怎么想?！想累死我?！"

"郝帅现在忙着帮你写公关文呢，他跟我上辈子欠你的。"

"明天的事就这么定了。"

"明天我忙，只有晚上八点到八点半之间有时间，你让她掐着点来，过了这个时间段可没下次了。"

将纸巾扔垃圾桶，将切水果的砧板和刀也收起，她回："我明天去接她，亲自送到你那儿。"

挂电话后，出了厨房，一手关灯，另一手打开微信，她找着郝帅的账号，给他发去一个大额红包。

周五，接近四五点的时候，大学校门口提着行李箱回家的学生比平时多得多。龙七坐车里头，腿上放着新来的剧本，膝盖顶着前座椅背，衔着一根低脂的橡皮糖，翻一页剧本，咬掉一截糖，慢慢地嚼。司机在驾驶座上看报，每过十分钟就给她报一次时间，倘若手机来了信息，他也替她看，口述给她。

她刚结束班卫那儿的一个专辑签售会，十分钟前到这儿的。

经过的学生有意无意地往车窗口看一眼，随后像看见了什么，又不太确定，只跟周旁的人絮叨几句，继续走自己的路了。

中昱大学是全国有名的综合类大学，校区在昭华馆东南角，占地面积很大，共有六个门，龙七车子所停靠的西门最接近理学部和艺术学院，因此从这个门走出来的学生风格比较两极化，要么是格子衫加眼镜的理工男女，要么是风格出挑的小文青。之前帮龙七补习功课的三大宅男学霸也是这所学校的学长，他们现在成了龙七后援团的元老级人物，老是贿赂郝帅来获得她的最新行程，她这回来中昱没告诉郝帅，免得到时候碍事。

司机报时到四点二十的时候，她将剧本合上，把耳朵里的耳机摘下，吃掉最后一截糖，从随身的包里拿保鲜盒，从里头拣出一片黄瓜含嘴里，随后穿外套戴帽子拿包，一边开门一边告诉司机："我一刻钟后回来。"

门"砰"的一声被关上，外头的风有点大，衣角和头发顺风扬，她目不斜视地往校门口走，车子周遭的学生小范围地做出回头侧目的举动。

给林绘发出的信息在走到教学楼底下的时候收到回复：不好意思，七，老师课后点名，得等到下课才能出来。

不过三秒，她又发来一句：你到了吗？如果你到了的话我马上出来。

她没回复。

进教学楼，上楼梯，一路走到林绘之前跟她提过的教室，整条廊道空无一人，只遥遥传出隔着教室门的讲课声。她一边听着掷地有声的讲课声，一边靠上教室外的墙壁，耳机线在两指间慢条斯理地绕着，她无声无息地候着。

五分钟后，楼层内的下课铃打响，贯穿整条长廊。

教室前后门咔嚓咔嚓地开，挎着包的学生随铃响鱼贯而出，喧嚣声瞬间挤满整个廊道，由远而近地包围耳膜。龙七在理耳机线，学生在走、在聊，在经过她时看她，然后以询问的口气在别人耳畔私语，直到一个稍快的脚步从前门出来，以一路小跑的节奏赶到她身前，喘出一丝紊乱的气息，夹杂一些紧张与兴奋："七！"

她将耳机线放兜里，看林绘，抵在墙上的右腿收回着地，往前走的同时朝林绘斜了斜额头，林绘立刻跟着她的方向走。

"吃东西了吗？"

"晚饭？还没。"

"那待会儿带你吃，不减肥吧？"

"哈哈，不减。"

林绘笑得很明朗，长廊尽头的窗户有光，满满的光，两人都高挑，都走在光里。

人潮涌动的教室前门，董西倒数第五个出教室，讲师正与她聊天，身后几个女生稍快地朝前赶，轻轻擦撞她的肩膀，她下意识地随着她们激动指点的方向着眼过去。

"是龙七吗？是龙七？和林绘说话的是龙七？"

"我天，林绘认识龙七！"

"你们的壁画项目什么时候完工？"

注意力因为讲师的问题而收回，董西答："可能还需要一个月，但我们都调整了自己的时间去配合，应该能赶上校庆。"

董西的步伐渐渐地超过碎语的女生，那方的声音和讲师的声音混合在一起，同时作响。

"龙七本人身材还蛮棒的。"

"那你们这段时间要辛苦了，这个项目有创意有心意，我很看好。"

"她真的好酷。欸！我喜欢她那双靴子。"

"有需要关系疏通或指导的地方，你们可以找我聊聊。"

她侧头看讲师："嗯，谢谢老师。"

光影里，林绘和龙七在走，阴影里，董西和讲师在走，周遭有喧嚣，有浮躁，有冷的光束，有热的崇拜。她们的身影渐渐下了楼梯，冲天的议论，也没有换回龙七的一个回头。

晚八点一刻，龙七斜靠在老坪工作室的沙发上。

脚抵着沙发扶手，嘴里嚼着糖，手机页面开着一个 Doodle Jump（涂鸦跳跃）的 App 游戏。林绘站在办公室的正中央，老坪摸着下巴在她周身转悠，打量。

龙七的拇指指腹在屏幕上一点一点，里头的弹簧小怪物不停往上跳，发出"duāng、duāng"的音效，但时隔不久就发出"咻"的一声坠落音效，然后 play again（再来一局），再是循环往复的"duāng、duāng"。

"小公主，你能不能静个音？"老坪回头。

"不太能。"

林绘笑了笑。

老坪电话响，他一边接听，一边开办公室的门，朝龙七那儿摆摆手，龙七起身跟他出门，老坪将门关上，她抱着臂靠墙上，在老坪讲电话期间继续玩游戏。

她老是超不过靳译肯那个游戏记录。

老坪结束通话后，问："你是不是确定就她了？"

"我确定不管用，得你确定，你不是急着开拍吗？"

"我听听你的想法。"

室内，林绘打量着四周，看墙上贴的各类艺人海报，看办公桌后头书柜上的成排奖项，随后注意到桌上一本皮革封面的大册子，她拿起来，有点重，用手臂拖着，翻开封面。

原来这本是相册。

册子里多是一些艺人初出道甚至出道前的青涩照片，有在网络上流传的，也有从没公开过的，有学生照，有童年照……翻到相册中间页时，林绘看到一张龙七的照片。

这张照片比其他照片的尺寸都大，占了整个相册页。

照片里，龙七站在车水马龙的十字路口，四周行人是虚的，独独她是清晰醒目的，她那时还是高中生，穿着校服，白衬衫束在格子裙内，腰上系着松垮的针织外套，领口的领结斜斜耷拉着，她正在撩发，露着额头，扬着长发，她仿佛是被抓拍的，不看镜头，只出神似的看着某个地方，眼里有烦扰和惆怅，在人群中显得高挑、孤独，像电影海报，像杂志封面，但她偏偏只是附近高中刚放学的女学生，正懒意横生地等候着过马路。

照片因为尺寸大而格外清晰，林绘看见她白衬衫口袋上刺绣的"北番高中"四个字，也看见她折起袖口的手臂上，一串接地气的桃木手绳。

那桃木好像是龙的形状。

林绘将相册放平，拿出手机，对着照片拍摄。

办公室门开的声音不太响，林绘没听见，龙七抱着臂走上来，看她拍照。直到林绘将手机锁屏，黑色屏幕照出身旁的人，她才忽然反应过来，马上侧头："啊，不好意思，我只是觉得你这张照片好棒，我不会传出去的，我现在删也可以。"

"你上传也没关系，这照片在网上也不新鲜。"

龙七反身靠上桌沿，翻相册："这里头都是老坪初次'见到'我们的照片，他都是因为这些照片而想签人。"

"你这张是高中时候的写真吗？"

"不是，被偷拍的，也不记得名字了，好像是个名气还可以的摄影师，他当时跟了我半个月，要把作品传上网时才联系我，他给了我一笔钱，我寻思着数额还不错，就原谅他了。"

但靳译肯可没原谅他。

当时这张照片,龙七是在去和靳译肯见面的路上被拍的,之后各种她在街上扯他领带的同框照片自然也是不少,构图全都不错,颜值全都带感,后期也做得一级棒,简直就像青春纯爱电影大片。但靳译肯气炸了,他可不想被他爸扒皮,所以尽管当时看到他照片的一众女网友被帅晕求名字求账号,他也在一夜之间铁面无私地撤下了所有侵犯他肖像权的照片,独独留下龙七的单人照,然后给了龙七一笔双倍的钱,防止她以后再缺钱把他给卖了。

当时北番高中正处于紧张的阶段考,没什么学生注意到网上的这一小插曲,龙七是那时候在网上小范围红了一段时间,然后又在品牌活动上被老坪注意到,缠上的。

她合上相册,往门的方向斜了斜脑袋:"走吧,带你去吃晚饭。"

来之前,因为怕吃过晚饭后身体显肿,林绘特意把晚饭时间挪后,权当消夜了。

龙七带她去了老坪工作室楼下的一家韩式料理店,点了些烧烤和素食,问她喝不喝啤酒。

林绘摇头,要了个香草味的罐装苏打水。

龙七一手拿着手机看信息,一手"咔嚓"一声拉开一个易拉罐拉环,放林绘跟前,又开了一个罐装啤酒。每听一次气泡轻爆的声音,就有拉环与桌面撞击的声响,她用拇指和中指按着罐身,食指拉环,挪开易拉罐时,套在指头上的环顺势落桌上,再开第二个,手法轻巧。

"谢谢,"林绘看她,"你好会照顾人。"

"什么?"

龙七没注意听,视线从手机屏幕移到林绘脸上。林绘笑。

"帮同桌的人开饮料啊,还有昨天,帮我同学解围挡酒。"

"哦,"她淡淡地应,将手机放桌上,拿着筷子打量桌上的菜品,"你同学后来怎么样了?"

"没事,她没喝酒,只不过晚点回的宿舍,不过我比她还晚,是她给我开的门。"

"同宿舍?"

"嗯。"林绘应着,声音放低了点,试探性地说,"昨天班卫哥喝多了,但他说的一句话让我有点在意。"

"你说。"

"他让我不要和卢峰太亲近,他说……卢峰这个人追女孩的手段不太干净。"

龙七在挑一盘肉里的菜,夹起来,递嘴里,慢慢嚼,像是在听林绘说话,又像在自己的思虑里。

林绘以为她没听,因而想换话题时,她回:"那你当心点。"

"嗯……"林绘这么应着,再问,"七,你跟董西熟吗?上回你说,你俩同校。"

"我熟她。她不熟我。她成绩好。"

寥寥几句就概括完了这个关系,林绘若有所思地点头:"高中的时候,成绩优异的学生是比较受关注一些。"

龙七将啤酒倒进杯子,握着杯子摇了摇:"她有男朋友了,是吗?"

林绘看向她,想了两秒后:"哦……最近是有跟一个学长走得比较近。"

"学长?"

"非常优秀的学长,他……"

龙七的手机振动,她朝手机屏幕的方向瞥一眼,随后问:"下周课多吗?"

"下周?"

"课少的话向学校请假吧,课多也没办法了,今晚收拾一下东西,明早七点到机场会合,"龙七边说边拿林绘的手机,在键盘上拨号,"我给你的这个号是我助理的,你把身份证号码发给她,她帮你买机票。"

林绘的反应还是有点钝,龙七招服务生买单,刷完卡,签完名,笔在两指间一转:"老坪选中你了,你明天就跟我飞洛杉矶拍写真,十天。"

林绘并没有发出多惊喜的声响,但能感觉到她周身的空气在变热,变更热,她笑。龙七将单子给服务生,这时候才看了眼她,也向她笑了笑。

但林绘在反应过后出现一丝迟疑:"不过下周的话,要赶一个团队项目……"

她却又很快接自己的话:"不过没关系,缺我一个不缺。"

龙七没怎么听。她从座位上拿外套,一边回复手机信息一边告诉林绘:"你不用急,吃饱了再回去,我跟老坪聊点事,待会儿我助理送你回去。"

龙七转身正要走,又想起事,手机在手心转了一下:"噢。"

林绘望她。

"你还是叫我的全名吧,习惯一些,七的话,平时都是男朋友叫。"

可能因为室内空气闷热,棚顶上的空调突然加大力度运作起来,冷空气垂直灌入后脑勺,林绘仍望着她。

"这样啊,你有男朋友了啊。"

Part 17 ❖ 第十七章

百宇墙

晚七点。

晚自习过了半小时,天色比盛夏时暗得更快一些,围墙旁的灯陆陆续续地亮起,董西坐在人字木梯上,用画刷填墙顶最后一个色块,她的手侧,亚麻围裙上都沾了颜色,及腰的黑发在脑后松松绾起,藏青色的长裙垂在梯旁,风微微吹拂,空气里都是丙烯颜料的味道。

"不怕晚自习点名吗?"

她往下看。

章穆一站在木梯旁,因为她回头的动作会使木梯轻微晃动,他预先用手扶住木梯,另一只手提着海岩奶绿的外卖袋,脖子上挂着单反相机。

"我跟辅导员说过了,"他答,"他对绘画组的同学比较照顾。"

"要喝东西吗?"

她没点头,没下来,也没伸手。

"学长怎么知道?"

他很懂,笑着回:"海岩奶绿?从你校园网主页里看见的,想着你应该不会这么快换口味。"

画刷蘸了点颜料,她回:"以前喜欢,现在一般了。"

"那我就尴尬了。"

"学长喝吧,我不渴。"

章穆一没再说话,董西依旧画着画,没去顾他是走是留。约莫半分钟后,身后响起相机快门的声音,她回头,章穆一正举着相机拍她,拍完后低头检查照片,边检查边说:"没事,你不用管我,我拍几张传到学校微博上做宣传,说不定能起点效果。"

然后他看了看手表,抬头对她说:"天也黑了,要不今天就先到这里吧,跟我吃饭去?"

"我吃过了。"

"我知道,你吃的面包,包装纸和剩下的半个面包还在你包口露着呢。"

董西随着他的视线看挂在木梯上的包,章穆一接着说:"我知道跟你一组的一个女孩请了十天假,导致这十天的工作量都压到你身上,你不想落进度,但你也不能争分夺秒到不顾自己的身体。这也第十天了,该放轻松了,吃饭去?"

"我不是不吃,是胃口小。"她回应着,画笔和颜料盘也收起来,扶着木梯的把手慢慢往下走,"天黑了,我该回宿舍了。"

学长没有坚持。

他将她送到女生宿舍楼下,兄长似的嘱咐了几句,也没多停留,点到为止后走了。

回宿舍时,人声比平时繁杂一些,隔壁宿舍的女生正在这儿串门。董西将门轻轻关上,没有人察觉她进来,她们正围坐在其中一人的书桌前,笔记本电脑的屏幕光照在她们每一个人脸上。她们在看东西,看得全神贯注,屏幕上的照片每切换一张,她们就随着鼠标声发出一次感叹。

"好羡慕……"

"这张好棒……"

董西经过她们,目光略微扫到屏幕,看见林绘的主页和一张由林绘近期上传的日常照,舍友每看一张就右击保存,当翻到某些二人合影时,女生堆里就有一阵此起彼伏的"哇"。董西将绘画工具放进柜子,问:"你们洗澡吗?"

"我们晚点再洗。"

"对了!董西,你也别洗澡了,"其中一个女生的话音刚落,坐书桌前的舍友就回头,拨开人群看她,"林绘说等她回来请我们集体吃夜宵,她一小时前刚下的飞机,现在估计快到校门口了,吃完消夜再洗吧。"

舍友说完就继续看照片了,女生们也快速转移视线。话音才落,宿舍门口就由远及近地传来行李箱轱辘滚动的声音,董西望门口,林绘拖着行李箱的身影恰好出现。

她风尘仆仆,但清新靓丽,一手拉着行李箱,一手拿着手机回复消息,进门时用指骨节一扣:"我回来了。"

"林绘!"

声势浩大的欢迎声还没落下,她先忙里偷闲地抬一眼:"不好意思啊各位,缺席了十天,辛苦你们了。"

"没事的,林绘。"

得到近乎百分之百的谅解，她却还专注于手机，抬食指做了一个噤声提示，随即在安静氛围下将手机对着唇，柔声说："我已经到宿舍了，七七，谢谢你这十天对我的指点和照顾，等你回国再一起吃饭吧。"

语音伴随着"咻"的提示音发出，感觉得到四周的空气在变燥，整个宿舍万籁俱寂，林绘没有锁屏，看着屏幕，一直看，没过十秒，"吱"的一声，手机振动，屏幕上的光点亮林绘的双眼，女生堆里响起椅脚擦动的蠢蠢欲动声。

对方回复的是一条文字信息。

不知道回复了什么。

但林绘嘴角微微泛笑，两秒后，锁屏。

她朝门外斜了斜脑袋："好了，走吧，请你们吃夜宵，想吃什么都行。"

董西正从柜子里拿洗浴用品，三三两两的女生聒噪着经过她身边，直到人全聚到门口，她的不动身才变得显眼起来。

"董西？"

她正往阳台走，闻声，侧过身。

"你来啊。"

"你们去吧，我刚吃过。"

"喝点东西也可以，一起吧，来啊。"

"晚上还有些东西要赶，你们去吧，我没事。"

林绘盯着她看了一秒，她的情绪还在刚才那微信对话里，心情怎么都是好的，但这好里也掺杂了那么一点点敏感与尴尬，不过稍纵即逝，随即被脸上温柔的笑覆盖："那我们走了。"

"林绘。"董西叫她。

女生们呼啦呼啦地往外赶，门口只剩被叫住而放缓脚步的她，董西说："我是真的因为有事才不去的，你不要多想，欢迎你回来。"

林绘的脸上没有变化。

就好像一开始她就没有想多过一样，她仍旧笑着，把住门框，眉间雀跃几下后，试探性地问："那能问你点事吗？"

"嗯？"

"你以前跟龙七同一所高中对吗，你知不知道当时她和她男朋友的事？"

洛杉矶之行结束后又在北海道待了两周，照片一边拍一边传给国内挑拣制作和排版，等龙七回国，老坪已经差人紧赶慢赶地排出了几本写真样集，紧接着他就让龙七调整状态准备进组,之前她试镜的一个电影角色拿下来了,十二月初开拍,悬疑动作电影,是男人戏,不少实力派老戏骨斗戏。她的角色算万绿丛中一点红,是一个性格孤僻且嗜血暴力的女偷渡客,很有张力。导演看中了龙七身上那股劲儿,前几天终于拍板定人,但电影开拍前需要她接受一些体能训练与武术指导。老坪很重视,她魂都没回来呢,就急着让她见指导老师练体能。

连轴转四天后,龙七在训练房里疲劳过度倒了一次,老坪风风火火地赶来时,她吊着盐水,垂着眼,双脚搁在与椅子等高的矮桌上,一声不吭地打游戏,满身的阴郁气场。郝帅说她就没说过一句话,拿了他的手机也没再还回来。(她的手机在拍写真时由老坪代为管理了,回国后他没记得还她。)

老坪立刻从自个儿助手包里掏手机,双手奉上:"别生气,手机我一直给您老充着电呢,我再给您放半天假。"

她还是不吭声,接手机,开锁,屏幕光照到她脸上,她点开林绘的聊天框,看过后,斜老坪一眼。

"我随手回复的。"老坪说。

"给我一本写真样集。"

"干吗?"

"你都回人家说一起吃饭了,我还赖皮不成,不是说给我半天假?"

龙七的声音一直冷,随时要炸,老坪立刻点头招助理:"行行行,给她给她给她,把老张也叫来,下午车归她。"

老张是老坪的司机。

一小时后,老张将车停在中昱大学西门,正是十一月份,入秋,雨天,天色灰沉沉的。

最近一股寒流降临,进出大学的学生着衣风格都换了一波,往秋装上靠。龙七却始终穿得不多,背心领牛仔马甲、皮靴子,多的只配了宽大柔软的羊毛围巾和宽檐礼帽,头发应电影的造型要求又挑染了青灰色,戴墨镜,没戴口罩,厚厚的围巾挡着下半边脸。

她下车时,雨还在下,且有越下越大的架势。她给林绘发信息,林绘很快回复,说自己马上就过来,如果不介意的话就去她的宿舍等候,顺便躲雨,宿舍房门没锁。

然后林绘发来了宿舍楼地址和门牌号。

老张问车子要不要在这儿候着,她让老张回去了。

随后龙七扯低礼帽的帽檐，抱着臂进了校门。雨天的校园道上学生不多，个个都撑着伞，伞面挡着每个人的面容，谁也看不清谁。

去宿舍楼的路上经过一片湖，是中昱大学有名的百子湖，湖面上蒙着一层水雾气，对岸有一堵长长的围墙，五彩斑斓的，乍看像一片海市蜃楼，但到底画的什么，龙七没看清，也没多留意。

林绘的宿舍不仅没锁，还没一个人。

是个四人宿舍，有独立的卫浴和阳台。她拍开围巾上的水汽，打量了一下，宿舍空间还算大，鞋、衣服、床品及学习用品都有序摆放，空气里有一股女生宿舍特有的甜味儿，掺杂着一丝颜料的味道。角落里摆放着一些乐器，墙上挂着一块板，板上贴着各种拍立得相片，相片间的空隙还被画上了可爱的小装饰，而相片里，是这个宿舍女生的各种合照。

也有董西的照片。

她总是不太笑的那一个。

龙七看着，咳嗽一声。

楼外遥遥传来课铃，雨还在淅淅沥沥地下，女生宿舍的窗户没关，凉风阵阵吹来，她的手机在手里转啊转，慢慢地走在四个床位之间。林绘的床应该是靠左边的一个，床沿扶手上挂着从洛杉矶带回来的手绳，而董西的床……

窗外袭来一阵猛风，有些雨拍打进阳台，靠阳台的一个床位书桌上，一支画笔"啪"的一声掉地上。

她去捡。

将画笔搁桌上时，看见书桌上堆的一叠画册，龙七不懂行，但画册封面如此熟悉，早已在董西高中时的主页相册中看过很多次，那一刻龙七就知道这是谁的床位了。她不由自主地去拿画册，书桌右上角的一个小盒子这时候被拨动，"啪"的一声掉地上。

她低头看。

董西是单独回宿舍的。

因为舍友想起门没锁窗没关，而她刚好要回来拿东西，所以一个人拿着钥匙过来，扭下门把的时候，就像此前无数次开门那样自然而轻缓。门一推开，阳台窗外的风一路贯穿房间，朝她脖子里猛灌，然后一个安安静静的她，就看到了另一个安安静静的龙七。

风有点冷，发丝在扬。

阳台有光，龙七在雨光中，后腰靠着桌子，手里拿着一个打开的盒子，她环着手臂,看着盒子里的东西。

空气里有风声,呼啸在耳旁。

董西的手慢慢从把手上落下,而龙七的手臂裸露在空气中,她穿得那么少,手背上还贴着吊盐水后的医用胶带,开门的声响没有打扰到她,或者说她听见了,而不急于侧头。董西的呼吸轻悄悄地加入这私密而寂静的空间,胸口轻微起伏,直到门板叩到墙壁,发出"咔嚓"一声响,龙七侧过头。

龙七就像早料到她会来。

没有惊讶,没有被发现偷窥隐私后的尴尬,也没有久别重逢的微妙欣喜,她把头侧过来的时候,把视线放过来的时候,眉心还因为上一个投进眼内的画面而微微褶皱着,眼睛里的内容深如海,她看着董西,董西看着她手里的盒子。

那盒子里,有一串桃木手绳。

关于这串桃木手绳,有多少过往历历在目,有多少意义深入骨髓。她还记得董西第一次举起它时,在夕阳中露出一截的手臂,记得因为这串手绳引起的"腥风血雨",记得这湿答答的回忆,但董西还存着它,连她都觉得它的存在太没必要了,董西还存着它。

董西没有说话,龙七也不问。

两人间的凝视不过五秒,宿舍外走廊传来由远及近的脚步声,几乎是在林绘把住门框的同一时刻,龙七将盒子"啪嗒"一声合上,而董西转身面对林绘。

"董……"

林绘的名字还没叫出口,董西手里的书册已经交到她手上,镇定地说:"帮我放到桌上,临走前把门锁上,我去画画了。"

"啊?可是今天外面下雨。"

"明天开始就进入校庆艺术周了,我去做最后的收尾工作。"

林绘目视董西走掉,随后又快速将视线转进宿舍,笑:"七!"

龙七将盒子放回董西的书柜,林绘的视线跟着她的手,道:"你身体不好?你挂了盐水?还穿这么少!"

"不是让你叫我全名。"

"你声音都很哑!"林绘几步走上来,"这种身体状况你还来看我?"

"轻点,耳朵疼。"

龙七心不在焉地从随身包里拿写真样集,林绘立刻接过揣怀里:"你这么好,我都舍不得翻这本写真了。"

她不理林绘,林绘去放写真的空当,她往阳台外瞥一眼。女生宿舍楼的位置很好，高度恰好能俯瞰大半个学府风光，龙七看到来时的百子湖，以及湖对面长长的五彩斑斓的围墙。

"那墙是干吗的？"

林绘顺着她的视线看："那堵？那堵墙有名字，叫百宇墙。"

"解释解释。"

"哦……这墙原本是堵废墙，学校想拆，但由我们系二十名学生艺术化改造了一下，画上由古至今各个朝代的建筑的演化后，就变成现在的百宇墙了，正准备参加这次校庆的艺术周展览呢。"

林绘特意补充："我是那二十个学生之一。"

她接着说："我们打算在这次展览上发起募捐，用募捐所得的钱给贫困地区的孩子送去物资，当然了，能够盖起一座希望小学就最众望所归了，可是……"

这一声尾音拉得有点长，她将双手放腰后，耸肩："说实话，我们这些学生的作品谁要来看，即使真有人来，募捐得来的钱估计也只够买几箱水的，学校官博拼命宣传，转发量也不过百，所以，我个人觉得，这次的慈善募捐会扑街。"

话说完，雨也有点小了，龙七说："那就去看看吧。"

"什么？"

"墙。"

到那儿的时候是下午五点，天边有一丝暮色，像水墨画。

墙的周围有遮雨的挡板，雨声噼里啪啦地响着，墙上色彩浓重，墙边学生若干。林绘替龙七撑着伞，龙七将双手插在马甲的衣袋里，静默地看着墙。

看着墙边的董西。

她坐在人字木梯上，风吹呀吹，把她的裙摆打湿了一半，她没有在画画，她的调色盘、画笔都放在膝盖上，她背对着风风雨雨的世界，面对着一堵墙，像在出神，又像愁绪缠身。

龙七凝视董西的时候，林绘指着墙的西面，由西向东，喋喋不休地向她讲解，她似听非听，一言不发。

后来，龙七的视线慢慢转到一个正向董西接近的男生身上。

男生撑着伞，从墙的东面走来，手里拎着一袋六人份的饮料外卖，脖子上挂着相机，一米八的个儿，白白净净的斯文相貌，像当年的卓清，但比卓清少一分虚劲儿，多一点接地气的成熟。他驾轻就熟地停在人字木梯旁，抬头对董西说话，随后从外卖袋里拿饮料。

那时候，已经陆陆续续有学生注意到龙七了。

从三分钟前她站在这儿，就开始有作画的学生不断回头打量她，然后以一副"不会吧"的表情转向身边的人，用手臂推他们，于是一个两个的，注意力全都被吸引了过来。

林绘因为冷，往龙七身侧靠近了一些。

"帮我介绍一下他。"龙七突然开口。

林绘微怔，往那儿看，接上话："噢，章穆一学长。"

"他是理学部的学霸，也是学生会宣传部的负责人，学校官微的内容推送归他管。这次百宇墙的事，他在宣传上帮我们出了不少力，我们这儿一般都是董西和他对接。"

林绘说到这儿，随口加一句："他俩挺般配的。"

上回出现在出租车上，送董西回宿舍的也是他。

龙七动身往章穆一的方向走，林绘依旧替她举着伞，生怕她淋着一点雨。墙壁旁的学生早已没心思作画，手下的画刷在动，眼睛则盯着这儿。随着龙七走近，章穆一似有察觉，下意识地往这儿侧头。

止步时，靴底正巧踏过一个浅水坑，站定，与章穆一的鞋差二十厘米的距离，章穆一的视线扫过她的脸，她将右手从衣袋中伸出，给他，短促而有力地说："嘿。"

董西听到声音，低头看。

而章穆一有半秒的反应时间，随后说："噢，嘿。"

把手给她，刚要握上，龙七挥手在他手心一击，两人的手短促相碰，随后她将手放回马甲衣袋。击手式打招呼，章穆一的手还落在半空中，但他也算反应上来了，笑："不好意思，以为要握手，见笑。"

龙七靠上梯子，梯子轻微的抖动影响到上头的董西，董西把住扶手稳住自己，章穆一也握住扶梯。龙七都看在眼里，她说："上回见面没打招呼，我叫龙七。"

"我知道，经常在电视和网络上看见你，我叫章穆一，是……"

"我听林绘介绍过你了，理学部的学霸啊，我特别佩服你们这种学理科的人。"

然后龙七看他挂在胸前的相机："你玩摄影？"

龙七的问答方式很快，章穆一慢半拍，但他一直保持着从容和客气："业余玩玩，这次是过来帮忙拍一些墙体的照片。"

他说着，从袋子里拿饮料："喝东西吗？"

"谢谢，"从他手里接过饮料，往后递给林绘，"我不喝。"

章穆一正要说话，龙七侧头看墙体："帮我拍些照吧。"

她这话一出口，之前偷摸瞧着她的那些学生突然全部转过脑袋，林绘也看向龙七，大概都知道她所说的"拍些照吧"意味着什么。龙七懒洋洋地靠在梯子上："我特别喜欢这些画。"

董西的手，一直攥着画笔。

下午五点十分的百子湖边，路灯光直照而下，龙七将长发从围巾中顺出来，微蓬松，稍凌乱，她松展着脖子，不急不缓地走向墙，章穆一在她的背后调相机，旁观的学生都拿着手机在摄像，有人轻悄打电话："就百宇墙西边……对，快来快来，龙七搁这儿拍照呢，我去，真人！"

现场的路灯就像打光灯一样，打在她青灰色的头发上，折射出另一种光晕，而她一旦以一种杂志首模的气场站在墙壁前，整个壁画的画风仿佛都产生了轻微的变化。林绘目不转睛地看，学生们都在看，眼睁睁地看着一堵普通的建筑墙变成带着么点微妙潮感的艺术墙。龙七还抚着后颈，她在看墙，她背对所有人，等终于松展完脖子，章穆一调完相机将镜头对向她的时候，她也就垂下手来，脑袋微侧，看章穆一的准备工作做到什么程度，也就这么给了他第一张照片。

眼神凌厉而勾人。

林绘的呼吸在加快，雨都好像是热的，淋在身上，浇在脸上，身边的女生激动地抓着她的手说："不愧是模特出身啊！"

董西也在看着。

一声不吭地看着。

接下来的时间分秒而过，龙七平时低调，可但凡到了镜头前，就像领主回到领地，五彩斑斓的墙为背景，她的后颈、耳根、锁骨、脚踝，每一处细节都开始发光，拍了不过十分钟，现场已经增加两倍的围观人群。

结束时，林绘立刻帮她举伞，把包也给她。章穆一在检查照片，问龙七："来看看吗？"

"不用了，我什么样我知道。"从包里拿手机看了一眼，没什么需要立刻回复的重要消息，她将手机放回包里。

"怎么发给你？"

"你挑九张最好的，发你们学校官博上，这样我自然就看到了。"

话音落，章穆一抬起头，而龙七没看他，准备走，他立刻说："正赶上饭点,一起吃顿饭吧,我请你们。"

章穆一在人情世故方面还是挺地道的。

龙七的步伐在墙口停下来,墨镜在手指间转呀转,林绘先于她转过身,忍不住笑:"穆一学长,知道你想谢谢咱们家七七,但七七很忙的,吃饭不方便。"

"留下来吃顿饭吧。"

董西开的口。

指头上转着的墨镜猛然定住。

董西说这话的时候,就像是帮着章穆一随声附和的一句,并没有多么强烈的留人态度,但是温和,柔软,不冰冷。

"董西,七七她真挺……"

"好啊。"龙七应,"我要吃海鲜。"

加上今天帮着做收尾工作的三个绘画组学生,晚上聚一起吃饭的共七人,章穆一应龙七的意愿,挑了校门口附近的一家海鲜店。

"大手笔啊穆一学长,这家海鲜很贵的。"入座之后,林绘说。

章穆一将菜单传阅给她:"这家海鲜很正宗,值得尝,可惜现在是进餐高峰订不到包房,我怕龙七不方便。"

七人所处的座位是堂内的大座,也算有沙发背作为隔板区分开每一个桌位。堂内人声鼎沸,聊天声、碰杯声震耳欲聋。店门口有烧烤摊,不时有端着一盘盘串的小哥在大堂穿来穿去,导致空气里也弥漫着一股烧烤的油烟味儿。

但是好吃啊。

龙七坐在最靠里的位置,她正在回老坪的信息,脚不安分地搁在沙发上,露出一截膝盖来。她没摘围巾,围巾很大,挡着下半边脸,低头回信息的时候整张脸都快埋进去了。

林绘挨着她坐,帮她拆餐具封膜,帮她放筷,帮她倒茶,但这姑娘没注意水壶手柄导热,刚提起来就"哎呀"一声轻叫。龙七反应快,迅速抬左手接住水壶手柄,右手轻轻推开林绘的手:"行了,我来。"

手机放一边,第一杯茶她没给自己倒,坐对面的董西刚拆了餐具的塑膜,手刚拿起杯子,龙七的手就来了,杯子突如其来地交接到龙七手上,两人的手指短促触碰又相离,董西抬头看她,龙七则行云流水地做着这些事。她倒三分之一的茶水,晃了晃杯子,清洗完内部后将废水倒进烟灰缸,再倒满一杯,搁桌上,移向董西。

这过程中，没与董西对视一眼。

林绘盯着她手上的所有动作。

龙七的第二杯是给董西旁边的章穆一的，但章穆一可懂道儿了，接手说："我来吧，我负责倒茶。"

章穆一接手后，反手替龙七倒第一杯，给了林绘第二杯，接着为其他女生倒茶，再是男生，最后是自己。

隔壁桌是个人数较多的大桌，十几号人，应该也是中昱的大学生，聊的都是校内的话题，声音很大，几个嗓门儿洪亮的女生一直起哄着让男生喝酒，特别喧闹，服务生过来点单的时候，章穆一都是提高嗓音说话的。

"欸，你们快看官博，"这会儿，一女生突然拍桌子，将手机摆桌上，"这照片刚发上去一刻钟，转发量都过千了，好多人都说明天要过来看呢。"

"我们的募捐有望了！"另一个女生很激动。

章穆一把菜单给服务员，细心嘱咐，哪几份是要加辣的，哪几份不加辣，还特别嘱咐其中有一份不加蒜。

董西不吃蒜。

这个男生安排起事来井井有条。

龙七看着他，筷子在两指间转了一个圈，林绘轻声问："你在观察什么？"

龙七看她。

"你每回思考或者专心观察某件事情的时候，手上就会转起东西来，"林绘说着，撑起下巴来，眼睛亮亮的。

筷子又在两指间转了一圈，她暧昧不明地勾了勾嘴角，对林绘的观察不置可否。林绘这时叫章穆一："学长，再要点啤酒。"

"你能喝酒？"

"七七一般都习惯喝一点。"

"你们俩关系真好。"旁座的女生说。

林绘向那女生笑："是因为之前一起在洛杉矶待了十天，对她的生活习惯耳濡目染，记着了一些。我自己原本也不喝酒，现在能沾一点了。"

"林绘林绘，快告诉我你们都是怎么拍写真的？"

啤酒送上来了，那边也彻底聊开了，喧哗浮躁的大堂里，林绘在讲话，在笑，章穆一在听，董西总是一副似上心又不上心的模样，她看着茶杯，手握着杯子，无意识地转着杯子，偶尔会因为林绘说得过于高兴，淡淡给林绘一眼，也会附和话题给出云淡风轻的一笑，笑容长不过半秒。

而龙七，看着董西。

之前一直没有眼神对视，现在则以一种不受干扰的眼神看着她，闲散地靠着椅背，膝盖屈着，手指磨着啤酒罐的边缘，林绘的话她压根没在听，董西的人，她一直在看。

后来董西也给了她回应。

因为注意到了这种长久的注视，长久到无法忽视，所以在话题的一次小高潮后，董西的视线从林绘脸上，慢慢地移到龙七脸上。被烟熏烤着的空气里似乎有女声在低吟浅唱，贴着耳畔，在烧，挺热，龙七刚好单手拉开啤酒罐拉环，气泡上涌，拉环掉桌上，发出"叮咚"一声响。

"所以，董西和龙七是高中同学？"

好像话题落到了某个点上，章穆一突然这么问，也正因为把视线放过来，注意到龙七所注目之地，顺着这视线转头看向董西，董西垂了睫毛，再看向龙七时，龙七在喝啤酒。

"对啊，"林绘喝得有点多了，突然将头靠到龙七肩上，笑着指董西，"可是董西好吝啬啊，我问她能不能跟我说一些你的事情，她老是说，老是说不方便跟我谈你……一丁点都不告诉我。"

"你为什么要问我的事情？"啤酒罐"咔嗒"一声轻轻放桌上，龙七随口接话。

"我好奇啊，我想知道啊，我特别好奇啊。"

"你想知道什么？"

"我想知道你有没有喜欢的人。"林绘的眼睛笑得弯弯的，下巴抵在龙七的肩膀上，额头碰着她的头发，痒痒的。

"有啊。"

她一副并不避讳的样子，侧过头，对着林绘的视线："上回不是告诉你了，我有男朋友啊。"

在座的人好像听到了一个了不得的消息，龙七视线上移，看他们的时候，他们立刻识趣地摆手："噢，我们不会说出去的，懂的啦，绝对保密。"

她微微一笑。

隔壁桌突然来了几声震耳的大笑，连带着沙发椅背都震了震，一男生输了游戏正在接受惩罚，一堆人闹得肆无忌惮。这边的女生立刻转移话题，轻声吐槽："虽说是餐馆大堂，但也不用这么夸张吧，这都噪声污染了，还能好好吃饭吗！"

"算了算了,"另一女生安慰道,"我刚认了脸,这几个是咱们同系的师姐师兄,平时就特能闹腾,忍忍,那几个师姐不好说话。"

菜陆陆续续地上来了,烧烤也上来了,董西起身:"我去弄点调料,你们要什么酱?"

"我去吧。"

章穆一刚要起身,董西按着他:"我去,你们把要的酱告诉我就行了。"

"我要一半花生酱加一半沙茶酱。"林绘不太客气,直接提需求,"谢谢董西。"

她的脑袋还靠在龙七肩上,董西看过去。

"你呢,龙七?"

"你我都是老同学,"她慢条斯理地答,"这么生疏干什么,叫七七啊。"

林绘这时候抬起脑袋。

"不太习惯。"董西说。

"我要酱油就好。"

"你对董西真好啊,"董西一离座,林绘就开始说,她趴在桌上,脑袋搁在双臂上,由下至上地望着龙七,"上回帮她挡酒,这回帮她宣传艺术墙,还让她叫你七七,我叫你七七你都得说我。"

龙七拿了手机继续回复老坪之前发的信息,没搭理,反倒是章穆一笑了:"林绘,你吃董西的醋啊,你俩可都是女生。"

"还不是因为这位七七太帅了。"

龙七往她身上斜斜地瞥一眼。

隔壁桌又来了一波大哄闹。

"你和董西是因为这次艺术墙的事认识的?"回完信息后,龙七将手机搁一旁,向章穆一发问。

"是啊。"

"董西人很好,性格又那么温柔,你真幸福。"

"噢,"章穆一立刻听懂,主动抖料,"你可能误会了,我跟她不是男女朋友关系。"

"那是什么关系?"

"就,纯帮忙。"

章穆一一时回答不上,龙七笑:"啊,还在追。"

章穆一也不是多扭捏的男生,喝了口啤酒后,就豪爽地点头了。龙七的手指离开桌面:"那她呢?"

"这……"

章穆一犹豫，她就全了解清楚了，这时候林绘又在底下拉她的衣角："我头有点疼……"

她低头看林绘。

拐角处，董西端着几盘调料过来，她正在打电话，托盘搁在右手臂上，一边说话，一边缓步走来。

隔壁桌散了，几个男生争着买单，其中一男生喝得不少，冲天的酒气，还拦在所有人面前抢着买单。董西走到隔壁桌过道的时候，那男生突然发怒："你们都别拉着我！"

龙七听见声响，抬眼看。

看过去的时候正是出事的当口儿。

男生一使劲儿，手攥成拳头挣脱众人，猛的一下惯性往后甩！董西的身子恰好在男生后头，她的肩膀猝不及防地被这一拳抡到，毫无防备的她一下子就摔了，托盘里的调料乒乒乓乓撒了一地，脑袋"哐"的一声撞到对桌桌角，对桌的人惊叫，整个桌面都在颤动。一地的淋漓汁水中融入了一滴血。

她出血了。

"章穆一你去问餐馆拿医药箱，要碘酒和双氧水！"龙七的反应比谁都快，林绘挡她前面，她直接踩着椅子撑着桌子出座位。章穆一也迅速起身，全桌人火速围上去，董西皱眉闭着眼，她撞到的是眉骨，一道两厘米左右的口子，血直流到她下颌处，一滴一滴落地板上。

隔壁桌蒙了，惹祸的男生要上前，被同桌的人低声说着话往后拉。龙七下蹲扶董西，喊林绘："你去外面叫辆车去医院！"

而后龙七问："晕不晕？"

章穆一动作很快，带着药箱过来："这里有云南白药粉，先给她撒这个。"

董西面色苍白，她想抬手，龙七握住她的手说："别碰。"

龙七迅速替她上药止血，手挡在董西眼睛上方避免药粉入眼。章穆一抽纸巾擦掉她脸侧的血印。

那边，惹祸那男生手也被董西当时端着的碗碟割伤了，一堆人同样忙着处理伤口。就在这焦头烂额的时候，一女生突然拨开人群，浑身冒着酒气，冲着董西这里喊："怎么回事啊！看不看路啊！"

Part 18 第十八章
学术交流

龙七当时还在帮董西上纱布，接住那女生话的是董西的同学，声音虽有一丝怯，但占理，她稍大声地回："撞人的可是师兄啊，师姐你上来就兴师问罪，合理吗？"

"哟，"女生回，"咱同一系的啊，哎，你别跟我这儿套近乎，跟你不熟！叫那女的出来！"

"行了行了，"有人拉她，"你喝多了，少说点。"

"凭什么我就得忍着啊！他手都流血了！"

"人家女孩也受伤了，行了行了，别闹了。"还是有没喝酒明事理的，但那女生脾气很躁，不听。

"你出不出来！"

她说着就上来拨人，董西的同学拦不住，步伐间的混乱波及最里层，龙七的肩膀被碰了一下，她吸一口气，手上的药瓶和绷带向章穆一一递，人站起来，一回身就对上那女生，董西的同学还怯生生地想讲道理，而龙七握着碎酒瓶子，轻缓缓地问一句："你想干吗？"

没有感叹语气，不是真的在问"你想做什么"的意思。女生一蒙，龙七动都没动，她已经往后趔趄一步。周遭有议论、倒吸气声，但都被龙七此刻身上的气息压住，反倒是章穆一按住龙七握着碎酒瓶的手，劝她收着点。

周围人认出她了。

或许听闻过她的暴脾气，人彻底尿了，朋友间相互拉扯着往外圈退，但随之而起的是渐渐明显的拍照、录像声，咔嚓咔嚓，越来越多。林绘这时跑来说车子叫到了，龙七放开酒瓶子，碎响声又震退一群人，她去扶董西。

"我来。"章穆一说。

他话音一落，就将董西整个人抱起来，绕开人群向门口的出租车走去，林绘帮着开车门。龙七走的时候，一大堆手机镜头和议论声还小心翼翼地抓着她，她面无表情地上了车子前座。

"林绘……"林绘要上车前，董西喊她，声音轻细柔弱，"你不用陪我了，回宿舍吧，罗欣她们没带钥匙。"

林绘犹豫的这会儿，龙七说："你回去吧，晚点再联系你。"

她最终点头，关上车门。

董西的伤口，得缝针，缝五针。

会不会留疤还不知道，有没有后遗症也不知道，章穆一陪着董西，而龙七坐在过道的等候椅上，她戴着口罩，看着手机，餐馆闹事的视频已经在网上流传开了，配的文字解说是"终于相信龙七以前是不良少女的传闻了，把我们的人弄伤，不认账还砸酒瓶"。

评论数、转发数从百到千，趋势近万，老坪给她发来一条信息，让她别从医院前门走，已经有记者听闻风声陆陆续续来了，从地下车库走，车子在那儿接她。

长久地望着手机屏幕，仿佛回到了高三时董西因她而陷入作弊风波的那一刻。有些事总在循环，有些东西命中注定，一口气隔着口罩无力地叹出，她在屏幕上打字，回老坪：把车停前门吧，我从前门走。

龙七临走前看了一眼诊室，看不到董西，只看到屏风后隐约的人影和被半个屏风挡住的章穆一。章穆一注视着董西，眼睛里只有她一个人，直到龙七走时发出轻微的动静，他才往外看一眼。

龙七走出五步外的时候，章穆一在门口叫她，她没回身，章穆一问她为什么不等董西好了一起走。

"我有急事，没法等了。"因为一起走的话，他们就走不了了。

章穆一说："等一下。"

他重新进了诊室，几秒后，拿着纸笔出来，在纸上快速写下一串号码，递给她："这是我的手机号，餐厅那件事，假如你需要当事人澄清，随时联系我。"

他顿了一下，接着说："假如你想知道董西的情况，也可以联系我。"

所以这就是董西愿意与之交流的男生。

这就是让董西在承受过靳译肯的薄情、白艾庭的欺辱，龙七的背叛，舆论的诋毁，看透人心和世俗后，重新接受的男生，一个不扎眼、不厉害、不帅气，但办事细心牢靠的男生。

龙七看着他，接过他的纸，放进衣袋。

夜里十一点的时候,老坪联系到餐馆拿到了当天的监控录像,在这事上他没对龙七有什么指责,反而说:"好事。"

"好成什么样?"

"监控我看过了,"老坪说,"这事你占理,明眼人一瞧就知道。"

"那就公布咯。"

"会公布,但不是现在。"老坪电话里的口气轻松自在,"这事咱得这么干。"

龙七耐心地听了十分钟,老坪的意思是借力煽风后再反转,先让公众舆论持续发酵,骂吧,争论吧,闹得越凶越好,这期间她的曝光率会极速上升。直到公众对龙七的指责到达极点后,再放出明眼人一看就能分出好歹的完整监控视频,龙七定位本就模糊,这么一来,一下子就能把豪爽有义气的形象坐实了。

公众也会有愧疚感。

到时候这阵愧疚感会炸出一片粉丝来,龙七从加害者到受害者的形象扭转也会使她得到极大的国民好感度,连带着她上回去酒吧的事也能被一起理解和原谅。

老坪这招想得挺麻利,但龙七没同意。

"是会受点委屈,也挺险,但利大于弊,那些阴你的小孩,最后也会尝到反噬的味道。"老坪说。

"不是委屈,"她回,"我今天刚帮完一个朋友的忙,我的形象今晚要掰不回来,明天她那事估计也就砸了,挺好的一个事,公益慈善方面的,你就别把事搞大了,该怎么来怎么来吧。"

"而且,"她说,"我不想英国那位知道这茬。"

在龙七的坚持下,老坪纵有万般对敌策略,最后也只化成一道绕指柔,简简单单地将监控视频公布了出去,事情在当天晚上轰轰烈烈地发生,又在当天晚上不痛不痒地结束。粉丝数和名声到底还是涨了点的,最大的收获方恐怕就是中昱大学的艺术周宣传了,还真靠着龙七的话题蹭上了热门,得到超出预想的关注。

那之后的一周,龙七没联系董西,也没联系林绘。

那周的周六在海滨有一场音乐节,班卫有个主场,龙七被他邀过去玩兼现场助兴。班卫很讲义气,许她的歌虽然没有写完,但把自己的两首成名曲改编成女声让她主唱。她本着玩票心态捧了他的场,但没想到现场反应热烈,班卫这个本来就很容易兴奋的人更兴奋了,返了好几次场。

散场时已经很晚了,十点多的样子,工作人员在后台收场,班卫让人买酒去，勾搭着龙七的肩膀喊她龙大爷，让她今晚上陪自己碰两杯。

龙七当时在给靳译肯发消息，英国这个点是下午，她突然特别想他，拍了一张散场后的空荡舞台，给他发过去。

"龙七。"

手机屏幕刚显示照片发送成功，身后就有一声柔柔糯糯的叫声，这声音轻轻地击打在她的脊骨上，她正在打字的拇指停了一下，跟着班卫一起回头看。

董西站在后台的入口处，章穆一在她旁边陪着。

酒买来后，在空旷的舞台上铺了块方布，所有人席地而坐。夜风泛着入秋的凉意，不留情义地吹着。龙七穿得少，身上裹了一个毯子，班卫和乐队成员互灌酒各自开怀。董西坐龙七的右手边，她的安静在吵闹中永远像一支定魂针，定住龙七的情绪。龙七开了一罐酒，喝了一口，董西徐徐地说："募捐很成功。"

"噢。"

"送物资的时候，我们想在捐赠人上加你的名字。"章穆一接上话。

"噢，挺好。"

气氛好像有一点冷场，龙七喝了第二口酒，看了一眼董西的眉骨："那儿还痛吗？"

"不痛了。"

"医生怎么说，会留疤吗？"

"医生说她的愈合能力还算……"

"留不留疤无所谓。"

章穆一和董西的答复同时响起，章穆一先收的声，他望了一眼董西，董西的手里握着一罐未开的啤酒，一副也没打算开的样子，视线平和，语气不见波澜。

龙七喝了第三口酒，这第三口直接把剩下的啤酒灌进了肚子，她将空罐放一旁，拿第二罐啤酒。

"来来，哥们儿，你来！"班卫这时候突然过来拉人，一下子就把章穆一拉进自己的人堆去拼酒。这边剩了龙七和董西，夜风呼呼地刮着，龙七的感冒还没好，一边开啤酒罐一边吸了一下鼻子，头发逆着扬起，她将头发往后拨，然后抱着膝，看着班卫他们整章穆一。

她不看董西。

"为什么你老是这样？"

因为这句话，龙七的眼睛抬了一下，手里的易拉罐被捏出一些声响来。

但那句话确确实实是从董西口中说出来的，没有章穆一作陪的她仿佛突然就有了些语气方面的波澜。龙七还在发怔，董西说第二句："前一刻对我热情，后一刻待我如生人，从认识你开始就这样，一直，一直，都这样。"

龙七侧过头，看她。

董西的眼依然是那双眼，依然柔，依然弱，依然不带一丝烟火气息，但她的语气不一样了，像长久忍耐后的一次小发泄，眉头也因情绪的变化而轻蹙。

"我永远都不知道该拿什么态度对待你，离你近点，你就远离我，离你远点，你又亲近我。我们之间就没法有一个安全而固定的距离，是吗？"

班卫那边吵吵闹闹，章穆一的手机这时候突然被扔了过来，龙七接住，班卫从人群里冒出头来："他输了一轮！手机帮忙收着！"

而这里的气氛依旧是凝固的。

董西已经不说话了，但董西在等她开口，很明显地等着她。龙七将手机放包里，她吸了一口气，回："我们俩之间确实没法正常相处，你有你的理由，我有我的原因。"

"你的原因是靳译肯，是吗？"

"靳译肯不是我的原因，但他是你的理由。"

"我是喜欢他，"董西性子虽然文静，但她有感情就承认，在这一点上她比龙七还果敢，"靳译肯是我高中时代唯一一个喜欢过的男生，也是我到目前为止唯一一个心动过的男生，但他不再喜欢我了，感情既然断了那就断了，过去了，我不会记在心上，所以他不成为我们之间没法正常相处的理由，那么你的原因是什么？"

"你想跟我正常相处吗？"龙七反问她，"跟一个背叛过你，害你升学失败，背负骂名，还抢了你男朋友的女人正常相处，你想吗？"

"我说过了，不是华宁没选择我，是我选择了中昱，我的升学没有失败，而你也没有背叛我，靳译肯是在跟我没有交集后才跟你在一起的。"

"不，我在那之前就跟靳译肯有牵扯了，靳译肯跟你再不联系，是因为我又主动找他了。"

好像是为了让她看到自己最丑陋的一面，龙七就这么把这句话说了出来，那边的喧嚣并没有影响这里可怕的寂静，董西没有动作，但龙七仿佛听到了她的肩身垮掉的声响，董西低下了脑袋，龙七喝掉第二罐啤酒。

当她拿了第三罐啤酒准备拉环的时候，董西说："那我们不聊靳译肯了。"

这是一种近乎卑微的退让。

龙七问她："你为什么要让自己委屈成这样？"

"我不知道。"

董西给出了一个没有答案的答案,但她没有犹豫,好像这就是她的真实反应,从心底直接反应到面上,乃至龙七一问出这个问题,她就答了,答就是问。

"我不知道,我不太喜欢你漠视我的样子,我把你当过朋友,没法对你视而不见,也没法坦然接受你对待我的态度,我不知道这是什么原因,你知道吗?"

她反问龙七。

龙七的眼睛有点酸。

她看着一个这样的董西,董西也看着一个这样的她,而后她往嘴里灌了一口酒,迎着风说:"我们都太年轻,不知道自己想要什么,不要什么。"

"那你想跟我和好吗?"

龙七抱着膝,易拉罐被捏得发出嘎嗒嘎嗒的响声。

能做朋友吗?

她于董西,董西于她,都有各自的心魔与羁绊,也有一种天生相克的气场,乃至她稍一放松,一有前景开朗的错觉,董西就会莫名其妙地卷入一些事端,被精神诋毁,被肉体误伤,所以她们真的能相安无事地做朋友吗,能回去吗?

她看着台下歪七扭八的座椅,董西看着她,喧嚣、风、狂欢过后的空旷,易拉罐撞击的金属声,从高一开始长达三年多的跌宕时光,每一次偷看,每一个盛满夕阳的瞬间,每一场风波过后的心灰意冷,她接近的时候,董西接受,她抽身的时候,董西也接受,而这是董西第一次向她迈开步子,向她求和,向她讨要一个安全而稳定的相处距离。龙七一言不发地看着地板,思索着。

良久后,她看向董西。

但是话没说出口,班卫就突然冲上来。

龙七和董西的眼神对望被班卫的突兀起哄冲散,他说:"来来,他们都不行了,你陪我喝你陪我喝……"

班卫拉着龙七就走,龙七身上的毯子落下,掉在董西的膝盖旁,而章穆一坐回董西身边,他抵不住班卫的一通猛灌,喝得面红耳赤。

龙七进入班卫的圈子,周身被乐队成员挡住,她回头,从各人肩身之间的缝隙往外看,董西并没有多孤单,她的表情还是章穆一离开前的那个表情,正抽出一张湿纸巾,替他擦拭脸庞。

那个晚上,龙七喝了很多的酒。

班卫是个酒鬼,一喝起来必须过瘾,灌人酒的功夫也和靳译肯不相上下。但龙七这回喝得比班卫还猛,或许是绷得太久了,想烂醉一次,也或许是董西还在那儿等着她的答复，而她并没想好怎么回答。

六罐过后人就不对劲儿了，她开始不跟任何人说话，脸颊发烫，班卫看出她这状态是快接近断片了，喊接让人给老坪打电话："我不知道你家住哪儿啊姑奶奶，你可得缓着一口气儿告诉我个地址。"

"我知道。"董西开口，看着龙七的方向，"我会送她回去的，你让她喝吧。"

龙七当晚记忆层面留存的最后一个声音，就是董西的这句话，但是董西后来并没有把她送回去。

她把龙七带到了自己家。

出租车拐进了熟悉的公馆，熟悉的院落，她的家一进去就是滑溜溜的木地板，龙七在玄关口摔了一跤，董西在后面扶起她，很快有第二人上前来扶，她听到董西的声音："阿姨，我来，你去帮我拿一套睡衣，把卧室的床理一下。"

"客卧还是主卧？"

"我的卧室。"

"哎，这不是最近新闻上那个明星吗？"阿姨小声嗫嚅。

龙七说："我要卸个妆……"

但是董西刚把她扶到盥洗台前，她就开始吐，吐过之后喝了半杯温水，然后又在卫生间门口摔了一跤，这一摔拉扯了董西，两人膝盖磕地的声音同时响起，龙七倒地上就没法起了，而董西一声不吭地将她重新扶起来，一个人，生生将她扶到了卧室床上。

龙七的肌肤上残留着被夜风吹拂过的冰凉，有酒气，有一丝她自身的香气。她的身体是冷的，但脸上很烫，脖子处泛起一阵阵的红，好像有些酒精摄入过多后过敏的症状。董西叫她名字，她不回，但她还知道自己在床上，知道冷，提着被子往身上盖，就像在自家一样。

董西轻轻地将她的外套脱下，从被子里抽出来，收到衣架上，再从洗手间拿来一条浸过凉水的毛巾，擦拭她的脸。

脸部肌肤慢慢降温，脖子处的红印也一点点褪去，龙七这会儿好像有点意识了，转身面朝床沿的董西，董西原本伸着手臂替她擦拭，这会儿距离突然变近，手上的动作稍有停顿。

龙七的手从被子里伸出来，握住她的手腕。

"我想跟你和好……"

房门已经关上，阿姨去休息了，不大不小的卧室里，床头灯暖黄的光洒在被子上，龙七说这句话的时候，好像是有意识的，又好像是没意识的，董西静静地看她，不说话。

龙七则在说完这句话后，支撑起身子来，董西的视线耐心地跟着她。董西的身子突然没了力气，往后倒，瘫坐在地毯上。

龙七是被第二天的阳光刺醒的。

这卧室的窗户很大，不像她平时睡的那屋，满地阳光，没到生物钟起床点就被生生晒醒了。她用手肘支起身子，眯眼扫视半圈。

房间是由奶白地毯床铺和原木色家具组成的，墙上挂着几株木兰科植物的艺术画，隐约听见一声奶猫叫，她循着声音掀被子，一只白猫从她的衣角旁探出脑袋，咪叫一声，迅速跳下床，蹿出房间。

逆着猫咪往外蹿的路线进房间的，是董西。

她眉骨上的伤已经不太明显，穿着件月白色的针织衫，牛奶白的肌肤在阳光倾洒下泛着光，手里拿着几套叠好的衣服，直走向房间角落，那儿放置着一个打开的小行李箱，她将衣服放进箱子。

董西起身时，才看见龙七醒了。

董西继续别过头收拾衣服，说："我要回学校了，你睡得好吗？"

"现在几点？"

"下午一点二十分。"

一下子想起三点有个活动，想起老坪孟姜女般的脸，她在心里火速骂了一遍昨儿个灌她酒的班卫，下床："洗手间借我用一下！"

洗漱完穿好衣服，董西的行李也收整得差不多了，她问龙七："你怎么过去？"

"老坪接我，半小时后到，你回学校是吗，顺道送你？"

"两点学校有事，得早到，不用了。"

龙七正给老坪发定位，这时候头还酸痛，她的眉头始终轻蹙，抬头看了一眼董西："我昨天有没有什么不礼貌的行为，闹事了吗？"

"没有。"

"你爸妈呢？"

"这周不在家。"

"昨天你一个人扛我回来的？"

"家里的阿姨有帮忙。"

几番问答，董西的语气都很平静，龙七最后问："我昨天有没有说什么奇怪的话？"

这句话后，董西有停顿。

因为这停顿，龙七瞥她，眼神刚落到她身上，董西答："你说你想跟我和好，这话奇怪吗？"

所以她和董西，就这么突如其来地重修旧好了。

十一月的风不太温柔，冷得透透的，龙七靠在朗竹公馆出口的车站广告牌下，手机在手里转，嘴里嚼着糖，脑子里回想着董西说的话。

董西半小时前就走了。

是在什么情况下说出"和好"两字的呢？

想得正细的时候，脑袋里突然回忆起另一个画面，好像昨天把什么东西放进了包里而忘了拿出来。她打开包，手往里探了一下后，果然摸着章穆一的手机了。

噢，忘记还给他了。

然后她又想起另一件事。

想起昨天曾给靳译肯发了照片和信息，但之后一直没收到回应，她滑开手机屏幕，打字，又发去一句。

中昱大学，女生宿舍公寓楼。

狭长的，光影交叠的走道里，有一些陆陆续续回学校的学生，行李箱的轱辘声在响，钥匙插进锁芯，扭两圈，门锁解开，隔壁宿舍的女生正好出来，打一声招呼："咦，董西，你今天来得挺早。"

"嗯。"

"我正要去超市，外面那么冷吗？"

"我感冒了。"

"噢噢，这样啊，你赶快回宿舍休息吧。"

女生从身后走过，董西扭下门把，空无一人的宿舍，光线暗淡，有从走廊传来的脚步声，有窗外的风声，以及她的行李箱在地上移动时的轱辘声。

窗帘拉开后，地板上才有了些光，她站在清冷的日光里，将桌上的一面立镜竖起来。

然后看着镜子里的自己。

看着那里面，一个面色过白的自己。

胸口轻微地起伏。

门口传出响动，有舍友进门，董西不紧不慢地将围巾重新裹上，她没回头，压下镜子开始理书，将书放架子上时，随手拿起原位置上的小盒子，但盒子不同以往的分量使她蹙眉——轻了点,她下意识地打开,然后看见里头本该躺着的一条桃木手绳……

没了。

龙七依然没想起来昨天喝了多少酒。

也没想起来是什么时候开始断片的,又是如何组织语言向董西说了和好的话。手机依然在她的手心转来转去,糖依然在嚼,她身上有股宿醉过后的慵懒痞气,乃至周围行人都只敢瞥她,不敢拍她。

风吹啊吹,吹来一条信息,手机振动,屏幕亮起,她低头瞧了一眼。

然后手指间所有不安分的动作都停了下来。

糖也不嚼了,痞气也在无形中收了,她注视着屏幕,手心不知不觉地出汗。

老坪的车刚好到达,向她鸣笛,她不理,心口有团火开始烧,烧得她整个人出虚汗。老坪连着叫她两声,她都不回。

因为靳译肯给她回复了四个字。

这四个字没有正面回答她的问题,也没有解释任何原因,像他一贯懒得打字的德行,就四个字。

——刚下飞机。

靳译肯还真把那个什么学术交流的名额拿到了手。

在龙七玩乐的时候,在同龄人瞎闹的时候,他一个人,拖着一个白艾庭,在异国潜伏着,低调地努力,孤独地胜利,然后以这样一种名正言顺的姿态,光明正大地回到这个曾经把他放逐的地方。

杀了她一个措手不及。

但靳译肯这招又玩得有点深,他不但没提前告知龙七这件事,就算发了信息后,也没有像以往那样主动联系她,龙七问他在哪里,他不说,给他打电话,他不接,他只给她发了一条文字信息,又是言简意赅的一句话,隔着屏幕都能感觉到他冲天的傲气。

——我先忙两天,两天后来找你。

看来这次能停留在国内的时间挺长,还知道跟她玩起捉迷藏了。

章穆一的手机在包里响,她一边上老坪的车一边接听,魂还没回来,心不在焉地问一声:"谁?"

"龙七,是我,章穆一。"

她一手给靳译肯回信息,嘴上说:"当我傻啊,章穆一手机在我这儿呢。"

然后就挂了。

三秒后，手机再响，她再接："谁啊！"

"我，章穆一，龙七，这是我室友的手机，我手机落你那儿了。"

章穆一生怕她大脑维持短路状态，迅速解释，她这才反应过来。章穆一接着说："龙七，你方便的话给我一个你那儿的地址，你把手机存放在公司或者小区保安室就行，我明天自己来拿手机，麻烦你了。"

"今天没法来吗？"

"今天有事，没法来了。"

她还在对靳译肯进行消息轰炸，嘴上回："放保安室不安全，明天我给你送去。"

"这太麻烦你了。"

"本来就买了一些捐赠的物资想送来，正好顺路，再说了手机是我拿走的，给你送去也是应该的，约个地方。"

"那就明天中午十二点在学校北门的咖啡屋见吧，详细地址我待会儿发我的手机上。"

"行。"

挂了章穆一的电话后，龙七手快，给靳译肯发一句：我在你家小区门口。

但是发出去的一瞬间她才意识到自己没法解释为什么会出现在他家小区门口，所以立刻撤回。微信页面留下此地无银三百两的撤回提醒，而靳译肯的对话框仍旧保持平静，可能真没看到。

"你手抖什么啊？"老坪突然开问。

龙七抬头："谁搜抖？"

"手。"老坪教她念。

"我手没搂。"

"抖。"老坪再次教她念。

"你烦死了。"

"行，当我什么都没说。"

结果那一整天，靳译肯还真没联系她，搞得比她还忙似的，她到晚上才镇定下来，干脆也偃旗息鼓，不理人了。

慌什么？

董西已经跟她重修旧好了，她也彻底熄灭心里那团火了，有什么可慌的呢？再说她从来不介意靳译肯对这方面的看法。

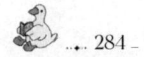

她这么捋着思路。

第二天中午十一点三刻，龙七提前到了中昱大学北门的咖啡馆。

鉴于昨天出席活动的时候态度好，她对记者又是笑脸相迎又是说甜话，老坪一乐，给了她全天假。龙七用上午的时间去自己学校听了几节课，了解了一些进度，中午搭车来这儿，到达后用章穆一的手机给他室友发一条信息，章穆一很快借室友的手机回信：马上就到。

咖啡馆里都是学生，临近中午，熙熙攘攘，但不算吵闹。龙七素颜，戴着宽檐帽，最近天冷，她总算穿上一件不厚不薄的宽领毛线衣，一身行头不高调也不太低调，在一个较为僻静的区域入座。认出她的学生还是有的，但鉴于她本人脾气方面的传闻实在太多，没有人敢贸然打扰。

她嚼着糖，将章穆一的手机在桌面上转来转去，另一只手噼里啪啦地敲着自个儿手机的键盘，正在组织语言准备再次骚扰靳译肯。

她耿耿于怀他晾她两天还不可一世的态度。

身后有一桌女生在聊天，声音一会儿放低，一会儿又齐声倒抽气，好像在聊见不得人的八卦似的。咖啡馆门铃三番五次地响起，一直在进客人，龙七往门口瞥一眼，进的都是女客。

"我打听清楚了，他在英国有个女朋友，但不太亲密。"

有一句话漏到龙七的耳朵里。

"范范知道吗？"后桌的一人问。

"她知道一半，只知道有女朋友，但不知道关系如何，第一天就打听来的，她那性格等不得。"

"你把这情报给她发过去。"

服务员把龙七的咖啡端上来，那一桌才因为这些动静而收声，把音量压到旁人听不见的程度。龙七终于组织好一串骚扰语言，刚要发送，林绘的来电突然跳出来，挡住了她的聊天页面。

她接。

林绘问："七七？"

"你说。"

"你今天下午有空吗？我想来找你，说点事。"

林绘的声音虽然轻，但听上去挺正经的，没有平时跟她说话时的那股笑意和甜音。她回："你现在来找我吧，我在你们学校北门的咖啡馆。"

"好。"

"董西在吗?"她问一句,"在的话让她——……"

"她和同学吃饭去了。"林绘接住话,接得比龙七的问话还快。

"噢,"她说,"那你来吧。"

挂完电话后,龙七骚扰靳译肯的心情突然淡了。

龙七的指头在桌面上点了几下,最终本着一种"算了饶他一命"的心态放弃骚扰,拇指按键,逐字删除聊天框里的字,但偏偏这时手机一振,原本空白的聊天框上跳出来一行字,靳译肯发的。

——看着你"正在输入"一小时了,你挺闲。

嘲她。

他嘲她。龙七当时就炸了,立马发语音:"要么现在跪着来见我,要么滚回英国去!"

后桌的女生因为她提到"英国"两字,敏感地朝她望过来,继而推扯身边的人:"是不是龙七啊?"

"龙七。"章穆一的声音恰好从五步外传来,女生堆里没声了。她抬头,章穆一显然是赶过来的,一副风尘仆仆的样子,上前拿了手机,对她说:"谢谢你了,没手机真不方便。"

"我帮你充过电了,"她暂且压着气,用正常语气应付他,"满格。"

"你昨天住在董西家?早点打电话给你的话就可以让董西捎给我了,不用这么麻烦你。"

"说了没事,顺路的。我买了几箱水和生活日用品,放在保安室,"她起身,"你跟我去清点一下?"

章穆一却站着没动:"我觉得不用清点了,龙七,你能支持这次募捐活动,我们就很感谢了。"

她懒洋洋地回身:"你忙啊?"

他动拇指,指了指咖啡馆深处某块区域:"系里来了交流生,我得去打个招呼,你没吃饭吧,要不留下来和我们一起吃顿饭?"

"我对国内国外的理工男都没兴趣。"她一边应,一边给没有回复的聊天框发去一个表情。

叮——

咖啡馆的某处,遥遥传来一声消息提示声。

"倒是回我啊,盯着我的聊天框看了一小时的闲人。"她轻声录语音。

叮——

发出去的时候，遥遥某处，又传来一声相对应的收信息声，龙七这回耳朵尖了，并且开始反应到大脑皮质。她往章穆一所指的方向看，隐隐看见隔墙后的一桌男生，一边看，一边动手指连发两个表情，那边果然传来两声连在一起的清脆提示声。

"章穆一……"她下意识地问，"只知道你是理学部的，你是什么系的来着？"

"我？物理系。"

——过几个月我这边学校和国内某所大学的物理系有个学术交流项目，是哪个大学我还没打听清楚。

——我打听清楚了，他在英国有个女朋友，但不太亲密。

两段话一下子对上了号，龙七又想起其中一个女生描述他时的浮夸语句，越想，疑心越重，越重，脑袋里就越不停地循环那几句话。龙七皱着眉往那儿走，章穆一问她怎么了，她充耳不闻，心里在打鼓，想着老天不会这么猎奇，这种巧事也敢往她身上砸，但步子就是止不住地往那里走。

往坑里走。

越过一道隔墙后，看到坐在那儿的一桌人，五男一女。

依稀听到他们之间的英文交流，四个男生是背对她的，都不是本国人，也没留意她，旁座的一个女生是这个学校的，她正用英文参与交流，一边说，一边用手势轻微比画配合着，偶尔微笑，偶尔点头，而唯独有一个人斜斜坐着。

他是在场唯一一个本国男生，也是唯一一个处于喧嚣之外的人，他无须和自己的同学交流，看上去也懒得和那名女生代表交流。龙七看过去的时候，他正跷着二郎腿，看着膝上的笔记本电脑，而他的手机放在桌上，屏幕还因为前一条消息的提示而亮着。

龙七倒抽一口气。

因为眼前一下子闯进了靳译肯这个时隔好久不见的人物形象，口干，舌也燥。

"龙七？"章穆一喊她。

她向章穆一看去时，靳译肯循声看过来。

但是龙七对着章穆一的眼神询问答不出话，口干舌燥的感觉越来越强烈，她再看回去时，正正好好与靳译肯的视线对上。

完了。

视线一对上，她在聊天框里的那套虚张声势就全部塌了，靳译肯已经将膝上的笔记本电脑合上，他可气定神闲了，明明是她先发现他的，他反而有一股先发者的意气风发，没笑，但眼神里有一股只有她能看到的坏模样。龙七被这眼神抓得走不了人，一身反骨隐隐地被他逼出来，章穆一已经跟在座的一圈人打了招呼，和靳译肯也简单打了招呼，再看回来时，她终于开口："章穆一。"

"嗯？"

"我还没吃午饭。"

这么一句话摆在这儿，章穆一怔了一下，随后答："那正好，跟我们一起吃吧。"

而章穆一话音刚落，桌前的一张椅子就被龙七抽开了，她将包往桌上一放，人也入座，坐靳译肯的对面，直勾勾地盯着他："介绍一下呗，章穆一。"

靳译肯没什么表情变化，但是她懂，他现在就操着一副"爷就看你怎么演"的淡定样，看戏呢。

"噢，他们就是我刚跟你说的交流生，"章穆一反应倒快，简单介绍，"都是英国威斯伦大学物理系的拔尖生，这次来的目的是与我们合作一个物理课题的研究。"

然后章穆一面向他们介绍龙七，用了一连串的英文，没说她的艺人身份，只说是朋友，倒是重点提了支持慈善募捐一事。

他接着介绍旁座的女生："范馥宁，我们物理系的才女，也是这次交流活动的招待。"

说着，他话头对向那女生："我的手机拿回来了，昨天辛苦你了范范，多亏你在中间联系，否则得误不少事。"

"没事，拿回来了就好。"女生应。

范范。

龙七在脑袋里咀嚼着这昵称，往那女生处看一眼，恰好也碰上这女生看自己的一眼。女生察觉眼神对撞，视线立刻一个拐弯转到了章穆一那儿，抬起杯子欲盖弥彰地喝了口咖啡，耳根微微发红。

挺漂亮，五官比林绘还精致点。

"对了，你们两个可以认识一下，"好了，章穆一开始重点介绍对面那位，"他叫靳译肯，从高中开始就是市里各项物理大赛的金奖得主，很厉害的一号人物，这次学术交流他也是唯一一个中国学生，他……"

"噢，"龙七打断，"我说怎么眼熟呢，原来在报纸上见过你啊。"

范馥宁借她开口的空当，看她。

靳译肯的答话挺慢条斯理的："我看你也挺眼熟的。"

"噢，是这样，"章穆一做补充说明，"龙七在我们这儿挺有名的，她是位艺人，你可能看过她的广告，也看过她……"

章穆一的解释来得一本正经，靳译肯有一搭没一搭地听，看着龙七，龙七也看着他。

等对方说完，他公式化地回一句："挺厉害。"

可一点都没让人听出由衷的赞美来。

"穆一，"范馥宁轻悠悠地开口，"你们是怎么认识的呀？"

这个范范一问就问到点上来。

但好在章穆一是个逻辑清楚的人，直接挑重点讲："龙七之前关注了我们学校艺术周的募捐活动，我们就是通过这个活动认识的，她今天来这儿，是送点物资过来。"

没说手机和董西的事，大概怕解释起来麻烦，也因为她和董西及林绘交好，章穆一介绍起她来，一直有意无意地将她的形象往正面上引导。

"原来是这样，"范馥宁点头，"就想着你俩的画风不太搭。"

章穆一问龙七吃什么，这里大多是一些面食和甜食。

"有果蔬沙拉就行。"

"附近有中餐馆，我建议你们带他们去那儿看看，他们现在对中餐兴趣比较大。"靳译肯徐徐地插进一句话，接着对周旁的同学说了几句英文，那些男生一下子比刚才精神了，连连点头。

章穆一觉得行，然后与那个范范一起，招呼着四个英国小哥去隔壁中餐馆"考察"。靳译肯没去，他懒，龙七也没去，她更懒。

正好也需要人在这儿留着位。

然而人一走，靳译肯的眼神就开始扎扎实实地放她身上，说："虚什么？"

"谁虚？"她秒回。

"一看见我怕得不行。"

"行啊靳译肯，几个月不见翅膀硬了，晾完我还理直气壮的。"

"我翅膀倒不硬。"

他也秒回，吊儿郎当地看着龙七。

龙七拿了块巧克力往他身上扔，他侧了下脑袋，没砸成，还挺得意，一副"你就该被我调戏"的表情。

但他紧接着又说一句话:"董西也在这个学校。"

就好像是战术,前一刻让她放松,后一刻让她醍醐灌顶。龙七没应话,他问她:"你自己知道吗?"

沉默一瞬后,龙七问:"白艾庭知道你来吗?"

"她知道。"

她回有关董西的问题:"我知道她在这儿。"

但也只回了这么一句话,点到为止得很。靳译肯正要说下一句话,视线突然从她身上移到她身后,有人来了,那人轻轻拍了拍龙七的肩。

她回过头。

不是林绘。

是三个面容姣好的女生,她们站在座位一端,揣着一个小本子,细声说:"龙七,特别喜欢你,可以帮我们签个名吗?"

她签名的时候,女生们的胳膊肘推来推去的,空气里浮着一层说不清道不明的躁,这股躁又不像冲她来的。

签完名合上本子,领头的女生又怯怯地说:"可以跟你合张影吗?"

"合呗。"

女生们特意绕到桌前,请她转一下身:"这里的光线拍照比较好看。"

前置摄像头对着她们,龙七身后的女生都往下蹲,快藏在她肩膀后头了,她特意问:"脸照不到没关系?"

"没关系的没关系的,"她们齐齐摆手,"拍吧,没关系的,你太美了呀,我们不好意思上镜。"

靳译肯在后头笑了。

龙七瞪他一眼,但三个女生跟着笑,脸还挺红,她再看向屏幕的时候,突然看明白了。

噢,蹲得这么往下,是因为这样就能拍到后头的靳译肯了啊,到底还是异性相吸,明星光环都挡不住这浑蛋身上的雄性激素,三个女生使了这么防不胜防的一招,还把她给套进去了。靳译肯倒像早就看出这套路,在后头悠哉地看着镜头,龙七正要有反应,照片"咔嚓"一下被定格了,三个女生腼腆地向她道谢,高高兴兴地走了。

并且把她们的签名本落这儿了。

本子翻了几页,掉出一张拍立得照片,是其中一个女生的自拍照,背面留着一串手机号。

龙七合上本子就往靳译肯那儿砸，他再次侧了下脑袋，仍笑着，她说："你再笑！"

又来了。

他这副样子欠得不可一世，每一句话都把她压得死死的。

两人相对而视，但不过三秒，他的视线再次从她身上移到后头。

章穆一他们回来了。

"那家餐厅人比较多，我们先取了号，先坐这儿等会儿，"章穆一一边说一边坐下，"你们聊得怎么样？"

范馥宁和四个英国小哥陆陆续续入座。

"我跟理科学霸没什么共同话题，"龙七特别自然，就好像真没跟对方聊过一样。她撑起脸颊，看向章穆一，"你昨天没空拿手机，是因为忙着接机？"

章穆一对这突然冒出的话题反应了半秒，点头："对，接机和安排酒店入住。"

"怎么不住宿舍？"

"宿舍下周才能安排上。"

"噢，"她随口问，"哪个酒店？"

"离学校最近的万海酒店，就在这条街上。"

龙七听着，手指尖点着脸颊，然后从包里拿手机，假模假式地看一眼后，起身："章穆一，我不跟你们吃了，临时有事，保安室的东西你自己去搬吧，我先走了。"

她边说，边往后走，靳译肯仍百无聊赖地跷着二郎腿，龙七往他那儿撂了一眼，他别有深意地看着她。

中午十二点二十分的时候，下了一场小雨。

室外的水汽比不过室内的湿气，室内的湿气比不过手心的湿热。靳译肯晚她十分钟到达套房，他在她耳边说话，念着一声沙哑的"七"，摩挲出一句沙哑的话，她听不清。

房门紧闭一小时。

这期间，有人来敲过门，他都置之不理。洗完澡后龙七从套房的小冰柜里顺了一罐啤酒，"咔嚓"一声拉环，躺沙发上，用他的手机订楼下的外卖，还拆了包他房里的零食。

那时候，龙七才问："你刚刚在我耳边说什么？"

靳译肯手头拆着一个茶叶包，水在壶里咕噜咕噜地烧，他回："同居吧。"

龙七看他。

"居哪儿，这儿？"

"不住这儿，住处的钥匙在你那儿。"

噢，那套房子。

她想起他之前带她去过的闲置公寓，注意力回到他的手机屏幕上："不是说安排了宿舍吗？"

"我放着你去潇洒，自个儿住宿舍？"靳译肯这一句话，就是十足的"你觉得我可能干出这么规矩的事吗"的质问，龙七说她考虑考虑，手指闲来没事翻他的微信通信列表，看他未读的几条消息。

最新一条消息来自一个昵称为"FF"的账号，头像没放照片，发来的未读消息有三条，显示出来的那条是：在房间吗？

"谁啊？"

龙七直接问。

靳译肯刚倒水泡完茶，把她正在喝的冰啤酒拿走，用热茶取而代之，往屏幕瞥一眼："范馥宁。"

然后他说："你点开看吧。"

龙七二话不说地点开，这女孩在今天发来的消息共有三条，一条是早上八点发的，问：起了吗？昨天睡得习惯吗？（笑）不习惯的话告诉我哟，我可以帮你换房间。

第二条是中午十一点发的：吃午饭了吗？

而第三条就是刚才发的：在房间吗？

靳译肯仅回了第一条，而后两条都没回复，并且从消息提示来看，他连读都没读。再往上滑，好友验证是昨天晚上九点发来的，验证通过后的那个时间点，范馥宁还给他发了"害羞"的表情和"早点睡"的道安。

"她知不知道你有女朋友？"

"知道。"

他刚答完，房间门正好被人叩响，他往声源处看，但没有去开门的意思。

直到龙七用脚尖蹭他的后腰："我的外卖。"

靳译肯这才去开门。

但门刚开，范馥宁的声音就从外头传来："你中午都没怎么吃东西，我给你带了点新鲜的水果。"

龙七那会儿还在研究他的聊天记录，别头看玄关处。靳译肯的答复都还没给，姑娘接着说："还没洗，我帮你洗一洗吧。"

说着就不请自入。

身子快速越过他往里走，玄关直通卧室，范馥宁走到卧室所花费的时间不超过三秒，所走的步数也不过五步，龙七懒得动身，而范馥宁是在第四秒发现龙七的。

发现当时正斜靠在沙发上嚼薯片的龙七。

彼时她光着腿，穿着靳译肯的T恤，手里有茶，有手机，肚子上还放着一包拆开的薯片，她的小腿搁在沙发扶手上，有光穿过薄纱窗帘，洒了一片，洒在她的脚踝上，她的头发半湿未干，空气里浮着一层暧昧的水汽，来自浴室。

范馥宁的视线愣愣地放在她身上时，龙七慢条斯理地瞅她一眼，靳译肯则一不做二不休，将客房的门关上。

咔嚓。

Part 19 ··◆·· 第十九章

女朋友

房间里的温热水汽还没退去。

没有整理的床铺和散落在置物柜上的衣物都像字谜题板后的暗示，让某种不言而喻在空气里淡淡化开。范馥宁站在床尾和电视墙之间的狭窄过道上，看着一小时前提早离场，现在却出现在这个房间里的龙七，一刹那有着"这两个人居然悄无声息地约了"的内心活动所呈现出的细微表情变化。龙七继续嚼薯片，看靳译肯的手机。

靳译肯没穿上衣。

他从柜子里拿衣服，一边套着，一边慢慢踱上来，说："不用洗了，放茶几上吧。"

这态度比龙七还若无其事，而后他又说："我的房间也不用续订了，傍晚之前我会退，提前跟你说一声。"

最后他问："你有没有其他事？"

"我……"她勉强开口，"我好像来得不是时候。"

龙七这会儿也大致吃饱喝足了，起身，靳译肯问她还等不等外卖。

"没耐心了，我得走了。"

她站起来，右膝曲在沙发上，边答边提起腰间的 T 恤，在窗口的微光中脱下衣服。

T 恤一寸一寸离开肌肤，范馥宁就这么猝不及防地看到她的身体。

看到她的腰窝，看到她背后漂亮的脊柱沟，看到她平坦小腹上隐隐约约的马甲线，看到盘在她后腰的蛇形文身。狭小的酒店客房内，微光照拂，细尘飘浮，三个人的气息在这一刻被生生压成两个人的。

龙七的头发缠在胸衣的带子上。

她用中指钩起肩上的内衣带，斜着头，拨头发。范馥宁一声不吭地别开视线，貌似尴尬，偏偏脸又涨红。

龙七从置物柜上拿回自个儿的衣服，套上。

靳译肯叫范馥宁一声。

她立刻转头，他正收着一堆电子设备的数据线，说："我跟她的这件事外人不知道，我也不打算提。"

说完，他淡淡地看她一眼。

范馥宁低声应："我懂……"

但话落后，加一句："你们才刚认识吧……"

龙七已经穿戴完一身行头了。

她拿上包，扣上宽檐帽，忽地将手臂搭到范馥宁的肩膀上，姑娘吓了一跳，龙七说："我没法单独出这个人的房间，你送送我吧。"

龙七又向靳译肯说："我借你同学用用啊。"

"我下午要带你去个地方，"他应，"你在楼下等我。"

她背着他比OK。

房间门关上后，走廊里就剩了她们两人。

龙七的手臂仍搭着范馥宁的肩，另一只手拿着从果盘里顺的苹果："你们的情报出错了。"

范馥宁的魂好像才从之前的阵仗里抽出来，扭过头，苹果在龙七的手里一抛一落，她将范馥宁的肩钩得牢牢的，说："英国那个跟他没什么关系。

"姑娘我才是堂堂正正的女朋友。"

因为刚下过一场小雨，酒店外的地面和空气都湿漉漉的。龙七从大堂电梯出来后，直接往酒店后门走，苹果在手里抛着玩，刚下阶梯，有人唤她："七七。"

声音不太响也不太轻，她应声回头，林绘正站在后门的墙边，因为她的快速经过而跟着她下了一级阶梯。林绘面色清淡，头发和衣服都有些许湿漉。

这时候龙七才猛然想起和她的约会，在原地蒙了一下，下意识地看表，再看林绘身上淋湿的地方，脱口就问："你在等我？"

"我当然在等你。"

"你为什么在这儿等我？"

林绘看着她的眼睛，缓缓说："我在咖啡馆门口的时候就叫你了，你没听见，然后，我见你进了这儿。"

"然后就等了一小时？"她接连问，"你怎么不给我打电话？"

"我怕你在谈事。"

"进酒店能谈什么事。"

话说得太快，丝毫没有要改口或者补充解释的意思，林绘注视着她，眉头蹙了蹙。龙七接着问："那你要跟我谈什么事？"

林绘将手伸进衣袋。

马路上有喧嚣的车鸣声、人声，龙七眯着眼闲闲地看了看四周，当目光再转回来时，林绘向她摊开手，一串桃木手绳安静地躺在林绘手心。

龙七神色轻微变化。

林绘那时候牢牢地抓着她的表情变化，说："是同一条对不对？"

龙七抬眼看林绘，直接问："董西给的？"

话问出口的一刹那，林绘的手抖了抖，连带着声音也有些颤："原本以为只是巧合，这种手绳很多人都有，后来仔细看了看，这桃木根本就是同一块，董西不属龙，而你姓龙。"

"你掰扯这些干吗？"

"你跟董西什么关系？"

林绘问出这句话的时候，龙七紧着的眉头松了一下。林绘盯着她，继续问："不是单纯的朋友关系，对不对？"

大概五秒的无言以对后，龙七慢慢地转过身，将苹果放进衣袋："你好像误会了一些事。"

"我误会了什么？"

"误会了你跟我的关系。"

她答得很快，林绘还没反应过来。她重新侧过头："毫无缘由地跑来质问我的交友圈，咱俩还没到这关系吧？我跟你认识多久？我跟董西认识几年？我送她根手绳怎么了，你长这么大就没送过人东西？"

这一串话就把林绘说虚了，她有点慌神，龙七接着问："东西是你自己拿的还是董西给的？"

林绘不说。

"找个机会还给她。"

林绘的手慢慢垂下，看上去还在犹豫，龙七补一句："听见没有？"

这时候，酒店大厅内传出一声电梯响。

龙七扭过头，林绘跟着她的视线望过去，遥遥地电梯口响起门开的声音，人还没出来，一个行李箱先悠悠地滑出来，随后靳译肯才慢慢地踱出电梯。他

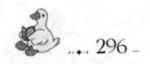

懒得拉行李箱，箱子在前头滑动，他自个儿在后头走，边走边按手机。

没两秒，龙七的手机响。

他循着声看到后门这儿了。

他叫她："七。"

同时他好像在打电话，将手机搁耳边，眼睛仍看着她，勾了勾食指，示意她过去。

"他叫你……"

林绘好像要说话，但话又似乎被堵住了。她看龙七，但龙七没工夫看她，龙七的注意力全在靳译肯那儿，只说了一句："没其他事我先走了，有事给我发信息。"

随后龙七朝着大厅走，而靳译肯则朝林绘带了一眼，问："谁？"

"杂志社的后辈，合作过，偶遇。"

靳译肯对林绘不感兴趣。

所以他之后没再多问，重新按电梯，去酒店的地下车库。林绘一直看着他，直到龙七进电梯，她都长久地站在酒店后门的风口里，抿着唇，注视着那里。

电梯门合上后，靳译肯的电话也打完了。

龙七在想董西那档子事，随口问："跟谁说事呢？"

"老坪。"

龙七的思绪一下子抽回来："谁？"

"老坪，"他重复，"今晚上订了场子，请他和他的团队吃顿饭玩一下，你这么不让人省心，他不容易。"

"哟，少爷，"电梯门开启，她边往外走，边回，"笼络人心这招除你之外真没谁了。"

"可不是。"

"对了，"她想起个事，从包里拿东西，"你对看秀感兴趣吗？"

"不感兴趣。"

"你对我的秀感兴趣吗？"

"感兴趣。"

龙七从包里拿出一张花里胡哨的票，塞进靳译肯口袋："下周五晚上有场活动，是我出道那本时装杂志发行十周年的庆典，地点在昭华馆，离这儿特别近，你来的话，我给你留最好的位置。"

"这票你随身带着？"

"不是啊，我又不会见人就送。"

"那你原本要给谁？"

靳译肯随随便便一问，龙七说："今早才拿到手的。"

龙七紧跟着问："饭是晚上吃，那你下午要带我干吗去？"

靳译肯没留恋上一个话题。

他自回国还没开过家，所以也没开车，叫了一辆出租车在地下车库等着，将行李箱放进后车厢，说："去视察。"

后来，他把她带去了市里一处金融腹地，离他的那套高档公寓住宅区隔着四条街，车程十五分钟，还算近，但建筑风貌不一样，全是成排如钢铁丛林的写字楼，好在是个创意园，集中着圈内有名的几家文化传媒公司和游戏公司，也算块新潮的办公区。

她跟着靳译肯进一栋楼，上电梯，到达十五层，出电梯后，看见一间空阔的办公单位，没人，但很干净，整栋大楼设有统一的安保系统，进门得刷卡，靳译肯又有卡，龙七打趣他："哪儿的卡你都有。"

他拉门，歪了歪头，示意龙七进去，刚落眼到对面墙体硕大的玻璃窗和市内景观，他就开口说："我打算开家公司。"

她回头，靳译肯的步子没有停顿，继续走："娱乐公司。"

"什么？"

"花了点时间研究，跟圈里不少人讨过经，也跟做这行的长辈谈过，不出意外的话，打算明年开始干。你觉得这里的办公环境怎么样？"

"这一层楼你租了？"

"我买了。"

"……"她问，"你什么时候有的这想法？"

"两年前。"

两年前，也是她刚开始在杂志社有点小人气的时候。

龙七有多过三秒的时间没缓过神来。同龄人这时候在干吗？读书呢，玩呢，情情爱爱闹闹哄哄呢，而靳译肯已经计划着给自己套上一个娱乐公司老总的帽子。他一个只对物理感兴趣的少年天才，连他家老爷子都没说服他读金融，却在这时候要弄一个跟她的圈子搭边的公司，问他为什么，他说为了保证以后只有他能管她。

龙七刚想上手打，他往后闪了一步。

然后靳译肯才正经回来："这事干成后，我就和老坪谈谈，他多半乐意合作。"

"跟他合作什么？"

"你。"

回答就一个字，简洁有力。

　　下午两点的此刻，一道雨后初晴的日光穿透玻璃墙体，照射在靳译肯所站的地方，他双手插着裤兜，阳光和阴影在他身上交汇，一半是当初少年时的狂放，一半是此刻沉淀后的稳健，说："到时候你的路我给你铺，你不乐意做的事就不做，你想赚钱买房，我陪着你赚。"

　　龙七看着他。

　　良久后，她问："你为我做这事，家里不反对？"

　　"想太多了，七，"他说，"放心，我们家从来不反对赚钱的事，我们祖宗十八代都是奸商，从不跟钱过不去。"

　　"那你买这地的钱……？"

　　"问老爷子借的，得还，有利息。"

　　行，父子俩挺明算账的。

　　"视察"结束后，靳译肯将行李放回四条街外的公寓，六点时和老坪的团队组饭局，郝帅也来了。

　　老坪这顿饭吃得特别舒服（和靳译肯暗促促地进行了好多利益交换），晚上九点饭局结束，还没尽兴的都去了第二个场子，靳译肯在全市最有名的夜店包了场，场子内还来了他的一群纨绔子弟朋友和老坪的业内朋友，算是庆祝他归国的一个派对。靳译肯挺知道自己要什么的，会玩，也会聊，这边自个儿的朋友招呼着，那边没几下也熟络老坪的那些人脉了。龙七在这场子里完全不需要说话，而她就爱不说话，心情好，所以那些公子哥儿各自带来的女朋友想跟她凑关系拍合照，她也乐意给个脸。

　　后来班卫也来了。

　　班卫来的理由挺可怜的，作为一个夜店扛把子和酒鬼，他原本来最好的场地找酒喝，结果发现场子被包了，夜店经理说龙七在里头，他就一个电话打到了她那儿，经理向靳译肯请示后，班卫和他的随行团队终于被"放"进来了。

　　在之前，龙七提醒靳译肯："这人特别爱灌酒，等会儿他过来你就灌他，别让他有机会反应，猛点，别留情。"

　　"没事灌他干吗？"

　　"他灌过我。"

　　龙七这话一落，靳译肯二话不说地往桌上成排的杯子里倒最烈的酒，班卫笑嘻嘻地走过来。

特别容易兴奋的班卫碰上靳译肯这种擅长引导人"犯错误"的小霸王，没两下就栽了，栽的同时还特别乐，当属"被人卖了还帮人数钱"的典型人物，和靳译肯一副相见恨晚哥儿俩好的样子，服气啊，特别服气，各种要约着以后一块儿喝，然后就被靳译肯喝倒了。

后半程，班卫几乎都瘫在沙发上睡觉，靳译肯思路还清晰着。龙七坐在沙发上，撑着脸，看着他，他正站在桌子对面调酒，调适合她喝的鸡尾酒。有人钩着他的肩跟他说话，场子内电音震耳欲聋，他手上动作没停，耐心地听着对方在他耳边说的话，再侧头回一两句，红色的光覆盖着他整个人，对方似乎跟他谈成了一件事，他懒洋洋地跟人击掌，斜嘴笑。

然后他倒酒，把杯子挪到她跟前，人也坐到沙发上，两人之间隔着一个睡着的班卫。龙七看着他，看他这副混世皮囊和一身的游刃有余，那时候才好像有了种彻悟。

悟到眼前的这个人，是真做了跟她过一生的打算来谈这段恋爱的，这种打算弥足珍贵，是就算最年轻气盛时的自己，也无法保证能够给予一个人的。

"靳译肯。"她叫他。

他这会儿有些酒精上头了，眯着眼看她。

"同居呗。"

靳译肯没听清，侧了侧额，让她凑近一点。

龙七没有重复这句话。

她将手撑在班卫的膝盖上，以此为着力点，越过班卫，凑近靳译肯，与还在醒酒的他嘴唇相碰，轻轻辗转。靳译肯反应的空当，她将手放到他的脖子上，将他这副混世皮囊拉向自己，第二次辗转。

强烈的电音和深厚的红光覆盖在两人的肩身上，靳译肯的反应不慢，驾轻就熟地反作用向她，两人嘴唇紧贴，在一个狂欢的角落，默契地热吻，像是情到浓处，又像两小无猜，一句话都不说，一个旁人都不搭理，隔着一个烂醉如泥的班卫，长久地亲密接触，宛若热恋。

董西的绘笔笔头，长久地停留在素描纸前半厘米的地方。

窗外有风，徐徐吹拂，卷起纸张页角的窸窣声，盖住笔尖与纸面摩擦的细小声音。下午两点半的时光，阴晦欲雨的天气，开着灯的画室，十几名绕圈坐着的学生，没有人说话。

圈子中央，人体模特抱膝而坐，上身遮着一块白纱，半截光滑的后背露着，被人刻在眼里，徐徐地描绘到纸上，而董西长久地看着自己的画板。

看着十分钟前在画板上完成的作品。

旁边的女生将一本精装册子递到她的膝上，轻声说："董西，这是艺术周作品集的纪念册，共印了一百册，章学长让我给你带一本，你收着。"

女生的视线扫到她的画："咦，模特的背怎么……"

铃声与董西收画纸的声音一起响起，她将素描纸二次对折，夹进纪念册。周遭的人三三两两地收拾东西准备下课，她背起包拿着册子，第一个离开画室。

艺术楼正门的对面，是学校的宣传板，板上横七竖八地贴着各类艺演活动的宣传单，中央位置，最新腾出的一块区域，贴着今天晚上要在昭华馆举办的某杂志十年盛典的海报。

龙七作为首席模特，成为海报上占据最大篇幅的人。

"董西。"

有人在叫，董西的注意力从板报转移到后方，林绘从艺术楼正门走出："下课时就喊你了，你走得真快。"

"我没听见。"

董西答完话，视线落到林绘的包上，看见堂而皇之挂在那儿的一串桃木手绳。林绘随着她的视线看自己的包，笑了笑："七送的。"

"听说她也送过你一串，你的还在吗？"

林绘这么问。

董西说："没了，不在了。"

然后她淡淡补充："在宿舍里丢的。"

"最近宿舍里经常丢些小东西，我的面霜和耳机也老是不见，"林绘往后看了看，又往四周扫一眼，继续说，"注意点吧，我觉得有人手脚不干净。"

董西没应话，将走时，林绘又说："罗欣有没有给你发信息？"

她顿了顿。

从包里拿手机，滑开屏锁，里面确实躺着一条三分钟前的最新信息，来自罗欣。

——西西，下课后麻烦来北门的咖啡屋啦，我要请你们吃东西。

她还在细看的时候，林绘笑出声："她不好意思说，其实是我给她介绍了一个男生，约着这会儿北门见呢。你别看她平时豪爽，在这种事上胆子挺小的，希望我们寝的女生过去给她壮胆，顺便一起观察观察。"

董西听着,手指缓缓地按键,给罗欣回:好。

这个点的咖啡屋人并不多。
罗欣的座位在最里头的六人座,宿舍里另一个女生已经到了,林绘坐下的时候,她们正在热聊。林绘随口问:"聊什么呢?"
"聊今天晚上昭华馆的盛典活动啊,"罗欣说,"我刚才问了下,我们系好多女生今晚都打算去。哎,林绘,你有票源吗?现在票特别难买,价格也炒得高,沈忱雀从她朋友那儿抢到一张票,花了八百,还只是看台座。"
沈忱雀是在座另一个女生。
"你们早说啊,"林绘拿过甜品单,边看边说,"之前杂志社送了我几张,我都给认识的模特朋友了,早知道你们感兴趣,就留给你们了,还是前排。"
说着,她将单子传递给董西。
董西略看一眼,服务员正好过来服务,她说:"热的摩卡。"
"卡布基诺。"林绘接话,再以眼神询问其他人。
"不用了,我们点过了。"
"不行,我的肉突然好疼。"沈忱雀叫唤,推搡罗欣,"都怪你,不早点问林绘。"
"是你要去好吗,又不是我要去,哈哈,你有病啊。"
"换话题,"沈忱雀说,"不想聊这个了,小心脏痛痛。"
"你是有多穷啦,哈哈哈哈。"罗欣虽然笑,但也乐意换话题,她撑起脸颊,脸上的表情有细微的变化,夹着点欲盖弥彰的好奇,"物理系的事你们想知道吗?"
服务员将四杯饮品端上来,话题被打断一秒,林绘淡淡问:"什么事?"
"最近物理系特别躁,范馥宁你们知道吗?就那老标榜自己全系最美的小茶花。"
罗欣是直肠子,喜欢谁不喜欢谁都直接显露在称呼里,林绘听笑了。
"欸,物理系这段时间不是出了个男神吗,搞得我们院的女生老往那儿打听。"
"我见过我见过,"罗欣还没说完,沈忱雀就打断,面红耳赤地比画,"我上回去物理楼看见了。"
"如何?"
"还真的挺帅啊,我的天,"她将身前的杯子移开,"而且一看就特难搭上话的那种,也不是说不爱说话,就是他看你一眼,感觉就能把你心里的各种小九九给看穿了，不敢跟他搭话。长得真是帅得不得了，特别潮，跟那楼里的男生画风不符。"

董西拣起小勺，匀了匀杯子顶部的奶油。

"也就你幸运，"罗欣说，"你撞上那天他正好在。听那边说一周只有一节课能看见他，也不住宿舍，根本神龙见首不见尾。"

"关范馥宁什么事？"林绘问，拉回逐渐扯远的话题。

"噢，"罗欣说，"小茶花的室友是我高中同学。小茶花先开始铆足了劲儿追男神，结果追了没两天就卸甲了。那天回宿舍失魂落魄的，室友就问，哎呀小茶花，你怎么了呀，小茶花一开始不说，我同学寻思着可能被拒绝了吧，就没多问。过了两天她们寝室出去聚餐，小茶花一喝多，就拉着我同学哭啊闹啊。我同学好奇嘛，就又问，小茶花啊，你是不是感情上有什么困惑啊。结果就精彩了，小茶花开始爆料了！关于男神的！"

"什么料什么料？！"

沈忱雀听得目不转睛，杯内的咖啡液面因为她拍桌的动静而上下激荡，罗欣也讲得兴奋，凑近桌子中央："小茶花说啊，男神在英国有个女朋友……"

"这我也知道啊，我们系都知道。"

罗欣上手推了一把沈忱雀："没说完呢。"

"你说，你继续。"

"男神确实在英国有个关系复杂的女性朋友，但是男神在国内也有个女朋友，国内那个据说才是真爱。"

"还有，最大的料来了，"她紧接着说，"小茶花说，她那天中午给男神送水果，亲眼看见男神房里待着个女艺人，现下正火的一位，男神上衣都没穿，小茶花特震惊！"

沈忱雀话都快说不出来了，小频率拍了几下桌子后，紧赶着问："女艺人！女艺人是哪一个？"

"这没撬出来，小茶花嘴很严。"

"不是说国内有真爱女朋友吗，怎么转头和女艺人扯上关系了？"

"我同学也想问清楚，但小茶花本来就喝多了，东说一句西说一句，能凑出这几个料已经不容易了。"

林绘一声不吭。

"几点了？"

这时候，董西问。

罗欣才想到看时间，一颗浮躁到极点的八卦心稍微收回来，问林绘："咦，你朋友什么时候到？"

"快了，他说在停车了。"

"我们会不会来得太早了，显得不矜持？"

"没事，本来就在学校里见，来晚了反倒刻意。"

林绘说到这儿，服务员将另点的甜品也送上来。罗欣转而问董西："对了，我得先了解一下情况，西西，你跟章学长有什么新的进展吗？"

这个话题来得突然，董西手刚碰上咖啡杯的杯沿，看罗欣，不急不缓地问："我跟他？"

罗欣倒吸一口气，笑嘻嘻地与其他人对视，再看回这边："你可别装啊，章学长追你这事尽人皆知啊。"

董西默不作声，淡淡地看着她。罗欣看董西这反应，也就懂了，问："所以他还是没追到你咯？"

"你对章学长有什么看法？"

林绘插话。

"好人。"董西答。

"完了，"罗欣立刻用东北腔接话，"完了完了，好人卡一发直接出局，不过也好，这样我心理负担就轻了不少。"

"心理负担？"董西看向她。

"对啊，否则今天组个局多对不起章学长，不就给他送了一情敌嘛。"

罗欣似乎说得过多了，林绘咳嗽一声，董西仍看着她们。

沈忱雀吸了一口自己外带的奶茶里的珍珠，后知后觉地看林绘。

罗欣也看向林绘。

"你还没跟她说吗？"

林绘没搭话，董西问："说什么？"

罗欣这会儿有些尴尬了："原来是瞒着的啊。"

罗欣推林绘："怎么事先不跟我对词？"

"是这样的，"林绘出声，她用铁勺轻敲杯沿，氛围安静后，看董西，"我那个朋友，其实是想认识你，我觉得他挺不错的，罗欣和忱雀都跟他吃过饭。"

"对对，我们见过，那个男生请了我们好几回呢。"沈忱雀接话。

"但我怕你拒绝，就想以帮罗欣的名义让你跟我朋友自然地接触一下，说到底还是怕你不来，你平时就不太喜欢集体活动……"

林绘在说话，而董西的视线渐渐越过林绘，朝咖啡屋店门外的过道注意，有一个男生的身影正徐徐地经过玻璃墙，他的侧影被玻璃墙上贴着的海报遮挡，时而清晰，时而模糊。

"而且，他也不是说没见过你就想追你，他跟你有过一面之缘，这段日子联络我也是为了商讨如何用一种不会让你感到突兀的方式见你，他说你一直让他很难忘。"

咖啡屋的店门被拉开，男生进门时，门上的铃铛叮叮地响。

董西看到了他。

看到他的同时，那些灯红酒绿的场面一下子从脑袋里闪过，耳朵里重新挤进那时刺耳的电音和哄闹声，还有那男生握她的手，抠她手心时的恶心触感。她别过视线，提包起身，林绘抬头盯她："董西？"

"我要去图书馆查点资料，急用，我先走了。"毫不犹豫地绕出座位，董西再补一句，"不要告诉他我在哪儿。"

董西是从咖啡屋厨房的后门出去的，没有与卢峰正面相碰。林绘跟着她走了几步，一直在叫她，留她，直到她斩钉截铁地走出后门才彻底放弃，叹出一口气。

后来董西真的去了图书馆。

但林绘还是把她的行踪告诉卢峰了。

周五下午的时间段，图书馆的学生较以往少，大堂的阅览区座椅大片地空着，40%的上座率，人流量稀少。董西在美术类书籍的柜子间走动，手指轻轻地拨过一册册书脊，挑选出一两本书，叠在纪念册上，端在怀里。

包里的手机响。

隔壁柜间正在拣书的女生朝她看看，她带着歉意颔首，从包里拿手机，拨动机身侧边的静音键，再看屏幕时，看到一串陌生号码发来的信息。

——我不喜欢看书，但我喜欢看书的你。

指骨节突然缺了份力道，书册一下子落到地上。隔壁柜间的女生朝她做噤声手势，她蹲下身捡起书，手机屏幕又亮起，一条新信息跳出来。

——小心点。

万籁俱寂的此刻，手指在书页前两厘米的地方停住，身子僵在原地，后颈有些发凉。

两秒后才在刚刚那女生的帮忙下捡起书，女生轻声问她是不是身体不舒服，她摇头，转身走在书柜过道间，透过书与书之间的缝隙往大堂的阅览区看。

卢峰在那儿。

他真的在那儿,无声无息地到达,一边往她这块区域注视着,一边抽开靠近大门的一张椅子,坐下,双肘搭在桌子上,指间转动着手机,随时准备再发信息。他的眼镜片上有反光,远远地亮着,照得人心慌。

林绘不但告诉了卢峰她的行踪,还把联系方式给了他。

董西往后退了几步,往过道深处走,越过几个书柜,再透过柜间缝隙往那儿看,卢峰的视线仍看着这块区域,耐心,胸有成竹。他低下头按手机,董西的手机屏幕不多会儿亮起。

——我等你。

他发完这条信息,将手机放桌上,双臂搭在椅子靠背上,一副守株待兔的模样。

董西有些失措。

她呼吸也不顺,心不在焉地靠上柜子,揣着书,指头抠着书脊,在思索,在犹豫,直到看见途经过道的两个女生。

是同系的学姐。

她们参加过同一个社团,有几面之缘也说上过几句话。董西这会儿心里才有了些底,想与学姐同行。

她向着她们走,两位学姐正在低声聊天,她们共同看着某个方位,由于太过专注,没有听到身后的动静。

董西离她们还有三步时,她们要走了。

伸出的手没来得及拍上她们的肩,她们朝阅览区走去,身影暴露在卢峰的视线范围内。董西的步子顿住,学姐离开时露出了一些光,一些原本被她们的身影挡住的,来自正面大窗户的日光,这些直射眼睛的光让她微眯眼,一瞬的恍惚后,眼前重新清晰,然后她看见了一个人。

看见此刻,在靠窗位置的阅览区坐着的熟悉故人。

董西并没有意识到一直和他呼吸着同一处空间里的空气,人轻微发怔,而靳译肯在那一排长桌的尾端第二个位置坐着,他的身姿斜斜的,毗邻着窗,跷着二郎腿,膝上放着一本书,右手边有笔,笔徐徐写着字。

那一排长桌除他之外,没有旁人。

董西下意识地朝着他走。

走,走出了图书收藏区,那时仿佛忘却了前一刻的惊慌,脱离书柜的掩护,目不转睛地望着那儿。两位学姐发现了她,轻声叫她,她不应。

靳译肯并没注意到她。

他桌上摆着两三册物理类的书，边看膝上的书，边有条不紊地写着右手边的东西，前一刻明明还在别人的口舌之中把整个物理系和艺术学院搅得浮躁无比，此刻他却像个只对学业感兴趣的少年，安静，全神贯注，不受打扰。

直到董西来到他桌前一米的位置，他才抬了一下头。

懒洋洋地扫过一眼，没多停留，半秒后才有反应，再次抬起头，视线落到她身上。

有一种感觉向董西排山倒海而来，分不清是爱过还是怨过，抑或是一种说不清道不明的嫉妒。她能想到和他相处时的每一个画面，想起他和龙七的所有传闻，也想起龙七嘴里每一句关于他的话，心理承载量快超额了，但靳译肯太过老练，他能赐人热忱也能赐人万劫不复，多晦涩的过去都能被他转为一种淡然。他也在反应，在分析这一刻的情绪指数，但他分明从容不迫，他应付起这件事，就像解数学试卷的第一道送分题。

"好久不见。"他说。

董西没有很快回应。

两位学姐在看她，遥遥十几米外，卢峰的目光也盯在她身上，因为她暴露在他的视线下，这种盯法更加不加掩饰和肆无忌惮。

五秒后，她才开口："为她回来的？"

靳译肯同样没有很快答话。

他的笔在手头转着，脑袋斜了斜，往她身后瞥一眼。

视线再若无其事地回到她身上，答："对。"

"会待多久？"

"没定。"

"你在国外过得好吗？"

"还算习惯。"

以一问一答的模式进行三轮对话后，董西点头。

两人就像再普通不过的旧同学，没有丝毫的感情纠葛，一切都在控制中。她点到为止，准备走时，他说："董西。"

她侧头。

"准备看书？"

她看看自己怀里的书册，轻微点头。

"坐我对面看。"

靳译肯仍是那副懒洋洋的模样。

木椅子的椅脚有三个离地，一个在地上悠缓地转着，他像坐在转椅上似的，抬了抬下巴，示意她在桌对面入座。

　　那时候董西稍微有些懂了。

　　卢峰的视线还在身后跟着，灼热又可怕，她将纪念册和两本书放到桌上，入座，刚坐定，手机屏幕就显示收到一条新信息。

　　——你对面的男人是谁？

　　靳译肯正继续研究他的物理课程，因为董西不回复，卢峰连发十条同样的信息过来，屏幕频繁地亮起，董西在半秒的迟疑后，将手机反转，轻轻移向靳译肯。他瞥了一眼，董西说："我不认识他。"

　　靳译肯就像早知道一般，没有任何声色，注意力仍收回到课程上："你有可靠的男性朋友吗？"

　　"同学？"

　　"给他发消息，让他来接你，这之前你待我这儿。"

　　他的笔不疾不徐地在书页上画着，写着，根本懒得往卢峰那儿撂第二眼，但给了董西第二句话："放心，你朋友来之前，我不走。"

　　就像一颗定心丸，定住从刚才开始就隐隐生忧的一颗心。此刻接近下午四点，离昭华馆的盛典活动开场还有一个半小时，靳译肯看着他的物理类书籍，天渐渐呈晚暮色，馆内的日光灯到点成排亮起，董西给章穆一发去了消息。

　　等候的过程中，他没有和她说话，他对卢峰的由来不感兴趣，仿佛只是顺手一帮。他的手机屏幕经常亮起，有时候，他回消息的时间多于看书的时间。

　　"晚上你也会去吧？"董西唯独问过这句话。

　　而靳译肯知道她问的是什么，他手上还画着信息，没有动嘴，点了点头。

　　他身上的气息较高中时有了明显变化，不张扬，不顽劣，还是坏，但用一种寡言默敛包裹着，给人以成熟的错觉。

　　章穆一是三刻钟后到的。

　　他并不知道原因，董西只让他来图书馆，他从校外赶回，来到大堂阅览区后很快找到人，同时看到对面的靳译肯。

　　靳译肯也看到了他。

　　他俩似乎相熟，靳译肯的眼里有一秒的思索，而章穆一直接问出口："哟，你们认识？"

　　"高中同学。"董西答。

靳译肯没有说别的,时间接近五点,窗外天色已深,既然人来了,靳译肯就开始整理东西。章穆一问董西发生了什么事,她考虑如何说的时候,靳译肯已经背着包绕过桌子,桌上只剩她那两本美术类书籍。

"先走了。"

章穆一向他点头道别,而董西的视线越过章穆一,跟着他离开的背影。

他走时,做了一件事。

那会儿卢峰仍锲而不舍地坐在那儿,盯着董西。靳译肯经过他时,用指骨节敲了敲桌面,卢峰猝不及防地抬头,然后胸口被靳译肯暗含深意地拍了拍,他继续朝大门口走。卢峰像是得到某种略带警告和挑衅的暗示,回头看他,又往董西这儿落一眼后,起身跟着他出门。

董西呼吸如常。

章穆一仍毫不知情地问着她的情况,她只听,不答,五分钟后,卢峰的信息发来了。

——以后不会再打扰你了,抱歉。

门外发生了什么不得而知,但董西心里清楚这才是靳译肯真正施予她的一个忙。她将所有来自这个号码的来信都删除,章穆一帮她收完了书册,说:"我送你回去吧?"

她看他。

因为突然被注视,章穆一的神情有些紧张,问:"怎么?"

"没事。"

走了两步后,董西步伐又停下来,转身看章穆一:"学长。"

"嗯?"

日光灯直照而下,亮晃晃的,图书馆硕大的玻璃窗户上有两人的影子,董西的胸口轻微起伏。

"你在追我是吗?"

章穆一轻怔。

董西看着他脸上的神情变化,再问:"你真心喜欢我?"

一次摊牌就这么毫无预兆地铺开来,大堂阅览区的人所剩无几,与几条街外熙攘的昭华馆形成强烈对比,那儿的人多得快要爆炸,叫声接近嘶哑,而这里的氛围趋近死寂。

"我……"章穆一说,"是喜欢你。"

董西不动声色地听着这句表白,章穆一的喉结轻微抖动,站姿略僵硬,接着说:"既然你问了,我就坦白,其实从第一次看见你我就喜欢你,后来的一切行为,都是为了追你。"

董西收了视线。

他尴尬地笑笑:"没想让你主动问的,因为你的戒备心很强,不太容易接受别人,所以目前我只想陪着你,对你好,其他的话就算两三年后说出口也可以,如果你没有这方面的意向,我一直不说也可以。董西,我真的只想对你好。"

董西手指抠着包的背带,一次轻微的呼吸后,再看向他。

"你不用给我答复,"章穆一伸手示意她先不要回答,"就让我继续以学长的身份待在你身边,我不会……"

"我们开个房间吧。"

董西打断他。

Part 20 ·◆· 第二十章

他要她走

五点整,昭华馆开始放人进馆。

入口处架着数台记录现场花絮的摄影机,三万人的会场座无虚席,现场灯牌亮着,横幅飘着,各家艺人的后援站子蓄势待发着,尖甜的女嗓和粗厚的男嗓混杂在熙攘的人潮里,寻找位子的人摩肩接踵,相互做伴的人交头耳语,笑着,兴奋着,秋风夹着汗热,夜空被场内的灯照得泛红。

后台比看台还忙碌。

龙七是开场模特,她两分钟前整装完毕,已经和随行团队在后台待命,工作人员快语连珠地讲解临时更换的现场走位,一堆妆发师围着她做最后的造型检查。她在听,也在给靳译肯发信息,老坪想没收她手机,她说:"马上。"

同时,后台某处有骚乱声,班卫乐队那伙人也过来候场了,一群排在龙七后头的新人模特没藏住兴奋,朝着班卫狂刷存在感。班卫是开场嘉宾,他的现场表演辅助龙七走秀。

作为在八万人体育场办过数场演唱会的老油条,这货的状态轻松得很,啃着个苹果,上来就想跟龙七插科打诨。她没理,忙着发信息,多的只说一句:"听清楚了,到时候你唱你的歌,我走我的台,少勾肩搭背的,我男人在底下看着呢。"

"不要嘛七七,肯肯不会误会我们的。"

龙七呕给他看,老坪捂她嘴:"正经点,机子拍着呢。"

"干吗碰我的七七。"班卫还作。

"滚蛋。"龙七说。

离开场剩十分钟时,她上了舞台底部的升降机,场内的灯已暗,舞台灯效与LED屏陆续开启,呼声一波接着一波,她忙里偷闲地问老坪一句:"VIP席满了吗?"

"满了吧。"

班卫戴耳机试麦，乐队成员依次站位，龙七捋头发，工作人员朝着对讲机快速讲话，倒计时。

她那时不知道，此刻，距离昭华馆五百米外，有一家酒店正以章穆一的名义开房间，身份证号码一键一键地打进系统，薄薄的房卡夹在纸卡内，从前台工作人员手中递交到他手里，他站在来来往往的大厅中，捏住房卡，伫立着。

五点三十分，盛典开幕。

班卫的歌曲前奏犹如角斗士进场，环旋在环形的昭华馆内，气势磅礴。他先出场，龙七在台底下理着自个儿手腕上层层叠叠的镯子、链子，听着外头一阵巨鼓雷鸣般的喊叫，这些声音如千军万马奔腾而来，密集地落入后台，震得人脚底都有麻感。老坪比她紧张，叉着腰目不转睛地盯着升降机，胸口一起一伏，提醒她："认真点。"

别人都安慰自个儿家艺人放轻松，就他喊她认真点。

"有信息到我手机上吗？"

"认真点，祖宗，求你了。"

她别头看老坪："讨教件事呗。"

"事后说行不？"

"像我这种三线小模特，要是冷不丁公开了交往对象，对事业能有多大影响？"她不事后说，她偏现在说。

老坪似乎意识到她这野骨子里又想作什么妖，都能听到他的心提到嗓子眼时的"怦怦怦"声，他回："你可别！"

"升降机准备！"工作人员大喊。

龙七没给确切答复，努了努嘴，似玩笑又似认真。老坪还盯着她，升降机的控制踩在节奏上，在某个高潮点将她送入三万人的视野。她转头看前方，厚重的红光罩住她的全身，LED大屏的特写镜头从班卫转移到她身上，那些雷鸣般的呼喊也掷地有声地落到她身上。

全场沸腾。

整个昭华馆像一座巨大的烤笼，装载着三万人的歇斯底里，年轻的身体在烧，青春在燃，他们盯着龙七，灯光独独一束落在她肩上。那些曾经特立独行的日子，因为太过异类而被冷落、排挤，被流言骚扰的日子，这一刻，这一秒，都被这些炽热的崇拜与仰望烈火伺候，乒乒乓乓地开裂，碎了，化了，成灰，朝天一撒，撒在那些嘲笑者的脸上。

这种冲天的呐喊，就连五百米开外的酒店房间，都能隐隐听到。

大衣与围巾挂在衣架上，董西与章穆一之间，相隔五厘米，如果正好呼吸同步，距离就缩短一厘米。

章穆一的手在她脸上，她在听窗户外的响声，风呼呼刮着，从窗子口进入房间，在四壁间回旋，频繁地卷起她的衣领和长发，吹得她鼻尖泛红，皮肤发青。

"我去关窗。"

"开着。"

章穆一看她，她的肩膀轻微发抖，但嗓音十分冷静，从看着地板，到看向他的眼睛，两相对视，一呼一吸。如果章穆一再向她靠近一点，她就轻抿嘴唇。两个人仿佛要靠近，却迟迟不贴近，身影交叠着，手心的汗热传到冰冷的表皮。章穆一的鼻子碰着她的鼻尖，两人在相距一厘米时迟迟不动。昭华馆的音乐与磅礴呐喊声一波一波地传入房间，董西的手指尖抠着衣角，胸口起伏。

"你想清楚了吗？"

"不是你，也会是别人。"

"章穆一，"她再说，"我宁愿是你。"

场子的主控权由班卫和龙七瓜分为二。

她走台的时候班卫正开嗓，节奏掐得巨准，烟花喷射而出，灯光将她打得闪闪发光，头发在风里扬，迷妹们被撩拨得更加疯狂，前排的几个粉丝扒着舞台不放，一副能撕扯着嗓子吼一晚上的架势。她在T型台终端停留，往VIP席看。

没看见靳译肯。

班卫钩住她的肩膀，她的注意力不着痕迹地收回来，特写镜头抓着她的面部表情，龙七继续笑。

龙七当时觉得靳译肯迟到了，没多想。后来二次上场时，他的座位仍是空的，距离开幕已过半小时，她下场后就让老坪递手机，与靳译肯的聊天记录仍旧是三刻钟前的一句"你到了没？"，没见他回应。

她打电话过去，提示对方已关机。

打公寓电话也没人接。

龙七那时候心内已经有些焦躁了，老坪催她换下一场的衣服，她一边走一边从手机里找章穆一的号码，拨过去，通了，但没人接。

她毫不停顿地打第二个，响到第三声时，章穆一终于接了，还没说话，她先劈头盖脸地问:"靳译肯呢?"

"……哪位?"

"龙七。"

他那儿很安静,除了人声外没有丝毫杂音。他顿一两秒,问:"你刚说找谁?"

龙七这会儿才想起章穆一是个局外人。

他同时认识靳译肯、她和董西,但同时又摸不清吃不透三人之间的关系。龙七懒得绕,直截了当地重复:"靳——译——肯。"

他没多问。

或许是情商在线,也或许是正忙着另一项事务,他反倒绕过了其中耐人寻味的关系。他那边仍旧安静得不闻杂音,只问:"你急着找?"

"他手机关机了,我急着找。"

一阵无声后,他回复:"最后一次看见他是在学校的图书馆,五点左右,我可以帮你问问别人,有消息发给你?"

"行,谢了。"

章穆一的信息是在十分钟后发来的,而龙七是在整场盛典活动结束后才看到的,老坪怕她分心,把手机给收了,而章穆一发来的信息把她原本为靳译肯提着的一颗心生生地拍到地上,踩了几脚。

——他在学校宿舍,听同宿舍的室友说,在忙课题。

搞什么?

盛典晚上九点结束,龙七翘掉之后的庆功宴,九点半到达中昱大学北门,车子越过校门,直接停在男生宿舍楼下,她推门下车。

那时候,这个校园还未从半小时前的狂欢中清醒过来,宿舍楼也没有熄灯,进进出出的男生有半数跟昭华馆中的是同一拨人。她一路上台阶的时候,还有人没反应过来,只条件反射地推搡身边人,后来瞅见脸,一个个才蒙了,嘴要么呈 O 形,要么发出喷声。宿管阿姨探出头,问找谁,龙七视若无睹。

阿姨火了,被龙七越过时喊:"姑娘冲哪儿走呢!这地方能随便进吗?啊?这是男寝!"

她仍旧笔直前行,走道里有男生们此起彼伏的"我去"声,也有因为喧闹而开门观望的人,随之又一阵加强加大的"我去",半赤裸的汉子一个个探出头来,这种骚动从一楼感染到二楼,从二楼蔓延到三楼,龙七所经之地无一幸免,直到她到达四楼，停到一间宿舍门口。

那门虚掩着，正有人因为外头的动静想开门，而她正用包甩门，门"砰"的一声撞墙，龙七正对面的男生惊得往后趔趄！

男生后头，宿舍正中央靠窗位置的写字桌前，靳译肯在那儿八风不动地坐着，背对着门，跷着二郎腿，桌角烟灰缸里立着几个烟蒂，冒着缕缕白烟。

龙七的链条包在手底下晃着，门吱嘎作响，外头一阵小高潮般的嚷叫，然后飘出一些密集的碎语，但宿舍里头一片死寂，两名在场的室友猝不及防地呆立在床沿边，看她。

"我倒要看看你在忙什么了不起的课题。"

从她讲这句话开始，外头的声音大了去了，一个个嘴边都挂着她和靳译肯的名，然后又被层层叠叠的"我去"覆盖，仿佛意料之外，又在情理之中，一双双眼睛全往这儿盯，两名室友的眼睛也飘向靳译肯。

但靳译肯不搭理。

他就像成了佛，耳根清净，压根不管她是来砸门的还是来砸他的，笔在手头转了一圈，仍往书页上写东西。

"我们……要不先出去？"室友提议，看靳译肯，也小心翼翼地看龙七。

靳译肯还在写。

靳译肯右手不受干扰，左手搭着扶手，黑屏的手机在手心里一转，一转。

"靳译肯。"

龙七这三个字念得并不响，也不轻，语调低沉，一副暴风雨将来的架势。

"什么情况……到底什么情况？"

"这还看不出来？这俩有猫腻啊！"

"真假？我去！还杀到寝室，靳译肯牛啊！"

"人段位本来就高啊！"

外头的吵吵嚷嚷快要冲天了，龙七快炸的时候，他终于停了笔。

笔"啪嗒"一声落书页上，两名室友的肩紧了一下，外头走道也由近及远地压低声音，仿佛都为集体窥听这场大戏做足了准备，但靳译肯的口气很淡很平常，没有丝毫情绪波澜，只回："也行。"

两名室友往门外赶，他则起身。

椅子往他身后滑半米，龙七看着他从成摞的书上拿了一本册子，他向门口走，经过她时，将册子拍进她的怀里，龙七接住，而靳译肯继续踱到门口。数十双眼睛此刻正盯着他,这些人对于八卦的渴求早超过礼教与为人之道了,此刻正毫不避讳地盯着他,盯着屋内的龙七,他们甚至希望这局势能再戏剧化一点,爆炸性一点。靳译肯一言不发地把住门,停那么两秒后,"砰"的一声关上,门框都在震。这些眼睛和耳朵被隔在墙外。

龙七感觉到有事发生了。

门一关,狭小的寝室内就剩他和她两人,呼吸的声音也愈加清晰。她捏着这本册子,迟迟不动,靳译肯则回到书桌前,靠着桌沿坐,轻悠悠地说:"见没见过?"

册子封面有"中昱大学艺术作品赏"的字样,龙七看他。

他说:"看看。"

"要我看什么?直接说啊。"

"那我们就一直这样好了,也不用沟通了,等到宿管请你走。"

"造反啊?!"龙七说。

靳译肯这回没有笑。

他的表情仍是上一秒时的冷淡、认真,朝她抬了抬下巴,让她看。

龙七心里涌气,所以翻册子时,声响很大,一张张书页都被捏皱了,直到翻到大一美术系的作品赏,看到百字墙的照片,看到当时自己为百字墙拍的宣传照,翻书页的响动才戛然而止。她的手指停留在纸面上,胸口起伏地看着,随后再看书页右下角,摄影落款处有章穆一的名,而作者那一栏里,董西的名字被印在第一行第一列。

当下,龙七将册子的这一页对向他:"这个是吗?"

靳译肯本低着眉,现在抬了眼,龙七冲着他说:"一张照片而已啊,靳译肯。"

"一张照片你就可以爽约关机玩消失,还一副我欠你钱的样子,照这意思我跟董西哪怕有一丁点接触都不行,是不是?!"

他不说话。

而龙七说:"你说话呀!"

情绪的激动影响手腕的力道,册子晃了一下,有东西从书页中飘下来,她低头,靳译肯侧头,将桌角的烟灰缸移到桌沿。

他点着了根烟,不吸,摆在烟灰缸上。

真正的对峙仿佛这一刻才开始,龙七捡起落在地上的纸,靳译肯的手指在桌沿,一下、一下地点着。她将纸展开,然后看见一幅素描。

手腕抖了一下。

指腹也渗出细微的汗。靳译肯的烟没有灭,无声地燃着,在闷热又逼仄的空间里掠夺她的氧气,升起一缕缕青烟。

"打算解释吗?"他说。

"我解释什么?"

龙七问出口后,不足五秒,自己也懂了:"你见董西了?"

靳译肯笑了笑。

不同以往,不出声音,眼睛盯着她,烟还在烧。

"我倒希望你是欠我钱。

"我回国的那天下午,你说你在我家小区。"

龙七的喉咙有点干。

他偏火上浇油:"撤回了以为我没看到?"

五指不自觉地捏画纸,想不出能够当下就回应的话,她只能看着靳译肯,看着仿佛进入"六亲不认"状态的靳译肯。这种局势她以前没碰到过,即使跟他闹得最僵的时候,她也不会因为他一句话而发怵,但现在不对了。

靳译肯是真的进入了一种她从没见过的情绪状态。

她做不到像以前那样破罐子破摔,没法掌控局面,没法掌控他,只能听着他说:"董西和我们从来不是一类人,我不想你见她,你一直知道。但我忘了,你最擅长的就是欺瞒。"

"……"

"我一直想做道测试题。"

"假如我和董西两个人,你选择了一个,就再也见不到另一个,到那个时候,你会选谁?"

"你别拿人性玩游戏。"

"人性?"他念。

话里带刺儿。

身上覆盖着一层阴郁的气息,眼神也跟之前的他判若两人,龙七的胸口因剧烈呼吸而起伏,她注视着他,指骨节轻微发白。

他徐徐地说:"你当初就是让我这么看着学着的,对吧?"

语气着实像根刺,狠狠扎在她手心里,那时候龙七脑袋里才一闪而过那天在董西家的丁点画面。

龙七越想,呼吸就越不顺,指骨节越发白。

"你如果一定要把我们仨搅和在一起,当初就别跟我联系,我再窘迫,也轮不到你来施舍我。"

"那天我喝多了，"终于开始讲话，她一字一句地解释，"老坪没过来……班卫不知道地址，她只能带我回她家。"

"重点不是这个。"

龙七再抬眼，看向他。

好了，够了。

靳译肯的眼睛里，有这四个字的意思。

"你还要我吗？"

他甚至不在他的选择项上加"喜欢"的前提。龙七的眼睛越来越酸，脱口而出："你别问。"

那根烟灭了。

最后一道灰落在烟灰缸里，掩埋前一个烟蒂。靳译肯晃了下脑袋，无声地笑了笑。

"那就分吧。"

他侧头拿烟灰缸。

龙七还想开口的时候，烟灰缸"砰"的一声砸在她面前一米的地上！声音巨响，玻璃碎裂四散，她的肩膀一抖。

他的手上有突然用力而暴起的青筋，嗓音低沉："就当我这三年喂了狗。"

"让你别问不是我不能回答，是你的前提不平等。"

"这就是现状。"

"这不是！"

"好，这不是，"他的转折来得那么快，根本不在乎最终对错，"这话题我们聊完了。"

意思是"我们已经完了"。

他斜了斜额头："要我帮你开门？"

靳译肯的眼睛分明也是红的，一副即使注定颓败也要把上风占到底的模样，而后踢开桌旁的椅子起身，真准备替她开门。龙七在他经过时拉住他的手，手心贴着他的手腕，捏牢，握紧："我们还没聊完。"

靳译肯将手抽开。

手心一下子空落，那一刻龙七彻彻底底知道事情的严重性，一种前所未有的失措感从头皮蔓延至全身。龙七看他，靳译肯也低头，看她的眼睛。

两人之间相差三步的距离，他伸手，掌心慢慢地覆到她的脸颊上。

"你怎么闹都可以，跟谁玩都行，但董西不行。"

他这么说的时候，龙七都能听得出他心底里那份决绝。龙七的眼睛很红很红，她咬着唇的内侧，手指尖细微地发着抖。

"她是一道线，龙七。一道决定我的付出有没有价值的线。"靳译肯一边说，一边接近她，手掌从她的脸颊下移，接近脖颈，"我不要求你对我有回馈，但我至少要你做到当初的诺言。"

当初的诺言。

她会跟他一起，让他以她为理由做想做的事，爱所爱的人。

而他要帮她忘记董西。

"为你亲口说出的诺言，很努力地教过你，但我没想到，"靳译肯的掌心覆在她的脖颈上，两双眼红通通地对视着，"没想到你连一个谎言都难以厮守。"

话音一落，龙七的嘴唇被靳译肯的嘴唇贴紧，同时他手部用力，龙七一下子没法透气，皱紧眉，而下唇也传来一阵刺心的痛，被他生生咬出一道口子。两人贴紧不过五秒，靳译肯就被龙七用力推开，她扶住宿舍床栏杆，咳嗽喘气，嘴唇上有血的腥味儿，用手背抵住，而靳译肯在原地站着。

他就当掐死过她一回了。

"两清了。"

他说出这三个字的那一秒，那根心骨也彻底被他捏碎了。龙七的眼泪掉在手背上，但靳译肯已经不搭理她了，他把门开了，门板"砰"的一声撞到墙上，外头的闲语与灼人的视线再次挤进寝室，张望着这场大戏。

他要她走。

·•· 番外

盛暑拾日

三伏天。

蝉鸣从窗口一波一波地往里钻,没风,帘子纹丝不动,她盯着同样不出风的墙角空调,手里的笔在桌面试卷上一下一下地敲着。

三秒后,她抹了额头出的密汗,放笔。

开房门,龙信义那帮男生打游戏的糙话声清晰入耳,她一路走到茶几跟前,挡了龙信义的游戏视角:"修空调的什么时候来?"

几个男生都看她,唯独龙信义伸脖探脑,紧盯她身后的电视屏:"约了,约了!"

"三天前就说约了。"

"那不得预约吗?"

"约的哪天?"

"后天后天。"

支着的风扇朝这堆人哗哗吹着,每个人的背心领和头发都飞舞,汗味儿也散着。她没说多的,走时拔了插头,龙信义大声"啧"一记,用膝盖撞边上的男生:"插上插上,热死了。"

而她径直去冰箱那儿,一开,一股凉气冲脖颈,闭着眼吸一口气,从冰箱里拿一片西瓜衔嘴里,又拿盒装的柠檬,"砰"的一声关冰箱门。

客厅那儿,龙信义边上俩男生仍看着她的方向,她的腿。

她也顺着视线低头看,再看回去,那俩男生中的一个挠着耳朵收视线,另一个被龙信义猛地拱手臂:"风扇!去开呀!她有什么好看的!"

她白一眼,接着从冷冻柜拿冰块。

然后到厨房切了柠檬泡了水,直接喝了半杯子。蝉鸣吱吱地绕着两边耳朵,冰水咕咚咕咚地下喉,没喝完,手机"叮"的一声响,她滑开屏。

舅妈发来信息：中午喜酒来不来吃？

于是差点呛到，向洗手台咳嗽两下，客厅的男生都探头往厨房张望，等她回身又迅速缩回去。而她回客厅，再次挡龙信义的视线："你怎么不说喝喜酒的事？"

"啊呀，"龙信义烦得很，伸长脖子喊着回，"跟你说了你也不会去的！哪家的喜酒你去喝过？不都烦亲戚在那儿晒啊比啊地问情况吗，早跟我妈说不去吃了呀。"

"在哪家？"

"我这儿关键呢，你先让让！"

"哪家？"

"啧！"龙信义用力地拍膝盖，"腾西大道那边的本帮饭店！"

"有中央空调那家？"

"对！"

汗从耳根流到颈部，她将剩了半杯水的杯子搁桌上，回身回舅妈的信息：去吃的。

随后在十分钟内换好衣服，走了两分钟又回来给卧室门上锁。龙信义看着她上的，不屑地哼一声，赶着她关门时来一句："你都不问谁家的喜酒啊？"

随着关门声响他又塞一句："打包点蹄髈呗！"

她翻着白眼下楼。

到了那儿，她才明白龙信义这便宜蹭惯了的人宁愿在家蒸桑拿也不来吃酒席的真正原因，也搞懂了他向她喊出的那句话。

谁家的喜酒？

苍天大老爷家的喜酒！

刚开始还没察觉，只顾着挑清炒虾仁里头的黄瓜丁，吃两筷子刷一会儿手机，舅妈和亲戚的闲聊全不听，台上热热闹闹的节目也全数不看，挑的是离空调口最近的位置，冷气吹着脖颈旁汗湿的碎发和手腕上晃来荡去的桃木手绳。直到抽奖环节怕被抽上台送祝福才开始盯大屏，琢磨着提前背龙信义那远房亲戚的姓名，结果看到大屏上观众席前排整桌眼熟的老师们，嚼着的菜停在喉口，趁着摄像机扫过来前掩额头，心里头诅咒龙信义三遍都不够。舅妈还拱一拱她的手肘："主桌那老头是你班主任不？"

新娘是龙信义家一年才可能走动一次的远房姐姐，新郎是北番高中6班班主任的小儿子。

她龙七的班主任!

很固执的一个小老头,该退休的年纪了,恰巧带了个全年级最差的6班,每天除了盯一帮沉迷游戏的男生外,就盯她盯得最紧,尤其兼职模特这一块,隔三岔五就把她喊到办公室苦口婆心劝一通。知道是为她好,也正因为少有为她好的人而她又屡次叛逆,全校她最怕见到这老头。

因着舅妈这句话,同桌一个阿姨接上话了:"哟,你们家孩子也在北番读?"

一桌子亲戚从上一个市井话题转到下一个,三三两两的话点子落到自家儿女上,这会儿倒是她大大方方看向舅妈了,舅妈的敏感度不差,自知在这种话题里没什么优势,讪讪笑两声,没接任何一个人的话。

舅妈比龙信义还怕这种场合。

开了口子的继续聊,舅妈装作忙碌地夹菜,她靠上椅背刷手机,搜附近的咖啡店,企图找下一个栖身地。看了两三家店都觉得索然无趣时,微信消息提示声响。她切过去,靳少曷给她发了三张在新加坡参加青少年国际钢琴赛拿金奖的照片,附一段礼貌问候,以"龙姐姐,您好"为开头,洋洋洒洒一百字,再以"龙姐姐请阅"为结尾。

这弟弟因之前对她不客气,被他哥定了连续一个月给她发"彩虹屁"的规矩。靳少曷听了又没完全听,每次硬要附几张自己拿这奖那成就的照片晒一晒,在对他哥血脉压制的恐惧中带一点对她这个外人的不服气。

她连续一个月已读不回。

这一次,衔着筷子,吹着空调冷气,她慢悠悠打出三个字:你哥呢?

靳少曷五分钟后回的语音,字正腔圆:龙姐姐你好,我哥说他在你的黑名单里。

她打字:人。

靳少曷:机场。

她:出发还是到达?

靳少曷再次发来的一条语音换成了靳译肯的声音,在她耳机里利爽摺一声:"到达。"

然后是一条明显是他发来的文字信息:晚上吃海鲜?

三秒之内就发来了他已经选定的那家海鲜馆。

她用手机拍了酒席上就有的龙虾和蒜蓉扇贝,他快速回两张奢华摆盘的海胆和星空鲍,还给她甩过来一首歌的链接,Payton Moormeier(美国网红)的 RICH BOY(《富家子弟》),听完第一句歌词她就把靳少曷的号拉进了黑名单。

兄弟俩喜提同等待遇。

又吹了十分钟空调，桌面上的闲聊越来越干巴，正在敬酒的新人也越来越近，班主任跟在后头逐桌寒暄。她重新拿手机，从黑名单里拉出弟弟的号，发了龙信义家小区附近的黄鱼面馆定位。

他回一个字：好。

但已经感觉到手机对面他笑嘻嘻的模样，她发难似的又打两个字：现在。

——好。

他仍旧回一个字。

等公交车十分钟，整个路程二十分钟，到达黄鱼面馆时他这个专车接送的已经先到了，餐都点上了。她没进店，靠在门口看一眼，边看边打电话问龙信义在不在家。这胖子果然也熬不住高温桑拿，转移阵地去兄弟家打那破烂游戏去了。她挂了电话，往店内探头："修空调你会不会？"

靳译肯这人反应也快，椅背上靠着，二郎腿跷着，人是帅，但表情是一副机关算尽终究还是落了她招的样子。黄鱼面就在这个当口儿端上来，他答："你至少陪我吃完面？"

这人陪同靳少嵩从新加坡参加完比赛刚回来，没吃飞机餐，确实饿着肚子。

也因着她连蒙带骗，他一路上楼都在念叨，直到她开门时盯向他的眼睛："你上次因为什么进黑名单？"

他将手插兜，不出声。

因为嘴碎。

门开。

跨步进门时感受到扑面而来的闷热，闷中夹着男生们聚堆没散尽的汗臭，目测龙信义刚走没多久，客厅茶几处一堆外卖盒子，餐桌上是没收拾的瓜果皮。她把地上散落的拖鞋踢到边上，在客厅中央回身。

靳译肯没立刻进来。

他的高个儿显得本就狭窄的门廊更紧凑，在外面站着，从头到脚的一身行头都清爽，她说不用换鞋后，他才偏头避过门口挂的风铃往里进。走廊口的风往屋里吹，丝丝凉，吹起他进门时卫衣的领口和脑后的碎发。

"哪儿的空调？"

"客厅和我房间，"她掏钥匙打开上了锁的房间门，"客厅那个不用管，八成是遥控器没电,龙信义拖着不肯买,我房间这个比较要紧。"

但龙七刚将门往里推,就被靳译肯拉着把手重新关上:"把我拉出来。"

"哪儿?"

"黑名单。"

"你这是已经修好了?"

"意思我修不好你不拉?"

"意思我不拉你不修?"她的额头朝大门撇三撇,"行,走啊,现在啊。"

他不走,肩身靠上门:"我物理好不代表什么都能修,樵夫砍柴还得磨斧头。空调出问题多半那几个原因,但更换管道前要先抽真空,制冷剂的问题要用压力表测,管路系统的清理要用氮气瓶,这些我就算看出了问题也得让师傅扛着工具来,这个社会术业有专攻。"

她的肩身也靠门:"我叫你来不是因为你物理好,是因为你平时跟司柏林闲得没事就比这比那比谁手机组装得快,皮毛你不是懂吗?那就去给我找问题,然后把你家的师傅约过来,你的电话比我的电话管用,这是我的术业有专攻。"

"你家没男人的?"

"你看龙信义像吗?"

"我就是给你这么用的?"

"还能怎么用?"

两人看着彼此,关于怎么个用法,靳译肯显然有更多话说,他额头一歪,她的下巴跟着一抬。

然后这人的好胜心态就被她激起来了,推门就进,边走边指她一记,一副"我就不叫师傅,我必须给你修好"的小爷样。

挺有用的,五分钟内下单电流表,十分钟就给她排查出问题了——缺制冷剂,于是找了个器械专营店把一套设备都买齐了,等设备的过程中又把客厅的空调给看了,不是遥控器的问题,是防尘网没清理,也给清理了。

整个过程连等带修一小时,教程视频循环播十来遍,卧室客厅来回走了八九趟,书桌凳子挪来放去,窗户都跨了两回,阵仗大得不得了,闷得他耳根都红了,后来边走边脱了卫衣。龙七打趣靳译肯说"你行不行",他一声不出,继续坐上简易梯子装防尘网,后背的 T 恤渗着微汗。

窗外蝉鸣磅礴,盛夏午后没有风,只有一浪浪热气,她在梯子旁屈膝蹲着,低头开边上的茶几柜子,找着一个迷你风扇。

换下早就废旧的电池,开,一手撑着下巴,一手举起,对着他。

他耳边的碎发被吹起一些,感受到微弱的风,眼睛终于从防尘网上收回,侧头看向她。

蝉鸣阵阵,她仍撑着下巴。

看了三四秒后,他先收回视线,拿膝上的遥控器:"龙七。"

"说。"

"拉不拉?"

她叹气,收回撑着下巴的手,从茶几拿手机,开屏切进微信列表黑名单,他坐高处往她那儿看着。

把他的号撤出黑名单的那一秒,遥控器也在他指下应声而响,空调"嘀"一声后出风,吹起他侧额半湿的发和T恤袖口,透凉。

她霎时放下举风扇的手,站起来时他的作妖也来得恰到好处:"我要冲个澡。"

死洁癖。

"不行,我家随时回来人。"

"我要冲澡。"

"不行。"

"我得冲澡。"

"你回你家冲去!"

他充耳不闻,收着梯子往阳台放,转头就往洗浴间走:"我必须冲澡。"

知道他的确是个受不了身上一点脏,一天要冲三回澡的人,她在茶几旁徘徊两步后怒喊一声"等一下"。

他回身。

"给你买了上衣,还有两三分钟就送上来了,你再等等。"

二十来块钱的超市T恤,在他修完第一个空调的时候下的单。洗完澡还吃上了一口她刚切的西瓜,可把这人舒服坏了,她在餐桌边曲着单膝刷手机,他插着兜来回地踱,一会儿在客厅空调前吹吹风,一会儿去她房间晃悠晃悠,整个人沉浸在凭本事出黑名单的嘚瑟劲儿里。

她打了个电话给舅妈。

原本想问舅妈什么时候回来,好提前赶靳译肯走,但接通的第一声就听见舅妈呼哧带喘的爬楼声,周围还有三姑四姨闹闹哄哄的聊天声,舅妈反叫她提前把家里的瓜果准备好。她原本松散的肢体状态瞬间收回，人坐正，又问了一遍："上来了？"

靳译肯听见了。

但他仍在她桌边站着，从水果盘里拿第二片西瓜，咬了，缓缓嚼。

她边听电话边起身，把沙发上他脱下的那件卫衣扔他肩上，把一地的设备也挪挪干净。靳译肯倒是气定神闲，甚至笑着去门口看了看猫眼，说虚什么，他至少把空调修好了，她舅妈只会越看他越顺眼。

她指他一记，马不停蹄去洗浴间找他换下的那件T恤，等回完话挂了电话，他又来一句："我嘴还甜。"

"你知道我最烦你哪点吗？"她把T恤也扔回房间，"就这副天塌到头顶你也上赶着看戏的德行！"

"我给你支两招：一、坦白我是你找来修空调的同学，我可以现编我的住址和名字，你舅妈不会去追根溯源；二、我现在就出门往楼上走，等你七大姑八大姨都进完门再下楼，但你晚上得跟我一块儿吃饭。"

话落，门外的聊天声由远及近，落定，门把也随之扭了一下，舅妈拍拍门，喊她开，龙七在玄关口看着，靳译肯就靠在那门边上，也低头瞅了一眼，看向她："只剩第一招了。"

"我给你支一招，滚去我房间。"她抬手指着。

"我的嘴可以让你全身而退。"

"你的长相不能。你不懂我舅妈的嘴，她绝对会把你记得一清二楚，再找龙信义打听，龙信义就是个喇叭！"

"七七！"门外又响两记，舅妈边拍边自如地接着阿姨们的话题，"……就是呀，他们家菜做得太咸了，以后咱可别在那儿办了。"

"靳译肯。"她这回没表情，语气沉，念了他全名。

他这才从门边站直身子，慢悠悠地往她房间去。

房间门一关，她开大门。

"哎哟，"舅妈抖着衣领散热，大概感受到了扑面而来的凉气，进门边拿拖鞋边问，"师傅来过啦？空调好啦？"

"噢哟，你家嗲的呀。"身后跟着四个阿姨和一个看着同龄的女生，几人鱼贯而入，一边探头张望一边换舅妈依次拿出的拖鞋。

"嗲什么嗲，很老了呀。"

"房龄多久了啦？"

"十几年了呀,都老化得差不多咪。"

"修好了。"龙七答。

"多少钱啊?信义呢?"

"出去了。"

"多少钱?"舅妈起身又顺嘴问了一遍,"这师傅蛮快的嘛,信义怎么是说要后天修的?"

"约了别的师傅,人正好在附近就顺便来了。"她硬是不答前一个问题。

"哦,你房间也修好了吧?"

她点头。

"喏,我外甥女,"舅妈紧接着就向众人介绍她。来的阿姨个个眼生,话倒都会说,逮着她上下一顿夸,同行的女生猫在最后头,眼睛晶亮地打量她,对视时又迅速低头套拖鞋。等阿姨们夸完一波陆续往客厅走后,舅妈才挨到龙七边上反向介绍:"酒席上认识的,男方亲戚。"

"男方亲戚怎么还聊上了?"

"巧呀,那个主家不是你们学校老师吗?噢哟,你是不知道,一桌桌聊的全是子女教育问题,人家又住得远,晚上不还得吃一顿?在饭店干等一下午也没事做,我就让过来一起闲聊了呀。"

"关系近吗?"

"也远得很。"

"你不是不爱聊那些吗?"

"我现在发现得聊,聊完才知道有便宜呀。"

后面不听全也知道是怎么熟络上的,她直接打断:"我不招待了,我回我房间了。"

"你不用招待了。"舅妈不贪话,挥挥手,"去吧去吧。"

但人到门口的时候又被其中一个阿姨叫住,向着厨房问:"阿芬啊,你外甥女在哪儿读的啊?"

舅妈正在沏茶切水果,应和都来不及,龙七接腔:"北番。"

"那你跟我女儿是同学呀,我以为就你表哥是咪。"

手上的门把刚扭了一半,她看向沙发边上正坐着的女生,那女生没往她这儿看,低头玩手机。阿姨跟着解释:"哦,不是她,我女儿没来吃饭,这个是我小侄女,她爸妈先回去了,我带着她。"

幸好。

"对呀，都是的，"舅妈从厨房拿了两盘子处理好的瓜果出来，"你接着说，你们那个家长群的事。"

"那你外甥女和儿子都是北番的，他俩都没跟你聊过？"

"他们一到家就玩去了，哪里跟我说这么多学校里的门门道道。我们家信义那个家长群我也在的，没你说的那些活动呀。"

"你们几班的？"

"不是你女儿那个班的。"

"那个群倒也不是按班级分的，跟学校没关系，私底下组的。晚会儿我跟人说说，拉你进去。"

"好的呀好的呀。"

舅妈喜形于色摆好盘，龙七背倚着门，手中握着的门把缓缓松开，在热闹闲话间插一句："什么家长群？"

"她女儿那个班级，"舅妈利索地答，情绪还在那"大便宜"里，有点兴奋，"说有些家长一到周末节假日就办活动。要么扎营烧烤，要么喝茶聊聊基金，要么去度假村划划艇，活动费很便宜的，几乎免费的！"

"也不是冲着便宜，工作空闲交点朋友，扩扩人脉和见识挺好。"

"是不是要推销产品的？"边上的阿姨搭一句腔，几人笑，唯有正在讲话的阿姨严肃地摆手。

"不是的，我去过，没有的，说是咱各行各业的家长相互认识深一点，走动勤一点，对子女未来发展也有利。家长群发展到现在规模很大了，要说群主的资本和眼光肯定是有点的，能搞这么多福利，为小孩考虑这么长远，对不对？"

"噢哟，"说话间舅妈在敲碧根果，"听上去还要点门槛，那我不好意思进去了。"

"不要紧的，人家很客气很好说话的，你什么工作啦，阿芬？"

"我就一普通员工，"舅妈朝龙七指指，"她妈妈行，她妈妈很厉害。"

几个阿姨的视线都扫过来，龙七到茶几前拿了遥控器，将空调风量调低一些，没接腔，舅妈也没多说，细碎的话点子继续落回关于那家长群的二三事：活动怎么个参与法，规模怎么个大小，里头多少个规矩，怎么个讲究法……龙七都听着，边听边抠出遥控器内老旧的电池，从茶几抽屉里找出新的，慢慢装上。

边上的小姑娘刷着手机，刷一会儿，朝她看几眼，然后接着刷。

直到旧电池跟着满碟瓜壳一同投进垃圾桶，窸窸窣窣响，其中一名阿姨问：

"这牵头的家长这么厉害,她孩子怎么样?"

"优秀得不得了,她女儿每周办读书会,我女儿偶尔也参加。"

"这一家子都了不得。"

"那孩子前程不可估量。"

"姓什么?"龙七问。

"姓白。"

"那我更不好意思了,我们家信义成绩一塌糊涂。"舅妈倒茶。

"这算什么事?只要孩子关系处得好,人好就行了,一开始建那个家长群也是这个目的。"

"什么目的啦?"

"他们年级有个小姑娘挺能来事的,跟那个姓白的孩子闹过矛盾,闹挺大,她妈妈担心这个小姑娘再找事情,就组了个家长群拢一拢关系,几个孩子在学校能相互帮衬点,我女儿说的。"

舅妈倒茶的动作一顿。龙七没抬头,手指轻轻地将新电池按进遥控器背面,放完一个,放第二个。

几个阿姨嗑瓜子的声音一波接一波。

"你儿子叫信义啊?名字起得蛮讲究的,你外甥女叫什么,刚听你叫七七?还是琦琦?王字旁的?"

舅妈不吭声的几秒里,她按遥控器,"嘀"的一声响,空调温度下调一摄氏度。而后她把遥控器放回茶几,抓一把碧根果:"龙七。"

"噢哟,你外甥女名字蛮有气势的。"

几个阿姨笑盈盈的,她也笑笑。

进了房间锁上门,听屋外舅妈又续上关于主家婚礼的话题,不算尴尬地继续聊开了。

房内有股皂香,被裹着蝉鸣的风自窗前带到她跟前,散去心口一层朦胧的躁意。靳译肯坐在她狭小逼仄的书桌前,不知从哪儿翻出了她用过的有线耳机,连在她淘汰的 iPad 上,跷着二郎腿,搭着肘低着额,看那些三四年前下载进播放器的模特走秀视频。

热风吹柳条,摊在桌面的作业册沙沙作响,被他用一支笔抵着,不至于卷得满屋飞。她过去时他还没反应,直到把那一把攥得紧实的碧根果放上桌面,他才侧头看。

果壳散落,嵌得手心也通红,她抽另一把椅子弯身坐下,抬起膝,踩上他那椅子的扶手，鞋底正好擦过他的手臂，蹭出一道红痕。他看她，她也看他，相互对视三秒后，靳译肯摘耳机，一副虽然不知道外头什么情况，但知道事来了的架势，问她："聊什么了？"

她的身子又埋下去了一点，拿一碧根果掰开壳："我一直都知道白艾庭组了个读书会，那里头的人多半跟我不对路，但我不知道她爸妈还组了个家长茶话会，那里头的家长，多半也跟我不对路。"

她边说边看他毫无变化的面色，就知道他也大概了解这么个事，手里掰着的壳往地上扔着，继续说三个字："我说呢。"

"我说怎么有段时间过得那么难，连跟军训那茬事搭不上边的人都躲我躲得紧，以为熬一两个月就好了，怎么真熬过去后她成一堆人捧高高的北番之光，我成问题根源了？搞半天这根本不是同龄人的游戏，这是两代人的游戏。"她说着都觉得荒唐，轻轻笑出声，"真幸运，白艾庭，有爱她的爸妈。"

"外头讲的？"

"嗯。"

"外头的人跟你舅妈关系近不近？"

"刚认识。"

"你听完什么反应？"

"没反应，因为你还在这儿，我要是大闹一场，你还藏得住吗？你要是藏不住，我不直接送人一活八卦、大把柄？"

"你就进来了？没套点别的信息？"

"再套点我的笑话出来吗？"

"人家认没认出你？"

"没有，怎么？"

"我在了解情况。"

"了解完情况然后呢？"

"然后你可以再出去聊聊天，你说那女孩就是你。"

"神经啊。"她往他那儿飞一片果壳。

他倒坐起身，从她手里掰一块果肉，往嘴里掷，慢慢嚼。

她看着，问："你不会在认真给我提建议吧？"

"我认真的。白艾庭的爸妈没有做多聪明的事，他们只是攒了一个让你没法说话的局，但刚才这个局里可以听到另一种声音，只要你稍微做得跟传言里不一样，这局都能被你反客为主撬开一个口。你刚刚获得了表达权。"

她没应话，他把手肘搭到她的椅背上，椅轮滚动，两人稍微近了些，她的膝也更曲了些。

"你刚在外头对我说了一句话，说最烦我那副天塌下来也上赶着看戏的样子，但是龙七，从头顶塌下来的不一定是天，有时候也是块馅饼，心态问题。"

"那如果我刚才偏大闹一场呢？"

"你大闹一场能解决什么问题？"

"能解决我的乳腺问题。"她应着，坐起身一些，脚踩着扶手，将他那椅子重新推回去，曲着的膝逐渐伸直，"从我头顶塌下来的是天也可能是块馅饼，但塌在我头顶的天一定是你的馅饼，靳译肯，视角问题。你以为我不知道破局要先入局，我才不要入那个破烂局。"

"这是你对我的偏见问题。"

"这是你的人品问题。"

"那就是你的看人眼光问题。"

手里的壳飞速向他甩一大把，他撇头躲过，改口："我的人品问题。"

一阵热浪滚入窗，蝉声尖厉，楼下遥遥传来小区里男孩们一击一落的球声。她笑过后，懒散地靠回椅背，用手挡侧额的日光，念他的名字。

他应一声。

"你爸妈参与了吗？"

"没有。"

像早料到她上一个话题不会就那么潦草结束，且预知钩子在这儿等着一样，他侧额的头发被风吹得翘了翘，回得从容淡定。

"我不信。"

"他们要有空参加这种茶话会，少鬺的比赛就不用我来回飞着陪了。"

"那么场地资助了吗？任何一次活动走过你家一趟关系吗？"

"你在乎？"

"你回答我，你不要反问。"

"白艾庭的爸妈做这些事会避开我家，深层逻辑我跟你说一下，她妈妈得确保她才是那个圈子的主心骨。浅层逻辑我也说一下，我妈有原则，该给的、不该给的一向划分得清楚。她家只让我家买过一次度假酒店的单，但那是别的事。"

"什么事？"

"我还不能说。"

"所以你很早就知道。"

"我知道。"

"那你不告诉我。"

"我有病吗？我闲着没事让你不爽，你一不爽就把我删了。"

这话说得倒挺对，她还在细想，他补一句："让我家买单的那次，度假酒店五天四夜，一共三十来个房间，停水了两个晚上。"

"怎么个事？"

"你要在外头多待几分钟，那阿姨说不准把关于那事的怨气一块儿说给你听了。"

"跟你有关？"

"水泵维修，正好让他们赶上了。"

"那跟你没关系啊。"

"日子我挑的，我提前去了解的。"

停顿一会儿，龙七盯着他，半晌，说："你这人还真是一点亏都不吃。"

"所以我说什么来着，你要是在外头嘴再甜一点，这帮阿姨今天帮着那边说话，明天就帮着你说话。"

她越听越不对劲儿，瞅他膝上的耳机，拿起往耳朵里塞，听三秒后瞬间摘下往他那儿扔，跟着连捶他肩膀三下："我就记得这是坏的！你压根全部听见了！"

她捶得他笑，笑得咳了半声，剩下半声及时被她捂手心里了，劲儿大，憋得他直接站了起来，但过高的个头儿没适应狭窄的房间布局，脑袋磕上悬挂柜边角，他瞬间又捂着后脑勺坐回来，椅脚摩擦地板，人倒抽着气，看着真挺疼的。恰巧楼下有纸板回收的吆喝响铃声，才不至于让一墙之隔的舅妈注意到动静。缓了足足一分钟，等他慢悠悠抬头，她从桌上拿杯水递过去。

他没接。

他的眼睛就那么盯着她，脾气上来了。她说："要不给你揉揉？"

"要不你出去拿个冰袋让我敷敷？"

"我现在哪敢出去？"

屋外聊得正酣，又传来一波笑声，她觉得接下来待在房间里的时间真没点了，便问他下午有没有安排事情，他沉着声说有。

"那你还打算叫我吃海鲜？"

"我约的是晚饭，而且照你的脾气我觉得怎么着都得再磨个两三天。"

"那这空调坏得还挺合你心意呗。"龙七嘴上说着,手头已经在给舅妈编辑信息了,以刚才她在外头没发作,怎么着也算"乖"了一回为理由,说自己想一个人待家里静一静。发完信息等舅妈回复的时间里,她又用额头指了指他膝上的iPad:"摔过一次后有些花屏就搁抽屉里放着了,你倒是重新开机了。"

"又没坏,除了卡点没有其他问题。"

"听不明白话啊小伙子!我意思是我的东西你乱动什么?"

"我还给你做题了,那我给你抹了去?"

他话一落,她就把桌面上他打算抽走的试卷按住,紧着说:"那你看,你接着看。"

"相册也能看?"

"哟,你还没看?你倒挺有道德的。"她这方面是丝毫不怵,当着他的面调到相册,初中不同阶段拍的照片、视频依次滑过,随手点开一张,"看在你脑瓜子的分上,给你欣赏一下你姑奶奶。"

点开的那张正好是初中某次春游去动物园的合影留念,她那时的脸还没现在那么瘦,带点婴儿肥,身板子依然薄,穿白T、运动裤,和班里的女生一块儿围着一条硕大黄金蟒的展示柜,数她跟柜面玻璃贴得最近,高举手比着V,其余女生各个挨她挨得紧,笑得一个比一个欢。照片是从相机导进来的,胶片质感,光源和构图都不讲究,把她拍得跟块反光板似的。

她把画面放大,全聚焦在那条通体金黄的黄金蟒上:"漂不漂亮?"

"你这么喜欢蟒蛇?"

"不喜欢,我怕,但没见过的东西我就想看看。我去动物园第一个奔向的就是两栖爬行动物馆,这条黄金蟒我上幼儿园的时候我妈就带我去看过,手腕那么粗,七八年过去了它还在,还待在那么小一块地方,已经大臂那么粗了。"

之后滑过的一张张全是那个时候在园内的合影,每一张她都被班内同学围在最中间。他问她跟这些人还有没有联系,她说没有,全年级数她考得最远,那会儿她一门心思从龙梓仪家里搬出来,填的都是跨区的学校。

"有些高一时还有联系,但人家逐渐有了自己的同学圈子,我又不爱聊天,关系就淡了。"

她说完问他:"你呢?"

"我也不爱聊天。"

"你还不爱聊天靳译肯,你那嘴全碎我这儿了是吧?"

"是。"

坦坦荡荡一个字,她侧额时他也正看她,屋外阿姨们拉闲散闷,屋内微风阵阵,她不说话,收回视线,继续左滑一张。

那是她坐回程巴士上的一张照片,玩太累,抱着校服外套睡着了,后座有三个男生探出脑袋,抢镜似的高举手比V,各个晒得黑黢黢、汗津津的。掌镜的是一女生,照片存入手机里,毕业后才发给她的,还带来一小八卦,说那三个男生先后找那女生要过这张照片,问起原因时支支吾吾,撬了好久才说其实是喜欢她,抢镜头时都想留着做纪念。那女生说自己一个没给,毕竟跟她相关,而她当时刚经历军训那茬事,心烦意乱,连那女生的消息都没有回。

真可惜。

很久没跟那女生联络了。

她往他那儿看,他这会儿看得比她认真,说了六字:"你很招人喜欢。"

她撑着脸笑了笑,接着往后滑,滑一张他就看一张,听她指着这个同学介绍两句,指着那个旧友聊发生过的趣事。很多初中时的小玩意儿她也还留着,对照着相片从抽屉里翻,时间分秒过,外头扯闲话的动静由大到小,终于等到夕阳西下时,舅妈主动敲她门,说几个阿姨商量着一块儿去广场逛逛,问她要不要捎些什么东西回来。

她说不需要。

"晚饭还去吃吗,七七?"

"我不去了。"

"那你自己在家点外卖,信义也快回来了,让他捎点也成。"

"好。"

一阵闹闹腾腾的捯饬声后,随着关门声响,屋外终于安静了。

打开门,客厅还留有空调关闭前的冷气,凉丝丝的。她去阳台看,等确定舅妈她们走出楼洞后,蹲身收拾那些藏在窗帘后的修理工具,而他边套上卫衣边过来,同样倚到阳台看一眼。她说他可以走了,他回一句:"你确定吗?"

"什么确不确定的,怎么你还想留着?"

她看他时,他的手往兜里插着,身子没动,额头朝阳台外斜了斜。她起身再看一眼,就看见一个胖子、一个高个儿、一个瘦子,仨男的,提着西瓜和若干外卖袋,乐呵呵地往楼洞里走。

天杀的,舅妈说龙信义快回来了,没说他回来得这么快。

那瞬间她叹了一口长长的气,确定自己已经没有多余的心神再应付这帮人,指着门口给靳译肯发指令，挥手的力气都快没了："你上楼道，等他们进门再下去。"

龙七说着就往门口走，但他没动，甚至在她走时拉她手腕，把她整个人的方向调转回来。

"我跟你哥打个招呼。"

话说得轻轻松松，但意思里里外外她都听明白了，她说："靳译肯你别。"

"你哥很好搞定。"

"但我想过个安稳假期。"

"我打完招呼后你可以过个更安稳的假期。"

"不行，你给我上楼。"

手往门口指着，她的意思很明确，边说边拉他的胳膊。好在他这人也没那么拗，拉得虽然沉，但人总归慢吞吞跟着她走了，边走边笑，到门口还把住门框问她："晚上还是吃海鲜？"

"不吃！"

她推着他的背往楼上去，他还回过头问："那烧烤？"

楼下有人声，她都能看见龙信义几人的脑袋了。这时她硬把靳译肯推到上一个楼道口，走时他又拉她手腕，又！把她弄得恼火了，回身那一下直接捂他嘴，整个身子的力道弄得他也退了几步，手撑窗台背撞墙，撞得他闷哼一声。龙信义他们到达家门口了，还没看见人就听见那大嗓门儿："给我留门也不用把门四敞大开啊龙七！"

他喊着就进屋了，进去后还在叫她名字，另一男生说她好像不在。听见几人换鞋和摆放外卖的动静，她给靳译肯一个"再不安分就弄死你"的眼神，松开手就下楼，一进屋"砰"的一声拉门，巨响，把客厅里龙信义和那俩男生都吓得跳着身回头，嘟哝着她犯什么神经。

"吓你。"

她说，拨开沾在侧颈的长发，微喘着气往房间去，才走两步门外有人叩了两下门，从那清脆又嚣张的力度她就知道是哪个祖宗。龙信义的注意力还没过去，她说她的快递，闪回玄关口把门推开一个缝，靳译肯果然靠边上。

"我给你约了师傅两小时后取工具。"

"好，滚。"

关门。

"快递呢？"

龙信义问。

"你们点外卖了吗?"她反问。

"没有啊。"

"那就是师傅送错了。"

话说完了,她看着他们,龙信义的朋友已经被忽悠过去了,熟门熟路要去客厅开电视。龙信义是个反诈经验丰富的,缓缓抬起手臂来指着她,眼睛逐渐瞪大,声音由小到大:"哦……龙七……你出事了……"

"你藏人了!"他大喊。

边喊边兴奋地蹿来,地板都震得响。她没拉住门把,被他那肥硕的身躯挤到边上,他脑袋这会儿竟然灵光,拉开门就往上层楼道跑,另外两名男生也跑到门口张望,见龙信义在上头没寻着人,几人一块儿到扶手旁伸着脑袋往下望。

她也看。

隐约见三层楼下靳译肯的卫衣衣肩,大半个身子被挡着,人下楼下得慢慢悠悠的,一点不慌。

龙信义大跨步追下去,那俩男生更疯,嘴里嘻嘻哈哈笑着,蹿得跟猴儿一样。她各喊了一声三人的名字,那仨充耳不闻。她跟着下一层后往下看,靳译肯头也不回,经过某层时顺手叩两记门,轮到龙信义到那层门正巧开,几个男生鬼吼鬼叫着先后撞到展开的门板上,把那户主吓得不轻,紧接着就听那户主老头劈头盖脸的方言咒骂响彻楼道。

她进屋赶到阳台,往下张望时,靳译肯已经从门洞走出,他像预测到她在那儿似的,边踱步边转过身,抬头看这层窗口,那会儿日照金光,他额前的碎发微翘,头发和整个人的肩身都是暖橘色,晚风轻抚垂杨,她的长发在风里扬着,他回身时挥了一下手给她一个道别,等人完全走出视野可见范围,龙信义他们也终于呼哧带喘地跑上来了。

她在阳台回身。

没等他们开口,龙七对着他仨,挨个儿指,一顿一缓说出三个字。

"十……三……点。"

尽管毫无收获,龙信义还是一口咬死她带人回来了,心直口快,等舅妈吃完喜酒回来告了一场大状,讲得眉飞色舞。舅妈给了个更狠的反应,往他后脑勺削一掌:"要死啊小赤佬,你不要乱讲你妹妹,下午我在家的!"

"客厅都是乱的呀!我刚看过了,浴室也开过水了!有人在我们家冲过澡的!"

"带人带人带人！"舅妈又往龙信义后背连着劈三掌，"是带人了呀！你老娘带人了呀！你妹妹找人修空调的时候你去哪里了啦？一件小事情叫你办三天办不好，你妹妹一个下午就办好了！我带客人回来谁招待的啦？你妹妹招待的呀！带人你都要讲一嘴！你晓得二楼那个老头还来找我告状了伐！人家养的老狗都被你们吓蹿稀了！"

那会儿刚送走来拿工具的师傅，靳译肯办事牢靠，提前对了话，那师傅演得就跟这家的空调真是他修的似的，还收了舅妈转账的 150 元。倒是龙信义俩狐朋狗友没走，"粘"在沙发上打那脱了手就要输的游戏。舅妈憋着气，一顿指桑骂槐："你带人，你妹妹怎么不说你的啦！你倒嘴巴牢的！"

彼时月明星稀，她搭着肘靠着阳台，肩身在丝丝凉的空调冷气中，手腕垂在炎热的盛暑晚风里，手里捏着根冰棍，舅妈削龙信义一记，她就回头看一眼，幸灾乐祸地咬一小口冰，继续在这种悦耳的背景音和楼外车水马龙的汽笛声中，跟杂志社对接下一个拍摄行程。

龙信义被打服气后，憋着一股劲儿坐到沙发上，他不爽快就不让别人爽快，掐了游戏，在另两人的怨声载道中连上自己的手机，直接用电视刷上了短视频，但脑子还在转，趁着舅妈去洗手间，朝她又喊一句："我搞不懂你哪里找的师傅？现在大热天的，修空调的都跑冒烟了，哪个师傅都要预约，怎么可能即时上门！"

"你享受到了没有？"

"修好了当然……"

"那你就闭嘴。"

龙信义刚要蹿起来，两边人按着他指电视："欸，你看。"

她也闲着没事看电视，是龙信义刚切的一条同城新闻，报道的是今天市内刚办的一场橄榄球赛，热火朝天余劲儿未散的赛事结尾，绿茵场上获胜的球队正举着奖杯和管理人员合影，镜头拉近放大，扫过其中重要人员，扫到一张熟脸。

"这不是我们学校那……"

"怎么，"舅妈正好从洗手间出来，凑热闹，"这还能有你们学校的？"

靳译肯。

他在镜头里接过橄榄球队赢得的奖杯，被解说员介绍是赞助方代表，在全场沸腾中跟边上球员挨个儿握了手，拍拍对方的肩，一队人簇拥着他，和教练一块儿在休息区合影，看上去是较为私人的合影，所以镜头没多跟，但看得出来他是匆匆赶到的，连衣服都没换，还穿着她下午给买的二十多元的超市 T 恤。

就这么几个镜头倒把龙信义几个给看骄傲了,指着他跟舅妈争先恐后地介绍。

"真能是你们学校的同学?"舅妈不太信。

"那可不,他家老有钱了,这支橄榄球队,还有市里一棒球队,都是他爸养的,有次我们学校都组织去看!"

"哟,他认不认识你们?"

"不要太熟。"龙信义张口就来,"我俩打过球。"

"要命了,你们学校真是藏龙卧虎。"

龙七觉得舅妈这一声感叹还包含下午那一场见识。

与此同时也想到她曾问过靳译肯有没有事,他轻描淡写说有,但她没问是什么事,没问那事着不着急,他在当下也没有表露任何关于事可能被耽误的情绪,他还安安静静地陪着她看了一小时的无聊相册。

"这孩子长得挺俊。"

舅妈继续叨叨。而她收回视线,咬一口碎冰,打开了手机社交媒体,热榜推的已经是关于这场赛事的细枝末节,几个球员的账号都跳在相关推荐页,点进去看到各个都发了跟靳译肯的那张集体合影,他作为少东家,在球员中间单手插着兜站,人挺稳,但看得到他肩身上那股自家球队获了奖的意气风发感。

校园网上也有人讨论,他们大多对于在电视上看到了熟人感到新奇与扬扬自得,发的全是新闻截图。但纵然人声鼎沸,靳译肯的账号也没分享丝毫关于那场赛事的相关信息,他的账号更新于一小时前,发的仅仅是一张书本照。

一本放在某个古旧抽屉中,边角泛黄的初中语文课本。

她略微反应过来,转身去房间,到书桌前蹲身,打开最底下的一个抽屉,果然看到和那照片里差不多的成堆初中旧书,是她当初毕业时想留个纪念,挑着带来的主课本。

往下翻,找到他拍照的那本语文书,抽出来时,一根银闪闪的东西从中掉落。她从地上捡,垂在指间看,是根细细的锁骨链。

"龙信义,你今天又想通宵了是吧,你同学不要回家睡觉的?"

舅妈又开始在客厅发作,话语中夹枪带棒地赶客。她把房门关上,拍了照片发给靳译肯,等回复的过程里坐上沙发椅,靠着项链款式大概回忆起品牌名,一边衔着冰棍,一边在官网上查询价格。

知道是这人带的礼物,也知道这人一向是省事模式,心思一点不花,钱一点不省,只在那几个众所周知的奢侈品牌里挑顺手物件,所以等查完价格后,她心满意足,继续从抽屉里翻找东西。手机这会儿振动,她从桌上拿起,打

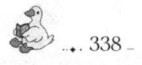

开看。

靳译肯给她回的信息内容很简短。

——礼物。别找盒子了，丢了，小票也丢了。

信息外的意思更直白，就是：你别打主意了，转不了二手了。

她锁屏翻一白眼。

他的第二条信息过来。

——要不然铁板烧?

© 中南博集天卷文化传媒有限公司。本书版权受法律保护。未经权利人许可，任何人不得以任何方式使用本书包括正文、插图、封面、版式等任何部分内容，违者将受到法律制裁。

图书在版编目（CIP）数据

女校 / 孩子帮·鹅随著. -- 长沙：湖南文艺出版社, 2025.5. -- ISBN 978-7-5726-2210-6

I. I247.5

中国国家版本馆 CIP 数据核字第 2025Y0J575 号

上架建议：畅销·青春文学

NÜ XIAO
女校

著　　者：孩子帮·鹅随
出 版 人：陈新文
责任编辑：匡杨乐
监　　制：邢越超
策划编辑：柚小皮
特约编辑：尹　晶
营销支持：文刀刀　周　茜
封面设计：有点态度设计工作室
版式设计：梁秋晨
内文排版：百朗文化
出　　版：湖南文艺出版社
　　　　　（长沙市雨花区东二环一段 508 号　邮编：410014）
网　　址：www.hnwy.net
印　　刷：三河市兴博印务有限公司
经　　销：新华书店
开　　本：640 mm × 915 mm　1/16
字　　数：395 千字
印　　张：21.25
插　　页：4
版　　次：2025 年 5 月第 1 版
印　　次：2025 年 5 月第 1 次印刷
书　　号：ISBN 978-7-5726-2210-6
定　　价：55.00 元

若有质量问题，请致电质量监督电话：010-59096394
团购电话：010-59320018